淡雪記

駈　星周

集英社文庫

淡雪記

第一章

I

森を抜けたところで妖精が倒れているのを見つけた。

ぼくは息をするのも忘れてカメラを構えた。朝の逆光を考えて大胆に露出補正を施した。ノイズが入った写真を否定するつもりはないが、クリアな写真にしたかった。絞りを絞っていくと妖精の向こうに横たわる大沼《おおぬま》の湖面に映る太陽が光条を作りはじめた。

ＩＳＯ感度を低くしたままなのでシャッタースピードは極端に遅い。気をつけなければ手ぶれした写真になる。

構図を決めるとぼくは脇を締め、息を止めた。そっと、愛撫《あいぶ》を施すようにシャッターボタンを押した。その瞬間、頭に思い描いたまんまのイメージを写し取ったと確信した。

いつもなら構図を変え、絞りを変え、ピント位置をずらし、何枚かを押さえに撮っておくのだがその必要は感じられなかった。

ぼくはカメラを肩からぶらさげ、妖精と見間違えた少女のもとに駆けた。彼女は枯れ葉の絨毯《じゅうたん》の上に倒れていた。大沼のすぐ手前までせりだした小高い丘に、彼女が足を滑らせた跡がくっきりと残っていた。午前七時半。朝日が辺りを照らしているが吐く息ははっきりと白い。彼女が身につけているのは白いパジャマとピンクのカーディガン、それにオレンジのクロックスだけだった。

彼女は俯《うつぶ》せに倒れていた。右の頰を枯れ葉の絨毯に押しつけている。顔の皮膚は血の気を失って白く、この世のものとは思えないほどだった。だから、妖精などという馬鹿げた考えがぼくの脳裏をよぎったのだ。死んでいるのかと思ったが、背中がかすかに動いていた。助け起こす前に、ぼくは彼女と同じように枯れ葉の上に俯せになった。カメラを構え、最高の光を捉えるためのベストのカメラ位置を探った。東天にある太陽と湖面に反射する太陽——ふたつの光が彼女の睫毛《まつげ》の上で交差する場所を見つけ、シャッターを切った。

カメラの裏側についている液晶モニタで撮ったばかりの画像を確認し、ぼくは満足の吐息を漏らした。少女は美しかった。非現実的なほどに美しかった。背中まである黒髪は艶《つや》を帯びて光り、白い肌と強いコントラストを成している。

ぼくはカメラをそっと枯れ葉の上に置いた。彼女の肩に手をかけて抱き起こした。パジャマの下の肉体は壊れやすい陶器を思い起こさせた。

「ねえ」耳元に声をかける。「大丈夫かい？」

彼女の目がうっすらと開き、柔らかい微笑《ほほえ》みがぼくの視界に広がった。彼女はぼくに抱きついてきた。

「来てくれた」

どこか間延びした声だった。

「来てくれたって、だれが？」

「天使」

子供のように透き通った声で言い、彼女は目を閉じた。

「ちょっと、ねえ？」

何度も声をかけたが、彼女の目が再び開くことはなかった。ぼくは溜息《ためいき》を漏らし、地面に置いたカメラを首からぶらさげた。それから彼女を背負った。

義父の別荘は歩いて二十分ほどのところにある。周辺は別荘地帯で定住者の数は極端に少なかった。だれかに助けを求めることもできず、彼女を背負ったまま歩き続けなければならない。

わずかな救いは彼女が雪のように軽く、背中に押しつけられる乳房の感触が心地よいことだった。町へ出ればダウンジャケットを着こむ人たちの姿が目につくが、ぼくは薄手のウィンドブレーカーを着ただけだった。寒さはぼくの神経を研ぎ澄ましてくれる。彼女の乳首は硬く尖《とが》っていた。その感触を楽しみながら、ぼくは枯れ葉の上を歩きはじめた。

❄

彼女をソファに横たえ、ぼくはこの辺りの別荘を管理している中谷《なかたに》さんという人に電話をかけた。

「三浦《みうら》と申しますが」

「あ、三浦さんね。どうしました？」

「今朝、湖畔で倒れている高校生ぐらいの女の子を見つけたんです。気絶したままなんで、家に運んで寝かせてるんですけど、心当たりありませんか？　パジャマ姿だったんで、近所の別荘の人間だと思うんですけど」

「えらく別嬪《べっぴん》な子かい？」

中谷さんは特に驚く様子も見せずにそう言った。

「ええ」

「なら、有紀《ゆき》ちゃんだべ」

「有紀ちゃん?」

「ああ、三浦さんは来たばっかりだから知らないか。小沼《こぬま》とプリンスホテルの間に挟まれた辺りにある、大きな洋館知らないかい?」

ぼくは脳裏にその洋館を思い浮かべた。深い森の中にひっそりと佇《たたず》んでいる古い建物だ。壁には蔦《つた》が這《は》い、手入れのされていない庭に多くの種類の植物が生い茂っている。

「ええ、知ってますよ」

「あそこはね、水島《みずしま》先生っていうとても有名な画家さんの家なんだがね、有紀ちゃんは水島先生の姪《めい》っ子なんだわ。ちょっと障害があってね、親元離れて先生と暮らしてるんだ。ここの環境がいいからってね。で、有紀ちゃん、大丈夫かい?」

「気を失ってるだけのようです。こういうこと、よくあるんですか?」

ぼくは訊《き》いた。中谷さんの口振りに、またかという響きが含まれていたからだ。

「有紀ちゃんはほれ、ちょっと変わった子だから。とにかく、水島先生に連絡入れて、すぐに迎えに行きますわ。ちょっとの間、有紀ちゃんの面倒お願いします」

中谷さんは一方的に言って電話を切った。ぼくは受話器を架台に置き、彼女——有紀の様子をうかがった。有紀の肌は雪のように白い——くだらないダジャレが頭に浮かんだ。

ぼくはカメラをパソコンに繋《つな》いだ。今朝撮った画像をハードディスクに送りこむ。現像処理ソフトを立ち上げて、写真の現像をはじめた。

最近のデジタル一眼レフカメラにはRAWという形式で画像を保存するシステムが組みこまれている。これはアナログカメラにおけるフィルムに相当するデジタルデータだ。普通、デジタルカメラで撮った画像はJPEGというファイル形式でメモリカードに保存される。でも、このJPEGは編集を行うと、そのたびに画像が劣化していく。しかし、RAWファイルなら、画像の劣化は最小限に抑え、なおかつ様々な手法を画像に加えていくことができるのだ。

かつてのカメラマンたちは、暗室でいかにフィルムに光を当てるかで四苦八苦した。現代のカメラマンはコンピュータ上のライトルーム——明室で撮った画像を最高のものにすべく呻吟《しんぎん》する。

絵に熱中していたぼくが初めて手にしたカメラは祖父が大切にしていたアナログの一眼レフだった。ニコンのF2。祖父はそのカメラを名機と呼んでいたけれど、ぼくが手にすると名機は鈍機になってしまった。カメラに、いや、写真に関する知識が皆無だったのだ。いい光景に出くわしたと思ってシャッターを切っても、フィルムに写るのはぼくがこの目で見たものとはまったく違う光景、色だった。

練習すればうまくなると祖父は言った。だが、フィルムを何十本、何百本と無駄にできるほどぼくの小遣いは多くなかった。ぼくはカメラを捨て、またキャンバスに向かうようになった。
再びカメラを手にしようと思ったのは、デジタルカメラならば、フィルム代を気にする必要がないと気づいたからだ。フィルムとは違い、気に入らなければその場で撮った画像を消すことができる。ぼくは小遣いを貯《た》め、中古のボディと二十四ミリの広角レンズを買った。四年前、ぼくは十七歳だった。

画像ビューソフトに今朝撮った写真のサムネイルが次々に現れていく。どれもこれも美しい。しかし、どこにも撮り手の魂が籠もっていない写真だった。ここ大沼に限らず、美しい自然が周囲にある場所へ行けば、だれにだって美しい写真を撮ることはできる。だが、見る人を感動させる写真は難しい。この半月、ぼくは毎朝毎夕、飽きることなく大沼と駒ヶ岳《こまがたけ》の写真を撮り続けてきた。すべての作業がルーティンと化し、写真にもそれが現れている。

確かに美しい。だが、それがなんだと言うんだ?

ぼくはほとんどすべての画像を削除した。最後に残ったのは湖畔に倒れている妖精——有紀の二枚の写真だ。空の青と湖面の群青、赤や黄や茶色の枯れ葉という雑多な晩秋の色の中にあって、そこに横たわる有紀は純白の象徴だった。シルクのパジャマに汚れは見当たらず、顔や手、胸元の肌はまぶしいほどに白い。

ぼくは有紀の画像を現像ソフトに取りこみ、現像をはじめた。頬が熱い。気分が昂揚《こうよう》している。ここに来て初めて、満足のいく写真が撮れたのだ。

「綺麗《きれい》」

突然声がしてマウスが滑った。有紀がぼくの肩越しにパソコンのモニタを見つめていた。集中しすぎていたせいか、彼女の気配にぼくはまったく気づかなかった。

「大丈夫かい？」

暴れている心臓をなだめながらぼくは訊いた。彼女は小首を傾《かし》げた。

「君は湖畔で倒れてたんだ。丘から落ちたんだろう？　怪我《けが》は？」

「大丈夫」

彼女は興味なさそうに答えると、またモニタの中の自分を凝視した。

「綺麗」

「これは君だよ」

返事はなかった。有紀はモニタの中の自分に没頭している。視界だけが彼女の世界であり、他の五感は遮断されているかのようだ。

「綺麗」

同じ言葉を彼女は繰り返した。彼女の口から発せられる言葉には飾りがなかった。綺麗という言葉は純粋に綺麗という意味を成しているだけだ。

「綺麗」

　彼女はモニタからパソコンが置かれた机の上に視線を移した。ここに来てから撮り、自分である程度満足のいった写真のプリントアウトが無造作に並んでいる。彼女はその中から初秋の大沼湖面から立ちのぼる水蒸気を写した写真を手に取った。

「これ、好き」

「ありがとう」

　ぼくは礼を言った。ほかになんと答えればいいのかわからなかった。有紀はじっと写真を見つめていた。

「ねえ、怪我は本当にない？」

　有紀の揺るがない視線と沈黙に不安を感じ、ぼくは訊いた。

「大丈夫。これもこうなる？」

　彼女はモニタと写真を交互に指差した。

「後で写真にしてあげるよ」

　ぼくが言うと、彼女の顔は太陽のように輝いた。

「ありがとう、天使さん」

　彼女は言った。湖畔でぼくに助けられたことは覚えているらしい。

「あんなところでなにをしてたの？」

　彼女は首を傾げた。

「大沼の湖畔で」

「これを見たかったの」

彼女は手にした写真を振った。

「湖面の水蒸気？」

「そう。好きなの」

ぼくは机の抽斗《ひきだし》をあけた。湖面を写した写真なら他にもある。適当に見つくろって彼女に手渡した。

「もうすぐ伯父《おじ》さんが迎えに来るから、それまであそこに座ってそれを見ているといい」

ぼくはソファを指差した。彼女はこくりとうなずき、素直に従った。ぼくはまた、彼女の写真のレタッチに集中した。

❄

インタフォンが鳴ったのはそれから一時間ほどしてからだった。

「三浦さん、遅くなってすまんね。中谷です」

ぼくはモニタから視線を外した。有紀はまだぼくの写真を眺めていた。インタフォンも中谷さんの声も気にならないようだった。

ドアを開けると中谷さんと初老の男が立っていた。

「どうも、このたびはお世話になりました。有紀の伯父の水島です」

男——水島邦衛《くにえ》は深々と頭をさげた。昔、ぼくが買った画集に載っていた写真からは想像もできないぐらいに老けていた。水彩的なタッチで北海道の自然を描き、一時は一世を風靡《ふうび》した画家だ。ぼくの写真の構図は多分に彼の絵の影響を受けている。

「どうも。三浦敦史《あつし》です」

多少緊張しながら右手を差しだした。握り返されて初めて、自分の掌《てのひら》が汗で濡《ぬ》れているのに気づいた。頰が熱くなった。

「ずいぶんお若いんですね」

水島邦衛はぼくの目をまっすぐ見つめた。

「ええ、義父《ちち》の別荘なんです。姪御さんが怪我をしたかもしれないのに、ずいぶん遅かったですね」

ぼくは言った。水島邦衛は瞬《まばた》きを繰り返した。

「スケッチに出かけていてね。もし大怪我を負っていたら、あなたが救急車を呼んでくれたはずだ。違いますか？」

「そうですね。どうぞ、中へ」

ぼくは水島邦衛と中谷さんを従えてリビングに戻った。有紀は相変わらず写真に見入っている。

「有紀」

水島邦衛が声をかけたが有紀は無反応だった。

「すみません。いつもこんな感じで。迷惑をかけませんでしたか？」

ぼくは首を振った。

「君は写真を撮るんですか？」

有紀の手元を見つめながら水島邦衛は言った。

「ええ。写真の勉強のためにここに籠もってるんです」

ぼくは小声で答えた。

「有紀、わたしにも見せてくれないかな」

水島邦衛は有紀に近づき、肩にそっと手を触れた。それでも有紀は無反応だった。水島邦衛は無造作に有紀から写真を取り上げた。しばし見つめ、やがて無表情で写真を有紀に返した。

可もなく不可もなし——彼の無表情はそう語っていた。

「風景写真が専門なんですか？」

「ほんとうは風景と人物を組み合わせた写真が撮りたいんです」彼の問いにぼくは答えた。「ですが、ぼくにはモデルになってくれる知り合いがいなくて」

「まだ若いんだ。そのうち素晴らしい写真を撮るようになるでしょう」

水島邦衛は社交辞令を口にした。ぼくは両手を握って屈辱に耐えた。

「さあ、有紀、これ以上三浦君の邪魔をしてはいけないよ」

有紀は立ちあがったが玄関ではなく、パソコンがある机に向かった。

「これ、綺麗なの」

有紀はモニタに映る自分の画像を指差した。

「三浦さん、あんた、有紀ちゃん助ける前に写真を撮ってたべか」

中谷さんが言った。水島邦衛は腕を組み、モニタを凝視した。

「すみません。彼女があまりにも綺麗だったから」

「綺麗でしょ？」

有紀が言った。さっきまでの無反応とは違い、はっきりと水島邦衛の顔を見つめていた。

「ああ、綺麗だよ、有紀」

水島邦衛は溜息のような声を出した。その言葉に有紀は微笑んだ。

「三浦君、この写真は素晴らしい」

「後でプリントアウトしてプレゼントすると有紀さんに約束しました」

「それじゃ、有紀を助けてもらったお礼も兼ねて、明日の昼、家でご飯を食べないかね。

わたしの手料理でたいした味じゃないが……」

「いいんですか？」

「是非来てくれ。よかったら、家にあるわたしの絵を見ていくといい。君の写真にもプラスになるかもしれないよ」

「それじゃあ、遠慮なくお伺いさせてもらいます」

ぼくは言った。他人と関わり合いになりたくなくてここに来たのだが、水島邦衛の未発表の絵を見られるチャンスなどそうはない。

今では絵筆を持つこともないが、中学生のころは彼の絵に首ったけだったのだ。

「それじゃ、十二時半ごろ。わたしの家はわかるね？」

「ええ」

ぼくは答えた。

2

雲が空を覆い、湖面がさざ波を立てていた。カルガモに混じってつがいのオオハクチョウが波に身を任せている。越冬のためにここにオオハクチョウの群れがやって来るにはまだ間がある。どこかへの旅の途中、休憩場所を求めて立ち寄ったつがいだろう。

結局、有紀の写真を仕上げたのは真夜中すぎだった。有紀の美しさと水島邦衛の存在が中途半端にレタッチを終わらせることをぼくにゆるさなかった。

もっと寝ていたかったが、早朝と夕方、雨や雪が降ろうが台風が来ようが、大沼一帯の景色の写真を撮り続けると決めたのはぼく自身だった。

空を覆っているのはフラットな雲だった。濃淡がなく、写真の背景としてつまらないこと夥《おびただ》しい。自転車を引っ張りだしてきてサドルに跨《また》がった。こういう天気の日は沼ではなく森を撮った方がいい。

敷地を出たところでこちらの様子をうかがっている有紀に気づいた。昨日とは違い、赤いウィンドブレーカーにジーンズ姿だった。木陰に隠れているつもりのようだったが、赤いウィンドブレーカーは目立ちすぎだった。

「なにをしてるの？」

ぼくは自転車に跨ったまま声をかけた。

「どこに行くの？」

有紀は答える代わりに質問を返してきた。

「写真の撮影」

「沼に行く？」

ぼくは首を振った。

「今日は森だよ」

「有紀もいい？」

小学生と話しているようだった。ぼくは微笑み、訊いた。

「有紀もいい？」

「自転車には乗れる？」

「乗れるよ。当たり前でしょ」

有紀は頬を膨らませた。ぼくはカメラを構え、シャッターを切った。

「じゃあ、一緒に行こう」

ぼくは一旦自転車を降り、庭先に置きっぱなしだったママチャリを引っ張りだした。あちこちに錆《さび》は浮いているがタイヤの空気圧は正常だし、チェーンには先日油を差しておいた。サドルの高さを調節し、有紀の前まで押していった。

「さあ、これに乗るといいよ」

「あっちがいい」

有紀はぼくの自転車を指差した。ロケハンのために買った黄色のマウンテンバイクだ。値が張るわけではないが見栄えはする。

「だめだよ。あれはぼくの自転車だもの」

有紀は訴えるような眼差《まなざ》しをぼくに向けてきた。ぼくは微笑むことでそれをいなした。さっさとマウンテンバイクに跨り、ペダルを踏む。

「早く乗らないと置いていくよ」

有紀は慌てて自転車に乗った。勢いよくペダルを踏み、ぼくの横に並んだ。

「どうしてぼくのところに来たの？」

「天使はね、沼の上の白い煙の中から生まれるの」有紀はまっすぐ前を見つめたまま言った。「昨日は天使を待ってたの。そうしたら、滑って落ちちゃった」

有紀ははにかんだ。

「そうだったんだ」

「それで、有紀が可哀相《かわいそう》だからって天使が助けに来てくれたの」

頬に有紀の視線を感じた。ぼくは苦笑した。

「ぼくは天使って柄じゃないよ」

「ガラってなに？」

「煙から生まれてなんかないって意味さ」

「天使さん、名前は？」

ぼくの言葉を無視して有紀は訊いてきた。

「敦史だ」

「敦史。敦史。敦史」

舌の上で飴玉《あめだま》を転がすように、有紀はぼくの名前を繰り返した。背中がくすぐったかった。

「わたしは有紀」

「有紀は、天使のお願い、聞いてくれるかな？」

ぼくの言葉に、有紀は激しくうなずいた。

「写真のモデルになってもらいたいんだ」

「なる」

有紀は破顔して叫んだ。

❄

大沼公園駅から少し離れた、大沼と小沼に挟まれた森の中にぼくたちは分け入った。自転車は森の入口に停《と》め、鍵をかけた。有紀は踊るように身体《からだ》を回しながら枯れ葉を踏んだ。かさかさ、かさかさと乾いた音が森の静寂をかき乱す。紅葉は終わりかけていたが、黄や赤に色づいた葉が懸命に枝に張り付いている。

森の中は薄暗かった。ぼくはカメラのレンズを換えた。焦点距離は二十四ミリ。絞りの最低数値が低い、明るい単焦点レンズだ。

ぼくは枯れ葉の上に腹這いになった。有紀がきょとんとした顔でぼくを見おろしている。

「有紀の一番好きなものはなに？」

「チョコレート」

「後でチョコレート、買ってあげるよ」

　ぼくの言葉に、有紀の顔が弾《はじ》けるように輝いた。ぼくはシャッターを切った。撮ったばかりの画像をモニタに呼び出し、露出を確認する。カメラバッグの中から折りたたみ式のレフ板を取りだし、ぼくと有紀の間に置いた。

「チョコレートの次に好きなものは？」

　有紀は腕を組んで小首を傾げた。純真さと女として成熟しつつある肉体のアンバランスが危うい美しさを醸しだした。ぼくは立て続けにシャッターを切る。背景の終わりかけた紅葉、枝の向こうに見えるフラットな曇り空。どこに露出を合わせるかで写真の雰囲気ががらりと変わる。

「チョコレートケーキ」

「その次に好きなのは？」

　困惑の表情が浮かぶ。ぼくはシャッターを切り続けた。

「ママ」

「ママはどこにいるの？」

　有紀の表情が曇った。ぼくは慌てて話題を変えた。

「その赤いウィンドブレーカー、可愛《かわい》いね。有紀に似合ってる」

「ほんと？」

「すごく綺麗だよ」

「敦史のも格好いい。凄《すご》く綺麗な青」

「ありがとう」

「敦史、有紀のこと好き？」

シャッターボタンを押す指に力が入らなくなった。

「有紀はぼくのことが好きなの？」

有紀は迷うことなく頷《うなず》いた。

「だって、敦史は有紀の天使だもん」

唐突に木漏れ日が射してきた。有紀の顔に光が当たった。露出を計るのも忘れ、ぼくは咄嗟《とっさ》にシャッターを切った。

❄

一着だけ持ってきたジャケットを羽織った。有紀の二枚の写真をクリアファイルに収め、リュックサックにしまった。自転車に跨り、水島邦衛の家を目指した。

さすがにジャケット一枚だと、吹きつけてくる風が骨身に染みた。しかし、防寒具はカジュアルなものばかりでコートの類はなにひとつ持っていなかった。

北風に森がざわめいていた。雲が凄《すさ》まじい速度で流れている。大沼の湖面に浮いた枯れ葉がストリートダンサーのようにくるくると回っている。紅葉の最盛期にはいたるところに出没していた観光客の姿も今はない。ぼくは世界を独り占めしていた。ペダルを漕《こ》ぎながら世界を胸で受け止めていた。だが、その昂揚もすぐに終わりを告げる。

ぼくの別荘から水島邦衛の家までは、直線距離にして二キロほどだ。自転車なら二十分もかからない。ぼくは門の前で自転車を降り、インタフォンを鳴らした。

「三浦ですが」

「ああ、待っていたよ。ちょっと手が離せないんで、すまないが勝手に入ってきてくれないか」

水島邦衛の言葉に従い、ぼくは自転車を押したまま敷地に入った。門の横に自転車を停め、煉瓦《れんが》を敷きつめた通路を玄関に向かった。ドアの前で深呼吸をした。だが、ぼくがノックする前にドアが開いた。

「いらっしゃい」

有紀がはにかみながら微笑んでいた。白いブラウスとジーンズという格好に淡いピンクのエプロンをつけていた。今朝より数段大人びて見えて、ぼくは瞬きを繰り返した。

「どうぞ中に」

精一杯背伸びした口調だった。

「ありがとう」

スリッパに履きかえ、有紀の後について廊下を歩いた。暖房が利いている。すぐに汗が噴きでてきた。

「ようこそ」

リビングに足を踏み入れると、エプロン姿の水島邦衛が笑顔でぼくを迎え入れた。右手はレードルを握っていた。薪《まき》ストーブの上にはル・クルーゼの鍋が置かれ、ほのかに甘い匂いが漂ってくる。

「ランチメニューはポトフと燻製《くんせい》のソーセージだ。たいしたご馳走《ちそう》じゃないが、腹一杯食べていくといい」

「ありがとうございます」

ぼくは頭をさげる。有紀は食器をダイニングテーブルに並べていた。こうして見ると、普通の女子高生となんら変わりはなかった。

ソーセージが焼きあがり、ポトフが器に盛られてぼくたちは食卓についた。辞退したが、ぼくは上座に座らされた。ぼくの右に水島邦衛が、左に有紀が座る。

「いただきます」

有紀が幼い声を出した。

「いただきます」

　ぼくは有紀に続き、ポトフをスプーンで掬《すく》った。

「中谷さんに聞いたんだが、この秋からひとりで別荘に滞在してるんだって？」

　尋問がはじまった。覚悟はできていた。

「ええ。ひとりで写真に集中したくて。義理の父の別荘なんですが、来年の春までひとりで使っていいと」

「義理の……ご両親は離婚かなにか？」

　水島邦衛は自分の料理に手をつける素振りを見せなかった。その手は鳥類のそれのようにやせ細っている。

「父は死にました」

「それは済まなかった……」

「母もその後で乳癌《にゅうがん》で亡くなって」ぼくは言葉を続けた。「戸籍上はぼくは義理の父の息子のままですが、血を分けているわけでもないのに、よくしてくれています」

「そうか……」

「乳癌ってなに？」

　有紀が口を開いた。屈託のない笑顔がぼくに向けられている。

「病気だよ。辛《つら》い病気だ」

水島邦衛が答えた。

「有紀、病気嫌い」

「大丈夫。有紀ちゃんが病気にならないよう、伯父さんがちゃんと面倒見てくれてるから」

ぼくは愛想笑いを浮かべた。

「写真はいつからやっているのかね？」

水島邦衛が言った。急《せ》いた口調だった。話題を変えようと躍起になっているように思えた。

「高校からです。それまでは……絵を描いていました」

「絵を？　今は描いていないのかい？」

「ええ。才能がないことに気づいたので」

ぼくはフォークとナイフを置いた。食欲が失《う》せつつあった。

「才能か。しかし、君はまだ若いんだ。いろんな絵を描いていけば、なにか——」

「友達に凄いやつがいたんです」ぼくは水島邦衛の言葉を遮った。「逆立ちしたって彼にはかなわない。そう気づいたら、もう絵筆は持てませんでした」

「それで写真か……」

ぼくは足下に置いたリュックサックからクリアファイルを取りだした。ファイルに入れたまま、写真を水島邦衛に渡した。

「昨日の写真です」

水島邦衛は首からチェーンでぶらさげていた眼鏡《めがね》をかけ、丁寧に写真を取りだした。唇は真一文字に結ばれている。真剣な眼差しにぼくは気後れした。

「有紀も見たい」

「ちょっと待ちなさい」

水島邦衛の口から放たれる声は冷たかった。今までの優しさは微塵《みじん》も感じられない。有紀は怯《おび》えたような表情を浮かべ、機械的にスープを口に運びはじめた。

「美しい」

水島邦衛が言った。

「ええ。有紀ちゃんは本当に綺麗だと思います」

「そうじゃない。この写真が美しいんだ。君の執念が垣間見《かいまみ》える」

水島邦衛は写真からぼくに視線を移した。

「そうですか……」

「失礼だが、昨日見た君の他の写真はどうかなと思ったよ。技術はそこそこあるんだろう。だが、それだけの写真だ」

ぼくはうなずいた。

「自分に絵の才能はないと見切りをつけたのもその辺りにあるのかな。技巧しかない写真だし、君が描く絵もそうなんだろう。しかし、この二枚には最高の美を作りあげたいという君の執念が宿っている。素晴らしい。まさに、眠れる森の美女だ」

　水島邦衛の声は次第に熱を帯び、震えはじめた。ぼくの食欲は完璧に失せていた。

「有紀も、助け起こされる前に写された甲斐《かい》があるというものだ」

「すみません」

「冗談だよ。もし、有紀が瀕死《ひんし》の重傷を負っていたら、君もカメラを構えるどころじゃなかっただろう」

「見せて」

　有紀が言った。おそるおそるという声だった。水島邦衛は微笑みながら有紀に写真を渡した。

「綺麗……」

　有紀は嘆息した。頬が赤らんでいる。

「お願いがあるんです」

　ぼくは水島邦衛に向き直った。

「なんだい？」

「有紀ちゃんをモデルにして写真を撮りたいんです。もちろん、ヌードなんかじゃありません。風景をバックにしたポートレイトを——」

そう。今朝、撮影していて確信したのだ。有紀がぼくの写真に命を吹きこんでくれる。彼女がファインダーに入ってくるだけでぼくの写真は生まれ変わる。

「それは有紀に頼むといい。有紀、三浦君がおまえに写真のモデルになって欲しいと言ってるぞ」

ぼくはおそるおそる有紀を見た。

有紀が微笑んでいた。

❄

コーヒーの入ったマグカップを握って、ぼくは水島邦衛に従って二階に向かった。有紀はキッチンで食器を洗っている。

「日常の家事なら支障なくこなすことができるんだ。一度に二つも三つも違うことをやるのは無理だが、やることがひとつだけなら集中してやり通すことができる」

吹き抜けの廊下からキッチンを見おろして水島邦衛は言った。知的障害という言葉をかたくなに避けている。

「ええ」

ぼくはうなずいた。

「ここがアトリエだ」

水島邦衛は廊下に三つ並んでいるうちの真ん中のドアを開けた。テレビン油の独特な香りが瞬《またた》く間に鼻孔に満ちていった。広さは二十畳ほどだろうか。部屋の中央にイーゼルが立っていたがキャンバスは見当たらなかった。南側は一面が窓で小沼の端正な姿を一望できた。東側の壁は作り付けの書棚になっており、雑多な書籍が棚を埋めている。西の壁には彼の作品が数点飾られていた。その絵を一瞥《いちべつ》しただけでぼくは溜息を押し殺さなければならなかった。

水島邦衛は過去の人だった。その独特な水彩的タッチで七〇年代から八〇年代前半の画壇を賑《にぎ》わせたが、バブル時代の到来とともにその作風は飽きられ、新たに試みた作風はことごとく評論家に否定され、やがて表舞台から消えていった。今の彼がどんな絵を描いているのか楽しみにしていたのだが、壁に飾られているのは可もなく不可もない大沼周辺の風景画だ。

食卓で彼がぼくの写真に対して口にした批評が、そのまま彼の絵に当てはまる。超絶技巧で描かれた、しかし、空虚な絵がそこにある。

「今は新しい絵は描いてないんですか？」

ぼくはイーゼルに触れながら訊いた。

「ああ、一夏かけていた絵を先月、完成させてね。今は一休みというところだよ」

「大作ですね。完成した絵を見てみたいな」

ぼくはわざと小声で言った。

「今は画商のところにあるんだ。売るつもりはないんだが、見せろとうるさくてね。そのうち戻ってくるから、その時に見せてあげよう」

「お願いします」

ぼくは頭をさげた。

「さっきの、有紀をモデルにという話なんだが……」

水島邦衛は歯切れの悪い声で言った。

「やっぱりまずいでしょうか？」

「いや、そうじゃない。有紀も喜んでるし、君の芸術に寄与できるなら悪くはない。ただ、彼女は身体もそんなに強くないんだ」

ぼくはまたうなずいた。

「だから、毎日というのは……」

「わかります」

「それから、君も気づいてるとは思うが、彼女は――」

「それもわかっています」

水島邦衛は窓辺に立った。薄い雲を透過してくる柔らかい日射しが彼の横顔を彩った。

「時々わけのわからないことを口走るんだが、気にしないでくれ」

「はい」

「最後に、あれは心は子供だが、身体は成熟しつつある。あれの素直さにつけこんでなにか——」

「誓います」ぼくは右手を肩の高さにあげた。「彼女には一指も触れません。ぼくは写真を撮りたいんです。満足のいく写真を撮りたい、ただそれだけです」

「そんな大仰なことをする必要はない。ただ、確認を取りたかっただけだから……」

「保護者として、彼女を心配する気持ちはわかります」

「そう言ってくれると助かるよ」

水島邦衛は肩から力を抜いた。

「彼女は生まれつきですか？」

ぼくは訊いた。

「ああ。あれの両親がどうも様子がおかしいと気づいたのが三歳の時だったかな。病院に連れて行ったが……」

水島邦衛は首を振った。彼の後ろの空をオジロワシが飛んでいる。咄嗟にカメラを探し、ぼくは苦笑した。

「どうした？」

「いえ、なんでもありません。モデルの件、よろしくお願いします」

「ああ。こちらからも頼むよ。学校へ行くのを嫌がってね。あれには友達もいないんだ。君のことは気に入っているようだし」

「勉強は？」

「わたしが教えている。血筋かな、絵の才能はあるんだ。今はクレヨンや鉛筆で描かせてるだけだが、そのうち油絵も教えようと思っている。ああいう無垢《むく》な子はとんでもないものを描く可能性を秘めているんだ」

「楽しみですね」

ぼくは一礼した。有紀をモデルにすることの許可は得た。立ち去る潮時だった。水島邦衛はぼくの礼に気づかず、窓の外に顔を向けた。

「もうすぐ冬が来る」

「そうですね。冬が来ます」

独り言ともつかない彼の言葉に、ぼくは短く応じた。

❄

有紀の写真の現像とレタッチを終えたのは午後十一時を少し回ったころだった。かすかな空腹を覚え、カップ麺を胃に流しこんだ。目覚ましを五時半にセットし、インスタントコーヒーを啜《すす》った。

木枯らしが窓を叩《たた》く。耳を澄ませれば、夜の森の声が聞こえてくる。風に煽《あお》られた木々が立てる音は森の歌声のようだった。彼らは静かに途切れることなくハーモニーを奏で続けている。

ぼくは電話に手を伸ばした。札幌の義父の番号に電話をかける。留守を告げるメッセージに耳を傾けた。

「義父《とう》さん？　敦史だけど、最近電話に出ないね。仕事忙しいのかい？　無理しないで。じゃあ、また電話するから」

受話器をそっと置き、ぼくは微笑んだ。

3

霜が降りていた。白い衣装で身を包んだ枯れ葉や雑草たちが朝日を浴びて燦《きら》めいている。まるで光の絨毯の上を歩いているようだった。カメラのレンズを超広角ズームに換え、ぼくは漫然とシャッターを切った。この光の絨毯の上を有紀が歩いてくれればどれだけ素敵な絵になるだろう。

だが、今朝は有紀はいない。ぼくは水島邦衛との約束を忠実に守るつもりだった。彼女を撮影に連れだすのは週に一度か二度。それ以外の日はロケハンに費やすつもりだった。

三脚を立て、カメラをセッティングした。ファインダーを覗《のぞ》いて測光ポイントを慎重に探り、ワイヤレスのリモートコントローラをカメラバッグから取りだした。あらかじめ決めておいた場所に立ち、コントローラでシャッターを切る。すぐに戻り、カメラのモニタで露出を確かめた。

測光ポイントは完璧だった。霜をまとった足下の枯れ葉は光輪を放ち、背景の駒ヶ岳は雲海を抱いて厳《おごそ》かに佇んでいる。ぼくの顔は斜め後ろから朝日が注がれ、陰影を際立たせて完璧な景色の中に収まっていた。

ぼくは不完全な喜びに舌打ちした。ここに有紀がいてくれれば——埒《らち》もない考えが脳裏を横切っていく。

三脚を片付けていると、自転車がこちらに向かってきているのに気づいた。制服の警官が自転車を押しながら、女性とこちらに歩いてくる。その女性はぼくに向かって手を振っていた。

有紀だった。

ぼくは慌てて三脚を立て直した。

「敦史！」

「やあ、有紀ちゃん」

有紀が駆けだした。警官はでっぷりと太った五十代の男だった。

「この人でいいのかい？」

警官は有紀に訊《たず》ねた。

「うん」

「どうも。矢沢《やざわ》と申しますが」

警官はぼくに会釈した。

「三浦です」

「この子がうろうろしてるのを見つけましてね、なにをしてるのかって訊いたら、あんた……三浦さんを捜してるって言うもんで」

「そうですか」

「失礼ですが、別荘にお住まいの方ですか？」

「ええ」ぼくは義父の別荘の住所を告げた。「しばらく前から滞在してます」

「いつまで？」

「来年の春までの予定ですが」

「三浦敦史さん？」

警官は手帳にぼくの名前と別荘の住所を書き留めた。それから、手帳に挟みこんであった名刺をぼくに手渡した。

「駐在所は留守にしてることも多いもんで、なにかあったらわたしの携帯に電話をください。まあ、観光シーズンも終わったし、これから先は寒くなるだけで物騒なことなど、滅多に起こらないんですがね。ま、地元の不良どもがいるけど、わやなことにはならんさね」

ぼくは名刺をカメラバッグのポケットに押しこんだ。

「地元の不良？」

「どこの田舎《いなか》にもいるっしょ？　ま、気にしなくても……あ、有紀ちゃん、お任せして大丈夫だべか」

「ちゃんと家まで送ります」

警官は満足そうにうなずくと自転車を漕いで去って行った。

「どうして？」

ぼくは有紀に顔を向けた。

「敦史に会いたかったの。お写真、撮る？」

有紀は微笑んでいた。その微笑みはぼくのイメージに百パーセント合致した。

「撮ろう」

ぼくは有紀の手を取って立ってもらいたい場所に誘導した。有紀の手は氷のように冷たかった。

「手、冷たいよ」

「冷たいの、好きなの」

「ぼくも寒いのは好きだ」

有紀の顔はすぐそばにあった。ぼくの身長は百七十八センチだから、百七十近くはあるのだろう。均整の取れた身体つきと幼い笑顔はあまりにもアンバランスだった。

「ここに立ってて」

有紀をその場に残し、ぼくは三脚まで駆け戻った。カメラを三脚から外してファインダーを覗く。

「今朝は天使を見に行かなかったんだ」

「もう、天使は見つかったからいいの」

会話を交わしながらシャッターを切る。

「有紀が天使を見つけたなら、ぼくは妖精を見つけたよ」

「妖精？」

「そう。妖精。後ろを見てごらん」

有紀が踵《きびす》を返した。

「顔だけこっちに向いて」

振り返ったその瞬間をカメラの中の撮像素子に焼きつける。

「妖精、どこにもいないよ」

「その妖精はぼくにしか見えないんだよ」

「有紀も見たい」

「今度ね。今度、見せてあげるよ」

柔らかい朝日が有紀の顔を照らしている。足下の枯れ葉も光を帯びて、シャッターを切りながらぼくは恍惚《こうこつ》感に取り憑《つ》かれた。ランナーズハイという現象があるなら、間違いなくフォトグラファーズハイという現象も存在する。光と影が織りなす至福の光景に出くわした時、脳内麻薬が溢《あふ》れだすのだ。

「有紀、こっち向いてしゃがんでみようか」

ぼくはカメラを縦に構えなおし、セッティングを変更した。露出補正を思いきりマイナス側に振ってみた。光を帯びた枯れ葉の絨毯としゃがんだ有紀が潰れず、なおかつその背後に広がる青空のグラデーションが出る露出を得ようと懸命に測光ポイントを探った。

「あのね、敦史。お願いがあるの」

しゃがんだままの格好で有紀が言った。

「お願い？」

「うん。今度、お絵描きしたいの」

「いつでもいいよ」

有紀の微笑みが強張《こわば》った。ぼくはすかさずシャッターを切った。

「どうしたの？」

「あのね……」

有紀はそう言って唇を舐《な》めた。

「怒らないから言ってごらん」

「敦史のお写真にお絵描きしたいの。だめ？」

「写真に？　画用紙じゃだめなの？」

「敦史のお写真がいいの。綺麗なお写真の上に、綺麗な絵を描きたいの」

「だめだって言ったらどうする？」

有紀の表情が崩れだした。目尻が下がり、頬の筋肉が痙攣《けいれん》する。ぼくはサディスティックな喜びを持て余しながらシャッターを切り続けた。

「我慢する」

涙を堪《こら》えながら有紀は言った。

「ぼくの写真じゃなきゃだめなの？」

「敦史のお写真がいい。敦史のお写真に絵を描きたいの」

「いいよ」

次の瞬間、有紀の顔が輝いた。零《こぼ》れ落ちんばかりの笑顔に朝日が当たっている。

「ありがとう、敦史。大好き」

ぼくは機械のようにただ、シャッターを切り続けた。

❄

気がつけば二時間以上が経《た》っていた。有紀の頬が赤らみ、それでぼくは我に返ったのだ。

「寒いかい？」

ぼくは訊いた。有紀ははにかみながら首を振った。

「大丈夫」

そう言う有紀の顔にはかすかな疲労の色が浮かんでいた。

「今日はもうかなり撮ったからこれでお終《しま》いにしよう」

「お絵描きする？」

有紀が微笑んだ。日の出のようにまぶしい笑顔だ。ぼくはすかさずファインダーを覗き、ピントを合わせてシャッターを切った。

「いいよ。お絵描きしに行こう。お腹は減ってない？」

「お腹ぺこぺこ」

「OK」

ぼくはカメラと機材をバッグに押しこみ、自転車に跨った。

「乗って」

促すと、有紀は荷台に乗ってきた。ぼくの腰に両腕を回し、きつく抱きついてくる。今日の有紀はブラをしていた。それがなんとなく残念で、ぼくは溜息を漏らした。

「出発！」

有紀が叫び、ぼくはペダルを踏んだ。

「途中でコンビニに寄るよ。なにが食べたい？」

「焼き肉弁当」

有紀は単調な声で言った。声だけ聞いていると、まるで小学生と二人乗りしているような気分になる。だが、ぼくの背中に押しつけられているのは間違いなく成熟した乳房だった。声の可愛らしさと乳房の艶《なま》めかしい柔らかさにぼくの頬はほころんでいく。顔にあたる冷たい風も、ただ気持ちがいいだけだった。

「敦史はなに食べるの？」

「ぼくはサンドイッチかな」

「有紀、サンドイッチも食べたい。ポテトサンド」

「焼き肉弁当は？」

「それも食べる」

ぼくは笑った。声に出して笑った。これだけ素直に笑ったのはいつ以来だろう。コンビニの駐車場に自転車を停め、ぼくたちは店内に入った。買い物籠に焼き肉弁当とサンドイッチを放りこむ。

「飲み物は？」

「コーラ、いいですか？」

有紀は敬語を使った。

「コーラになにか問題でもあるの？」

「一日一回って決められてるの」有紀は頬を膨らませた。「子供の時たくさん飲み過ぎてお腹壊したの。もう子供じゃないのに」

「コーラでいいよ」

「やったー」

有紀は両手を振りかざして喜んだ。そんな彼女を気にとめる客も店員もいない。みな、彼女のことを知っているのだろう。

「本読んでてもいい？」

ぼくがレジに並ぶと有紀はそう言って雑誌コーナーに向かった。コミックを手に取り、嬉《うれ》しそうに読みはじめた。

「九百七十円です」

　レジを打ち終わった店員が言った。ぼくはポケットから財布を抜きだした。入口の方が騒がしい。視線を走らせると、ブレザー姿の高校生らしき少年たちが大声を張りあげながら店内に入ってきた。レジ係が眉を顰《ひそ》めた。万引きの常習犯なのだろう。

「おい、有紀じゃねえか」

　坊主頭の少年が有紀に声をかけた。有紀は手にしていたコミックを取り落とし、後退《あとずさ》った。

「そんな顔すんなって。なあ、おれたちと遊びに行こうぜよ」

　有紀の顔が引き攣《つ》っていた。目尻が神経質に痙攣し、頬の筋肉が波打っている。

「相変わらずいい女だな、おい」

　坊主頭の後ろに陣取ったふたりが下卑た笑みを浮かべ、口笛を吹いた。

「三十円のお釣りです」

　レジ係のおばさんは少年たちの行為に気づかないふりをしようと決めたようだった。

　ぼくは釣りとレシート、袋を左手で受け取り、有紀の方に足を向けた。

「有紀、行こう」

　有紀と坊主頭の間に割って入る。

「なんだ、てめえ？」

坊主頭の息がうなじにかかった。ぼくは有紀の肩に手を触れた。有紀の震えと目尻の痙攣が止まった。

「大丈夫。お絵描きに行くんだから」

「うん、お絵描き」

「てめえ、人の話聞いてるのか？」

今度は坊主頭がぼくの肩に手をかけた。ぼくは振り返った。坊主頭からは汗の匂いがした。

「どいてくれよ」

ぼくは言った。瞬きもせず、ただ坊主頭の目を見つめる。声の調子はフラットに。いじめから身を守るために見つけたすべての鎧《よろい》を身にまとう。

「な、なんだよ」

坊主頭は後退り、背中が仲間のふたりにぶつかった。鎧を身につけたぼくは、他人の目には不気味に見える。なにを考えているかわからないやつというわけだ。

「行こう」

ぼくは有紀の左手を摑《つか》み、坊主頭たちの脇をすり抜けた。

「おい——」

有紀の肉体に下品な感想を加えた少年がぼくに手を伸ばしてきた。ぼくは足を止めずに彼を睨《にら》んだ。レンズのように無機質な目で。少年の手は宙で動きを止めた。

ぼくたちは再び自転車に跨った。さっきよりずっと強く、有紀がしがみついてくる。ぼくは思いきりペダルを踏んだ。

「あいつら、知ってるの？」

コンビニから充分離れたところでぼくは訊いた。有紀がうなずくのがわかった。

「だれ？」

「太一《たいち》君」

有紀はそれ以上なにも言わなかった。有紀の身体が再び震えはじめていた。ぼくは口を閉じ、ペダルを漕ぎ続けた。

❄

プリントはしてみたものの、どうにも気に入らない写真を数枚、有紀に手渡した。どれもA４サイズのプリントだった。

「わあ」

有紀は目を輝かせ、背負っていたリュックサックからクレヨンの箱を取りだした。まだ真新しい。嬉々《きき》としている有紀を残し、ぼくは弁当とサンドイッチの包装容器を捨てるためにキッチンへ向かった。湯を沸かし、コーヒーを淹《い》れる。マグカップ片手にリビングへ戻り、ぼくは目を見張った。ぼくの写真がカラフルな色彩で覆われている。有紀は一心不乱に写真の上に色を塗っていた。机の上には有紀が使ったクレヨンが乱雑に転がっていた。

有紀が最初に選んだのは初秋の大沼を描写した一枚だった。湖畔に咲く綿毛のタンポポを前景に配し、朝日を浴びながら燦《きら》めく大沼を写し取ったものだ。良くも悪くもぼくの写真──美しいがそれだけの写真だ。

その無惨な写真に有紀は命を与えていく。タンポポは蘭《らん》に変身し、冷たさを湛《たた》えて憂えていたはずの湖面は春のようにゆったりとうねり、空に浮かんだ三人の天使が微笑みながら世界を見おろしている。

ひとつひとつの絵は稚拙と言えなくもなかったが、全体とすれば見事に調和が取れていた。ぼくの無機質な写真が、有紀の絵によって命を取り戻したかのようだ。

ぼくは嫉妬を覚えた。絵画でも写真でも、人は努力すればテクニックを向上させることができる。だが、なにをどう描写するのか、なにをどう撮るのか──センスは天性のものだ。ぼくは絵を描くのが好きだったが、センスがないことに気づいた。写真が好きになったが、やはりセンスのなさに天を仰ぐことがしばしばある。

有紀の絵は絵描きを目指すだれもが憧れるセンスに満ち溢れていた。

気づけば、ぼくは拳を強く握っていた。目が有紀の絵から離れない。唇を舐め、深い息を吐いて身体から力を抜いた。

「お絵描きは好きかい？」

「お写真の上に絵を描くのが好きなの。伯父様は画用紙に描きなさいって言うけど、有紀はいや」

「この写真、全部有紀にあげるよ」ぼくは机の上の写真を指差した。「そしたら、家に帰ってもお絵描きできるだろう？」

「敦史のお家がいい。お絵描きはここでするの」

有紀はまた写真に目を落とし、クレヨンを動かした。その動きはとても滑らかで美しい。また嫉妬が鎌首をもたげた。

「ぼくが太一君みたいになったらどうする？」

ぼくは言った。有紀は首を振った。

「敦史は天使だもん」

「悪魔かもしれないよ。天使のふりをして有紀を騙《だま》すんだ」

「そんなことないもん」

有紀の頰が膨らんだ。だが、クレヨンを握った手が動きを止めることはない。ぼくは溜息を漏らした。有紀には皮肉は通じない。彼女はただ、絵を描くことに集中しているだけだった。

ぼくはカメラをパソコンに繋ぎ、今日撮った画像をハードディスクに送った。くだらない嫉妬など呑《の》みこんで、ぼく自身の作業に集中するべきだ。有紀のように。天性のものを授からなかった人間は、ただ唇を噛《か》んで努力する他はない。

4

大沼はまだ夜の闇の底にひっそりと横たわっていた。東の空がかすかに白みはじめていたが、満天の星が居座っている。ぼくは三脚に固定したカメラのファインダーを覗いた。

大沼と星空——被写体としてはあまりに陳腐だ。星の軌道を写す方法さえ知っていればだれにだって撮ることができる。多少構図に変化を加えるぐらいでしか自己を主張することはできない。

それでも、ぼくは夜更けにこうして星空を撮るのが好きだった。最適な構図を得ようとファインダーを覗きながらああでもないこうでもないと考えていると、そのうち、夜空が闇ではないことがわかってくる。限りなく黒に近い無数の群青が寄り集まったものが夜の闇なのだ。

カメラにできるだけ衝撃を与えないよう、シャッターボタンではなくコードで繋げたレリーズボタンを押す。

モニタで撮れたばかりの画像を確認し、ぼくはカメラを三脚から外した。リュック型の大きめのカメラバッグにカメラをしまい、折りたたんだ三脚を括《くく》りつけた。手袋をはめて自転車に跨る。あと一時間ほどで夜明けがやってくる。このまま、駒ヶ岳方面に足を伸ばして日の出を撮るつもりだった。気象条件と日の出の時間、位置はあらかじめ調べてある。このままの天候が続けば、美しい日の出が撮れるはずだ。

ペダルを漕ぐと、刺すように冷たい風が頰を切り裂いた。いくら寒いのが好きだとはいえ、夜明け前の空気はあまりに冷たすぎる。ぼくはハンドルから手を放し、手袋をはめたままの指先でダウンジャケットのジッパーを引きあげた。

木々がざわめき、星々が真後ろに流れていく。人も動物も深い眠りの底にあって、この世界にいるのはぼくひとりだという気分に襲われていく。ぼくは世界の支配者なのだ。昂揚した気分のまま、遮二無二ペダルを踏んだ。昔流行《はや》った歌をハミングしながらぼくは笑っていた。冷たい風ももう気にならない。うっすらと汗さえかきはじめていた。

東の空から中天にかけて、オレンジから白、そして濃い群青へと連なるなだらかなグラデーションが描かれていく。ぼくは色の数をかぞえた。橙《だいだい》色、オレンジ、黄色、レモンイエロー、クリームホワイト、オフホワイト——世界には無数の、それこそ人類が名付けることさえできなかった色がひしめいている。その色をこの手に掴みたい。だからぼくは絵筆を手に取り、今はカメラを携えている。

目的地に到着した。左下手《しもて》に大沼、右の上手《かみて》に駒ヶ岳を望むポジションだ。駒ヶ岳の稜線《りょうせん》上に顔を出す太陽が大沼を柔らかく照らしてくれるはずだった。

ぼくは三脚を立て、カメラを固定した。構図を探り、露出を得るためのテストシュートを繰り返した。日が出れば、露出は劇的に変わる。それを頭に入れて補正を施した。セッティングが終わると、魔法瓶に入れておいたコーヒーを啜った。相変わらず、世界はぼくひとりのものだった。

やがて、駒ヶ岳の稜線が空にくっきりと浮かびはじめた。遠くで水鳥の鳴く声が響いていた。朝がやってくる。ぼくはファインダーを覗いた。太陽が稜線の向こうに顔を覗かせる瞬間を待って、静かにシャッターを切った。

世界が色彩を取り戻し、輝いていく。立て続けにシャッターを切りながら、有紀のことを思った。駒ヶ岳から顔を覗かせる日の出などではなく、朝の生まれたての光を浴びる有紀をこそ撮るべきだったのだ。彼女をここに連れてくるべきだったのだ。

ぼくは首を振った。

いくらなんでも夜更けに彼女を連れだすことはできない。多分、ぼくが頼めば彼女はOKしてくれるだろう。だが、彼女の保護者がそれをゆるすまい。先日、まだ絵を描き続けると駄々を捏《こ》ねる有紀をなんとか家に送り届けた時の水島邦衛の顔が脳裏に浮かぶ。彼は明らかにぼくを、いや、有紀のぼくへの接近を警戒していた。

無理もない。子供のままの心と、年以上に成熟した肉体は彼女を様々な危険にさらすだろう。コンビニで下卑た声をかけてきた太一君とその仲間たちが頭の中で彼女を裸に剝《む》き、あられもない姿にして蹂躙《じゅうりん》していただろうことは想像に難くない。

至福の時間はすぐに終わった。太陽が稜線の上にすっかり顔を出すと魔法のような柔らかい光はすっかり消え失せてしまった。

ぼくはカメラと三脚を片付け、来る時とは正反対に、疲れた足で自転車に跨った。

❄

別荘に着くころには日はすっかり高くなっていた。玄関の前で、有紀がしゃがんでいる。真っ赤なウィンドブレーカーにぴったりしたジーンズ、それに焦げ茶のロングブーツを履いている。これで化粧を施せばファッションモデルで通るだろう。だが、有紀は一心不乱にクレヨンを動かしていた。画材はぼくのプリントだ。

ぼくが自転車を降りても有紀は気づかなかった。

「寒くないのかい？」

声をかけると、有紀は顔をあげて微笑んだ。

「おかえりなさい。どこに行ってたの？」

「駒ヶ岳の方まで」

「有紀も行きたかったのに」

「まだ暗いうちから出かけたんだよ。そんな時間に有紀を誘ったら、伯父さんに叱られちゃう」

「有紀は平気だもん」

有紀は唇を尖らせた。

「そんなこと言っちゃだめだ」ぼくは少しだけ語気を強めた。「伯父さんは有紀のためを思ってるんだから」

有紀の目尻が痙攣《けいれん》し、ぼくはたじろいだ。だが、有紀は必死で自分の感情と戦っているようだった。

「朝ご飯は食べた？」

有紀は目尻を痙攣させながらうなずいた。

「なにを食べたの？」

「トーストとブルーベリージャム。それに、サラダとミルク」

台詞《せりふ》を棒読みする大根役者のようだった。ぼくはカメラバッグを背負い、彼女に手招きした。

「コーラがあるよ。飲むかい？」

「うん」

目尻の痙攣が止まった。彼女は急いでクレヨンを箱にしまい、立ちあがった。

「また、お写真、たくさん撮った？」

「うん」

「お絵描きできる？」

「うん」

ぼくは破顔した。ここに有紀がいたらと思った時点で、今朝の写真はもうどうでもいいものになっていた。現像するつもりもなくなっていたのだが、有紀のためにプリントしてやるのも悪くはない。なんの変哲もないぼくの写真に、有紀がどうやって命を吹きこんでいくのか見てみたかった。

別荘に入ると、有紀はリビングの机に写真を広げた。ぼくはケトルをコンロにかけ、湯が沸くのを待つ間、コーラをコップに注いで有紀のもとへ運んだ。有紀が絵を描き加えているのは森から望む小沼の湖面を写したものだった。赤や黄色に色づいた木々の向こうで湖面がもやっている。木々には有紀が描き加えた小鳥たちがとまり、湖面では魚が跳ねていた。

ぼくは有紀の傍らにコップを置いた。有紀は気づかなかった。まん丸い目でプリントを見つめ、機械のようにクレヨンを動かしている。ぼくは肩をすくめ、キッチンに足を向けた。

電話が鳴った。有紀の肩がびくりと震えた。

「はい、三浦です」

「ああ、三浦君か……」電話の主は水島邦衛だった。「つかぬことを訊くが、もしかして、有紀がお邪魔していないだろうか？」

「来ていますよ。ぼくは、暗いうちから駒ヶ岳の方に写真を撮りに行ってたんですが、戻ってきたら、玄関にいました。身体が冷えているんで、今、お茶を飲ませてるところです」

ぼくは嘘《うそ》をついた。昔から、平気で嘘をつける質《たち》だった。

「これから迎えに行くから……今日は、函館《はこだて》に行く用事があるんだよ」

「それは知りませんでした」

「大沼を離れるのを嫌がるんだ。いつも気をつけているんだが、ちょっとした隙に逃げられてね。今までは捜すのも一苦労だったんだが、君のところにいてくれたなら助かる」

「お待ちしてます」

ぼくは受話器を置いた。有紀はすでに電話に興味を失い、お絵描きに集中していた。

有紀は顔をあげ、ぽかんとした表情を浮かべた。

「今日、函館に行く日なんだろう？」

「函館、嫌いなの」

「でも用事があるんだよね」

「用事があるんだって？」

「函館より敦史がいい」

キッチンでケトルの笛が鳴りはじめた。

「お絵描き、続けてなよ」

有紀に言い残し、ぼくはキッチンに行った。陶器のポットに紅茶の葉を入れ、湯を注ぐ。義父は紅茶に目がなかった。コーヒーは味がわからない連中が飲むものだと言い放って臆することがなかった。ぼくはコーヒーも紅茶も好きだ。かつては苦手だった日本茶も、ここに来てからはよく飲むようになっている。

紅茶の入ったカップを携えてリビングに戻った。有紀は違う写真に絵を描きこんでいた。ぼくは作業用の机に置いておいたプリントを手にした。この前の朝に撮ったものだ。レタッチに数日費やしてやっと満足のいくものになり、昨日の夜プリントしておいた。

「有紀」ぼくは言った。「ぼくからのプレゼント」

有紀は写真を受け取り、「わぁ」と小さな声をあげた。

「綺麗」

「これにはお絵描きしないで欲しいんだ。できる？」

有紀はうなずいた。

「だって、プレゼントだもん。有紀、大切にする」有紀は写真に視線を落とした。「綺麗……」

「ぼくの妖精だよ」

「妖精？」

有紀は小首を傾げた。無防備なその仕種《しぐさ》は、永遠にぼくから失われてしまったものだった。

「そう。あの朝、有紀は天使を見つけた。ぼくは妖精を見つけたんだ」

「有紀が妖精？」

「うん」

有紀の手から写真が落ちた。慌てて手を伸ばしたが、その腕をかいくぐって有紀がぼくの懐に飛びこんできた。ぼくはきつく抱きしめられた。

「有紀……」

「そんなこと言ってくれたの、敦史が初めて」

有紀の声はふいに大人びたものに変わった。ぼくの心臓は早鐘《はやがね》を打ちはじめた。ぼくの両腕は中途半端に宙に浮いている。

「どうしてさ？　有紀はこんなに綺麗なんだから、みんな、有紀のことを妖精みたいだって言うだろう？」

声を震わせないようにするのがやっとだった。有紀はウィンドブレーカーを脱いでいた。その下は薄手のセーターだけだ。有紀の肉体の感触が直《じか》に伝わってくる。ぼくは勃起していた。有紀を抱きしめたら理性は蒸発するだろう。

ぼくの胸に顔を埋《うず》めたまま、有紀は首を振った。

「有紀はいらない子だって……」

消え入りそうな声だった。

「だれがそんなことを？」

「パパもママも……」

有紀は溺れかけている人間のようにぼくにしがみついてくる。ぼくの硬直したものが有紀の下腹部に当たっていた。そこだけ溶けてしまいそうなほど火照《ほて》っている。

「有紀――」

有紀を放そうとしたが、彼女を振りほどこうとするぼくの力は余りに弱かった。頭の奥で別のぼくが囁《ささや》いている。このままやっちまったってだれにもわからないぜ――ぼくは激しく首を振った。

「お絵描きの続きをしよう」

ぼくは言った。有紀の身体から力が抜けていった。

「お絵描き？」

「うん、まだ途中だろう？」

「そうだ。お絵描きしなきゃ」

有紀は床に落ちていた写真を拾いあげ、そっと胸に抱えた。

「ありがとう、敦史。有紀、敦史の妖精になる」

ぼくは微笑んだ。口が裂けても天使になるとは言えない。

「さあ、お絵描きを続けよう」

「うん」

有紀が微笑むのと同時にインタフォンが鳴った。頰が赤らむのを覚えた。水島邦衛が有紀を迎えに来たのだ。ぼくの股間はまだ余韻に浸って硬直している。

玄関のドアを開けると、研ぎ澄まされた刃のような冷たい風が吹きこんできた。

「どうも。世話をかけるね」

水島邦衛はトレンチコートの襟を立てていた。車を降りて玄関口に立つまでの間に頰が赤く染まってしまっている。気温が急激にさがっていた。

「冷えてきましたね。お入りください」

「寒波が来ているようだね。今夜からは冷えこみがきつくなりそうだ」

水島邦衛はスリッパに履きかえ、ここが自分の家でもあるかのようにぼくの前を歩いた。リビングの入口で足を止め、振り返った。

「君の写真にクレヨンで絵を描いている」

「ぼくがいいと言ったんです。どうせ、ろくでもない写真だし」

「しかし……」

「気にしないでください。本当に大切な写真は彼女には渡しませんから」

ぼくは言った。

「そうか……済まないね」

「いいんです」

「有紀、行くよ」

水島邦衛はリビングに足を踏みだし、優しい声を有紀にかけた。

「いや。函館嫌い。有紀は行かない」

「そんな我《わ》が儘《まま》を言わないで」

「有紀、敦史と一緒にいるもん。お絵描きするんだもん」

「有紀」

水島邦衛の声が強張った。有紀の目尻が痙攣した。

「今日函館に行くことは前から言っていただろう。約束を破っちゃいけない」

「いや」

目尻の痙攣が激しくなっていく。痙攣というよりストレスによるチックと言った方がいいのかもしれない。有紀の美しい顔には似合わなかった。

「有紀――」

「いやったらいやっ」

突然、有紀は頭を掻《か》き毟《むし》りはじめた。

「有紀――」水島邦衛は呆然《ぼうぜん》とした目でぼくを見つめた。「わたしが触れるともっと酷《ひど》いことになるんだ」

ぼくはうなずいた。

「有紀」

優しい声をかけながら近づいていく。有紀はまるでなにかに取り憑かれたかのようだった。目は虚《うつ》ろで、機械的に頭を掻き毟り続けている。

「有紀、函館に行かないと、お絵描きができなくなるよ。だって、約束を破るような子とはぼく、遊べないよ。それでもいいのかい？」

有紀はぼくを見ようとはしなかった。

「お絵描きするための写真はいっぱいあるよ。みんな、有紀にお絵描きしてもらいたくて列を作って待ってるんだ。有紀がお絵描きできなくなったら、みんな悲しむよ」

有紀の眼球が動いた。少しずつ、ぎごちなく動きながらやがてぼくを見つめる。

「本当？」

「うん、本当だよ。写真たちはみんな、有紀にお絵描きしてもらいたがってるんだ。でも、伯父さんとの約束を守らないと、有紀はお絵描きできなくなる」

「お絵描きできないのはいや」

「函館とどっちがいや？」

有紀はやっと頭を掻き毟るのをやめた。

「お絵描きできないのはいや」

同じ言葉を繰り返し、有紀はぼくの肩越しに水島邦衛を見た。

「ごめんなさい」

「う、うん。わかったならいいんだ、有紀。さあ、三浦君にありがとうと言いなさい」

「ありがとう、敦史」

有紀はゼンマイが切れかけた人形のような間延びした仕種でクレヨンを箱に詰めた。箱と写真をリュックに詰める。さっきぼくがあげた写真は見当たらなかった。水島邦衛を玄関に迎えに行っている間にしまったのかもしれない。

有紀はおとなしく水島邦衛に従った。ぼくは外までふたりを見送った。

「いや、助かったよ。一度ああなると手がつけられなくてね」

有紀を助手席に乗せると、水島邦衛は運転席のドアを開ける前にぼくに言った。

「函館ではなにを？」

ぼくは訊いた。

「君に話さなければならない理由があるのかな？」

水島邦衛はそう言うとさっさと運転席に乗りこんだ。冷たい風に身を切られながら、ぼくは走り去っていく車の後ろ姿をいつまでも見つめていた。

5

雪が舞っていた。カーテンを開けたままぼくはしばらく立ち尽くした。昨日の天気予報、そして、ぼくが天気図を見た限りでは、今日は快晴のはずだった。だが、空は灰色の雲に覆われ、ぽってりと太った雪片がゆらゆらと空から舞い落ちてくる。初雪だ。

ぼくは我に返り、大慌てで着替えを済ませた。雪は長くもちそうにない。気温が少しでもあがれば雨に変わってしまうだろう。必要な機材をカメラバッグに収め、ダウンジャケットを羽織って外に出た。さすがにウィンドブレーカーでは防ぎきれないほど寒さが増している。

有紀を呼びに行きたかった。だが、あの日以来、有紀は姿を見せなくなっていた。水島邦衛に止められているのかもしれない。

風はほとんどなかった。湿ったぼた雪はダウンジャケットに付着すると同時に儚《はかな》く解けていく。ぼくは自転車に跨り、大沼までの最短距離を進んだ。顔に当たる雪が洗顔代わりだ。空気と雪の冷たさがぼくを覚醒させていく。

白鳥の群れが飛来していた。自転車を降りると、望遠レンズをカメラに装着した。大きく息を吸い、両脇を締めてカメラをホールドする。F2.8という明るさを誇る望遠レンズはずしりと重い。群れの中でもひときわ大きな個体にピントを合わせ、ぼくはその時を待った。

どれぐらいそうしていたかわからない。突然、狙いをつけていた個体が伸びをするように湖面から身体を持ち上げ、両翼を広げた。水飛沫《しぶき》があがり、空から舞ってくる雪に襲いかかった。

ぼくはすかさずシャッターを切った。あらかじめ連写モードに切り替えてあったカメラがマシンガンのような音を立てた。その音に驚き、他の白鳥たちも飛び立とうと翼を広げた。

「美しい」

ぼくは呟《つぶや》きながら白鳥たちが飛び立つまでシャッターボタンを押し続けた。

白鳥がいなくなると気が抜けた。まだ雪は降り続けているがそれ以上写真を撮る意欲はなくなっていた。カメラとレンズをバッグに戻し、ぼくは自転車に跨って力なくペダルを漕いだ。

駅へ向かう高校生たちの姿が目についた。彼らは函館本線の列車に乗り、函館の高校に通う。太一君が着ていたブレザーが脳裏によみがえった。函館の私立高校の制服だ。

ぼくは大沼駅に向かった。駅前の広場に自転車を停め、駅舎に吸いこまれていく生徒たちを漫然と眺めた。太一君がやって来たのは列車の出発時刻の三分前だった。コンビニで一緒だったふたりの仲間と下品な笑い声をあげながら向かってくる。

「あ、ちょっと」

ぼくは目の前を通り過ぎようとしていた女子高生に声をかけた。彼女は太一君と同じ高校の制服を着ていた。

「なんですか？」

「あの子――」ぼくは太一君を指差した。「坊主頭の彼、なに太一君だっけ？」

「杉下《すぎした》君？」

「ああ、そうそう。杉下太一君だった。ありがとう」

ぼくは彼女に礼を言ってまた自転車に跨った。

❄

別荘に戻る途中で中谷さんの車を見つけた。車はとある別荘の前に停まっており、中谷さんはその家の庭の落ち葉を片付けていた。

「中谷さん」

ぼくは自転車に跨ったまま声をかけた。中谷さんは暢気《のんき》そうに顔をあげた。

「おお、三浦さんの坊ちゃん」

「坊ちゃんはやめてくださいよ。雪、あがっちゃいましたね」

「ああ、いいことだ。今ごろ雪が積もったりしたらわやだべさ。今年はいつもより少し早かったね、初雪」

「雪と言えば、有紀ちゃんは元気ですかね？」

我ながら下手《へた》な会話のきっかけだと思いながらぼくは言った。

「あんた、まさか有紀ちゃんに変な気起こしてるんじゃないかい」中谷さんの目がぎょろりと動いた。「あの子はだめだよ。えらいめんこいけど、心は子供だからね」

ぼくは苦笑した。

雪が降らなくなるのと同時に強まってきた風が、中谷さんの足下の落ち葉を揺らした。かさかさと乾いた音にぼくは耳を澄ませた。

「めんこいだけに、余計可哀相でね。時々お屋敷からいなくなるから、目を光らせてるようにしてるんだわ」

「ぼくも気をつけるようにしますよ」

「そうしてけれや。水島先生も喜ぶから。そういや、水島先生、今日は函館に行くとおっしゃってたなあ」

中谷さんはそう言うと、また庭の落ち葉を集めはじめた。

「この前も有紀ちゃんを連れて函館に行ってましたけど……」

「今回は身の回りのものとかの買い出しだべ。ほれ、いよいよ冬が来るから」

「そうか。ぼくも買い出しに行かなきゃ」

「本格的に寒くなってからじゃ遅いからね」

「杉下太一君って知ってます？」

ぼくは話題を変えた。

「太一？　あの不良か？」

「この前、有紀ちゃんをどこかに連れて行こうとしてたんですよ。有紀ちゃんは知り合いだって言ってたんですが」

中谷さんは舌打ちした。

「中学ん時から、煙草《たばこ》は吸う、酒は飲む、万引きはする、喧嘩《けんか》もする。どうしようもない悪ガキだ」

「本当に有紀ちゃんの知り合いなんですか？」

　中谷さんはまた仕事を中断した。

「水島先生の亡くなった奥さんの親戚だよ。甥《おい》っ子かなんかだったべかな。しかし、あの悪ガキ、有紀ちゃんに悪さする気だべか？　水島先生に言っておかないと」

「注意しておいた方がいいと思いますよ」

「うん、そうしよう」

「それじゃ、お邪魔しました」

　ぼくは中谷さんに一礼し、自転車を漕いだ。

❄

　気がつけば、水島邦衛の洋館の前に来ていた。そうなることがわかっていて、ぼくはわざと無意識に自転車を漕いできたのだ。目に入る範囲に水島邦衛の車はなかった。ぼくは自転車を降り、インタフォンを鳴らした。しばらくすると、スピーカーから有紀の声が流れてきた。

「はい？」

「妖精さんはいますか？」

「敦史！」

有紀の声のトーンが跳ね上がった。

「妖精さん、モデルさんになってくれませんか？」

「行く」

有紀は語尾を伸ばした幼い声で答えた。待っていると、いつもの真っ赤なウィンドブレーカーを羽織った有紀が玄関から飛びでてきた。リュックを背負っている。

「久しぶり」

ぼくは微笑みながら言った。

「久しぶりっ」有紀は目を輝かせていた。「お写真撮りに行こう。それからお絵描き」

「伯父さんに断らなくて大丈夫かな？」

有紀の表情がたちまち曇った。

「どうしたの？」

「出かけちゃだめだって」

「どうして？」

有紀は俯《うつむ》いた。

「ちょっと風邪を引いてたの」

「そうか。じゃあ、家でおとなしくしてないと――」

「大丈夫。もう、お熱は下がったの。有紀、大丈夫なのに、伯父様が意地悪言うの」

「本当に？」

ぼくは有紀の額に手を当ててみた。確かに、熱はなさそうだった。

「じゃあ、内緒にしておこうか。ぼくと有紀だけの秘密だよ」

「秘密？」

「そう」ぼくは右の小指を立ててみせた。「秘密。指切りしよう。ぼくと有紀のことはだれにも言っちゃだめだ。約束だよ」

「うん」

有紀の小指がぼくのそれに絡んでくる。ぼくたちは指切りげんまんの歌をうたった。

「伯父さんは？」

「お出かけ」

「何時ごろ戻ってくるのかな？」

「夕飯の支度しなきゃならないから、夕方までには戻るって」

「じゃあ、有紀もその前に戻れば伯父さんにはばれないね」

「うん」

有紀の笑顔は春を思い起こさせる。彼女を荷台に乗せて、ぼくはペダルを踏みこんだ。

「どこに行くの？」

有紀の問いかけにぼくは空を仰いだ。雪を降らせた雲が西の空に遠ざかっている。東の空に広がっているのは尾を伸ばした薄い雲だけだった。

「森へ行くよ」

ぼくは言った。木漏れ日を浴びる有紀の鮮烈なイメージが頭に居座っている。小沼と蓴菜沼《じゅんさいぬま》の間に位置する日暮山《ひぐらしやま》に自転車の鼻先を向けた。だれにも見咎《みとが》められないよう、裏道を優先的に進む。こんな時、マウンテンバイクはすこぶる優秀だった。

麓《ふもと》に自転車を停め、徒歩で山中に入った。山といってもそれほど高いわけではない。ぼくと有紀は木々の間を縫い、落ち葉を踏みしめて緩やかな勾配《こうばい》を登った。やがて絶好の撮影ポイントを見つけた。木漏れ日が小さなスポットライトのように点在している。木漏れ日が当たっている場所と影になっている場所とのコントラストが強く、露出は難しいがうまく撮れれば幻想的な写真に仕上がるはずだ。

「ここで撮ろう」ぼくは言った。「有紀、あの木の下に行って」

ぼくはひときわ幹の太い白樺《しらかば》を指差した。有紀はリュックサックを落ち葉の上に置いてぼくの指示に従った。

「木にもたれかかって」

有紀は小首を傾げた。

「木に背中を押しつけるんだよ……そうそう」

有紀は幹にもたれかかった。木漏れ日は足下にある。ぼくは白樺のそばに三脚を立て、雲台《うんだい》にガムテープでレフ板を固定した。

「有紀、そのまま顔だけ動かして空を見てごらん」

有紀の顎があがった。ぼくはシャッターを切る。

「そうそう。そのまま、少しずつ右を見て」

有紀は右を見る。ぼくはシャッターを切る。有紀の顎の筋肉が緊張していた。

「撮影終わったら、お絵描きとコーラが待ってるよ」

有紀は微笑んだ。ぼくはシャッターを切る。少しずつ木漏れ日が移動するのに合わせてぼくも動く。

「腕を組んで」

「ジーンズのポケットに手を入れて」

「笑って」

ぼくの様々な注文に、有紀は文句も言わずに従ってくれた。口を開かなければ、プロのモデルのようだった。

「ちょっと休んでいいよ」

十分ほどぶっ続けにシャッターを切り、ぼくは休憩を取った。撮った画像をモニタで確認し、なんとか舌打ちを堪《こら》えた。有紀の顔の皮膚の階調を出すことだけにとらわれていたせいか、撮った画像にはなんとなく締まりがなかった。赤いウィンドブレーカーがビビッドすぎるのだ。

「赤がいや」

ぼくと一緒にモニタを覗きこんでいた有紀が言った。彼女の豊かな色彩感覚もぼくの写真を否定している。

「有紀、ウィンドブレーカーの下はなにを着てるの？」

「トレーナー」

「どんなの？　見せてくれる？」

有紀はウィンドブレーカーを脱いだ。中に着ているのはオーソドックスなグレイのトレーナーだった。袖口や首回りが伸び、右の肩が剝き出しになっていた。白い肌に白いブラのストラップが艶《なま》めかしかった。

「恥ずかしい……」

有紀はずり落ちたトレーナーを肩まで引きあげた。

「綺麗だよ。大人の女の人みたいだ」

「本当？」

有紀は恥ずかしがりながら、しかし、目を輝かせた。

「ぼく以外、だれも見てないから、恥ずかしがらなくてもいいよ、有紀」

「敦史に見られるのが恥ずかしい」

「こうしたらどう？」

ぼくはカメラを構えた。ぼくのデジタル一眼レフはプロ仕様機とも呼ばれ、普通のものより一回りはボディが大きい。縦位置に構えれば顔のほとんどが隠れてしまう。

「それなら大丈夫かな……」

「よし。じゃあ、その木に抱きついて」

ぼくはカメラを構えたまま有紀から離れた。

「こう？」

有紀は声を撥《は》ねあげて白樺の幹に抱きついた。トレーナーがまたずり落ちて肩が剝きだしになった。ブラのストラップに木漏れ日が当たった。慎重に露出を計っている暇はない。いつまた、有紀が恥ずかしがりはじめるかわからない。ぼくは山勘で露出を決めた。

「可愛いよ、有紀。本当のモデルさんみたいだ」

ぼくが声をかけると有紀の顔がほころんでいく。その笑顔に応じるように風が吹き、落ち葉を揺らし、有紀の髪の毛をなびかせた。ぼくは立て続けにシャッターを切った。

有紀が肩の露出を気にしなくなったところでぼくはポーズを変えさせた。

「もうちょっとお尻を突きだしてごらん」

有紀の腰が九十度に曲がった。突きだされたヒップはジーンズに包まれていてもその弾力と豊かさが手に取るようにわかる。

有紀の無邪気を弄《もてあそ》んでいると自嘲しながら、しかし、シャッターを切る指の動きは止まらない。次は白いシルクのブラウスを有紀に着せよう——そんなことさえ考えている。木漏れ日がシルクを透けさせ、有紀の肉体美がもっと映えるだろう。

有紀の純粋な笑顔と日本人離れした肢体のアンバランスがぼくの目を引きつけてやまなかった。

「またぼくの方を向いて、木にもたれかかって。少し背中を反り返らせるんだ。わかる？」

有紀は呑みこみの早いモデルだった。ぼくの望むポーズをとり、信頼の笑みをぼくに向ける。昔飼っていた犬を思いだした。ぼくがまだ小学生のころ、家にいた雑種だ。名はハナと言った。ハナはぼくに懐き、それこそ今有紀がぼくに向けているのと同じ、百パーセントの信頼を示す笑顔をいつも浮かべていた。

ぼくが中学にあがる前にハナは癌で死んだ。あの喪失は今でも忘れられない。ハナの亡骸《なきがら》を呆然と見おろしながら、二度と犬は飼わないと誓ったのだ。それほどぼくを襲った悲しみと喪失感は強かった。

「寒い……」

我に返ると有紀の笑顔が強張っていた。風は強まり、気温はさらにさがっていた。ぼくはカメラを肩からぶらさげ、有紀のもとに駆けた。頬と剝きだしの肩が血の気を失っている。

「ごめん。気がつかなかった」

ぼくの手も寒さにかじかんでいた。写真を撮ることに集中しすぎていたのだ。ぼくは有紀の頬に触れた。ぼくの指先も有紀の皮膚の表面も氷のように冷たかった。

「しゃっこい……」

有紀は俯いた。ついさっきまで白かった頬がほのかに赤く染まっている。枯れ葉の上に置いておいたウィンドブレーカーをぼくは拾いあげた。

「さあ、これを着て。風邪が酷くなっちゃうよ」

差しだしたウィンドブレーカーには目もくれず、有紀はぼくの胸に顔を埋めてきた。

「敦史、あったかい……」

この前のように劣情を催すことはなかった。有紀はハナと同じなのだ。ぼくに触れたがり、じゃれたがる。だが、そこに性的な欲求は一切ない。

「あんまり調子がよくなかったのに、ごめんな、有紀」

ぼくはそっと有紀を抱きしめ、背中を優しく撫《な》でた。寝たきりになったハナにそうしてあげたように。

6

有紀を洋館に送り届けて、ぼくは帰途についた。風が台風のように荒れ狂っている。手袋を履いていても——北海道ではこう言うのだ——指先に痛みに似た冷たさが忍び寄ってくる。

別荘の前に四駆が停まっていた。『わ』ナンバーだった。マフラーから立ちのぼる排気ガスが陽炎《かげろう》のように揺れている。ぼくは自転車を降り、車の脇を通ろうとした。いきなりドアが開き、柄の悪い中年男がふたり、車を降りてきた。ふたりとも似たような背格好で、黒革のロングコートを身につけていた。片方は禿頭《はげあたま》で、片方は長髪をポニーテールにまとめていた。

「三浦敦史だな？」

禿の方が口を開いた。歯がヤニで黄ばんでいる。

「そうですけど」

「おれたちはな、おまえの親父《おやじ》に金を貸してるんだがよ」ポニーテールが言った。「その親父さんと連絡が取れねえんだよ」

禿がぼくの行く手を阻むように位置を変えた。

「ぼくも義父《ちち》とは連絡が取れないんです。留守電にメッセージを残してるんですけど」

「会社にも顔出してねえんだよ、坊主」

禿が言った。しきりに足踏みを繰り返している。

「それは初耳です」

ぼくの義父は小さな輸入雑貨の会社を経営していた。北欧からものを仕入れ、卸す。大儲《おおもう》けは期待できないが、経営は順調だった。しかし、アメリカでサブプライムローン問題が持ちあがったころから、会社の屋台骨は急速に傾いていった。

「どこに隠れてるのか、教えろ」

ポニーテールが白い息を吐きだしながら言った。

「知りません」

ぼくは答えた。

「しらっとした顔しやがって、ガキのくせによ」

禿が腰を屈《かが》め、下からぼくの顔を睨みつけてきた。

「親父が出てこないと、借金、おまえに肩代わりしてもらうことになるぞ」

ポニーテールが煙草をくわえた。火を点《つ》けようとするが、強風がライターから火を奪っていく。

「いくらあるんですか?」

「二千万だ」

ポニーテールは煙草を投げ捨てた。

「へえ……」

「へえってのはどういう意味だ、へえってのはよ」

禿がぼくの肩に腕を回してくる。ぼくはその腕を振り払った。

「そんなに経営が大変だったんだと思って。ぼくにはそんなこと一言も口にしなかったから」

「これが借用書だ」

ポニーテールが黒革のコートの内側から書類を取りだした。

「仕舞ってください。ぼくが見てもしょうがないし」

「おいおい、親父さんが姿を現さなかったらおまえが払うことになるんだぞ。一応、確かめておいた方がいいんじゃねえのか?」

ぼくは禿に微笑みかけた。

「ぼくが払う義務はありませんよ」

「なんだと?」

禿の目が細くなった。

「母は三浦さんと入籍したわけじゃないんです。内縁の妻ですか。ぼくも便宜上三浦と名乗ってますけど、戸籍上は細川《ほそかわ》敦史です。法律上じゃ、義父とは赤の他人なんです。まあ、血が繋がっていたとしても、払う義務はないと思いますけど」

ぼくはしゃあしゃあと嘘をついた。

「法律なんて、知ったことじゃねえんだよ、こっちは」

ポニーテールが歯を剝いた。ぼくは意識的に笑ってみせた。

「そうはいかないと思いますよ」

頰に衝撃が来た。ぼくは自転車ごと倒れこんだ。見あげると禿が拳を握っていた。彼の輪郭は薄暮に溶けこんでいる。痛みがゆっくり襲いかかってきた。

「舐めた口利いてるんじゃねえぞ、小僧」

ぼくは左の頰を押さえながら立ちあがった。

「傷害ですね」

「なんだと？」

「これから警察に行ってあなたたちを訴えてきます。レンタカーのナンバーは覚えてるから、逃げても無駄ですよ」

「この野郎――」

禿が腕を振りあげた。ぼくは目を閉じた。衝撃はいつまで経ってもやってこなかった。目を開けると、ポニーテールが禿の腕を押さえていた。

「見た目より肝が据わってるな、兄ちゃん」

ポニーテールが言った。

「そんなことないです」ぼくは首を振った。「義父の居所は知らないし、義父の借金を肩代わりする謂《いわ》れもない。それだけです」

「今日のところはこれで帰る。身体が芯まで冷えてるしな」

「おい」

禿がポニーテールを睨んだ。ポニーテールは禿を無視し、ぼくの肩を二度叩いた。

「だが、これで済むとは思うなよ、兄ちゃん」

ポニーテールは唇だけで笑うと、禿を促して車に乗りこんだ。禿は車の中からいつまでもぼくを睨んでいた。

❄

氷を入れたジップロックで殴られた頬を冷やしながら、有紀の写真の現像をはじめた。

だが、心が乱れる。

やって来るのは警察だと思っていた。だが、実際にぼくの目の前に現れたのはやくざまがいの男たちだった。義父の会社の経営が苦しいのは知っていたが、ああいう連中から金を借りているとは予想もしていなかった。半年ほど前に十人いた社員をすべて辞めさせ、ひとりで会社を切り盛りしていた。彼らの他にも借金取りはいるはずだ。ただ、やくざまがいの連中の方が情報収集能力にすぐれている。だから、彼らが真っ先にやってきた。いずれ他の連中もぼくの前に姿を現すのだろう。

どうするか——いくら考えても結論は出なかった。

ぼくは現像を諦め、ジップロックの氷を取り替えた。電話に手を伸ばし、かける。留守電のメッセージが終わるのを待って、空疎な言葉を吹きこんだ。

「義父《とう》さん、最近、いつ電話しても出ないけどどうしたの？　夜はたいてい別荘にいるから時間ができたら電話をください」

電話を切ると自然と顔がほころんだ。警察ではなくやくざが来たということはぼくにはまだ時間があるということだ。

パソコンの電源を落とし、紅茶を淹れてからフェルメールの画集を片手にソファに腰を下ろした。

フェルメールの絵は写真のようだ。主題は精密に描写されているが、主題をとりまくものたちはあっさりと描かれる。写真でいうところのボケを思わせる描写だ。

普通、レンズは絞りを開くとピントの合う位置がどんどん狭まっていく。ピントから外れた部分は微妙にぼけて描写されるのだ。逆に、レンズの絞りを絞っていくとピントは広い範囲に合っていく。

フェルメールの絵画は中間の絞り値で撮った写真を思わせる。

ぼくは高校時代まで、フェルメールの猿真似《さるまね》のような絵を描き続けていた。絵描きになりたかった。他の職業なんて考えたこともなかった。小さな時から絵を描くことに取り憑かれ、十年以上夢を追いかけ続けたのだ。

けれど、現実は残酷だ。ある絵によってぼくは自分にはこれっぽっちの才能もないことを思い知らされた。その絵を描いたのはぼくと同じ年の少年だ。彼の絵は輝いており、ぼくの絵はくすんでいた。

恋い焦がれた夢が永遠に手の届かないものだと知って、ぼくは途方に暮れた。「おまえの絵だってたいしたものだ」と声をかけてきた美術教師に殺意を覚えた。

努力すれば報われるというのはたわごとだ。世の中は不公平にできており、ぼくのような人間がどれだけ努力を重ねても、ぼくより遥《はる》かに才能に恵まれた人間がぼくと同じだけの努力を重ねたら、永遠に追いつくことはできない。

それに気づいた時、ぼくの目の前に無限の闇が広がった。

画集を閉じ、紅茶を啜った。殴られた頬が鈍い痛みを訴えている。頬は腫れ、どす黒い痣《あざ》が浮かんでいる。奥歯も何本かぐらついていた。あれはそれほど強烈な打撃だったのだ。

夢を追いかけていたころのぼくなら、暴力の恐怖におののいていただろう。だが、今はなにも感じない。

ぼくは絵筆の代わりにカメラを手にした。写真でも、たいした才能がないことはわかっている。それでも。

有紀がいるなら。有紀がモデルを務めてくれるなら。あるいは――。

忘れていたはずのなにかが心の内で蠢《うごめ》きはじめる。

有紀が置き忘れていった写真に手を伸ばした。ぼくの写真に彼女が絵を描いたものだ。なんの変哲もない大沼の夕景にビビッドな彩りが施されている。

たとえ彼女が小学生並みの理解力しか有さないとしても、この才能は本物だった。万人が求め、得られないものを彼女は生まれながらに有している。

胸が痛んだ。ぼくは嫉妬に身を焦がしていた。

7

腫れが引き、痣《あざ》が薄くなるまでは有紀には会わないと決めた。この顔を見れば心配するに決まっている。彼女の繊細な心に負担をかけたくはない。

いや、質問攻めにあうのが面倒なだけかもしれない。

どうして殴られる羽目になったのか。まず、そこから嘘を考えなければならないし、なにより、有紀に嘘をつきたくはなかった。

ぼくは別荘に閉じ籠もり、現像に没頭した。一枚の画像データから複数の現像を作りだし、比較し、気に入った方をプリントする。どちらも気に入らなければ、また一から現像とレタッチをやり直す。一日に一枚もプリントできない日もあれば、一気呵成《いっきかせい》に十枚仕上げる日もあった。

インスタント食品と目薬があっという間に減っていく。それでもぼくは別荘を出なかった。あの禿頭とポニーテールがどこかで目を光らせているに決まっているし、外に出れば有紀に会いたくなる。写真を撮りに行きたくなる。ふたりに有紀の存在を教えたくはなかった。数日食事をとらなくても死ぬわけではない。

森の木漏れ日の中で撮った写真の現像も佳境に入っていた。パソコンの画面の上でトレーナーをずりさげて肩をあらわにした有紀がセクシィなポーズをとっている。有紀を知る者からすればアンバランスな写真に見えるだろう。だが、有紀の内面を知らない者が見たら口笛を吹く。水島邦衛が見たら、ぼくは殺されるかもしれない。

肌の階調を滑らかに表現するために苦心する。何度もレタッチを施し、そのたびに納得がいかず、撮影の最中に気ばかりが焦っていた自分を呪った。一枚一枚、ベストを尽くして撮っていれば現像やレタッチでこれほど苦労することもなかったのだ。

電話が鳴った。ぼくは伸びをしてから電話に出た。

「三浦さん？　中谷ですけど」

別荘地を管理している中谷さんの声はどこか怯えているようだった。

「どうしました？」

「あのぉ……」

中谷さんの言葉はまったく歯切れが悪かった。

「なにかあったんですか？」

「実は、この二、三日、おたくの別荘の近くに出没してるんですわ」

「熊が？」

「いやいや。もう熊は出ないっしょ。柄の悪い男たちがね――」

「長髪と禿頭のふたり組ですか？」

「あれまあ、知ってたかい」

「ええ。このあいだ、別荘の前で因縁をつけられました」

「知り合いかい？」

「全然」

ぼくはしらを切った。

「殴られたりしたわけじゃないのかい？」

「それはまあ」

ぼくは痣が薄くなった頬を撫でた。

「一応、駐在の矢沢さんに教えておこうと思うんだけど、どうかね？」

「お願いします。ぼくも考えたんですけど、ぼくが通報したと知れたら、仕返しになにをされるかわからないと思って」

「本当に知り合いじゃないんだね？」

「ええ。道ばたですれ違ったらいきなり因縁をつけられたんです」

「物騒な世の中になったもんだねえ。昔はこの辺りは冬になるとほんとにだれも来なくて静かなもんだったのに」

中谷さんは嘆息した。

「すみません。ぼくが来なければ、中谷さん、ゆっくり休めたのに」

「なに、しょうがないっしょ。これが仕事だもの」

湿った笑いを残して電話が切れた。ぼくは受話器を架台に戻し、窓際に近づいた。降ろしっぱなしのブラインドの隙間から外を覗く。別荘の前の私道を左に進んだ先の路地にあいつらのレンタカーが停まっていた。

なんとしてでも二千万を取り戻すつもりなのだ。駐在が——矢沢さんには彼らを逮捕することはできない。ただ注意するだけだろう。それであっさり彼らが引きさがるとは考えにくかった。

「さて、どうするか」

ぼくは腕を組んだ。いずれ、有紀がぼくに会いにやって来るに違いない。その前に彼らを追い払わなければならない。だが、どうやって？

考えても結論は出なかった。代わりに頭に浮かんだのは中学の時に教わった美術教師の言葉だった。

描く前に、対象をよく観察しろ。

彼はそう言ったのだ。

ぼくは写真の現像を中断して、彼らを観察しはじめた。なにを言っているのかはわからないが、禿の口は始終動いていた。ポニーテールは口を結び、時折うなずいている。車の中は煙草の煙でもやっていた。分厚い雲が陽光と色彩を世界から奪い去っている。荒涼とした自然の中で、彼らの四駆はあまりにも不釣り合いだった。

しばらくすると、自転車に乗った制服警官が現れ、四駆に近づいていった。中谷さんから連絡を受けた矢沢さんだった。矢沢さんが窓を叩くとふたりは四駆から降りてきた。ぼくの時とは違い、神妙な顔つきで矢沢さんに対峙《たいじ》する。

矢沢さんは制服のポケットから手帳とペンを取りだした。ふたりに名前を訊いているらしい。禿がかぶりを振り、足下に唾を吐いた。矢沢さんの横顔が引き攣《つ》るのがここからでもわかった。

「なんだ、その態度は？」

矢沢さんの怒鳴り声が聞こえてきた。ポニーテールが肩をすくめ、なにかを言った。言葉は聞こえなかった。ポニーテールは矢沢さんに背中を向け、車に乗りこんだ。

「ちょっと待て、おまえら」

矢沢さんはドアを開けようとしたが、その前に四駆が動いた。矢沢さんは尻餅をつき、四駆は走り去った。

ぼくは手早く身支度を調《ととの》え、外に出た。別荘の裏手に停めてある軽自動車で道に出て、向かいの別荘の敷地に移動した。和田《わだ》という表札が腐りかかっている別荘だ。もう数年、訪れる人もいないと中谷さんに聞いていた。

四駆が戻ってきてさっきと同じ場所に停まった。ヘッドライトが消えたが、ふたりが車から出てくる気配はなかった。

エンジンを止め、後部座席に積んである毛布を下半身に掛けた。車内の空気は冷え切っていた。ダウンジャケットの隙間から冷気が潜りこんでくる。まもなく、昼間でも気温が氷点下を下回るシーズンがやって来る。ぼくはそこでなにを見るだろう。どうやって有紀を撮るだろう。

静かにゆっくりと闇が世界を侵していく。鉛色の雲が群青に染まり、風がすべての音を掻き消し、点在する街灯が頼りなげな光を灯《とも》す。

四駆のヘッドライトが点灯した。ぼくは車のエンジンをかけた。四駆が動きだすのを待って、ヘッドライトを点けずに道に出る。この辺りの地形は完全に頭に入っていた。日が落ちてから人が出歩くこともほとんどない。暗闇の中でも、ぼくはスムーズに車を進ませた。

四駆は東へ向かっていた。地理に不案内で闇夜に慣れていない都市生活者の常として、スピードは極端に遅い。街灯がところどころにあるとはいえ、闇は濃く深い。ネオンの明かりに慣れた者は畏怖を感じてしまうのだ。ここに来たばかりのころのぼくもそうだった。

別荘地を抜けて広い通りに出ると、四駆との距離をあけ、ヘッドライトを点けた。道は大沼の輪郭をなぞるように北東へ向かっている。やがて、四駆は一軒の温泉宿の駐車場に入っていった。

禿とポニーテールは車を降り、温泉宿に姿を消した。ふたりとも手ぶらだった。宿の敷地の外に車を停め、ぼくは工具箱を取りだした。何食わぬ顔で敷地に入っていく。シーズンオフとはいえ、宿の従業員は晩ご飯の支度に大わらわなはずだ。案の定、駐車場に人影はなかった。工具箱を開け、四駆のタイヤのボルトを緩めた。右の前輪と左の後輪。見た目にはわからないほどに軽く緩めただけ。

それでも、そのうち必ずボルトは緩みきり、車輪は外れる。路面が凍った時にそうなってくれれば万々歳だった。

　ぼくは車に戻り、口笛を吹きながら家路についた。

8

　真っ赤なアウディTTクーペが近づいてくる。連中がタイヤへの細工に気づいて車を換えたのかと思った。

　ぼくはちょうど自転車で出かけようとしていた。痣《あざ》もすっかり薄くなり、有紀の写真の現像も終わってしまった。なにもすることがなくなると、途端に息苦しくなってくる。有紀がいなければなんの写真を撮っても無意味だと知りつつ、しかし、ぼくは写真を撮りに行くことに決めた。露出を計ること、構図を決めること、シャッターを切ること、現像すること、レタッチすること——つまり、デジタル画像を作成することにぼくは中毒している。

　例のふたり組は朝の九時を過ぎなければ姿を現さない。観察から学んだ結果だった。アウディは上品に速度を落とし、上品に停止した。車を運転しているのは水島邦衛だった。

「車を買い換えたんですか？」

降りてきた彼にぼくは訊いた。

「ああ、前の車は、有紀が乗りたくないと駄々を捏《こ》ねてね」

水島邦衛はセーターの上にツイードのジャケットを羽織っていた。鳥打ち帽を被《かぶ》っていればハンターと見分けがつかない。今時、こんなファッションをする人間は本場のイギリスにしかいないだろう。

「それにしてもクーペですか」

TTクーペのスタイリングは華麗だったが、荷物や画材を載せるには小さすぎる。これの前に彼が乗っていたのはメルセデスのゲレンデバーゲンだった。

「車の雑誌を眺めていたら、有紀がこの車がいいと言いだしてね。滅多に我が儘は言わないんだが、一度言いだしたら……」

彼は言葉を濁し、肩をすくめた。ぼくは微笑んだ。駄々を捏ねる有紀と困惑する水島邦衛の姿がリアルに脳裏に浮かんだのだ。有紀がなにかを欲しいと言いだして、それを却下できる人間は少ないだろう。彼女が無垢であるだけに、断るにももっともな理屈をひねりださなければならない。

「今朝もね」彼は嘆息するように言った。「君に会いたいと言いだして。もう一週間以上も会ってないから限界だと」

ぼくはなんと応じていいかわからず、口を結んだ。

「君にも都合があるんだから、我が儘を言ってはだめだと叱ったら、痙攣《けいれん》の発作を起こした」

「痙攣……」

北風が強く吹きつけてきた。水島邦衛はジャケットの襟を立てた。

「目の前の世界をうまく呑みこめないと、たまに起こすんだ」

「なるほど……でも、発作は治まったんですね？」

「まだ、断続的に続いているんだ。ちょっと落ち着いたところを見計らって、大慌てで出てきた。君の顔を見れば落ち着くと思うんだ。よかったら、一緒に家まで来てくれんかね。あいにく今日は日曜で、近所の病院は閉まっている。函館まで行けばいいんだが、途中、車内で発作を起こされるとね……」

「わかりました。でも、電話をくれれば済んだのに」

「電話か……。いい年をして慌ててしまった。考えもつかなかった。恥ずかしい話だが」

ぼくは自転車を別荘の敷地に置いてアウディに乗り換えた。真新しい革の匂いが鼻孔を満たしていく。

「すっかり寒くなったね」

「ええ、しばれます」

ぼくは北海道の方言で応じた。

「明日か明後日《あさって》には本格的な積雪があるらしいよ。まだ十一月だというのに」

「今年は厳しい冬になると長期予報で言っていましたよ。でも、今の時期に雪が積もると、道が嫌ですね」

「ああ、鏡のようにつるつるになる」

ぼくは連中の四駆を頭に浮かべた。雪が降り出したら、車で連中を引き回してやろう。ボルトが緩み、ホイールが外れ、連中は事故を起こすことになる。

「今のタイヤはスタッドレスだから怖い。昔はスパイクだったから平気だったんだが」

「水島さんは大沼に来て何年でしたっけ？」

「もう、二十年になるかな。風光明媚《めいび》な土地は他にもたくさんあるが、なぜかここに惹《ひ》かれてね。君は札幌だったかな？」

ぼくはうなずいた。

「札幌と言っても、家は新しいベッドタウンで外れも外れです」

「お義父《とう》さんはなにをなさってるんだね？」

「貿易商です」

「君はなんというか……今時の若者とは違った雰囲気を身にまとっている。さぞかし、ご両親も立派なんだろう」

「そんなことはないですよ」

ぼくは曖昧に笑った。それ以上水島邦衛に質問をさせないため、目を閉じてわざとらしく深呼吸した。

「新車の香りっていいですね」

「わたしは苦手だ」水島邦衛は鼻を鳴らした。「どうも人工的すぎるような気がしてね。革張りの内装はいらんと言ったんだが、すぐ手に入るのがこれしかなかった」

「でも、有紀ちゃんは喜んだでしょう」

「まあ、それはそうだが……」

洋館が近づいてきた。水島邦衛は丁寧にブレーキを踏んで車速を殺した。なるほど、この運転だからこそ、外から見ると上品に見えるのだ。

「こっちに来たばかりのころは、冬の道、怖くありませんでしたか？」

「できれば運転したくないと、そればかり思っていたよ」

水島邦衛は朗《ほが》らかに笑い、アウディの鼻先を洋館の敷地に向けた。

❄

有紀は自分の髪の毛を毟《むし》っていた。だだっ広いリビングの中央に座り、髪の毛を一本毟ってフローリングの上に放り、また毟っては放る。目の焦点は定まっておらず、まるで人形のようだった。

「有紀、三浦君が来てくれたぞ」

水島邦衛はリビングの入口に立って有紀に声をかけた。有紀の肩がびくんと震えた。操り人形のような仕種でこちらに顔を向ける。ぼくと視線が合った瞬間、有紀の表情がぱっと輝いた。人形から人間に、魔法使いが魔法をかけたように一瞬で変貌を遂げたのだ。

「敦史！」

有紀は勢いよく腰を浮かせた。抜かれた毛が一斉に舞いあがった。毛の数は十本や二十本ではきかなかった。水島邦衛の視線が舞う髪の毛を追っていた。彼はなにかに怯えているように見えた。

「ねえ、敦史、見て、見て」

有紀はこちらに駆け寄ってくると、ぼくの右手を取った。虚ろな目をして髪の毛を毟っていたことなどこれっぽっちも覚えていないようだ。

「敦史に会えないあいだ、有紀、たくさんお絵描きしたの」

有紀はぼくの腕を引っ張り、ダイニングテーブルに誘った。テーブルの上にはぼくの写真が数枚、散らばっている。すべての写真に有紀の絵が描きこまれていた。

「綺麗でしょ？」

有紀の問いにぼくはうなずいた。ぼくの平凡な写真が光り輝いている。有紀に命を吹きこまれて喜んでいる。

　また、胸が痛んだ。残酷な現実がぼくを苛《さいな》もうとしている。

「だめ？」

　有紀がぼくの顔を覗きこんできた。不安が目に宿っている。ぼくは慌ててかぶりを振った。

「気に入ったよ。とても気に入った」

「本当に？」

「有紀に嘘はつかないよ」

「もう、お絵描きするお写真がなくなったの」

「今度、持ってくるよ」

「約束だよ」有紀は小指をぼくの目の前に突きだした。「指切りげんまん！」

　ぼくは苦笑しながら自分の小指を有紀のそれに絡ませた。水島邦衛がわざとらしく咳《せき》払《ばら》いをした。ぼくは有紀から離れた。

「やっと機嫌が直ったな、有紀」

　有紀を見つめる彼の目はどこか悲しげだった。

「うん。だって、敦史は有紀の天使なの。それで、有紀は敦史の妖精なの」

　顔が熱くなった。ぼくは俯《うつむ》きながら水島邦衛の様子をうかがった。

「天使に妖精か……有紀はずっと言ってたもんな、天使に会いたいって」

「うん」

屈託のない笑みが水島邦衛に返っていく。平静を装ってはいたが、彼の拳は強く握られていた。

「できるだけ早いうちに写真を持ってくるよ」

ぼくは有紀に言った。

「もう帰るの？」

人の心を察知する能力にも長《た》けている。有紀はぼくにしがみついてきた。

「まだ帰っちゃだめ」

「写真を撮りに行かなきゃならないんだよ」

「有紀も行く」

ぼくは途方に暮れ、水島邦衛に目で助けを求めた。

「しょうがないな。一緒に行っておいで」

「え？」

「やっと機嫌がよくなったんだ。これでまた君に帰られたら元の木阿弥《もくあみ》だよ。昼飯時までには連れて帰ってもらいたいんだがね」

水島邦衛は落ち着いた声で言った。もう、拳は握っていなかった。

「わかりました」

「出かける支度をしておいで」

「うん」

有紀は勢いよく駆け、リビングを出て行った。

「有紀に敦史、か。お互いに呼び捨てなんだな」

水島邦衛がぽつりと言った。

「問題ですか？　もしそうならあらためます」

「いいや。気にしなくていい」

水島邦衛は寂しそうに微笑んだ。

❄

自転車は別荘に置いたままだった。遠出はできない。ぼくは蓴菜《じゅんさい》沼に足を向けた。有紀がぼくの左腕に抱きついてくる。

水島邦衛に見られているような気がして洋館を振り返ったが、玄関にも窓際にも彼の姿はなかった。

「パパとママに会えなくて寂しくない？」

有紀は激しくかぶりを振った。

「寂しくない」

「パパとママ、嫌い？」

「有紀のこと、いらない子って言ったから寂しくないの」

唇を尖らせて訴えるその顔は少しだけ歪《ゆが》んでいた。

「敦史がいればいいもん。有紀、他になにもいらない」

まっすぐ見つめてくる視線に耐えられず、ぼくは顔を背けた。

「敦史は？　敦史も有紀がいたら他になにもいらない？」

有紀がいれば——彼女がモデルになってくれれば、ぼくの写真は非凡なそれに変貌を遂げる。

「うん。有紀がいたらなにもいらないよ」

ぼくは臆面もなく応じた。有紀の顔がほころぶ。荒涼とした世界が、有紀の周りだけほんのり温かくなったような気がした。

有紀が微笑み、ぼくの腕を放して駆けだした。

「敦史、大好き。大好き、敦史」

駆けていく有紀の先には蓴菜沼がひっそりと横たわっていた。大沼や小沼に比べて、普段から人の訪れることの少ない湖だ。今日も人の気配はなかった。

有紀は湖畔に辿《たど》り着くと足を止め、湖面を覗きこんだ。ぼくは彼女に追いつき、カメラバッグを地面に置いた。焦点距離が二十四ミリから七十ミリまでの標準ズームレンズをカメラに装着し、露出のテストを試みる。空は相変わらず分厚い雲に覆われ、その下の世界は薄暗い。

「有紀、岸のぎりぎりのところに立ってみて」

ぼくはファインダーを覗きながら言った。有紀が湖畔に立つ。風はなく、湖面にはさざ波ひとつ立っていなかった。鏡のようなその表面に有紀の姿が映りこんだ。

「沼を見つめて」

話しかけながらシャッターを切る。すぐにモニタで画像を確認した。露出はぼくのイメージした通りだった。レンズの絞りを開放にした。この前のようなセクシィなショットではなく、有紀の無垢さを前面に押しだした柔らかい写真を撮りたかった。

「今度はそこでしゃがんでみて」

有紀の赤いダウンジャケットは水面に映りこむとかすかに彩度がさがり、淡いローズピンクのような色になる。ぼくは立て続けにシャッターボタンを押した。

「手袋を脱いで、水に手をつけて。冷たいから気をつけてね」

有紀が触れると、湖面に波紋が広がった。映りこんでいる有紀の姿が滲《にじ》んでいく。

「あ――」

有紀が空を見上げ、掌を上に向けた。咄嗟にレンズをズームさせ、アップで有紀の表情を捉えた。

「雪……」

ファインダーの中で白い結晶が舞っていた。ぼくはカメラを目から外した。無数の雪片が空からまっすぐ降りてくる。

「雪だよ、敦史。積もるよね」

有紀が飛び跳ねた。北国に暮らす者にはわかるのだ。この雪は降り続ける。午後には荒涼としていた世界が白無垢をまとうのだ。

雪にはしゃぐ有紀にレンズを向け、ぼくは何度もシャッターを切った。

9

有紀を送り届けたその足で、ぼくは大沼公園駅に向かった。引き籠もっていた間に底をついた食料を買い足さねばならないし、今別荘に戻れば、またあのふたり組に捕まってしまう。食料を買った後はタクシーを使えば、あのふたりもおいそれとぼくに手出しはできないだろう。あの手の連中は人に見られることを極端に嫌うのだ。

スーパーに行く前に、書店に立ち寄った。写真関係の雑誌をぱらぱらとめくっていく。いくつかの雑誌はフォトコンテストを主催しており、ぼくは一時期毎月のように応募していた。だが、佳作にすら選ばれたことはない。

有紀をモデルにした写真なら——ぼくは唇を噛んだ。だが、水島邦衛は彼女の写真を公にすることをゆるしてはくれないだろう。有紀というモデルを得て、ぼくの写真は平凡から脱した。その自信はあるが、他者の目には触れさせることができないというジレンマにぶち当たってやり場のない憤りがこみあげてくる。

結局雑誌は棚に戻し、文庫本を何冊か買って書店を出た。すぐ隣の喫茶店でコーヒーを啜り、小説を読みながら時間を潰すつもりだった。

だが、喫茶店には太一君がいた。店の一番奥の席で、例の仲間と煙草をふかし、マンガを読んでいる。

ぼくは彼らから一番離れた席に腰を下ろした。ぼくたちの他に客はいなかった。店主はくたびれた中年男で、太一君たちがなにをしようと気にかける様子はない。

コーヒーを注文し、ぼくは文庫本をひもといた。数年前に大ベストセラーになったという小説だったが、数ページ読み進むだけでも苦痛だった。ぼくはその本を閉じ、別の文庫に手を伸ばした。とても薄い本だった。店員がつけてくれたカバーを外すと『フランダースの犬』というタイトルが目に飛びこんでくる。

昔、日本でアニメになったとかで、題名はよく耳にしていたし、大まかなストーリーもいつの間にか頭に入っていた。だが、実際にはどんな話なのか知らなかったのだ。

太一君たちは真剣にマンガ雑誌を読んでいる。ぼくに気づいた様子はない。ぼくは文庫を開いた。すぐに夢中になり、コーヒーが運ばれてくるのにも気づかなかった。短いストーリーで、読み終えるのにたいした時間はかからなかった。中編、いや、短編と言っていいぐらいの長さだ。文庫にはもう一編収録されていたが、ぼくは本を閉じた。

目の前に太一君が立っていた。

「小便しに行こうと思ったら、おまえがいるじゃん」

太一君は憎々しげな目でぼくを見おろしている。

「ずっとこうやって立ってるのによ、気がつかねえんだもん」

「ごめん。夢中で読んでたからさ」

ぼくはそう言ってコーヒーに口をつけた。コーヒーはぬるくて苦かった。

「ちょっとさ、面《つら》貸してくんね？」

「どうして？」

「おまえ、有紀にちょっかい出してるだろ？　知ってんだよ」

「ぼくが有紀にちょっかい出すと、なにか問題？」

太一君の顔が赤くなった。

「ごちゃごちゃ言ってねえでよ、面貸すのか貸さないのか、どっちなんだよ？」

あのふたり組といい、太一君といい、ぼくはもしかすると自らトラブルを引き寄せてしまう体質なのかもしれない。

「いいよ。こんな顔でよかったら貸す。友達も一緒に来るの？」

太一君の仲間は、席に座ったままぼくを睨んでいた。

「おれだけだ」

太一君は言ったが、目が一瞬怯《ひる》むのをぼくは見逃さなかった。

「わかった」

五百円玉をテーブルに置き、カメラバッグと書店の手提げ袋を手にしてぼくは腰を上げた。ぼくの目の前を、肩を怒らせた太一君が歩いていく。太一君は薄手の上着を着ているだけだった。

「それじゃ寒いだろう」

「うるせえよ」

ぼくたちは喫茶店を出た。雪は静かに、しかし大胆に降り続いていた。太一君は迷うことなく駅の裏手へと歩いていく。

「ぼく、喧嘩はしたことがないんだ。お手柔らかに頼むよ」

ぼくは太一君と肩を並べ、言った。傘をささないぼくたちの髪はあっという間に濡れていく。

「びびってんのかよ？」

「有紀は子供だ」

「でも、いい身体してる。おまえだってそれが狙いだろう？」

ぼくは首を振った。

「かっこつけてんじゃねえよ」

太一君は唾を吐きだした。

駅の裏手には森が広がっている。その森を切り開いてペンションやホテルが数軒建っているが、人の姿は見られなかった。

「有紀にちょっかい出すの、やめろ」

太一君は立ち止まり、ぼくに向き直った。

「どうして？」

「有紀と最初にへっぺするのはおれなんだよ」

へっぺというのは性交を意味する方言だ。ぼくは苦笑した。

「なにがおかしいんだよ」

太一君はズボンのポケットに両手を突っこみ、ぼくを威嚇《いかく》するように胸を張った。ぼくより五センチは背が高い。体重は同じぐらいだろうか。

「有紀は子供だ。そう言っただろう。それに君の親戚だ」

「兄妹じゃねえし」

太一君は荒《すさ》んだ笑みを浮かべた。なるほど、悪ふざけで有紀をからかっているわけではないのだ。

「わかった」ぼくは言った。「もう、有紀には近づかないよ」

太一君は目を丸くした。

「なんだって?」

「有紀には近づかない。だから、ぼくのことは忘れて」

「なに言ってんだよ。おれはここでおまえを――」

「喧嘩はしたことないって言っただろう。じゃあ」

ぼくはさっさと太一君に背を向け、その場を離れた。

「なんだよ、へたれ野郎」

太一君の罵声が背中に浴びせかけられる。ぼくは振り返ることなく歩き続けた。駅前に出ると駅舎に飛びこんだ。喫茶店の出入り口を見張れる場所を探し、そこで待った。

太一君がやがて現れ、喫茶店に入っていく。仲間たちにぼくの情けなさと自分の武勇伝を吹聴しているのだろう。太一君たちはなかなか出てこなかった。

濡れた髪から冷気が背中に伝わってくる。駅舎の空気は冷え切っていた。足下の床も氷のように冷えている。だれかと待ち合わせしているらしい女性は足踏みを繰り返していた。シャーベット状に解けた雪がそれを見る者から体温を奪っていく。

ぼくはじっと待った。父が死んだ時から、待つことがぼくの人生だった。母は夜遊びを繰り返すようになり、帰宅時間はいつも真夜中をまわった。そのころの母は三十を過ぎていたが二十代半ばにしか見えなかった。小柄だが肉付きがよく、笑顔がチャーミングだった。

三年ほどして、母は義父と恋仲になった。どうやって知り合ったのかはわからない。そのころの義父は羽振りがよかった。義父は札幌市内にワンルームマンションを購入し、そこを母との密会の場所にした。週に三度ほど、母はそのマンションに出かけていき、朝まで帰ってこなかった。ぼくはひとり、ベッドの中で眠ることもできず、朝まで母の帰りを待っていた。

それから二年ほどして、義父は離婚をした。母とぼくは義父の家に迎えられた。だが、母はそれから少しして病に倒れた。乳癌だった。母が義父に連れられて検査に行くたびに、ぼくはひとり、あてがわれた八畳ほどの自室でふたりの帰りを待った——絵を描きながら。

ぼくはいつも待っていた。

雪が少しずつ、確実に世界を塗り潰していく。足踏みをしていた女性が顔を輝かせて駆け去った。駆けていくその先には彼女と同年配の女性がいた。

列車の到着前後には人の数が増え、列車が発車するとひとけがなくなる。

太一君たちは一時間半後に喫茶店から出てきた。お互いの肩を拳で叩きあい、それぞれの方向に別れていく。ぼくは深呼吸を繰り返した。太一君が完全にひとりになるのを待って、足を踏みだす。

太一君は駅前のT字路を右に折れ、まっすぐ歩いていく。

大沼公園駅から大沼駅に向かっていくと、辺りの景色が観光地のそれから住宅地のそれへと緩やかに変貌していった。車が行き交う以外、この雪の中、歩道を歩く人間もいなかったが、太一君は一度も振り返らなかった。自分が尾行されているという考えは頭に浮かびもしないのだ。

太一君は道沿いに建つ一軒の民家に入っていった。表札には杉下と記されている。ぼくは家の位置を頭に叩きこみ、そのまま大沼駅に向かった。

もし、太一君が有紀になにかをしたら、ぼくはあの家へ行けばいい。多分、そんなことは起こらないだろうけれど。

買い物は函館で済ませよう。そうすれば、時間潰しの必要はなくなる。

「ネロとパトラッシュか」

ぼくは呟いた。ぼくと有紀、どっちがネロでどっちがパトラッシュなのだろう。薄幸だが絵の才能に恵まれたネロ少年。非道な飼い主に痛めつけられ、死の淵《ふち》を彷徨《さまよ》った挙げ句、ネロと巡り合い、ネロに殉じた犬のパトラッシュ。

才能の点で言えば有紀がネロだ。だが、その無垢さで言えば、有紀はパトラッシュだ。

「ぼくがネロか」

ぼくはひとりで笑った。ぼくにはネロの才能のかけらもない。それでも、有紀がいれば足下に縋《すが》りつくぐらいのことはできるかもしれない。

でも——ぼくは空を見あげた。舞い落ちてくる雪のせいで空が見えなかった。

「ネロとパトラッシュは死ぬんだよ」

だれにともなく呟き、ぼくは足を速めた。

10

炊きたてのご飯にレトルトのカレーをかけた。カップ麵以外のものを胃に入れるのは何日ぶりだろう。スパイスの匂いを嗅いだだけで胃が鳴った。

食事を終え、コーヒーを啜りながらブラインドの隙間から外を見た。時間は午前九時五分。すでに、あのふたり組の四駆が停まっていた。風体言動に似合わず時間に律儀なのだ。

支度を調え、ぼくは裏口から外に出た。昨日の雪は夜の八時ごろにはやんでいた。その後、一時的に気温があがり、しかし、早朝には寒気がまた舞い戻ってきた。一度解けかけた雪が再び凍結し、道路は鏡のようにつるつるになっている。

一度中に戻り、スノーブーツにスパイクを取り付けた。細長いゴムチューブに鋲《びょう》が埋めこんであるやつだ。それをゴムチューブごと、ブーツの上から装着する。これがあれば、アイスバーンの上を歩く時も少しは楽になる。

今度は玄関から外に出、まっすぐ四駆に向かっていった。昨日とは違い、風が強い。剝きだしの頰が無数の剃刀《かみそり》に押しつけられたように痛んだ。

近づいていくと、ふたりは車から降りてきた。

「やっと顔を出したな、小僧」

禿が嬉しそうに笑った。

「いつまでそうして見張ってるつもりなんですか？」

「三浦が姿を現すか、おまえが三浦の隠れ場所を白状するか、あるいは、三浦の借金を肩代わりするっていう書類にサインするまでだな」

ポニーテールが答えた。

「警察を呼びますよ」

「呼んでみろよ。あの時の傷はもう目立たねえ。傷害で訴えるわけにもいかねえだろう」

禿は指の関節を鳴らした。ぼくは彼に視線を走らせるふりをして、四駆のタイヤを盗み見た。ボルトを緩めてからかなり時間が経っている。ボルトは見た目にもはっきりわかるほど浮いていた。だが、このふたりはなにも気づいてはいない。大昔ならいざ知らず、今の車は車輪が脱落することなどまずない。

「本当に義父《ちち》の居所なんて知らないんです」

「それでもいいさ。借金を肩代わりしてくれるならな」

「その義務はないとこの前言ったはずです」

「法律なんか知ったことじゃない。この前、そう言っただろう」

ポニーテールは革コートの襟を立てた。顔が青ざめている。気温はマイナス二、三度というところだろうか。しかし、この強風の中では体感温度はマイナス十度を確実に下回る。登山用の下着をはき、分厚いセーターを着こみ、さらにダウンジャケットを羽織っても冷気を完全に防ぐことはできない。

それなのに彼らは、薄手のシャツとズボンの上に革のロングコートを羽織っているだけだった。車中にいればそれで問題はない。だが、外に出ればそうはいかない。

「なあ諦めろ、小僧」

禿が馴《な》れ馴《な》れしくぼくの肩に腕を回してきた。強い力が肩に加わり、ぼくは前屈みになった。その瞬間を狙って、禿の拳がぼくの鳩尾《みぞおち》にめりこんできた。

食道をさっき食べたばかりのカレーが逆流していく。ぼくは腹を抱えながら吐いた。

「なんだ、朝っぱらからカレーか。若いもんは元気があっていいな」

ポニーテールが雪の上にぶちまけられた嘔吐《おうと》物を見て唇を歪めた。

「書類にひとつ、サインするだけでいいんだ。そうしたらよ、こんな目に遭わずに済むんだぜ」

ぼくは咳《せ》きこんだ。鼻から頭のてっぺんに鋭い痛みが走る。胃液が鼻の粘膜を灼《や》いていた。左手で殴られた腹を抱えながら、右手で携帯を取りだす。

「おい、なにするつもりだ？」

禿が携帯を奪おうとした。ぼくは伸びてきた腕に嚙みついた。

「痛っ」

禿は顔をしかめて飛び退《すさ》った。その隙に携帯を耳に押し当てた。

「もしもし、警察ですか？」

わざと大きな声で言った。禿がまた携帯を奪おうと腕を伸ばしてくる。ぼくは走った。

「ふたり組の男に殴られてるんです。助けてください」

回線の通じていない携帯に叫ぶ。禿の足音がやんだ。ぼくは立ち止まり、振り返った。

「電話を切れ、小僧」

ポニーテールが言った。ぼくは首を振る。

「おとなしく言ってるうちにやめておけ。警察が来たら、おれたちもそれなりの腹を括るぞ」

「だったら、今日は帰ってください」

ぼくは携帯の送話口を手で押さえた。

「わかった。今日のところは帰ろう。だから、電話を切れ」

ぼくは携帯を切るふりをした。

「こら、小僧」

禿が両目を吊《つ》り上げた。

「やめとけ。今日は帰るぞ。約束しただろう」

「約束？　なに言ってるんだよ、おい」

「いいから」

ポニーテールは有無を言わさない口調で言った。禿は鼻息を荒くしたが、鋭い目でぼくを一瞥して踵《きびす》を返した。ふたりは小声で会話を交わしながら車に乗りこんだ。ぼくはその場に立って、ふたりをじっと見つめた。

助手席でポニーテールがぼくに手を振った。四駆が後輪を滑らせながら走りだした。

❄

三十分もしないうちにふたりは戻ってきた。さっきと同じ場所に四駆が停まる。暴力と無言のプレッシャーを使い分けて、ぼくに行動を促している。

ぼくは窓際を離れ、写真の現像に戻った。殴られた腹が痛む。まるで、痛みの元を孕《はら》んでいるかのようだった。食欲はなかった。現像にも集中できない。ぼくは溜息を漏らし、パソコンの電源を落とした。机に座ったまま窓の外に視線を移す。

空には雲、地には雪。世界は灰色に塗り潰されている。風はほとんどなく、灰色の世界は時間の流れまで止めてただそこにあるようだった。

突然、写真が撮りたくなった。時間の流れさえ止まったこの灰色の世界に有紀を置き、静かにシャッターを切る。そう考えただけで、ぼくは射精にも似た快感に襲われた。背中の肌が粟立《あわだ》ち、股間に血が流れこんでいく。

苦笑しながら腰を上げ、ダウンジャケットを羽織った。予定の時間より早いが、これだけ薄暗ければかまいはしないだろう。

玄関に鍵をかけ、車のタイヤにチェーンを巻きつけた。スタッドレスタイヤを履かせてはいるが、アイスバーンの上では心許《こころもと》ない。慣れないせいで時間はかかったがなんとか装着することができた。

エンジンをかけ、ゆっくりアクセルを踏む。車首は四駆が停まっているのとは逆に向けた。別荘地を抜けて国道に出ると少しだけスピードをあげた。車の往来が激しいため、路面の雪はほとんど解けている。ルームミラーには後を追いかけてくる四駆の姿がはっきりと映っていた。アスファルトを踏むチェーンの音が耳障りだった。

途中で国道を逸《そ》れ北へ向かう。雪を被った駒ヶ岳が曇り空に稜線を溶けこませていた。まっすぐ伸びた道は灰色の世界にぼくたちを導いているかのようだ。

路面は凍っていた。四駆との距離が開いていく。ぼくはアクセルを緩め、彼らが間を詰めるのを待った。しばらく駒ヶ岳を目指して走っていると、やがて道路脇に林道の入口が見えるようになってくる。写真を撮るために通い詰めたので、この辺りの地理は完璧に頭に入っていた。

車を右折させ、林道のひとつに進入した。この時期は車も滅多に通らない。積もったままの雪は完全に凍りつき、車を乗り入れていくとタイヤの幅の分だけ雪が陥没していく。凍った雪に阻まれて、ハンドルを左右に切ることさえおぼつかなかった。ただでさえカーブが多く、雪のない季節でも慎重な運転が必要な林道だ。

ぼくはさらにスピードを落とした。四駆が迫ってくる。おそらく、ぼくが義父のところに向かっていると思っているのだろう。

アクセルを踏んだ。真後ろに迫っていた四駆が離れていく。スタッドレスとチェーンの性能差は明白だ。カーブひとつ分リードしたところで、ぼくはまたアクセルを緩めた。ルームミラーから消えていた四駆が戻ってくる。

追いつかれてはアクセルを踏み、姿が消えればアクセルを緩める。何度か繰り返していると、四駆のハンドルを握っている禿が頭に血をのぼらせていくのがわかった。

タイヤのボルトはどれぐらい緩んでいるのだろう。林道が小さな峠を越えた。この先は下りが続く。ぼくはまたアクセルを踏んだ。凍った雪が車輪をがっちり捉えている。ブレーキを踏んでもスピードは容易に落ちない。

肩の筋肉が強張り、ハンドルを握る掌が汗で濡れていく。ゆるされた速度を少しでも超えれば、車はどこかに吹き飛んでいく。

四駆との距離はそれほど広がらなかった。禿がしゃかりきになっているのだ。道路脇の針葉樹林が葉や枝に積もった雪の重さに耐えかねて傾いでいる。ぼくたちは樹木と雪で作られたトンネルの中を疾走している。

背後から鈍い音が追いかけてきた。ルームミラーに映る四駆が右に傾いている。脱落した車輪は見えなかった。禿が必死でハンドルにしがみついている。凍った雪が四駆を救っていた。普段ならとうに道を外れ、樹木に激突している。だが、破綻は目前に迫っていた。

四駆との距離が近すぎる。事故に巻きこまれてはたまらない。アクセルを踏もうとして息を呑んだ。急なヘアピンカーブが迫っていた。この林道で一番急なカーブだった。慌ててアクセルから足を放し、慎重にブレーキを踏んだ。

四駆はスピードが落ちない。見る間に背後に迫ってくる。すでにカーブははじまっていた。ぼくの車は後輪を滑らせながら旋回していく。だが、四駆はコントロールを失っている上に、スピードを出し過ぎていた。そのままカーブの外に突き進んでいった。鈍い音が聞こえた。衝撃で樹木から雪が降り注いできた。もう、四駆は追いかけてはこない。

ぼくは唇を舐めた。全身は汗まみれだったが口の中はからからに渇いている。一旦林道を下りきり、Uターンして事故の起こったカーブに戻った。

四駆は針葉樹の林に突っこんでいた。車体は歪み、潰れたボンネットから水蒸気を噴きあげている。車を降り、折れた木々を跨《また》いで四駆に近づいた。

左右のドアはどれも歪み、窓ガラスが粉々に砕けていた。車内から呻《うめ》き声が漏れてくる。ポニーテールも禿も、血塗《ちまみ》れの顔を歪めていた。

「大丈夫ですか？」

ぼくは声をかけた。ポニーテールが薄目を開いた。

「あ、足が動かねえ。こ、小僧……救急車を……」

「自分で電話してください。ぼくは先を急いでるんで」

「お、おい――」

「こっちの人も息はあるみたいですね」

ぼくは禿に視線を移した。口から血が溢れている。内臓を損傷しているのかもしれなかった。

「待て、小僧。頼む、救急車を」

「携帯があるでしょう。あ、ここは電波が届かないか」

ぼくはゆっくり四駆から離れた。

「それから、この林道、春になって雪が解けるまでだれも入ってこないんですよ。知ってました？」

ポニーテールに聞こえるように大きな声を出す。四駆の中からなにか声がしたが意味は聞き取れなかった。

「それじゃ、頑張ってください」

ぼくは車に乗りこみ、サイドブレーキを解除した。ポニーテールは足を折っているし、禿はかなりの重傷だ。徒歩で林道を降りることはできないだろう。あの薄着では途中で凍死するのが落ちだ。

春になれば彼らの死体は発見されるだろう。だが、その時、ぼくはここにはいない。四駆から外れた車輪が道の脇に転がっていた。そのうち雪がこのタイヤも覆い隠してくれるだろう。ぼくはラジオを点け、スピーカーから流れてきた流行歌に合わせて口笛を吹いた。

第二章

1

夢を見た。灰色の世界に佇《たたず》む、真っ赤なルージュを塗り、真っ赤なドレスを着、真っ赤なブーツを履いた有紀。

鮮烈なイメージだった。目覚めても頭にこびりついて離れない。居ても立ってもいられなかった。適当に顔を洗い、朝食を抜いて、ぼくは車に飛び乗った。ぼくの欲しいもの——有紀に身につけさせたいものは函館まで行かなければ手に入らない。インターネットでは遅すぎる。今日、手に入れたいのだ。今日、撮りたいのだ。

小さな軽自動車が灰色の世界を切り裂いて走る。ハンドルを握るぼくの頭の中でイメージがキノコ雲のようにどんどん膨らんでいく。寝不足と連中を始末したという興奮で、ナチュラルハイになっているのだ。アドレナリンがとめどもなく溢《あふ》れている。

五稜郭《ごりょうかく》公園の駐車場に車を停《と》め、スターバックスでサンドイッチを頬張り、コーヒーを啜《すす》りながらデパートやブティックが開く時間を待った。開店と同時にデパートに飛びこみ、真っ赤なルージュとその上に塗る透明なグロスを買った。

いくつかのブティックをめぐり、まず、靴屋でエナメルの赤いロングブーツを見つけた。ブーツを手にとって眺めていると、女の店員がハイエナのような目をして近づいてきた。

「彼女へのプレゼントですか？」

ぼくは苦笑する。

「妹への誕生日プレゼント」

「足のサイズはおいくつでしょう？」

「二十五」

ぼくは即答した。有紀の靴のサイズなど聞いたこともない。だが、妙な確信があった。

「背の高さは？」

「百七十にちょっと足りないぐらいかな」

「背が高いんですね。羨ましいな」店員は愛想笑いを浮かべた。「サイズを探してきますね」

去っていく店員の後ろ姿を見ながら、ぼくは有紀のサイズを思い浮かべた。バストは八十八、ウエストは五十二から五十五の間、ヒップは八十五。

ブーツを買い、他の店で赤いブラウスと革のミニスカート、それに黒いパンストを買った。ブラウスとスカートは妹へのプレゼントで通ったが、パンストは仕方なくコンビニで安物を買った。支払いはすべてクレジットカードで済ませた。義父の家族会員カード。いつ、使用停止になるかわからない。使えるうちに使っておくべきだ。

浮ついた気分で車に乗り、帰路についた。

❄

洋館に水島邦衛のアウディは見当たらなかった。どこかに出かけているのだろう。ぼくは後ろめたい気持ちを抑えながらインタフォンを押した。

「敦史！」

すぐにスピーカーから有紀の弾んだ声が流れてきた。

「伯父《おじ》さんは？」

「函館に行ってるの。お絵描き？　お写真撮る？」

「写真」

「ちょっと待ってて」

スピーカーが沈黙し、代わりに家の中を駆け回る足音が聞こえてきた。五分ほど待たされてドアが開いた。

「洗濯物を干してたの。パンツとかあったから、恥ずかしいから隠してきたの」

「自分で洗濯できるの？」

「できるよ」有紀は頬を膨らませた。「洗濯機に洗濯物と洗剤入れて、ボタン押すだけだもん」

「そっか。伯父さんはいつごろ帰ってくるかな？」

「今日は遅くなるって」

有紀はいつでも出かけられるような格好をしていた。ジーンズにトレーナー、それに赤いダウンジャケット。

「どこに行くの？」

「出かける前にお願いがあるんだけどな」

「なぁに？」

有紀は首を傾《かし》げた。あどけない子供の仕種《しぐさ》だった。ぼくは手にしていた買い物袋を有紀に差しだすのを躊躇《ためら》った。

「それなに？」

有紀は目ざとかった。

「今日はこれを着て欲しいんだ」

ぼくは腹を決めて買い物袋を有紀に渡した。有紀は床に座りこみ、袋をひとつずつ開けては歓声をあげた。

「綺麗《きれい》」

「有紀に似合うと思って買ってきたんだ」

「敦史知らないの？　クリスマスはまだ先だよ」

「クリスマスプレゼントは別に用意するよ」

有紀はブーツとスカートを両手に持って唇を噛《か》んだ。

「気に入らない？」

不安が鎌首をもたげ、ぼくは訊《き》いた。有紀が首を振った。

「嬉《うれ》しいの。ちょっと待ってて。着替えてくる」

有紀はすべてのものを丁寧に袋に戻すと、二階へあがっていった。ぼくは手持ち無沙汰のまま、有紀が戻ってくるのを待った。しかし、有紀はなかなか戻らなかった。

「有紀？」

腕時計で二十分経《た》ったのを確認し、ぼくは二階に声をかけた。返事はなかった。

「有紀、どうかした？」

ぼくは階段をのぼった。手前の部屋のドアが少し開いていた。

の？」

「有紀」ドアノブに手をかけながら、しかし、ドアを開くのは躊躇われた。「どうした

「変な顔になっちゃった……」

湿った声が返ってきた。ぼくはドアを開けた。有紀は机に座り、鏡に向かっていた。右手にルージュのスティックを握っている。着替えは終わっていた。

部屋の中はテーマパークのようだった。ベッドカバーは深い青、枕カバーは淡いピンク。ソファにはカラフルなクッションが並び、壁には有紀の描いたクレヨン画が何枚も貼られている。無秩序にも思えるが、氾濫《はんらん》する色彩は調和をなしていた。なんとなく有紀らしい。

「見ちゃだめ」

有紀はそう言ったが、鏡に見てはいけない顔が映っていた。ルージュを引くのに失敗し、何度もやり直したのだろう。有紀の顔の下半分はぼやけた赤で染まっていた。

「口紅、塗ったことなかったんだ」

ぼくは有紀に近づき、肩に手を置いた。有紀は泣いていた。

「泣かなくても大丈夫。ぼくが手伝ってあげるから」

ぼくはダウンジャケットのポケットからウェットティッシュを取りだした。すべてが乾燥するこの時期、乾いたティッシュは嫌いで、いつもウェットティッシュを持ち歩い

ている。

「まず、有紀の顔を元に戻そう」

ぼくは有紀に正対し、ウェットティッシュで顔に付いたルージュを拭っていった。有紀は瞬《まばた》きひとつせず、されるがままになっていた。有紀の睫毛《まつげ》は驚くほど長く、上向きにゆるくカールしていた。瞳の色は茶色だ。昔のアメリカの小説ではよく、ハシバミ色と形容されていた。

「ハシバミ色」

ぼくは歌うように言った。有紀の目が動いた。

「うん？」

「有紀の目の色はハシバミ色って言うんだ」

「ハシバミってなに？」

「ヘーゼルナッツ、知ってる？」

有紀がうなずいた。

「ヘーゼルナッツ入りのヨーグルト、好き」

「日本語じゃハシバミって言うんだ」

「有紀の目はハシバミの色してるの？」

「うん。ヨーグルトに入れられる前は、アーモンドみたいに茶色い薄皮がついてるんだよ。有紀の目の色みたいな皮がね」

「ハシバミ色……」

「そう。有紀の目は綺麗なハシバミ色だ」

新しいティッシュで有紀の唇を拭った。リップクリームもなにもつけていないはずなのに、有紀の唇の粘膜は瑞々《みずみず》しさを保っていた。

「ハシバミ色のぉ、有紀のお目々ぇ」

有紀はメロディをつけて即興で歌いだした。ぼくは微笑《ほほえ》んだ。

「ほら、綺麗になった」

唇のルージュを拭い終えると、ぼくは有紀に鏡を見せた。

「ほんとだ」

有紀の顔が輝いていく。その輝きは真夏の太陽を思わせた。見るだけで心が温まっていく。

「さあ、塗り直すよ」

「敦史がやるの？」

「自分でやる？」

有紀は激しく首を振った。ぼくはスティックを受け取り、有紀の唇を見つめた。

「恥ずかしいよ」

「じゃあ、目を閉じて。少しの間、動くのを我慢して」

有紀が目を閉じた。長い睫毛がぼくを挑発するように揺れている。有紀の吐息がぼくの鼻の頭を撫《な》でていく。ぼくはルージュを慎重に塗っていった。有紀は呼吸をする以外、ぴくりとも動かなかった。時間の止まった世界に閉じこめられた妖精だ。有紀の死に顔はさぞ美しいだろう——わけもなくそう思い、ぼくは溢れてきた生唾を呑《の》みこんだ。

「はい、できた」

ぼくの声とともに、有紀にかけられていた魔術はとけた。有紀は目を開け、おそるおそる鏡を覗《のぞ》きこむ。

「綺麗……」

吐息とともに感嘆の言葉を吐きだした。

「次はこれだよ」

机の上に転がっていたグロスを手に取り、蓋をねじる。グロスをまとわりつかせた刷《は》毛《け》が出てきた。

「それ、なに？」

「有紀をもっと綺麗にする魔法の薬。さ、もう一回目と口を閉じて」

ルージュの上にグロスを塗っていく。真っ赤な唇に艶《なま》めかしさが加わっていく。

「よし、終わった」

有紀が椅子から腰を上げた。ブラウスの胸元が揺れ、ぼくは気づいた。有紀はブラをしていない。

「ブラジャーは？」

反射的に訊いていた。

「ちょっときつくて苦しいの。だから外した」

有紀は答えながら廊下に出て行った。階段を駆け降りる派手な音が続く。ぼくはブーツの入った袋を拾い上げて後を追った。

リビングに有紀の姿はなかった。ぼくはバスルームに向かった。

洗面所の鏡の前に有紀は立っていた。鏡の中の自分に怯《おび》えたような表情を浮かべている。

「気に入らない？」

ぼくの言葉に有紀は首を振った。

「テレビに出てくる女の人みたい」

「もっと綺麗だよ」

ぼくは言った。

「ほんと？」

「うん」

「じゃあ、敦史、有紀のこと好きになる？」

「初めて会った時から好きだよ」

「そうじゃなくて」

有紀は首を振った。胸の奥にある思いをうまく言葉にできなくて苛立《いらだ》っている。やがて、言葉を見つけ、有紀は破顔した。

「敦史、有紀にちゅーしたくなる？」

ぼくは返事に詰まった。予想外の問いだったのだ。

「ねえ、敦史、ちゅーしたくなる？」

「うん」

ぼくは言った。

「よかった」

有紀は微笑みながら何度もうなずいた。

2

湖畔で撮りたかった。前景の湖と背景の駒ヶ岳で有紀をサンドイッチにして撮るのだ。

頭の中ではいくつもイメージが浮かんでは消えていく。イメージの通り、灰色の景色の中に有紀を配し、露出を微調整してシャッターを切るだけでいい。

とはいえ、人目につく場所はなんとしても避けなければならない。

迷いに迷った挙げ句、小沼の南端に向かった。この時間帯なら人はあまりいないはずだ。

有紀は助手席でしきりにブーツを気にしていた。

「サイズ、合わない？」

「ううん。ぴったり。でも、ちょっと硬くて痛いの」

「慣れてくれば柔らかくなって痛くなくなるよ。我慢できなくなったら言って」

「うん」

有紀はブーツを気にするのをやめ、ルームミラーを覗きこんだ。綺麗に赤く染まった唇が嬉しくてしょうがないらしい。

「今まで、お化粧をしたことはなかったんだね」

「うん」

「嬉しい？」

「うん。綺麗なのが嬉しい。敦史がちゅーしたいって言ってくれたのが嬉しい」

「モデルをちゃんとしてくれたら、後でちゅーしてあげるよ」

「ほんと？」

「約束する」

路肩に車を停めた。湖面がさざ波を立て、遥《はる》か北に駒ヶ岳がそびえている。相変わらず世界は灰色のままで、なにかを恐れているようにじっと息を潜めている。

「寒いから、準備ができるまで車の中で待ってて」

カメラバッグを背負い、カメラを肩から吊《つる》して、ぼくは車を離れた。人の姿はどこにもない。この場所だと、湖を前景にという思惑からは外れるが、静けさがぼくの心を強く惹《ひ》いた。

あれこれ位置を変え、露出のテストシュートを繰り返し、やがて撮るべき構図が頭の中で固まっていく。車に戻り、有紀を呼んだ。車を降りると有紀はダウンジャケットに首を埋《うず》め、震えあがった。

「スカートの中が寒い」

「ごめん。すぐに終わらせるから」

「終わったらちゅー。約束だよ」

「わかってる」

心を鬼にしてダウンジャケットを脱がせた。ブラウスが風にはためき、あるいは肌に張り付き、有紀の神々《こうごう》しいプロポーションを際立たせる。ぼくは有紀を湖畔に立たせた。

「スカートのポケットに両手を入れて、少し俯《うつむ》いて」

「うつむく?」

「ちょっと下を見るんだ。そう」

ぼくはファインダーを覗いた。チョイスしたのは八十ミリの単焦点レンズだ。明るいレンズはファインダー越しにでもディテイルを浮き立たせてくれる。灰色の世界に、赤い唇とスカート、ブーツ。有紀は異世界から迷いこんできた女神だった。

ぼくは夢中でシャッターを切った。自分の立ち位置を変え、絞りを変え、有紀にポージングの指示を出し、その間にも人差し指はシャッターボタンを押し続ける。引きから寄りへ——有紀に近づいていくと、湖の一部が赤く染まった。岸辺の水面に有紀の姿が映りこんでいる。

「そのまま待ってて」

ぼくは車に駆け戻り、ラゲッジスペースに積んである工具箱を持ってきた。箱を縦に置き、その上に爪先立ちで乗る。

本物の有紀と水鏡に映る有紀をなんとかフレームに収めることができた。

「よし。ちょっと休憩。ダウンジャケットを着て」

工具箱から降り、ぼくは有紀に言った。有紀は腰を屈《かが》めて地面に置いたままだったジャケットを広げた。ブラウスの胸元から谷間が覗く。考える暇もなく、ピントを合わせ、シャッターを切っていた。有紀は撮られたことに気づいてもいない。

「寒いよー」

有紀はジャケットを羽織った。その拍子に、ブラウスの布地が胸に押しつけられ、左右の胸の突端が浮き上がった。寒さのせいだろう、有紀の乳首は勃起していた。ブラウスの布地の質感と相まって、艶《なま》めかしい光景だった。

「笑って」

そう言いながらカメラを構え、ぼくは有紀の胸元を撮った。モノクロで現像すればエロティックなアート写真になる。咄嗟《とっさ》にそう考えていた。

「いや」

有紀がダウンジャケットで胸元を隠した。だれかの見えない手がぼくの心臓を鷲摑《わしづか》みにした。ぼくを拒否する有紀の声は大人じみていて煽情《せんじょう》的だった。

「おっぱいばっかり撮るんだったら、もう、モデルしない」

だが次の瞬間、有紀の声はいつものそれに戻っていた。

「ごめん。綺麗だったからつい」

有紀は唇を尖《とが》らせ、そっぽを向いた。

「もう、二度としないよ」

「後でプリン買ってくれる？」

「買ってあげる」

「だったらゆるしたげる」

「ありがとう」

有紀の笑みにつられてぼくも笑った。強くなってきた風が有紀の髪をなびかせていた。気温もかなりさがっている。

「疲れてないかい？」

「平気」

「寒くない？」

「スカートの中が寒いけど、平気」

「じゃあ、もうちょっとだけ撮ろうか？」

「うん」

有紀は勢いよくジャケットを脱ぎ捨てると、再び湖畔に立った。プロ並みなのは容姿だけではない。有紀には根性がある。

ぼくはかじかむ手をさすり、再びカメラを構えた。有紀はぼくのために冷たい北風の中に立っている。寒さがなんだというのか。集中すれば寒さなど苦でもない。意志の力で肉体をコントロールすればどんなことにでも耐えられる。

短い人生の中で、ぼくはそのことを学んでいた。どんなに嫌なことでも、人は耐えられるのだ。

「両手を腰に当てて、右脚を少し前に出してみて」

ぼくの指示に有紀は忠実に従う。シャッターを切っているうちに、愛《いと》しさがこみあげてきた。

❄

あまりの寒さに、撮影は三十分ほどで切りあげた。

「お疲れ様。早く車に乗って」

ぼくは有紀にダウンジャケットを着せてやり、背中を押した。有紀は車まで駆けていく。急いで機材をしまい、後を追った。気温がぐんぐんさがっていく音が聞こえてきそうだった。今夜もまた雪になるのだろう。十一月でこれだけ冷えるということは今年の冬は厳しい寒さになるのだろうか。それとも、しばらくすると揺り戻しが来て暖冬になるのだろうか。

いずれにせよ、本当の冬はすぐそこに来ている。冷徹な眼差《まなざ》しを地上に注ぎ、寒気団を送りこむタイミングを見計らっているのだ。

車内の空気もすっかり冷えていた。ぼくは機材を後ろの座席に積み、エンジンをかけた。

「自販機見つけて、なにか温かいものを飲もう」

「うん」

うなずく有紀の頬は赤く染まっていた。

「よく頑張ったね」

「有紀はいい子だもん」

ぼくは有紀の髪の毛をくしゃくしゃにし、車を発進させた。国道をゆっくり走り、自販機を探す。五分ほど走ったところで見つけ、車を停めた。

「なにがいい?」

「ミルクティ」

「わかった」

有紀のリクエストに応え、自分にはホットコーヒーを買って車に戻った。

「温かい」

有紀はミルクティの缶を両手で握り、右の頬に押し当てた。暖房が利きはじめてはいたが、車内の空気はまだ冷たい。路肩に車を停めたまま、ぼくと有紀は温かい飲み物で暖を取った。

しばらくすると、有紀は飲み口を唇に押し当てたまま動かなくなった。

「どうしたの?」

「なんでもない」

赤ん坊がぐずるように有紀は首を振った。

「具合が悪い？」

「なんでもないってば」

有紀の叫びはヒステリーの予兆を孕《はら》んでいた。発作を起こすのだろうか。飲みかけのコーヒーをホルダーに入れ、車を発進させた。有紀はだんまりを決めこんでいる。沈黙は洋館に到着するまで続いた。

「着いたよ」

「プリンは？」

ぼくは頭を掻《か》いた。

「ごめん、忘れてた。今から買いに行こう」

「それに……」

「それに？」

「ちゅーは？」

「ああ」

撮影に夢中になって、約束をふたつともど忘れしていた。ぼくは身を乗りだし、有紀の頬にキスをした。

「ありがとう、有紀」

「違うもん」

有紀は唇を尖らせた。

「そのちゅーは違うもん。有紀と敦史が約束したちゅーは違うちゅーだもん」

「え？」

「ほっぺにするちゅーもちゅーだよ」

心臓がでたらめに躍りだすのを感じながらぼくは言い訳した。

「違う。ちーがーう」

有紀は車の床を蹴りはじめた。手を振った拍子に缶の中身が飛び散る。

「約束だもん。敦史、約束したもん。言ったもん。ちゅーしたくなるって言ったもん。嘘《うそ》つき」

有紀の声は次第に甲高くなっていく。ぼくはようやく悟った。有紀が不機嫌なのは、ぼくが約束をすっかり忘れていたからだ。さらに不機嫌になったのは、ぼくがごまかそうとしたからだ。

「嘘つき。嘘つき。嘘つき――」

有紀の声が車内に谺《こだま》する。ぼくは有紀の手を握った。

「有紀――」

有紀の目は涙で潤んでいた。

「敦史、言ったもん。ちゅーしたくなるって。だから、寒いの我慢したの。なのに、敦史、嘘ついた」

「だから、ほっぺに──」

「ほっぺのちゅーは約束だからだもん。敦史が有紀にちゅーしたいからじゃないもん。有紀のこと綺麗って言ったのも、全部嘘。嘘つき」

「嘘じゃないよ」

ぼくは有紀の顎を指でとらえた。有紀の目を覗きこんだ。

「今日の有紀はとても綺麗だ。だから、ちゅーしたくなるよ」

打算が紡ぎだす言葉に吐き気を覚えながらぼくは言った。今、有紀を失うわけにはいかない。ぼくはまだ撮っていない。これがぼくの写真だと胸を張れる一枚を、まだ撮っていない。

「嘘つき」

有紀は氷のような目でぼくを睨《にら》んだ。ぼくはおもむろに有紀の唇を自分のそれで塞いだ。グロスがぼくの唇にまとわりついてくる。

有紀は一瞬、身を固くした。だが、すぐに力を抜き、ぼくの首に両腕を回してきた。同時に有紀の舌がぼくの口の中に侵入してきた。離れようとしたが、首に巻きついた有紀の手がそれをゆるしてはくれなかった。

有紀の舌が艶《なま》めかしく動き、ぼくの唾液をさらっていく。下半身が硬直していくのを止められなかった。

有紀はぼくを愛撫《あいぶ》していた。

下半身が熱い。有紀の舌の動きがぼくの理性を麻痺《まひ》させていく。有紀を抱きしめたかった。今度は自分の舌を有紀の口の中に入れたかった。だが、そうしようとした瞬間、有紀が離れていった。

「敦史とちゅーしちゃった」

有紀は嬉しそうに言った。ぼくの口の中で艶めかしく蠢《うごめ》いていた舌の動きとそのあどけない表情は完全にそぐわなかった。

「はい、これ」

戸惑うぼくをよそに、有紀は微笑みながら小さく畳んだ紙切れをぼくの目の前に差しだした。

「昨日、携帯買ってもらったの。電話番号と、メールアドレス。知ってるの、伯父様と敦史だけだから、他の人に教えちゃだめ」

「う、うん」

ぼくは紙切れを受け取った。

「プリンは今度。約束だからね」

有紀はドアを開け、車を降りた。

「あ、有紀。その服――」ぼくは助手席側に身を乗りだした。「伯父さんに見つからないよう、どこかに隠しておいて」

「わかった」

「絶対に見つからないところだよ」

「うん。敦史、またちゅーしようね」

有紀はぼくに手を振り、踵《きびす》を返した。何事もなかったかのように洋館に消えていく。

ぼくはシートの背もたれに身体《からだ》を預け、さっきのキスの感触を反芻《はんすう》した。

有紀はあれをどこで覚えたのだろう。初めてのキスではありえない。

頭の中で、黒くぼやけた煙の塊のようなものが大きくなっていく。それが有紀にキスを教えた相手への嫉妬だと気づくのには、しばらくの時間が必要だった。

3

雪は一晩中降り続け、朝になってやんだ。ぼくは昼間撮った有紀の写真の現像に集中し、目が疲れると窓を開け、顔に冷気を当てて降り続ける雪を眺めた。

身体は休息を欲していたが、脳は活性化していた。灰色の世界に赤をまとった有紀。

手応えがあったのだ。素晴らしい作品ができあがる——眠ってなどいられなかった。

現像とレタッチが終わったのは雪がやんでしばらくしてからだった。数十枚撮った中から厳選した三枚を一晩かけて満足のいくものに仕上げていった。A3ノビの紙を用意し、プリンタの電源を入れる。パソコンのモニタ上でどんなに素晴らしく見えても、プリントの色がよくなければ意味はない。

プリンタに紙をセットし、ぼくはソファに横たわった。意識が急速に遠のいていく。目覚めた時にはプリントは三枚とも終わっていた。プリントを手に取って、ぼくは深い溜息《ためいき》をついた。

予想以上のできだった。世界は灰色のモノトーンで塗り潰され、そこに佇む有紀の赤が強烈なインパクトを残す。これなら、どんなコンテストに応募しても必ず入選できる。

「コンテスト？」

ぼくは自分の思考に独り言で答えた。コンテストになど応募できるはずもない。水島邦衛に知られたら面倒なことになる。

それでも、この写真でコンテストに応募するという考えは頭を離れなかった。人に見せたい、評価されたい——自意識が暴れだす。この写真を使ったポスターが街中に貼られる——妄想が膨らんでいく。

ぼくは自嘲した。自画自賛ではなく、それほどこの写真は完璧だった。それなのに、見ることができるのはぼくと有紀だけなのだ。

「後で額縁を買いに行こう」

ひとりごち、プリントを机の上に置いて、またソファに横たわった。疲れ、くたびれ果てている。それなのに、眠気はやってこなかった。

有紀の舌の感触がまだ口の中に残っている。有紀はだれとあんなキスをしたのだろう。だれが有紀にあんなキスを教えたのだろう。

倒錯の香りが漂ってくる。

ぼくはジーンズのジッパーを降ろし、硬直したものを解放した。マスターベーションをするのは本当に久しぶりだった。

❄

溜まった精液を放出しても興奮はおさまらなかった。カメラバッグを背負い、外に出た。冷たい空気が肺を満たし、淀《よど》んだ情欲を凍らせる。新雪を踏むと乾いた音がした。湿ったぼた雪ではなく、真冬の粉雪だ。このまま根雪になるのだろう。春が来るまで大地は雪の下で長い眠りにつくのだ。

足跡ひとつない雪原。雪を被《かぶ》った駒ヶ岳。湖面に映りこむ雪景。どれもこれも美しいが、ぼくの心は動かなかった。有紀がいなければどんな絶景もくすんでしまう。

撮影は諦め、ぼくは町中に向かった。駅前に小さな写真屋がある。そこで、A3ノビのプリントがおさまる額縁を買うつもりだった。今まで、自分の写真を壁に飾ろうと考えたことはない。だが、昨日のあの写真は別だった。

すでに通勤、通学の時間を過ぎ、駅前は閑散としていた。あいにく、写真屋のシャッターは閉まっていた。定休日か、あるいは潰れてしまったか。いずれにせよ、額を買うには函館まで足を伸ばさなければならない。

駅舎で時刻表を見ると、次の函館行きは十分後に発車することになっていた。ぼくは切符を買い、ホームに出た。額のついでに、次の撮影のための衣装や小道具を仕入れるつもりだった。

駅前と同じで列車の中も閑散としていた。大抵の人々は函館までの足に車を選ぶ。ぼくが乗った車両には青白い顔をした男子高校生と船を漕《こ》いでいる老婆だけだった。ぼくも老婆にならい、目を閉じた。途端に、有紀の舌の感触がよみがえった。眠るのは諦め、カメラバッグからｉＰｏｄを取りだし、音楽で気を紛らわせた。

函館に着くとまず、デパートやブティックを巡った。真っ白な雪の世界に立つ真っ白な有紀——すでにイメージは頭の中で固まりつつあった。

フランス製のブランドを扱う店で白いエナメルのロングコートを見つけた。ぼくの目はそのコートに釘付《くぎづ》けになった。このコートを着て雪原に立つ有紀の姿がはっきり見えた。値札には六桁の数字が並んでいた。

近づいてきた店員に、ぼくは迷わずコートを買うと伝えた。支払いはもちろん、家族会員用のクレジットカードだ。

「このコートにあうブーツ置いてませんか？」

破顔した店員に訊いた。彼はすぐにうなずいた。

「こちらはどうでしょう？」

彼が指し示したのは爪先の尖った、白いアンクルブーツだった。踵《かかと》には細いピンヒールがついている。値札についている数字もコートと同じで六桁だった。

「それもください」

「ありがとうございます」

店員は涎《よだれ》を垂らしそうな笑みを浮かべ、深々と頭をさげた。

手提げ袋を肩から提げて店を出た。コートとブーツはずしりと重く、持ち手の紐《ひも》が肩の筋肉に食いこんでくる。額縁を買うのは次の機会に回すことにして、ぼくは駅近くの本屋に入った。そこで写真雑誌を二冊買い、帰りの列車に乗った。

手提げ袋を足下に、カメラバッグを網棚に載せ、雑誌を広げる。デジタル一眼レフをはじめたころ、せっせと撮った写真を投稿していた雑誌だ。久しぶりにこの雑誌を買ったのは、今の投稿者のレベルを知りたかったからだ。

メインの記事は飛ばして、巻末のコンテストのページをめくった。金賞から銅賞、そして佳作入選。計七点の作品が掲載されている。風景写真、スナップ、ポートレイトとどれも素晴らしい作品だったが、どこかで見たことのあるような感じがつきまとう。ぼくと同じだ。テクニックはあるが、オリジナリティが決定的に欠けている。だから彼らはアマチュアなのだ。

昨日の写真なら、そんなアマチュアたちのテクニックを駆使した写真など軽々と飛び越えている。

ぼくは唇を舐《な》めた。あの写真でどこかのコンテストに応募したいという気持ちがまた鎌首をもたげていた。

隣の車両からだれかが歩いてきた。ぼくは雑誌から目をあげた。太一君だった。いつもの仲間はおらず、ひとり、欠伸《あくび》を噛み殺している。おそらく、学校をさぼったのだろう。

「お」

太一君はぼくに気づいた。馴《な》れ馴《な》れしい笑みを浮かべ、ぼくの隣に腰を下ろす。

「約束通り、有紀には近づいてねえだろうな？」

「ねえ、有紀の両親ってどんな人？」

ぼくは雑誌を閉じた。

「おまえ、人の話聞いてるのかよ？」

「いいじゃない。教えてよ」

「教えてって言ったって……」

太一君は困惑の表情を浮かべた。

「知ってるんだろう？」

「そりゃあ、まあな……」太一君は唇を舐めた。「おまえ、変わってんな」

「そうかな？」

「そうだよ」

「で、どんな人」

太一君は苦笑した。降参したのだ。

「親父さんは札幌でイタ飯屋を何店か経営してる。叔母《おば》さん……おふくろさんは専業主婦」

「仕事じゃなくてさ、どんな人柄？」

「普通のおやじとばばあだよ。優しそうな顔して、でも、一番気にしてるのは世間体ってやつ？　だから、有紀もこんなど田舎《いなか》に追いやられてるんだべ」

「太一君は叔母さんのこと嫌いなんだ」

「馴れ馴れしく言うなや」

太一君の横顔が歪《ゆが》んだ。

「気に障《さわ》ったんなら謝るよ」

「嫌いだわ。話してるだけでむかついてくる。なあ、そんなことより、有紀だよ、有紀。おまえ、狙ってんだべ？」

ぼくはゆっくり首を振った。

「彼女は子供だよ」

「そうだけどよ。顔も身体もモデルみたいだべ？　あいつのそういうところ、無視したくなるべよ」

「確かに綺麗だけど、話をしてるとそんな気はなくなるよ」

太一君はぼくに疑り深い目を向けた。

「嘘じゃないよ」

ぼくはバッグからカメラを取りだした。昨日撮ったデータはまだ消さずに、メモリカードに残してある。カメラの電源を入れ、モニタに有紀の画像を呼びだして太一君に見せてやった。

「ぼくは写真をやってるんだ。モデルみたいだって言ったけど、有紀は本当に最高のモデルなんだよ」

太一君はモニタに食い入るような視線を向け、やがて、呟《つぶや》いた。

「すげえ……」

「だろ？」

「あんた、プロの写真家？」

太一君の口調が変わった。

「ただのアマチュアだよ」

「でも、すげえよ。これ、ちゃんとした写真で見てみてえな」

「水島さんには内緒で撮ってるんだ。喋《しゃべ》らないって約束してくれたら、見せてあげてもいいよ」

止めようと思っても、言葉が勝手に迸《ほとばし》った。コンテストに応募する——その考えが頭に宿ってから、有紀の写真をだれかに見せたいという欲求が強まっている。その欲求を抑えこむには、ぼくの自意識は肥大しすぎていた。自分の腕と感性ではなく、有紀を得たからこその写真なのに、それがわかっているくせに、ぼくはぼくを止められなかった。

「マジ？」

「写真に興味あるの？」

ぼくの言葉に、太一君の頬が赤らんだ。

「おれ、ガキのころからマンガ描くの好きでよ。みんなにも上手《うま》いって言われて、いつかマンガ家とかイラストレーターみたいなのになれたらいいなって思ってたんだ」

太一君はそこで口を噤《つぐ》んだ。

「それで？」

「中坊ん時……二年だったかな？　札幌の大学出たばっかのやつが美術の教師でやってきたんだわ。おれ、結構その気になってて、そいつ、自分の絵を美術室に飾ったりして……絵っていうより、イラストみたいだったたんだけど」

「その先生に絵を見てもらったんだ」

太一君はうなずき、唇を尖らせた。

「あいつ、ふんって鼻で笑いやがったんだ」

まるでデジャヴュだ。ぼくは微笑んだ。

「なにがおかしいんだよ」

太一君が色めき立つ。

「ぼくも同じだからさ。ぼくも絵描きになりたかったんだ。水島さんみたいなね」

「画家じゃねえよ。マンガ家かイラストレーター」

「似たようなもんだよ」

「そうかな？」太一君は首を傾げた。「それっきり、もう、マンガとかイラストは描かなくなったんだけど、おれ、勉強できねえし、スポーツもそこそこだし、このままこんな田舎に埋もれたくないから、なにかやらなきゃとは思うんだけどよ」

太一君は喋りながら、ぼくの一眼レフに何度も視線を走らせた。

「写真ならやってみたい？」

「ちょっと興味があるだけだけどな」

ぼくの脳味噌《のうみそ》が音を立てて回りはじめた。太一君は有紀の親戚だ。水島邦衛の義理の甥《おい》だ。彼の目をくらませるのに役立つかもしれない。

「教えてあげようか、写真？」

太一君の目尻が痙攣《けいれん》した。

「でも、おれ、カメラ持ってないし」

「中古で良かったら、ぼくが前に使っていたのを貸してあげるよ。最新のデジカメよりちょっと性能は落ちるけどね」

「マジ？」

「マジ。でも、条件がある」

太一君は生唾を呑みこんだ。

「さっきも言ったように、水島先生には絶対に内緒」

「わかってる」

「有紀をモデルに撮影する時に、彼女を家から連れだすのを手伝って欲しいんだ。ぼくとしょっちゅう出かけると、水島先生がいい顔しないから」

「大事にしてるからなあ。でも、おれ、あのおっさんに嫌われてるし、あんたと有紀が出かけるよりいやがるぜ」

「そこはぼくがうまく考える」

「ほんとに、おれなんかに写真教えてくれるのかよ？」

「写真の基礎なんて簡単なんだよ。基礎を覚えたら、後は撮りまくるだけ。教えるのもそんなに難しいことじゃないから」

「あんたの撮った写真も見せてくれるかい？」

「もちろん」ぼくは微笑んだ。「今度の土曜日、なにか撮りに行こう。その時、写真も見せてあげるよ」

ぼくと太一君は電話番号を交換し合い、駅で別れた。

4

水島邦衛の洋館に人の気配はなかった。この三日、有紀とはまったく連絡が取れなかった。三日目の今日になって、居ても立ってもいられず洋館を訪れたというわけだ。

一昨日《おととい》降った雪の上に、鳥や栗鼠《りす》の足跡が浮かんでいた。人間の足跡と車のタイヤの跡はどこにも見当たらない。つまり、水島邦衛と有紀は雪が降る前にどこかに出かけたということだ。

門を越えて敷地の中に入りたいという誘惑をなんとか堪《こら》えて、ぼくは洋館に背を向けた。人の気配がないとは言っても、引っ越したとか家を売り払ったという様子もない。ふたりは函館か、あるいは札幌辺りに出かけているのだ。もしかすると、有紀の検査のためなのかもしれない。

リュック型のカメラバッグのストラップが肩にきつく食いこんでいた。いつもの自分の機材の他に、太一君に貸してやるつもりの古いカメラとレンズも詰めこんである。一旦、自分の別荘に戻り、軽自動車で駅前に向かった。春が来るまで自転車は無用の長物だ。

喫茶店は空《す》いていた。太一君の姿もない。ぼくは前に会った時に太一君と仲間が陣取っていた奥の席に腰を下ろし、コーヒーを注文した。右手の壁が本棚になっており、マンガ本の背表紙が並んでいた。

太一君はマンガ家になりたかったと言ったが、ぼくは小学生のころからマンガにはほとんど興味がなかった。コミック雑誌を読む暇があるなら絵を描いていたし、なにかを読まなければならない時には小説に手を伸ばした。中にはうまい人もいるが、稚拙な絵を見ると怒りがこみあげてきた。ストーリーが頭に入らなくなるからだ。

手当たり次第にコミックに手を伸ばし、ぱらぱらとめくってみたが、十数年たった今でも結果は同じだった。稚拙な絵を見ていると苛立ちが増してくる。コミックを本棚に戻し、ぼくはコーヒーを啜った。カメラバッグから太一君に貸すカメラを取りだし、レンズを装着し、電源を入れる。

ぼくが初めて手にしたデジタル一眼レフだ。画素数は六百万。オートフォーカス機構もシャッターレスポンスも、なにもかも、最新の製品に比べれば遅いし精度が低い。だが、画質はそれほど悪くはない。なにより、初心者には充分現役で通じるカメラだった。

コーヒーを半分ほど啜ったところで太一君がやって来た。真っ赤に充血した目で何度も瞬きを繰り返し、生欠伸《なまあくび》を噛み殺している。約束したのは午前十時。おそらく、普段の土日は昼過ぎまで寝ているのだろう。

「ごめん。寝坊した」

ぶっきらぼうに言って、太一君はぼくの真向かいに乱暴に腰を下ろした。だが、次の瞬間、テーブルに置かれたカメラに気づき、顔つきが一変した。

「こ、これ？　おれに貸してくれるってカメラ？」

「そう。だいぶ使いこんでるけど、まだちゃんと動くから」

カメラの動作は昨夜のうちに確認しておいた。シャッターもオートフォーカスも正常に作動する。太一君のために選んだレンズはサードパーティ製の標準ズームだ。焦点距離は十七ミリから七十ミリ。レンズの明るさを示すF値は全域でF4。明るくはないが、暗くもない。初心者には最適なレンズで、実際、ぼくもこのレンズだけで一年間、写真を撮り続けた。

「いい？」

ぼくが答える前に、太一君はカメラを手に取った。レンズをぼくに向け、ファインダーを覗きこむ。

「マジ？　ほんとにこんなの貸してもらっていいのかよ？」

「いいよ。ぼくはもう、使わないから」

太一君は店内にレンズを向け、でたらめにシャッターを切りはじめた。オートモードに設定してあったので、カメラが状況を暗いと判断し、内蔵フラッシュが飛びだした。

「なんだよ？」

太一君はシャッターを切るのをやめ、カメラを舐めるように見た。やがて、モニタ脇についている小さなボタンを押した。そうすると、モニタに撮った画像が現れる。

「うわ、真っ白」

「フラッシュを焚《た》くとね」

「だって、カメラが勝手に……」

「今はオートモードになってるからね。店の中暗いだろう？　これだとちゃんと写らないから、カメラが自動的にフラッシュを焚くんだ」

ぼくはカメラを受け取った。シャッターボタンの横にあるダイヤルを太一君に見せる。

「これでカメラのモードを切り替えるんだ。今はPってところになってるだろう？　これはプログラムモードって言って、カメラ任せのモード」

「あんたはどのモード使ってるんだよ？」

太一君は眉間に皺《しわ》を寄せてカメラを見つめていた。

「絞り優先かマニュアルモードだよ」

「絞り優先？」

「写真の基本っていうのは、カメラの中に入ってくる光をコントロールするってことなんだ。レンズの中には絞り羽根っていうのがある」

ぼくはカメラをテーブルに置き、両手の人差し指と親指で丸を作った。

「カメラの絞りを調節するダイヤルを動かすと、この羽根は開いたり閉じたりするんだ」

ぼくは指を動かして丸の大きさを変えた。

「絞りを開くとカメラに入ってくる光の量が増える。絞っていくと量は減る。光がたくさんあると露光時間が短くて済むからシャッタースピードは速くなる。絞るとシャッタースピードは遅くなる。これがカメラの基本。絞り優先っていうのは、カメラマンが絞りを決めるんだ。シャッタースピードはカメラが勝手に決めてくれる。マニュアルっていうのは、絞りもシャッタースピードもカメラマン自身が決める」

太一君は頭を掻いていた。

「ちょっとここを見て」

カメラ上部にある小さな表示窓を指差し、レンズを適当な方角に向けてシャッターボタンを半押しした。15と4.0という数字が表示された。

「これはカメラが決めてるんだけど、15っていうのはシャッタースピード。十五分の一秒っていう意味。こっちの4.0は絞り値なんだ」

「もう、頭が痛くなってきた」

「今すぐ理解しなくてもいいよ。でも、これだけは覚えておいて。写真っていうのは、絞りとシャッタースピードをコントロールすることで撮るんだ」

「絞りとシャッタースピードね……」

難しい顔をしている太一君に微笑みかけ、ぼくはカメラバッグからクリアファイルを取りだした。中には数枚のプリントを入れてある。

「あんたの写真？　見せてくれよ」

太一君はプリントを手に取り、一枚、一枚、時間をかけて眺めた。最初の数枚は、ただの風景写真だった。最後の三枚が有紀の写真だ。森の中で木漏れ日を浴びる有紀の写真に来たところで、太一君の手が止まった。前の風景写真と見比べ、溜息を漏らす。

「なんつーのかな。最初の何枚かは確かに綺麗なんだけど……」

「写真の中に有紀がいるだけで全然違う」

「そう。それ」太一君は残りの二枚にも目を通した。「これ、ほんとに有紀？　マジ、プロのモデルみたいじゃん」

「綺麗だろう？」

「うん」

太一君は小さくうなずき、有紀の写真に視線を落とした。


しばらくカメラの講義をした後で喫茶店を出た。徒歩で大沼へ向かい、適当な撮影地を探す。道中、太一君はしきりに周りの目を気にしていた。不良仲間にぼくと一緒にいるところを見られるのがいやなのだろう。彼の気持ちを汲《く》んで駅前からできるだけ遠ざかり、大沼を見おろせる小高い丘まで登った。太一君は呼吸が乱れていた。

「ここら辺でいいかな」

ぼくは雪の上にカメラバッグを置いた。太一君は肩からぶらさげていたカメラを早速構える。

「プログラムモードのままでいいから、とりあえず、好きなように撮ってみなよ」

「ＯＫ」

人目につくところにいた時とは違って、太一君は上機嫌だった。

「水島さんと有紀、別荘にいないみたいだけど……」

カメラのセッティングをしながら、ぼくは何気なく訊いた。

「札幌に行ってるんじゃないのかな。何ヶ月かに一度、有紀を両親に会わせるんだってさ。変だよな。どっちもそんなこといやがってるのに」

「有紀も両親には会いたくない？」

「だって、捨てられたと思ってるんだぜ」

なるほど。ぼくは太一君の真横に立ち、カメラを構えた。眼下に冬化粧を施した大沼が広がり、冬鳥たちが空を舞っている。彼方《かなた》に霞《かす》む駒ヶ岳がまるで中空に浮かんでいるかのようだった。

太一君がシャッターボタンを半押しすると、カメラから小さな電子音が流れてきた。

「どこかにピントが合うと音がするんだ」

「どこに合わせればいいのかな？」

「一番写したいと思うものに」

「ＯＫ」

太一君の唇が緩んでいる。新しい玩具《おもちゃ》を与えられた子供のようだ。ぼくは微笑みながらファインダーを覗いた。カメラに装着したのは超広角と呼ばれる焦点距離の短いレンズだ。絞り値を大きく設定し、雪を被ったままの樹木を前景に、駒ヶ岳を背景にして大沼を挟みこんだ。駒ヶ岳の方から渡り鳥の群れが飛んでくる。露出補正をマイナスで調整し、彼らが最高の位置に飛んでくるのを待ってシャッターを切った。

太一君はなにかに取り憑《つ》かれたようにシャッターを切りまくっている。湖に、空に、背後の森に、手当たり次第にレンズを向けてはシャッターを切るのだ。

彼の喜びと興奮は手に取るようにわかった。写真を撮るということは世界を切り取るということだ。レンズを向け、ピントを合わせ、シャッターを切るだけで世界の一部を自分のものにすることができる。そういう錯覚を覚えることができる。

初めてデジタルカメラを手にした時のぼくも太一君と同じだった。デジタルであるのをいいことに、目につくすべてのものにレンズを向け、シャッターを切った。データは後で消去すればいい。ありとあらゆるものを切り取り、世界を我が物にしたような昂揚《こうよう》感に襲われた。

もう、滅多なことではあの時の昂揚には巡り合えない。何年もの無為の日々の後、有紀と出会い、あの昂揚を再び手に入れた。それ以前のぼくなら、太一君に嫉妬していただろう。

「ちっちぇ。もっとでかくならないのかよ」

太一君は湖面に浮かぶ白鳥にレンズを向け、ズームリングを意味もなく左右に回しはじめた。

5

カメラ講座を二時間ほどで終え、駅前でハンバーガーを食べてから太一君と別れた。駐車場から軽自動車を引っ張りだし、帰途につく。

別荘の中は冷え切っていた。床暖房の上に乗る足の裏だけがほんのりと温かく、防寒着を着ていても身体から熱が奪われていく。温風式のヒーターを入れ、薪《まき》ストーブにも火を入れた。冷えた手をさすりながらカメラとパソコンを接続し、今日撮った画像をハードディスクに保存した。

インタフォンが鳴った。

「はい？」

スピーカーの応答ボタンを押す。

「中谷ですが」

「ちょっと待っててください」

ぼくは玄関に向かった。中谷さんは剝《む》きだしの手をさすりながら足踏みしていた。

「いやあ、急にしばれてきましたよ」

あまりに寒そうだったので、ぼくは中谷さんを招き入れた。自分のために紅茶を淹《い》れようと沸かしていた湯でお茶を淹れてやる。

「今年の冬はおかしいねえ。まだ十二月になってないっていうのに二月みたいなしばれ方だべさ」

「湖面の凍結もはじまってるみたいですね」

「ああ、あんたは毎日写真撮るのに大沼見てるもんね。そうか、もう凍りはじめてるのかい」

中谷さんはありがたそうにお茶を啜った。

「渡り鳥も続々飛来してますよ」

「んだねぇ。最近はオオハクチョウが飛んでくると背中に悪寒《おかん》が走るべさ。もう、年だぁ。今年はどんだけ雪が積もるかねえ」

中谷さんは窓の外に目を向けた。先日降り積もった雪は少しずつ解けている。このまま十日もすればすっかり解けてしまうだろう。しかし、もう一度降れば間違いなく根雪になる。ぼくは根雪になることを望んでいたが、地元で暮らす人々にとっては迷惑な話に違いなかった。

「それで、今日はなんの？」

　呆《ほう》けたように外を見つめていた中谷さんにぼくは水を向けた。

「ああ。ほれ、別荘地をうろうろしてるふたり組がいたでしょう？」

　ぼくは表情を取り繕い、うなずいた。

「ここしばらくは見かけませんね」

「そうなんだけどね、駐在の矢沢さんと今朝ばったり出くわして、話を聞いたんだわ」

　無言のまま続きを待つ。中谷さんはお茶を啜り、言葉を続けた。

「矢沢さん、あのふたりの人相風体を函館署に照会したって言うのさ。したら、あのふたり、これだって」

　中谷さんは人差し指を頬の上から下に滑らせた。

「本当ですか？」

「確認は取れてないらしいんだけどね。したっけさ、やくざがこんなところになんの用があったのかなって思ってね。三浦さん、なにか心当たりは？」

「ないですよ」ぼくは首を振った。「道を歩いてたら突然因縁をふっかけられただけですから」

「んだね。三浦さんみたいな若い人があんなやつらと知り合いなわけないもんなあ」中谷さんは腰を上げた。「まあ、ちょっと気になっただけなんだわ。だれかに話を聞こうにも、この別荘地の辺りで住んでるの、三浦さんと水島先生、それに末岡《すえおか》さんのところぐらいだからね」

「そういえば、水島先生、ここのところお留守のようですけど？」

「今週いっぱい、札幌だって。毎年、この時期になると、有紀ちゃん連れて札幌行くのが恒例なんだわ。先生の人間ドック。いっつもお土産に高級なお茶買ってきてくれてねえ。ありがたいったらないのさ」

「いいお方ですよね、水島先生」

「んだ」

中谷さんは丁寧にお茶の礼を言い、寒空の下に出て行った。ぼくは紅茶を淹れ、啜った。

禿《はげ》とポニーテールはあの林道で雪に埋もれている。凍てつ《い》いた冬が世界を支配している間、彼らが人目につくことはない。

ぼくは紅茶をお代わりし、飲み干すとソファに横たわった。目を閉じる前に、睡魔にノックアウトされていた。

❄

月が変わったその朝、洋館の敷地に赤いアウディが停まっているのを目にした。水島邦衛と有紀が帰館したのだ。

逸《はや》る気持ちを抑えて、ぼくは洋館の前を車で通り過ぎた。林の向こうの雪雲が明るく染まりつつあった。日の出は間もなくだ。その前に撮影ポイントに辿《たど》り着き、カメラのセッティングを済ませておきたかった。

雪が降り積もる中、ほのかに明るく染まる雪雲——北国にいてもそう簡単にお目にかかれる自然現象ではない。

別荘地を抜けて道道《どうどう》に出る。夜半前から降りはじめた雪は、すでに三十センチ近い積雪になっていた。

短い坂を下ったところで、スタックしている車と出くわした。黒塗りのセダンだが、轍《わだち》の間の積雪に底部が乗り、前輪と後輪が完全に浮きあがっていた。ウールのコートを着た中年男が身体を雪に押しつけるようにして、車の腹を覗きこんでいる。

手助けをしていては日の出に間に合わない。しかし、自分が同じ状況に陥ったらと考えるとブレーキを踏まないわけにはいかなかった。吹雪《ふぶき》の最中のスタックは他人事《ひとごと》ではない。

「大丈夫ですか？」

セダンの真後ろに停め、ぼくは車を降りた。男は雪を払いながら立ちあがった。

「いやあ、助かります。三十分以上前に立ち往生して、その間、一台の車も通らないんだから」

男の話し方には訛《なまり》がなかった。丁寧に櫛《くし》を入れられたオールバック、白い物が混じる口髭《くちひげ》——どこかの会社の重役風の風体に、その話し方はぴたりと合っている。

「昼まで待っても下手《へた》をしたら一台も通りませんよ、この時期は」

「函館から来たんだがね。函館の雪はもうすっかり解けているから油断してしまった」

「ちょっと待っていてください」

ぼくは軽自動車から折りたたみ式のシャベルを持ってきた。

「やはり、そういったものは必需品ですか。この辺りでは」

「ぼくは写真をやるんです。その関係でほとんど除雪もされていないような道を走ることがあるんです。町中や観光客用の道路は除雪されますから、普通はいらないですよ、こんなもの」

ぼくはしゃがみこみ、セダンの腹の下の雪を掻きだしはじめた。雪は湿って重かったが、まだ積もったばかりなので固まってはいない。

「わたしがやりましょう」

男が言った。

「そのコート、高いんでしょう？　汚れますよ。ぼくのは汚れてもかまわないやつですから」

「それじゃ、後でお茶かなにかをご馳走《ちそう》しましょう」

「気にしないでください。こういう時は相身互《あいみたが》いですから。寒かったら車に乗っていてください」

「それじゃあまりに申し訳なさすぎる。限界まで我慢しますよ」

男の言葉に微笑み、ぼくは雪を掻きだし続けた。時折手を休め、東の林に目をやる。林の向こうの雲がほのかに黄色みを帯びて白く輝いている。今、この瞬間が絶好の撮影チャンスだった。今日の写真は諦めるしかない。ぼくは溜息を押し殺した。

「こんな時間に、この辺になにか用があったんですか？」

「いや。今日、大沼プリンスにチェックインする予定なんですがね。早く着いたので、大沼の周辺をぐるぐる走ってたんですよ」

「早く着いたって、チェックインの時間は午後でしょう」

ぼくは苦笑した。今はまだ、朝の七時前だ。

「こう見えて、おっちょこちょいでしてね。昨日の夜、女房と派手に喧嘩《けんか》をやらかしまして。腹立ち紛れに家を出て、大沼に着いたのが午前四時ですよ」

男の笑い声は乾いていた。

「それで、この辺をぐるぐると？」

「ええ。ファミレスでも開いていればと思ったんですがね」

「函館から来たとおっしゃいましたけど、もともと函館の人じゃないんですね」

ぼくは車の反対側に回った。

「どうしてそう思うんですか？」

「函館の人なら、シーズンオフの大沼になにもないことは知ってますよ」

「なるほど……いや、実は三年ほど前に、札幌から移ってきたんですよ。この辺りは初めてでして」

札幌から来たという言葉にぼくは首を傾げた。訛のない言葉遣いからして、元々は内地の人間だと思っていた。

「札幌でお生まれになったんですか？」

「ええ。大学からしばらくは東京にいましたがね」

「なるほど。だから訛がないんだ」

「あなたにも訛がない」

「矯正したんです」

ぼくは手を止めた。車の前半分はすでに雪を掻き終え、向こうの空間が見えるようになっていた。男の足が小刻みに動いていた。無理もない。気温は零下五度を下回り、駒ヶ岳から下りてくる冷たい北風が容赦なく体温を奪っていく。ぼくのように完全防寒でなおかつ身体を動かし続けているのならともかく、一所に突っ立っているだけでは骨の髄まで冷えてしまう。

「矯正？」

「ええ。ＮＨＫのアナウンサーの言葉を真似《まね》して。訛が嫌いだったものですから」

「道産子《どさんこ》ですか？」

「ええ」

シャベルが雪を突き抜けた。浮いていた車輪が雪に接地する。ぼくは額に浮いた汗を拭いながら立ちあがった。

「もう大丈夫だと思いますよ」

促すと、男は運転席に乗りこんだ。サイドブレーキを解除し、おそるおそるアクセルを踏む。セダンがゆっくり動きだした。

「助かりました。ありがとうございます」

窓が開き、満面の笑みを湛《たた》えた男の顔がぼくに向けられた。

「お互い様ですから」

「いや。なにかお礼をしなくちゃ」

男は生真面目《きまじめ》な声で言った。

「本当にお構いなく」

すでに太陽は林の上に昇っていた。ぼくはすべてが煩しくなって、折りたたんだシャベルを軽自動車の後部座席に放りこんだ。男が車を降りてきて、ぼくは彼に気づかれないよう首を振った。

「連絡先を教えてもらえませんか？　函館に戻ったら、なにか美味《おい》しい物をお送りしますよ」

「結構です」

ぼくは彼に背を向けたまま言った。

「なら、せめてこれを受け取ってください」

男の声音が変わった。ぼくは振り返る。男は右手の指先で名刺をつまんでいた。

「もし、お困りなことが起こったら、必ず連絡してください」

大野薫《おおのかおる》。あおやぎ興産代表取締役。名刺にはその他に住所と電話番号、メールアドレスが印刷されていた。

「なんの会社なんですか？」

ぼくは反射的に訊いていた。

「便利屋です」

男――大野薫は微笑み、車に乗りこんだ。運転席でぼくに深々と頭を下げると、何事もなかったかのように走り去った。

6

ソファでうたた寝していた。淡い色の夢の中を彷徨《さまよ》っていた。夢には音もなく、形もなく、なにもかもが曖昧だった。その曖昧な世界を曖昧な形をしたぼく自身が、行くあてもなくただ歩いている。

小さな音がその曖昧な夢の世界を打ち破った。ぼくは頭を振り、瞼《まぶた》を擦《こす》りながら上半身を起こした。音の発生源はベランダの窓だった。どすん、どすんと、断続的に音がする。

だれかが雪玉をぶつけているのだと気づくのに時間はかからなかった。同時に、そんなことをする人間の正体にも気づく。

自然と顔がほころんだ。カーテンを開けると、両手に雪玉を持った有紀が微笑んでいた。有紀の足下にはいくつもの雪玉が転がっている。ぼくが出てくるまで無差別砲撃を繰り返すつもりだったのだ。

「戻ってきたんだ」

ぼくは窓を開けた。有紀が雪玉を投げた。ぼくの胸で雪玉が破裂する。顔や首に雪が飛び散った。

「やったな」

ベランダに出しっぱなしにしてあった長靴に足を突っこんだ。ゴムは氷のように冷えていたが気にはならなかった。ベランダから庭に飛び降りる。

有紀が歓声をあげて逃げた。ぼくは有紀が作っておいた雪玉を手に取り、その背中に投げつける。一投目は外れた。だが、二投目が有紀のお尻を直撃した。

「痛ぁい」

有紀は逃げるのをやめ、振り返ってぼくを睨んだ。

「おあいこだよ」

「違うもん。有紀は女の子で、敦史は男の子だもん。有紀の方が痛いよ」

「手加減してあげたよ」

突然、有紀がお腹を抱えてうずくまった。ぼくは慌てて駆け寄り、屈みこむ。有紀が笑った。ぼくの顔に雪の塊が押しつけられる。冷たさに全身の肌が粟立《あわだ》った。

「有紀の勝ち」

そう叫んで、有紀は庭を駆けていく。子供だった。初雪に大喜びする子供と同じだ。

ぼくは思いきり頭を振り、顔にこびりついた雪を振り落とした。

「待て」

有紀を追いかける。眠気は完全に消えていた。追いかけてくるぼくに気づくと、有紀はひときわ高い悲鳴をあげ、家の敷地から道路へと飛びだした。そのまま円沼《まるぬま》の方へ駆けていく。別荘地の敷地内にある小さな沼だ。

ぼくは後を追った。有紀は何度も後ろを振り返る。ぼくと彼女の差はどんどん詰まっていく。

朝のうちに末岡さんが車で出かけたのは知っていた。何軒もある別荘の中で、冬の間も暮らしているのはぼくと末岡夫婦だけだ。どちらも七十近い年で、どこへ行くにも必ずふたりで出かけていく。

つまり、今この瞬間、別荘地にいるのはぼくと有紀だけだ。

ぼくは伸ばした手で有紀の左腕を摑んだ。

「捕まえた」

「やだー」

有紀はぼくを振り払おうとし、バランスを崩した。咄嗟に有紀の身体に両腕を回す。有紀を抱いたまま、肩から雪の上に倒れた。倒れながら有紀は笑い続けている。心からの喜びを表す笑いだった。

「捕まえたぞ」

「敦史、男の子だもん。ずるいもん」

「追いかけっこに男の子も女の子もない」

ぼくたちはひとかたまりになって雪の上に転がったまま他愛ない会話を続けた。

「いつ戻ってきたの？」

「昨日の夜」

「ここまでひとりで来た？」

有紀がうなずいた。

「歩いて？」

「うん。伯父様には大沼にお絵描きに行くって言ったの」

「そうか」

ぼくは有紀を抱いたまま立ちあがった。有紀は両腕をぼくの首に回し、しがみついてくる。

「花嫁さんみたい」

「花嫁？」

「うん。あのね、トモちゃんの結婚式に行ったの。そしたら、トモちゃん、花婿《はなむこ》さんにこんなふうに抱っこされたの」

トモちゃんというのは親戚か、知り合いか。訊《たず》ねる前に、有紀が言葉を続けた。

「有紀も抱っこされたから、敦史のお嫁さんになるね」

「ほんとに？」

「だって、抱っこされたから」

「それは順番が違うんだよ」

「順番？」

「女の人はね、抱っこされたからお嫁さんになるんじゃないんだ。男の人を好きになって、その男の人も女の人を好きになって、好きだから抱っこして、結婚するんだ」

「じゃあ、敦史は有紀のこと抱っこしてるから、有紀のことが好き」

ぼくは苦笑した。

「ね、好きでしょ？」

有紀の磨き抜かれた宝石のような目が、ぼくの濁った目を射貫《いぬ》く。

「そうだね。敦史は有紀が好きだ」

「じゃあやっぱり、有紀、敦史のお嫁さんになる」

有紀がしがみついてくる。ぼくは彼女を抱いたまま円沼に向かった。昨日までの寒気はゆるんでいた。上着がなくても駆けて火照《ほて》った身体は寒さを感じない。

湖畔に着くと、有紀は自分から地面に降り立った。四つん這《ば》いになり、腕を伸ばして湖面に張った薄い氷を割り取っていく。氷の厚さは一センチがいいところだった。

「いつになったら歩けるようになるかな？」

有紀は氷のかけらを頰に押し当て、目を閉じた。大沼、小沼、蓴菜《じゆんさい》沼、その他諸々《もろもろ》、この辺りの湖や沼沢は真冬になれば凍結する。氷の厚さが二十センチを超えればその上を歩くことはもちろん、スノーモービルや橇《そり》で行き来することも可能になる。

「あと一ヶ月ぐらいかな」

「早く凍ればいいのに」有紀は氷を沼に投げ入れ、振り返った。「今日、お写真撮る?」

「いいの?」

「うん。でもね、ひとつだけお願いがあるの」

「なに?」

「白鳥さん、見に行きたいの」

「じゃあ、セバットへ行こうか」

有紀は目を輝かせてうなずいた。正式には白鳥台セバット。小沼の大沼寄りの一部は水が循環しているため、真冬になっても湖面が凍らない。オオハクチョウやマガモなどの渡り鳥はそこに集まり、冬を越す。その数は数百羽を超え、観光客の投げ与えるパンに群がる鳥たちの姿はラッシュアワーの通勤列車さながらだった。

「それじゃ、一旦家に戻ろう。準備するから」

まだ寒さは感じなかったが、ゴム長の中の足が冷えはじめていた。

「ハニーティが飲みたい」

「作ってあげるよ」

キッチンにまだ蜂蜜《はちみつ》が残っていることを思いだしながら答えた。有紀の左手がぼくの右手の中にするりと潜りこんでくる。ぼくはその手をそっと握った。知らない人間から見たら仲睦《なかむつ》まじい恋人同士だろう。だが、有紀にとっては、小学生が友達と手を繋《つな》いで帰ることと同じなのだ。

別荘に向けて足を踏みだそうとした瞬間、数百メートルほど先からこちらに向かってくる黒い車に気づいた。その車を見ていると胸騒ぎがしてきた。理由はわからない。再び有紀を抱きかかえ、円沼の隣にある別荘の敷地に駆けこんだ。

「どうしたの?」

ぼくは有紀の唇に人差し指を当てた。

「しー。ぼくがいいって言うまで静かにしてて」

有紀は目を丸くしたが、小さくうなずいた。車は歩くのに似た速度でゆっくり近づいてくる。間違いなく、なにかを探しながら走っているのだ。

有紀の息がぼくの首筋を撫でていく。有紀はぼくの腕の中で置物のように固まっていた。有紀を怯えさせている。唇を嚙んだが、ぼくにできるのはただ息を潜めていることだけだった。

車はぼくの別荘へと向かう路地に入っていった。今朝、雪の中でスタックしていた男がステアリングを握っている。確か、大野といったはずだ。

「まだ喋っちゃだめ?」

有紀が囁《ささや》いた。

「小さな声でね」

「どうしたの?」

有紀の目はかすかに潤んでいる。

「悪い人が来たんだ」

「悪い人? ドロンジョみたいな人?」

有紀はテレビアニメの悪役の名を口にした。

「もっと悪い人だよ」

有紀の目にははっきりと涙が浮かんだ。

「敦史、殺されちゃうの?」

「大丈夫。悪い人はいつも、最後に正義の味方にやっつけられちゃうんだ。そうだろう?」

有紀は歯を食いしばりながらうなずいた。必死に恐怖と戦っている。ぼくは彼女の頬を撫でた。その手を手袋に覆われた有紀の手がきつく握ってくる。

風に乗ってぼくの別荘のインタフォンのチャイムが流れてきた。空気は澄み、人も車の往来もない。小さな音はなにものにも遮られることなく遠くまで響く。

やはり、大野はぼくを訪ねてきたのだ。

背中に悪寒が走った。ゴム長の中の爪先が冷たさを通り越して痛みを訴えはじめている。このままここでじっとしていれば、無意味に体温を奪われていくだけだった。

「ちょっと歩くよ。なるべく音を立てないようにね」

有紀の手を握ったまま腰を上げた。道路には出ず、他人の敷地を横切る。この別荘分譲地は円沼を西端にして、歪《いびつ》な長方形を十八の区画に分けている。縦に走る道が十本、横に走る道が三本。その間の土地に、三百坪から五百坪までの区画が並んでいる。ぼくの別荘は遮蔽物《しゃへいぶつ》に使った別荘から五本向こうの路地を入った五軒目の建物だ。距離にして二百メートル弱というところだろうか。

除雪も圧雪もされていない雪は歩きにくいこと夥《おびただ》しい。ぼくも有紀も向こう臑《ずね》まで雪に埋もれて歩くしかなかった。すぐに身体が火照り、寒さと痛みが消えていく。

「もう、チャイムの音聞こえないね」荒い呼吸の合間に有紀が言葉を吐きだす。「悪い人、いなくなっちゃったかな？」

「まだいるよ。だから、安心しちゃだめだ」

「うん」

別荘の敷地を横切り、道路をふたつ渡った。そこからまた、他人の敷地を北上していく。横山《よこやま》という無愛想な中年男の別荘の裏で、ぼくは腰を屈めた。有紀もぼくにならう。

「ここにいて、じっとしてるんだ。すぐに戻ってくるから」

有紀がうなずくのを待って、ぼくは横山さんの別荘を回りこんだ。庭に作られた小さなサウナ小屋の陰から自分の別荘の様子を窺《うかが》う。

黒いセダンは別荘のまん前に停まっていた。大野が車体に寄りかかり、煙草《たばこ》をふかしていた。すぐに立ち去るつもりはないらしい。もしかすると、ぼくが帰宅するまで待つ腹づもりなのかもしれない。

ぼくは踵《きびす》を返し、有紀のもとへ戻った。

7

足の指が感覚を失っていた。気温は高めだとはいえ、雪の中を移動している。ゴム長は氷のように冷え、足から体温と感覚を奪っていく。霜焼けを通り越して、軽度の凍傷にかかっているようだった。

ぼくと有紀は別荘地を迂回《うかい》し、林を抜けて道道に出た。人目を避けながら水島邦衛の洋館を目指す。

ぼくの住む別荘地から洋館までは、直線距離で二キロほど離れていた。だが、道沿いに行けばその距離は倍に膨れあがり、ショートカットをするには起伏のある森を抜けていかなければならない。いずれにせよ、地図で見るよりよほど時間がかかる。

大野に見つかることをおそれて、ぼくは道を避けた。有紀の手を引き、森の中、雪を掻き分けていく。有紀は文句も言わずについてきてくれた。有紀の目にはただ、信頼の光が浮かんでいる。

しかし、限界は近かった。どこかで休憩を取り、冷え切った足先を暖めなければぼくは指を失うかもしれない。ちょうど、小さな丘を越えたすぐ先に、木を伐採した跡があった。切り株に積もった雪を払い落とせば腰を下ろすことができる。

「ここで休もうか」

ぼくは無理矢理微笑みを浮かべ、切り株の雪を払った。

「疲れただろう？　ここに座って」

もうひとつの切り株も同じようにして、ぼくは腰を下ろした。

「悪い人、まだいる？」

「うん。暗くなるまでいるよ」

「敦史に悪いことしにきたの？」

「大丈夫。ぼくは天使だから、悪いやつは後でやっつけるんだ」

ぼくはゴム長を脱ぎ、右足の靴下を脱いだ。どの指も血の気を失って、プラスティックかなにかでできた作り物のようになっている。左足に右足の靴下を重ね、とりあえず、右足の爪先を両手で包みこんだ。いきなり温めるとなんとも形容しがたい痛みに襲われることになる。

「霜焼け？」

有紀がぼくの足を指差した。

「うん。ゴム長だからね。ちょっと冷えちゃった」

「痒《かゆ》くて痛いんだよね。有紀、霜焼け嫌い」

「みんな嫌いだよ」

ゆっくり温めているつもりだったが、痛みが確実に忍び寄ってくる。ぼくは顔をしかめた。歯痛と同じで凍傷の痛みは耐えがたく、形容しがたい。骨の芯にいきなり張り付いて周囲に触手を伸ばしていくのだ。

「有紀がしてあげる」

有紀は手袋を脱ぎ捨て、ぼくの爪先を両手で包みこんだ。そっと息を吐きかけ、マッサージをするように優しくぼくの指を揉《も》む。

痛みと照れに同時に襲われ、ぼくは空を仰いだ。無数の冬枯れの枝の向こうに鉛色の空が広がっている。

「痛い？」

有紀がぼくの顔色をうかがった。

「ううん」

ぼくは嘘をついた。

「家にいったら、伯父様の靴下があるの。貸してあげる」

有紀は大人びた口調で言った。母親の顔つきでぼくの指を温めている。

「ありがとう、有紀」

痛みは耐えがたかったが、ぼくの心は穏やかだった。大野の出現が示唆する不安や恐怖も薄れていく。母が母としての役目を辛うじて務めていた幼い日の想い出が脳裏を駆け抜けていった。

「はい。次は左足」

しばらくすると、有紀が言った。母の声とそっくりだった。

❄

有紀を洋館に送り届け、水島邦衛のウールの靴下を借りた。新品で、まだタグがついたままだった。

古いものでいいと言うぼくを有紀は撥《は》ねつけ、自分でぼくに真新しい靴下を履かせてくれた。その横顔は得意げでもあった。

一緒に悪い人をやっつけると駄々を捏《こ》ねる有紀をなんとかなだめ、さらに有紀の小遣いを借りて、ぼくは洋館を後にした。

ウールの靴下は保温性が高く、駅に着くまでの間、ゴム長の中の足が痒みや痛みを訴えることはなかった。列車で函館へ行き、ホームセンターで安いウィンドブレーカーと中にボアのついた長靴を買った。ただのゴム長より百倍は暖かい。駅近くの喫茶店でコーヒーとカレーを胃に入れると、有紀から借りた金は千円と少しに減った。

空になったカレーの皿を眺めながら、大野のことに思いを馳《は》せた。丁寧な口調と物腰からは想像もつかなかったが、彼は間違いなくポニーテールと禿のふたり組と繋がっている。ふたりが姿を消し、代わりに大野がやって来たのだ。

ぼくは唇をきつく嚙んだ。ふたり組より大野の方がよほど手強《てごわ》い。理由のない確信が宿り、自分のしたことに腹が立ってくる。

閉店の時間だと店員に急《せ》きたてられ、喫茶店を出た。時刻は午後の九時。人通りは閑散として、駅前の赤いモニュメントが寒々しい。再び列車の人となり、大沼に舞い戻った。

気温がさがっている。セーターとウィンドブレーカーだけでは体温の低下を防ぎきれず、ぼくは震えながら家路についた。この時間では電話で呼び出さない限りタクシーも捕まらない。

月明かりどころか星明かりひとつない夜道は混じりけなしの闇に満たされていた。ぼくの目はもうこの闇にずいぶん慣れているが、大沼へ来た当初はあまりの暗さに恐れさえ抱いたものだ。本当の闇は人間の心を浸食し、恐怖の卵を産みつける。卵はすぐに孵《ふ》化《か》し恐怖はただひたすらに増殖するばかりだ。

今のぼくは闇を恐れたりはしない。それどころか闇に親しみさえ覚えている。すべてを塗り潰し、世界を単一にしてしまう闇はぼくの心にそっと触れて、ある種の温《ぬく》もりさえ与えてくれる。ぼくが恐れているのは大野の存在だった。

駅から一時間以上かけて別荘地に辿り着き、ぼくは深い溜息を漏らした。末岡さんの家から漏れてくる明かりの他に、強い光源がぼくの別荘を照らしていた。大野の車が昼間と同じ場所に停まっている。

車がスタックして困り果てていた大野の顔が脳裏によみがえった。上品に澄ました表情で蛇のような執念深さを包み隠していたのだろうか。

別荘地の入口近くに建つ家の陰に隠れしばらく様子を見ていたが、大野の車が動きだす気配はなかった。安物の防寒長靴はとうに冷気の侵入に対する抵抗を放棄していて、爪先がまた痺《しび》れはじめていた。我慢比べでは勝負にならない。向こうは暖房を利かせた車の中にいるのだ。

音を立てないよう、他人の敷地の中を移動し、ぼくは山田《やまだ》という中年の男の別荘を目指した。庭に建てたサウナ小屋の外壁に巧妙にカモフラージュした物入れがついており、そこに山田さんは合い鍵を隠している。

合い鍵を取りだし、静かにドアを開けて中に入った。しばらく使われていなかった別荘の中は外と変わらないほどに冷えている。かといって、明かりや暖房をつけるわけにもいかなかった。手探りで家の中を進み、寝室を見つけて服を着たままベッドの中に潜りこんだ。シーツも毛布も掛け布団も氷のようだった。身体を丸め、ぶるぶる震えながら目をとじた。

眠りはなかなか訪れてくれなかった。

❄

寒気に耐えられなくなって目が覚めた。悪寒が背中に張りつき、膝から下が怠《だる》くてしようがない。発熱の前兆だった。這うようにしてキッチンへ行き、冷蔵庫をほんの少し開けた。わずかに漏れてくる光で腕時計の針を確認する。午前三時半。そうする間も歯の根が合わなかった。火傷《やけど》するほど熱いミルクが飲みたかった。暖房の利いた部屋で微睡《まどろ》みたかった。

寝室へ戻り、カーテンの隙間から外を見た。ヘッドライトが消えていた。目を凝らす。大野の車がない。何度も確認したが間違いはなかった。大野は消えた。

ぼくは震えながらベッドの乱れを直し、山田さんの別荘を出た。迂回しながら自分の別荘に向かった。やはり、大野の車はなかった。さすがの彼でも、眠気にはかなわなかったのだろうか。

大野の車が停まっていた場所は、雪があらかた解け、凍った地面が露出していた。煙草の吸い殻も数十本、落ちている。どの煙草もフィルター近くまで吸い尽くされていた。歯をがちがち鳴らしながら家に入り、明かりをつける。

震えが止まった。鍵がかかっていなかったことに気づいたからだった。

有紀を追いかけてベランダから外へ出た。ベランダの窓は開いたままだったのだ。鉛を詰めこんだような身体を引きずってベランダに行った。窓の外に、ぼくのゴム長とは違う足跡を見つけた。足跡は庭からベランダにまっすぐ続いている。

大野はここから家に侵入し、玄関から外に出たのだ。律儀に靴を脱ぎ、玄関に運び、そこで履き直して。

振り返った。ぼくが有紀を追いかけて出て行った時と寸分違わぬ光景が視界に広がっている。しかし、なにかが違う。机の上、抽斗《ひきだし》、パソコン、カメラをあらためた。間違いなく、だれかの手が触れている。あまりにも元通りにしておこうとしすぎて、かえって触れたことがわかってしまう。それほど、大野のやり方は徹底していた。

なにを探していたのだろう？　禿とポニーテールに繋がるものは一切持っていない。

もう一度抽斗を開ける。一番上の抽斗にはプリントアウトした写真を入れたクリアファイルが入っているだけだ。ファイルをぱらぱらとめくり、消えてしまったものに思い至った。

木漏れ日の中で撮った有紀の写真が一枚、なくなっていた。

大野はあの写真から有紀を見つけだすつもりだろうか。有紀を使ってぼくを脅すつもりだろうか？

消えていた悪寒が舞い戻ってきた。考えることですら億劫《おっくう》で仕方がない。電子レンジでミルクを温め、啜りながら薪ストーブに火を熾《おこ》した。ソファを薪ストーブの前に移動させる。毛布を被ってミルクを飲み干した。

部屋が暖かくなる前に、ぼくは気絶するように寝入ってしまった。

8

目覚めたのは昼過ぎだった。服と毛布が大量の汗を吸いこんでいた。ストーブの火はとうに消えている。

寝ている間に熱はさがっていた。ブラインドの隙間から外の様子をうかがう。大野の車は見当たらなかった。有紀を捜しているのだろうか。不安が徐々に膨らんでいった。

携帯で有紀に電話をかけた。回線が繋がる代わりに留守電サービスのメッセージが流れてきた。

「有紀、まだ悪い人がぼくのこと狙ってるから、しばらくこっちには来ないで。そのうち、正義の味方がやっつけてくれるから。いいね？」

メッセージを残し、電話を切る。熱はさがっていたが身体の怠さは消えていなかった。風呂《ふろ》を沸かし、熱い湯に浸かった。風呂から出ると午後二時を回っていた。ブラインドの隙間から外の様子をうかがう——癖になってしまっていた。もちろん、車はなかった。バスルームで風邪薬を見つけ、温めたミルクで胃を満たしてから飲んだ。まだ微熱がある。

電話が鳴った。びくりと震えてから電話を見つめた。電話は古い機種でナンバーディスプレイさえついてない。今までは気にしたこともなかったが、大野の出現の後では発信元がわからない電話はぼくの恐怖を煽《あお》る。呼び出し音が十回鳴って、電話は沈黙した。肺に溜めていた息を吐きだすと、また鳴りはじめた。

この執拗《しつよう》さは大野に違いない。ぼくは電話のコードをモジュラージャックから抜いた。風呂に入ったばかりだというのに身体が汗でぬめっていた。

身支度を調《ととの》え、大型のカメラバッグにカメラ機材とパソコン、下着の替えを詰めこみ、外に出た。施錠をしっかりと確認する。軽自動車にバッグを放りこんでぐるりと周囲を見渡した。末岡さんの家の煙突から煙が立ちのぼっている以外、動くものはなにもなかった。大野の黒いセダンの姿もない。

ぼくは軽自動車に乗りこみ、大急ぎで別荘地を後にした。

❄

一旦街に出て、スーパーで買い物を済ませてから大沼沿いを走る道道三三八号線へ出た。東へ向かい、沼の北東の端の手前を左折する。すぐに、広大な別荘分譲地が見えてくる。〈緑の村〉と銘打たれた別荘地だ。ぼくのところとは違って入口には管理棟が設けられ、冬の間も除雪その他、管理がまめに行われている。

とは言っても、真冬が直前に迫ったこの時期、クリスマスや正月といったイベントがなければ閑散としているのは変わらない。管理棟には車が数台停まっていたが見咎《みとが》められることもなく軽自動車は敷地内の坂道を登っていく。

〈緑の村〉は大沼を南に望む丘の斜面を切り開いた別荘地だ。敷地内は東西南北に何本もの舗装された道が走り、道と道との間に区画整理された土地が碁盤状に並んでいる。二百は優にあると思われる区画のうち、家が建っているのは三分の一。その他は土地は売れたものの家が建てられていないか、土地そのものが売れていない更地になっている。区画は小さなものなら百五十坪、大きなものは五百坪といったところだろうか。別荘が建てられているのは丘の中腹までだ。

ぼくは別荘が隣接する一番高い区画を目指した。大野がもしぼくを見つけてやって来たとしても、高いところからなら早く気づくことができる。

大沼へ来た当初、よくこの別荘地へやって来ては面白いデザインの別荘の写真を撮った。すぐに飽きて通わなくなったが、ぼくの頭の中にはその時撮った別荘のことが刻みつけられている。

その別荘は黒い直方体だった。壁は黒い塗料で塗りたくられた木材で窓ですらスモークガラスが使われている。ドアもドアノブも黒く塗られており、一見しただけではどこが玄関なのかさえわからない。敷地は五百坪近くあり、必要最低限の木が伐採してあるだけだ。

初めてその別荘を見た時は、ヘンゼルとグレーテルの童話を思いだした。別荘が、林の中にぽつんと佇むチョコレートでできた家のように思えたのだ。カカオの純度の高い、真っ黒に近いチョコレート。

チョコレートを思わせる別荘があまりに気になって、この別荘地の管理人に持ち主のことをそれとなく訊いてみたことがある。詳しいことは教えてもらえなかったが、夏にしか来ないらしい。

チョコレートの家には囲いも門もなかった。林を伐採して作った道があり、車寄せがあり、その先に家がある。ぼくは車寄せの一番端——道路から見えにくいところに軽自動車を停めた。スーパーで買った布製のガムテープと工具箱、懐中電灯を持って、家の裏手に回る。スモークガラスにガムテープをべたべた貼り、スパナを叩《たた》きつけた。映画かなにかで観《み》たのだ。そうすれば、ガラスが飛び散ることもない。

ガラスが割れてできた隙間から腕を伸ばし、鍵を開ける。窓から中に入り、懐中電灯で中を照らした。家の中には仕切りというものが一切なかった。広大なワンルームだ。黒革のソファセット。黒いカバーを掛けられた黒いベッド。作り付けの家具もすべて黒で統一されている。さすがにキッチンのシンクは銀色に光るステンレスだったが、黒に対する偏執ぶりにぼくは生唾を呑みこんだ。

壁にスイッチを見つけ、明かりを点《つ》けた。四隅の壁の上の方で薄暗い明かりが灯《とも》った。間接照明だ。もうひとつのスイッチを入れてみると、どこかでモーター音がして天井が左右に開きはじめた。天井は総ガラス張りだった。黒いシャッターで閉ざされていたのだ。

雲に覆われた空が姿を現し、家の中が明るくなった。天窓のところどころに雪が残っている。

ぼくはなんとなくうなずき、荷物を運び入れるために玄関に向かった。

❄

本か雑誌を持ってくれれば良かったと歯噛みしながら夜を迎えた。チョコレートの家にはテレビどころかラジオもオーディオセットもない。インターネットで時間を潰そうかとも思ったが、電話回線も引かれていなかった。

熱はすっかりさがり、眠気が訪れる様子もなかった。ぼくは真っ黒なベッドに寝転がり、天窓を見つめた。雲がもの凄《すご》い勢いで流れている。ぼくが割った窓は、新聞紙をガムテープで貼りつけておいたが、その向こうで、林が風に震えている音がする。窓が割れていなければそれも聞こえないに違いない。チョコレートの家は防音も完璧だった。

だれがなんの目的でこんな家を建てたのか――答えの出ない問いを頭の中で弄《もてあそ》ぶ。

やがて雲が割れはじめた。雲と雲の間から星が顔を覗かせて燦《きら》めいている。

ぼくは跳ね起きた。ベッドから飛び降りて壁のスイッチを叩くようにして照明を切った。そのまま天窓を見あげる。雲はどんどん薄くなり、散らばっていく。それに比例して星の瞬《またた》きが増えていく。

「プラネタリウムだ」

ぼくは呟いた。真っ暗な中、天の星々だけがきらきらと輝いている。

照明が暗いのも、内装のほとんどすべてが黒で統一されているのも、家電製品がなにもないのも、すべては天窓の向こうで燦めく無数の星々を見るためなのだ。星の観賞の邪魔になるものは一切排除されている。

溜息が漏れる。見る間に雲は消えていき、天窓は星と夜空で満たされた。北斗七星が、オリオン座が、ぼくに微笑みかけている。星明かりのシャワーを浴びているかのようだった。

手探りでベッドに戻り、腰を下ろした。テレビもラジオもいらない。時間の経過とともに少しずつ位置を変える星を眺めているだけで心が満たされていく。

このチョコレートの家は最高に贅沢《ぜいたく》な別荘だった。

どれぐらい時間が経ったのだろう。気がつけば、ぼくは頭の中で写真の構図をこねくり回していた。天然のプラネタリウムと有紀。どう考えても無理がある。絶好の構図のためには有紀は中空に浮いていなければならない。

いや。有紀を屋根に載せたらどうだろう？　フィルターを使い、天窓に反射する光を殺せば幻想的な写真に仕上げることができるかもしれない。

満天の星を背景に空中散歩する有紀——イメージが頭にこびりついて離れなくなった。悶々《もんもん》としながら、ぼくは星を眺め続けた。

9

空が淡い茜《あかね》色に染まっていた。天井のシャッターを開けっ放しにして寝たせいで、素晴らしい朝焼けに気づくことができた。

カメラバッグを肩から担ぎ、ぼくはチョコレートの家を飛びでた。朝焼けの時間は釣《つる》瓶《べ》落《お》としと称される秋の夕焼けよりさらに短い。〈緑の村〉の敷地内は慎重に、道道に出てからは軽自動車に思いきり鞭《むち》を入れた。道道を西へ。

雲が消えて放射冷却が強まったせいか、路面が凍りついている。白鳥台セバットの駐車場に軽自動車を停めて外に出ると、顔の皮膚が収縮するのを感じた。

小沼の湖面も凍りはじめていた。水が循環する一部の水域だけが凍らず、水面から水蒸気が立ちのぼっている。十羽ほどのオオハクチョウと倍以上の数の鴨《かも》たちが朝焼けを浴びながら浮かんでいた。朝日は茜色から黄色に変わりつつあった。

望遠レンズを取り付け、ぼくはカメラを構えた。三脚を立て、悠長に構図を決めている余裕はない。時間との勝負だ。息を止め、手振れが起こらないよう細心の注意を払いながらシャッターを切っていく。

淡い光を捉え、なおかつ、オオハクチョウのディテイルを殺さぬよう慎重に露出を計る。オオハクチョウをシルエットにしてしまえば簡単だが、それでは慌ててここに駆けつけてきた意味がないと思った。

構図を模索していると一羽のオオハクチョウが突然、湖面の氷の上に立って羽を広げた。まるで伸びをしているかのように。淡い光を浴びて、その姿は神々しいまでに美しかった。立て続けにシャッターを切り、ぼくはファインダーから目を離した。

もう、充分だ。今の光景を撮るためだけに、ぼくは取るものも取りあえず白鳥台セバットに駆けつけたのだ。そういう満足があった。

駐車場を出ると、軽自動車を西へ向けた。大野が函館大沼プリンスホテルにチェックインすると言っていたのを思いだしたのだ。国道との交差点の手前の道を右折し、緩やかな坂を登ると左手奥にホテルの外観が見えてくる。その手前に宿泊客用の駐車場があった。シーズンオフだから停まっている車は数えるほどしかない。その中に大野の黒いセダンがあった。時刻は六時半を回ったところだった。急げば間に合う。

駐車場の入口でUターンし、別荘に向かった。あのプラネタリウムは素晴らしいが、しかし、何日も滞在するとなれば飽きるだろう。暇潰しに読むものと、パソコンをネットに繋げるためのモバイル機器を持ちこみたかった。

スノーブーツを脱ぐ暇も惜しく、土足のまま家にあがり、必要なものと有紀のために用意した衣装を掻き集めた。荷物を後部座席に放りこみ、さらに、家の東側の壁に立てかけてあった折りたたみ式の梯子《はしご》を運んだ。

ぼくの脳裏には昨日空想したイメージがまだこびりついている。有紀をあの天窓の上に登らせるためには梯子がどうしても必要だった。

梯子を軽自動車に括《くく》りつけていると、犬を連れた末岡さんがいつもの散歩コースを外れてこちらに向かってきた。

「おはよう、三浦さん」

「おはようございます」

ぼくは作業の手を休め、末岡さんに向き直った。末岡さんは犬に引きずられるように歩いている。犬の名はグレイス。牝《めす》のグレートピレネーズだ。よく手入れされた白い毛が風に揺れている。

「この前、おたくの家の前にずっと黒い車が停まってたんだけどね」

「そうなんですか？」

ぼくはとぼけた。嘘をつくなというようにグレイスが野太い声で吠《ほ》えた。

「変だと思って声をかけたら、上品な人がわざわざ車から降りてきて、丁寧に挨拶返してくれたんだけどね。おたくのこと、根掘り葉掘り訊かれたよ。あの人、何者？」

「すみません。ぼく、昨日から駒ヶ岳の方で野営して写真撮ってるんですよ。だから、そんな車が停まってたなんて知らなくて。その人、名乗りました？」

末岡さんは首を振った。グレイスがぼくの足下の匂いをしきりに嗅いだ。

「なにを訊かれました？」

「普段、おたくはなにをしてるのか、とか。いつも何時ごろ帰宅するのかとか。それと、あの子、なんて言ったっけ？　ちょっとここが弱い……」

末岡さんは自分の頭を指差した。

「有紀ちゃんですか？」

「そうそう。有紀ちゃん。あの子のことも訊かれたよ」

「答えたんですか？」

「おたくが毎日写真を撮りに出かけてるってことはね。他のことはさ、さすがに口を濁したけど。借金取りかなにかかい？　それにしては上品だしなあ」

「義父《ちち》の関係の人かもしれませんね。今度、確かめておきます。すみません。ご心配をおかけして」

「まあ、夏場はともかく、この時期ここに暮らしてるのはわたしら夫婦とおたくだけだからね。こんな辺鄙《へんぴ》なところに盗みに来る別荘荒らしもいないだろうけど、最近は物騒でなにが起こるかわからないからさ。また来るようなら中谷さんに言って、駐在さんに来てもらうようにするよ。で、どれだけ山に籠もってるの？」

ぼくは首を傾げる。

「撮りたいものが撮れるまで。三日になるか、一週間になるか……なんとも言えないんです」

「そうか。今週は寒気が来てしばれるらしいから、気をつけなさいよ」

言うだけ言うと、末岡さんは満足の笑みを浮かべて踵《きびす》を返した。散歩コースに戻っていく末岡さんとグレイスを見送るのももどかしく、ぼくは梯子を括りつける作業に戻った。

❄

チョコレートの家に戻り、IHヒーターで湯を沸かした。心の中で家の持ち主に謝りながら、その湯でカップ麺を作り、ティーバッグの紅茶を淹れた。

紅茶を啜っていると携帯が鳴った。有紀からの電話だった。

「まだ悪い人いる?」

有紀は声を低めて言った。思わず微笑みが零《こぼ》れる。

「うん」

「正義の味方はまだ来ないの?」

「まだだよ。でも、必ず来てくれるから。有紀、それまで待てるよね?」

「敦史に会いたい。敦史のお写真でお絵描きしたい」

「ちょっとの辛抱だよ。有紀はもう子供じゃないんだから我慢しなきゃ」

「はーい」

あからさまに不満を湛えた声が返ってきた。

「もし、悪いやつに有紀が酷《ひど》い目に遭ったら、ぼくは悲しくて生きていけなくなるよ。だから、我慢して欲しいんだ」

「有紀がいなくなったら、敦史、泣いちゃう？」

「泣いちゃう」

「有紀も。有紀も、敦史がいなくなったら泣いちゃう」

「だから、正義の味方が悪いやつをやっつけてくれるまで待たなきゃだめなんだよ」

「有紀、待つ。でも、いつまで？」

「少しの間」

「少しってどれぐらい？」

つい、声に出して笑ってしまった。

「少しは少しだよ」

ぼくはベッドに横たわる。天窓の向こうにクリアな青空が広がり、日光が射しこんでくる。天気さえよければ、昼間のこの家は暖房いらずだった。

「有紀は星を見るの、好き？」

「星？　お空の？　好き」

　急に声のトーンがあがった。

「今度、ふたりで星を見よう」

「見る。いつ？　いつ見るの？」

「伯父さんが夜、留守にする時」

「伯父様が？」

　今度は声が沈んでいく。水島邦衛が有紀をひとりで置いて、夜に外出するなど考えられなかった。

「有紀、敦史と一緒に星見る」

「わかったよ。なにか方法を考えよう」

　そうは言ったものの、ぼくにはなんのアイディアもなかった。

「ほんと？」

「うん。だから、正義の味方が悪いやつをやっつけるまで、少しの間我慢して待ってて」

「わかった。敦史、指切りげんまん」

　ぼくは左手の小指を軽く曲げた。

「指切りげんまん、嘘ついたら針千本飲ます」

有紀の軽やかな歌声が聞こえてくる。ぼくもそれに合わせて歌った。

有紀と話していると目の前に横たわる現実を忘れることができた。

「ありがとう、有紀」

「どうして？　どうしてありがとうなの？」

有紀はなんでも訊きたがる。できる限り答えてやるのがぼくの義務だと感じた。

「ぼくを好きになってくれたから」

「だったら有紀も。ありがとう、敦史」

「どういたしまして」

それからぼくたちはしばらくの間、言葉も交わさずくすくす笑いあった。

10

東の空が燃えるような茜色に染まった。中天から西にかけての空はまだ暗い。駒ヶ岳の山肌に張り付いている雪が東の空の朝焼けを受けてほんのり赤く染まった。ファインダーを覗き、露出を決め、レリーズした。カメラが記録したであろう景色と色をありありと思い浮かべることができる。

こういう時の写真はほぼ満足のいくできになっているものだ。

十分もしないうちに空の炎上は終わり、茜色は淡い黄色に変化する。中天の空も青みを帯び、やがて、大沼の向こうに太陽が顔を出す。駒ヶ岳の表情も赤ら顔から黄色みを帯びた白へと変化していった。

ファインダーを覗きながらレリーズするのをぎりぎりまで待った。

待った甲斐《かい》があった。突然、白鳥台セバットの辺りからオオハクチョウが四羽、飛び立ったのだ。駒ヶ岳の雪と同様、彼らの羽も淡い黄色の光を帯びて空に溶けこんでいく。オオハクチョウが絶好の位置に飛んでくるまで待って、ぼくはレリーズした。

カメラを三脚から外し、モニタで二枚の画像をチェックする。自己満足の溜息が漏れた。それでも、そこに有紀がいる景色を想像することを止められない。望遠ではなく広角レンズでぎりぎりまで有紀に寄り、背景に駒ヶ岳と青空、オオハクチョウを置く。さっき撮ったのとはまったく別の写真になる。さっき撮ったものよりずっといい写真になる。

ぼくは首を振り、機材を片付けた。無い物ねだりをしたところで、今日の景色と光は二度と戻らない。

そのまま国道に出て函館に向かった。さすがにカップ麺には飽きがきている。函館近郊まで行けば早朝から営業しているファストフード店かファミレスがある。そこで腹を満たすつもりだった。

車の中にいても、冷気が徐々に緩んでいくのを感じることができた。昼間でも気温が氷点下以下の真冬日は一月を過ぎなければやって来ない。暖房を止め、窓を少しだけ開けた。

携帯が鳴った。有紀だと勝手に決めつけ、ぼくは電話に出た。

「三浦さんですか？」

聞き覚えのある声がぼくの思考を止めた。

「もしもし？」

「あ、はい。どちら様ですか？」

「大野と申しますが——」

ぼくは瞬きを繰り返した。ぼうっとしている場合ではない。

「大野さん？」

「三日前からおたくを見張らせてもらっている者ですがね」

「なんのことでしょう？」

口の中が渇いていく。

「とぼけなくてもいいですよ。わたしが来たのに気づいたんでしょう？　それで、慌ててベランダから逃げた。お友達も一緒だったのかな？　足跡がふたつついてましたね」

「なんのことだか全然わからないんですけど。切りますよ」

「その後もわたしが見張っているのを知って、あなたは雲隠れを決めこんだ」

大野の声は自信に満ちている。

「なんのことだか――」

「今、どちらにいらっしゃるんです？」

「札幌です」

反射的に嘘をついた。大野の乾いた笑いが聞こえる。

「写真に凝っておられるそうですね。大沼の周りで車を走らせながら、目につく人に訊いてみたら、みんな、あなたのことを知ってましたよ。気になって留守中、ちょいとお邪魔して見せてもらいました。写真をね。たいしたもんだ。あれじゃ、大沼を離れられないでしょう」

恐怖が背中を這いあがってくる。大野はぼくのことを調べた。有紀のことも調べたに違いない。

「あんなに綺麗な彼女がいるんじゃね」

ぼくは唇を嚙んだ。

「どこかでお会いできませんか、三浦さん」

「あなたの話はちんぷんかんぷんです。どうして、見ず知らずの人と会わなきゃならないんですか」

「磯野《いその》と竹内《たけうち》っていうのがいましてね。わたしの身内の身内みたいなやつらなんですが。磯野はポニーテールで、竹内は禿頭《はげあたま》です。ご存知ありませんか?」

いくつもの嘘を頭の中でこねくりまわしてみたが、どれも使い物にはならなかった。

「知りません」

また、大野の乾いた笑いが聞こえてくる。

「ふたりとも、あなたを捜しに大沼に来たんです。あなたと会ったという報告も来てましてね」

「でも、ぼくは知りません」

ぼくは言い張った。

「ふたりともね、戻ってこないんですよ。それどころか、連絡ひとつない。まるで神隠しにでもあったみたいでね。三浦さん、あいつらがどこにいるか、教えてもらえませんか」

「知らないものは答えようがありません」

「舐めない方がいいですよ、三浦さん。わたしら、しつこいですから」

「あなたは何者なんですか?」

「何でも屋です。磯野たちの身内から連中を見つけてくれと泣きつかれましてね。知ってるでしょう、やつらの身内ってのがどんな人種か?」

「知りません」

ぼくは電話を切った。軽自動車を路肩に停め、深呼吸を繰り返す。やはり、ポニーテールと禿にしたことは短絡的にすぎた。義父が借りたという二千万ははした金ではない。あああいう連中が簡単に諦めるはずはないのだ。

携帯の着信履歴を調べたが、大野からの発信は番号が非通知になっていた。ぼくの携帯では着信拒否の設定をすることもできない。そこまで考えて、ぼくは唇を舐めた。

大野はどうやってぼくの携帯の番号を調べたのだろう？　空恐ろしい思いに胸が締めつけられた。大野の情報収集能力はぼくの予想を遥かに上回る。いずれ、有紀の身元も突き止めるだろう。有紀を梃子《てこ》にしてぼくに脅しをかけてくるかもしれない。

そうなる前に、彼を阻止しなくては。だが、方法がわからなかった。ポニーテールたちのように短慮な男ならいくらでも方法はあるのだろう。だが、ぼくの脳裏に焼きついている大野の顔は、彼があのふたりとは遠くかけ離れた人種だということを物語っている。

ぼくは目を閉じ、ステアリングの上に顔を伏せた。

11

食欲はなくなっていた。朝食を食べる代わりに立待岬《たちまちみさき》まで足を伸ばし、写真を数枚撮って時間を潰す。気持ちの乗っていない時はどんな写真を撮っても意味がない。

十時になるのを待って五稜郭に移動し、プリペイド式の携帯を買った。新しい携帯に有紀の番号を登録し、古い携帯は捨てた。もう、ぼくにはアドレス帳は必要がない。

新しい携帯で有紀に電話をかけた。

「有紀？　あのね、携帯の番号が変わったんだ」

「どうして？」

「古いやつ、壊れちゃったんだよ。有紀の携帯、着信履歴見られるでしょう？」

「うん」

「最初に出てくるやつがぼくの新しい番号だから、登録しておいて」

「わかった。悪い人は？」

「まだぼくを見張ってるんだ。また電話するね」

有紀がなにかを言う前に電話を切った。

量販店に入り、照明用の機材をいくつか購入した。大野の影に怯えていながら、それでも、ぼくはチョコレートの家のプラネタリウムで有紀を撮るという欲求から逃れることができなかった。買った機材はすべて、あの家で天窓に光を当てることを考えたものだ。

機材を軽自動車に積みこみ、進路を北に向けた。大野のことを考えれば大沼に戻るべきではなかった。だが、大野が言った通り、ぼくは大沼の景色と有紀に取り憑かれていた。

大沼以外に行くべき場所はない。世界が滅亡し、地上が瓦礫《がれき》に覆い尽くされたとしても、有紀がいればぼくはイマジネーションを膨らませることができる。写真を撮り続けることができる。

今ではぼくの方が遥かに有紀を必要としていた。

❄

白鳥台セバットで、水島邦衛と有紀が鳥たちにパン屑《くず》を撒《ま》いていた。ブレーキを踏む代わりにアクセルを踏んだ。どこで大野の目が光っているかわからない。人目につく場所ではできるだけ有紀や水島邦衛と接触しない方が賢明だった。

自分の家にもチョコレートの家にも立ち寄らず、ポニーテールと禿が眠っているはずの林道を目指した。軽自動車に備え付けられている車外温度計は五度を示している。周辺の雪が音も立てずにひそやかに解けていく気温だった。

何度も振り返っては尾行の有無を確認し、林道に入った。

林道の雪も目に見えて減っている。天気予報では三日後に再び寒波がやって来ると予想していた。雪が降るかどうかは微妙だった。曲がりくねった細い道をしばらく登っていくと、林に突っこんでボンネットをひしゃげさせた四駆が視界に入ってきた。禿がステアリングに覆い被さるようにして死んでいるのが見えた。ポニーテールは雪に半ば埋まっている。なんとか車外に出たはいいが、身動きが取れずにそのまま凍死したのだろう。

四駆を追い越したところで軽自動車を停めた。禿もポニーテールも目を開けたまま死んでいた。光を失った四つの目にはまだ憎悪がこびりついているような気がした。

ぼくはポニーテール――磯野の死体に手をかけた。死体は凍りつき、彫像のように固まっている。苦労して背中に担ぎ、林に分け入って林道が見えなくなるところに横たえる。

禿――竹内はさらに大変だった。車から外に出すだけで磯野の倍の時間はかかった。凍りついた死体はぼくの望みなどこれっぽっちも聞いてはくれない。

なんとか竹内を磯野の横に並べたころには、一時間近い時間が経過していた。軽自動車から折りたたみ式のスコップを持ってきて、ふたつの遺体の上に雪をかけた。

気休めにしかならないが、人目につくよりはましだと自分に言い聞かせた。

❄

皮膚の内側に鉛を流しこまれたような疲労感に襲われながら、ぼくはチョコレートの家へ車を走らせた。死体に触れたのはこれが初めてではない。だが、あの時も激しく疲弊したのをまざまざと思いだした。

死はブラックホールだ。生者の活力を無遠慮に奪っていく。

家に戻るとぼくは黒いベッドに倒れこんだ。天窓のシャッターは開け放ったままだ。だが、薄い雲が空を覆っている。今夜は星々の輝きを満喫するというわけにはいきそうもない。

空腹だったが、起きあがって食事の支度をする気力がなかった。疲れ果てていたが、眠気はやってこなかった。天窓の向こうの曇天を見つめ、ぼくは死体のようにベッドに横たわり続けた。

やがて日が暮れた。闇が家の中に侵入してくる。くたびれきった身体に鞭を入れ、ぼくはベッドから離れた。照明をつけ、パソコンの電源を入れた。画像ビューワーを立ち上げて、これまでに撮った有紀の写真を眺めていく。

どの写真も完璧だと思った。テクニック的に至らないところがあったとしても、有紀がすべてを引き受けてくれる。有紀は世界に引き立てられ、世界を引き立て、完璧な被写体としてそこにあった。

有紀をモデルにすれば、だれでも完璧な写真が撮れるというわけではない。彼女がぼくを信頼してくれているからこその写真だ。笑顔も引き締まった表情も、カメラを構えているのがぼくだからこそ、有紀はそれをレンズに向けてくれる。だが、有紀の写真をどれだけ撮っても、それを目にすることができるのはぼくと有紀だけだ。

「それでもいいじゃないか」

呟いてみたが胸の奥にできたしこりが消えることはなかった。パソコンの電源を落とし、ベッドに潜りこんだ。

いつまで経っても眠りが訪れる気配はなかった。

12

天窓が雪で覆われていた。防寒着を着こんで外に出る。夜の間に二十センチほどの積雪があったのだ。ぼくはチョコレートの家の壁に折りたたみ式の梯子を立てかけ、屋根に登った。管理棟の人間に見つからないよう注意を払いながら雪を降ろした。天窓から星空を眺めるためには、あそこに有紀を立たせて写真を撮るには、雪は邪魔だ。積もったばかりのうちに手を施しておかなければ後々面倒なことになる。

雪降ろしが終わると腹が鳴った。昨夜は蜂蜜入りの紅茶とバゲットを齧《かじ》っただけだ。パンやカップ麺以外のものを腹一杯食べたかった。

軽自動車で大沼駅まで出て、近くのコンビニに行った。弁当を見つくろっていると背中を叩かれた。

「あれ、こんなところにいたのかい？」

別荘地の管理人の中谷さんだった。

「おはようございます」

「最近、留守にしてるみたいだけど？」

「ええ、写真撮影のために、駒ヶ岳で野宿してるんです」

「野宿って、テントかなにかでかい？」

「ええ」

「それじゃあ、しばれるっしょ」

「慣れてますから……なにか用事でもありました？」

ぼくの問いに中谷さんは何度もうなずいた。

「昨日、水島先生が三浦さんのこと捜していたんだよ。電話も携帯も繋がらないから午前中と午後、あんたのお宅を訪ねたんだけど留守だったって」

「水島先生が？」

「時間がある時にでも顔を出したらどうさ」

「そうしてみます」

「で、いつごろ家に戻るのさ？」

「一週間か十日か……とにかく、撮りたいものが撮れるまでは粘ってみようと思ってるんです」

「写真っていうのも大変だねぇ」

「ええ。でも、そこがいいんです」

目礼すると中谷さんは手を振りながら離れていった。ぼくは焼肉重とゴボウのサラダ、それにペットボトルのお茶を買った。焼肉重を電子レンジで温めてもらい、軽自動車の中で頬張った。空になった容器をコンビニのゴミ箱に捨て、水島邦衛の洋館に車を向けた。大野に見つかることを恐れ、途中で車を降り、徒歩に変えた。洋館へと続く道はまだ除雪が済んでおらず、新雪の中を歩いているうちにうっすらと汗ばんできた。

洋館の周辺に大野の車は見当たらなかった。インタフォンを押して待つ。スピーカーから有紀の声が流れてくるのを期待していたが、水島邦衛のしわがれた声がぼくを迎えた。

家の中に有紀の気配はなかった。落胆を抑えこみ、ぼくはリビングへ足を向けた。読書の最中だったのか、水島邦衛は分厚い本を閉じようとしているところだった。応接セットのテーブルにはすでに湯気を立てる湯飲みが用意されていた。

「いらっしゃい」

水島邦衛は穏やかな笑みを浮かべた。ぼくは促されるまま応接セットのソファに腰を下ろした。

「管理人の中谷さんに聞いたんですが、ぼくに用事があるとか？」

「中谷さんもおせっかいだな」水島邦衛は苦笑した。「用というほどのことじゃないんだが……大野という人物を知っているかね？」

予期していた質問には用意していた答えを返すしかない。

「いいえ」ぼくは首を振った。「だれですか？」

「昨日の朝、人と会う用事があってプリンスホテルまで足を運んだんだがね、ロビィで声をかけられたんだよ。絵が好きだということで、少し話をしていたら君の話題になってね。なんでも、お義父《とう》さんのお知り合いだとか」

「義父《ちち》の知人ですか……」

「君が大沼に滞在していると聞いたと言っていたかな。絵と写真じゃ繋がりはないのかもしれないが、君を知っているかと訊かれてね」

「それだけですか？」

大野の顔が脳裏をよぎっていく。唇を噛みたいという衝動にぼくは必死で耐えた。

「君に是非会いたいと言っていたよ」

「今、コンテストに応募するための写真を撮ろうと、駒ヶ岳の麓《ふもと》でテントを張ってそこで暮らしてるんです」

「この季節に野宿かね」

水島邦衛は呆《あき》れたというように首を振った。

「天候との戦いですから。朝と夕方に撮影時間を絞ってるんですけど、なかなか思うような光を捕まえられなくて」

「確かに、光はなによりも大切だ。でも、昼間は時間があるんだろう？　しばらくプリンスに滞在すると言っていたから、ちょっと顔を出してやってはどうかね？」

「そうしてみます」

ぼくは小さく頭をさげた。

「それと、有紀が入院しているんだ」

「入院？」

「急に高熱を発してね。時々あるんだが。点滴を受けて、様子を見るために二、三日入院させようということになった」

「いつからですか?」

「昨日の夜だ。四十度近い熱が出たんだが、本人は病院は嫌だって駄々を捏ねてね。鎮静剤を打ってもらってなんとか病室に入れたんだが、今朝、病院から電話があってね、医者や看護師たちを困らせているようなんだ。こんなことを頼むのは気が引けるんだが、ちょっと見舞いに行ってやってくれないかね。君の顔を見れば、有紀も少しは落ち着くと思うんだ」

水島邦衛は函館の病院の名前を口にした。

「わかりました。これから行ってみます」

「済まないね」

ぼくは腰を上げた。廊下まで進み、振り返る。

「その大野という人、他になにか言ってませんでしたか？」

水島邦衛は首を振った。

「君のことはそれ以上はなにも。後は、わたしの絵のことや、大沼でなにをしているのかといった、他愛のない話だよ。絵には詳しかったがね」

「そうですか……」

ぼくは一礼し、水島邦衛に背を向けた。

＊

有紀の入院している病院は五稜郭公園の近くに建っていた。病院の規模としては中程度だろうか。駐車場は満車で、ぼくは近くのコインパーキングに車を停めた。

受付で病室を聞くと、三浦さんですねと聞き返された。水島邦衛から連絡が来ていたのだろう。

教えられた病室のドアの脇には、有紀の名前が書かれたプレートしか貼られていなかった。ドアをノックする。返事はなかった。

「有紀？」

小さく声をかけた次の瞬間、弾《はじ》けるような返事が来た。

「敦史？」

「そうだよ。入ってもいいかい？」

「うん！」

ぼくは微笑みながらドアを開けた。やはり、個室だった。六畳ほどの広さの部屋の真ん中にベッドが置かれ、有紀はその上であぐらをかいていた。室内は春のような暖かさで満ち、パジャマだけの彼女の額にうっすらと汗が浮かんでいる。

「寝てなきゃだめじゃないか」

彼女の足下に散らばっているのは画用紙とクレヨンだった。

「暑いから寝てられない」有紀は唇を尖らせた。「それに、退屈なんだもん」

「熱はさがったの？」

有紀は首を振った。ぼくはベッドに左手を突き、右手を彼女の額に押し当てた。掌《てのひら》に熱が伝わってくる。

「まだあるじゃないか」

「有紀、熱があっても平気だもん」

有紀はぼくの手を払いのけた。

「熱がさがらないと退院できないよ。退院できなかったらぼくと写真を撮りに行くこともできないし、ぼくの写真に絵を描くこともできない。それでもいいの？」

有紀の顔が歪んだ。彼女は必死で涙を堪《こら》えていた。

「敦史、嫌い。病院も嫌い。みんな、大嫌い」

少しずつ声のトーンがあがっていく。目尻が痙攣《けいれん》していた。ぼくは彼女の手を握った。

彼女はぴくりと身体を震わせ、生唾を呑みこんだ。

「悪い人がやって来てから、全然写真撮りに行ってないだろう？　ぼくも早く有紀の写真を撮りたいんだ。だからさ、有紀、ぼくのために頑張ってよ」

「悪い人はまだいるの？」

ぼくはうなずいた。

「いついなくなるの？」

「もうすぐだよ。きっと、有紀が退院するころには正義の味方にやっつけられちゃう」

「じゃあ、有紀が退院したら、お写真撮りに行ける？」

「うん。すごくいいところを見つけたんだ。チョコレートみたいな家」

「チョコレート？」

「大きなチョコレートみたいなんだよ。そこはね、屋根がガラスになってて、夜になると綺麗な星空が見えるんだ。見たくない？」

「見たい。有紀、お星様大好き」

「だったら、早く病気治そうよ。ね？」

有紀は唇を噛んだ。よほど病院が嫌いなのだろう。

「ちゅーして。そしたら、有紀、いい子にする」

ぼくは彼女の頬に唇で触れた。

「そのちゅーじゃないの」

有紀が駄々を捏ね、抱きついてきた。パジャマの下はノーブラだった。柔らかい胸がぼくの二の腕に押し当てられる。有紀の乳首は尖っていた。体中の血液が音を立てて下半身に流れていく。有紀は自分の唇でぼくの唇を塞いだ。有紀にはおよそ不釣り合いな艶《なま》めかしい舌が口腔《こうこう》に侵入してくる。

ぼくは目を閉じ、すべてを有紀に委ねた。有紀はぼくの舌を吸い、自分の舌をぼくの舌に絡め、ぼくの歯茎を舐めた。有紀の手がぼくの背中を這い、腕に押しつけられた乳首はますます尖っていく。辛抱できず、ぼくも腕を有紀の身体に回した。溶けあってしまえと言わんばかりにお互いの身体を引きつけ、唾液を貪りあう。

有紀の唇が離れていくと、ぼくは今までに味わったことのないような喪失感を覚えた。自分の一部を無理矢理切り離されたような痛みすら感じたのだ。

「敦史のちゅー、大好き」

有紀はぼくの胸に顔を埋めた。ぼくははしたないほどに欲情していたが、有紀にとってキスはあくまでも「ちゅー」なのだ。どれだけ濃厚であっても、どれだけ乳首が硬くなっていたとしても、それは情欲とは一線を画している。

「ぼくも有紀のちゅー、好きだ――」

言い終わる前に、ドアがノックされた。

「有紀ちゃん、入りますよ」

若い女性の声がする。ぼくは咄嗟に飛び退《の》いた。同時にドアが開き、若い看護師が顔を覗かせた。

「あら、お客様？」

頬が熱い。ぼくは俯《うつむ》いた。

「うん。敦史っていうの。有紀の天使さんなんだよ」

有紀の朗らかな声がぼくの頭上を飛んでいく。

「いいわねえ、天使さんがついていてくれるなんて」

「早苗《さなえ》ちゃんにはあげないよ」

「いいわよ。自分で見つけるから」

ぼくは顔をあげ、早苗と呼ばれた看護師に頭をさげた。

「三浦さんですね？　水島さんからお話はうかがってます」有紀の脈をはかりながら彼女は言った。「カメラマンなんですよね。お若いのでびっくりしました」

「いいえ。ただの写真好きです」

「はい、お熱はかりましょうね」彼女は有紀に体温計を渡し、ぼくに向き直った。「今度、わたしの写真、撮ってもらえません？　まだ若いうちに、ちゃんとした人に写真撮ってもらえたらなって思ってたんです」

早苗さん――胸の名札には梶原《かじわら》と書かれていた――は小柄な女性だった。年齢は二十代半ばだろうか。丸顔で、どちらかといえばふくよかな体つきをしていた。笑うと両頬に笑窪《えくぼ》がくっきり浮かんで愛らしい。以前のぼくなら喜んでポートレイトを撮らせてもらったかもしれない。だが、有紀と出会った後ではどんな女性も、いや、どんな被写体も色褪《いろあ》せて見える。

「早苗ちゃん、だめっ。敦史は有紀の天使なんだから」

「ごめんごめん。取ったりしないから、ちょっとだけ貸してくれない？」

「だめ」

梶原早苗さんは溜息を漏らした。

「有紀ちゃんにかかると、みんなお手上げね。まだベッドに入るのはいや？」

有紀が首を振った。

「敦史と約束したからちゃんと寝るの」

「ほんと？　有紀ちゃん、偉いね。どんな約束したの？」

「内緒」

有紀は体温計を脇に挟み、布団の中に潜りこんだ。クレヨンが数本、床に落ちた。ぼくと梶原早苗さんはそれを拾おうと同時に屈みこんだ。お互いの顔を見て苦笑する。結局、クレヨンはぼくが拾った。

「水島先生がおっしゃってたんですよ。若いのにいい写真を撮るって」

「ただのお世辞ですよ」

「もう、謙遜しないでくださいよ」

梶原早苗さんは笑いながらぼくの肩を叩いた。

「謙遜じゃないですよ」

「有紀ちゃんも言ってたわよね？　敦史さんの写真は凄いんだって」

「うん」

有紀はそっぽを向いたままうなずいた。どこか不機嫌そうだった。ぼくに馴れ馴れしい態度を取る梶原早苗さんに怒っている。

電子体温計が鳴った。有紀は体温計を乱暴に梶原早苗さんに手渡した。

「八度二分。ほら。ちゃんと寝てないからお熱がさがらないでしょう。夜になってもさがらなかったら、また大嫌いな点滴されちゃうよ。それでもいいの？」

「熱、さがるもん。敦史と約束したから大丈夫なの」

「そうね、天使さんと約束したんだったら、ちゃんといい子にしてないとね。また、後で様子見に来るからね」

梶原早苗さんは有紀の不機嫌には無頓着だった。多分、そっちの方面のデリカシーは欠如しているのだろう。

「それじゃ、敦史君、写真の件、考えておいて」

いつの間にか、ぼくは「敦史君」になっていた。

「水島先生が太鼓判押してるカメラマンなんだから、ヌード撮ってもらおうかしら」

梶原早苗さんはまた無遠慮にぼくの肩を叩き、屈託のない笑い声を残して病室を出て行った。

「早苗ちゃんの馬鹿」

有紀が呟いた。ぼくはまたベッドに腰掛け、有紀をそっと抱き寄せた。

「心配しなくても大丈夫だよ、有紀。ぼくは、有紀だけの天使だから。そして、有紀はぼくだけの妖精だ。そうだろう」

有紀が愛おしくてしかたなかった。食べてしまいたいぐらい愛おしかった。

「うん」

有紀の声は吐息のように柔らかかった。

13

頭の奥で思考が千々に乱れ、渦巻いていた。大野は何故《なぜ》、水島邦衛に近づいたのだろう。なにを企《たくら》んでいるのだろう。それよりなにより、有紀にあの「ちゅー」の仕方を教えたのはだれなのだろう。

答えはわかっている。だが、その答えを直視するのが耐えられず、ぼくは目を背け続けた。

いつもの道は使わず、太平洋沿いの道を北上した。途中の港町で見つけた食堂でイカ素麺《そうめん》の丼を平らげた。昼食兼夕食だ。食後は港でカモメを撮り、日が暮れるのを待って大沼に戻った。

夜が世界を覆うのと同時に気温が急降下していくのが、暖房の利いた車内にいてもわかった。まだ氷の張っていない大沼の湖面から湯気が立ちのぼり、昼の間に陽光で焙《あぶ》られた雪が凍りはじめている。

空には満天の星。放射冷却がはじまっているのだ。東の空に三日月がかかっていた。急く気持ちを抑えて、ぼくは車を走らせた。今夜はライティングのテストにうってつけだ。

チョコレートの家に戻ると、先日買ってきた照明機材のセッティングをはじめた。天窓に強い光を当てると星が消えてしまう。光が弱すぎればカメラの露光時間が長くなってしまう。人形ならともかく、生身の有紀はぶれて写ってしまうだろう。

部屋の中でとりあえずのライトとストロボの位置を決め、外に出て屋根に登り、別のストロボを配置する。有紀の身代わりにウィンドブレーカーを被せた枕を置き、また家の中に戻る。

写真学校で勉強したわけでも、プロのカメラマンのアシスタントを務めたこともないのだから、すべては勘だ。試行錯誤を繰り返してベストのライティングを見つけなくてはならない。

カメラを構え、シャッターを切る。家の中と屋根の上のふたつのストロボが光った。ぼくはたった今撮ったばかりの画像をモニタでチェックし、舌打ちした。まったくなっていない。

スタンドライトを抱え、また外に出る。ライトを抱えたまま苦労して屋根に登った。管理棟が夜になると無人になることは確認してあった。朝の九時に人がやってきて、五時には去っていく。この瞬間、広大な別荘地にいるのはぼくだけだ。どれだけライトを照らしても、どれだけフラッシュを焚いても見咎められることはない。

寒さは気にならなかった。大野のことも脳裏から消え失《う》せた。

ぼくはライティングを決めることに熱中し、時が経つのも忘れていた。

❄

なんとか納得のいくライティングが決まったのは午前三時を過ぎたころだった。ライトとストロボを置いていた位置にビニールテープを貼りつけ、ぼくは家の中に戻った。

溜息を漏らした途端、身体が震えはじめた。ダウンジャケットも着ず、暖房もつけないまま作業に熱中していたのだ。身体の芯まで冷え切っていた。歯の根が合わず、衣服を着こんでも寒気は消えなかった。

バスタブに熱い湯を張った。湯に浸かると氷のように冷え切った手足の先がびりびりと痛んだ。

風呂から出ると、持参したタオルで身体を丁寧に拭き、アウトドア用のアンダーウェアの上にスウェットの上下を着こんで布団に潜りこむ。

目を閉じると瞬時に暗闇に抱きかかえられ、目覚めると喉が腫れあがっていた。アンダーウェアもスウェットも汗に濡《ぬ》れ、重く湿っている。寝ている間に発熱したのだ。

携帯電話に手を伸ばす。時間は午前八時だった。膝から下が怠《だる》く、喉には異物が詰まっているかのようだ。這うようにして布団から抜けだし、バスルームに移動した。洗面台の鏡の裏の収納スペースに風邪薬と鎮痛剤を見つけた。薬を飲み下し、再び布団にくるまる。

寒気がぶり返し、震えが止まらなくなった。汗で濡れた衣服を着替えるべきなのだが、指先を動かすのさえ億劫だった。

布団の中で膝を抱えて丸くなった。寒気が耐えがたい。震えながら薬が効くことを祈った。

❄

次に目覚めたのは午後の三時過ぎだった。怠さは相変わらずだったが、薬が効いたのか寒気は消えていた。アンダーウェアとスウェットはさらに重くなっている。

布団を抜けだし、裸になって汗を拭いた。新しいスウェットに着替え、防寒着を着こんでソファに腰を下ろした。まだ微熱があり、喉が痛い。

きっと、病院でウィルスをもらい、薄着のままライティングに夢中になったせいで抵抗力が弱まったのだろう。これほど酷い風邪を引いたのは久しぶりだった。

食欲はなかったが、無理矢理カップ麺を食べ、また薬を飲んだ。

携帯を手に取り、義父の番号に電話をかけた。留守番電話のメッセージが流れる代わりに、荒い息遣いが聞こえてきた。ぼくは唇を舐めた。

「おい。おまえ、息子だろう？　あいつはどこに雲隠れしてる？」

粗野な声が鼓膜を打った。ぼくは電話を切った。

大野の仲間が義父の家にあがりこんでいる。破滅の足音がひたひたと近づいてきている。再び寒気に襲われたが、それは風邪のせいではなかった。

14

次の日の昼過ぎ、有紀から電話がかかってきた。

「退院したよ。約束だからね、お写真撮りに行こう」

有紀の朗《ほが》らかな声は耳に心地よかった。

「今、家？」

熱はすっかりさがっていたが、声はしゃがれたままだった。

「どうしたの？　声が変」

「風邪を引いたんだよ。昨日は有紀と同じで、ベッドでおとなしく寝てたよ」

「もう大丈夫なの？」

「うん」

身体はまだ怠《だる》かったが、出かけられないほどではない。

「伯父さんは？」

「用事があるって出かけたよ。四時ぐらいに戻ってくるって」

すぐに有紀をピックアップすれば、一時間は撮影することができる。

「二十分後に迎えに行くよ」

「うん、待ってるね」

電話を切ると服を脱ぎ、絞ったタオルで身体を拭った。できればシャワーを浴びたかったが風邪がぶり返せば藪蛇《やぶへび》になる。衣服をしっかり着こみ、カメラバッグを肩からぶらさげて、ぼくはチョコレートの家を出た。管理棟の前を通り過ぎる時はいつも口の中が渇く。だが、見咎められることは一度もなかった。

有紀は庭に出てぼくを待っていた。赤いダウンジャケットはいつもと同じだったが、ぼくが前に買ったスカートとブーツを履いていた。

車を門の前に停めると有紀は駆けだした。長い留守番を強いられた後、飼い主が帰宅した時の子犬のような表情を浮かべている。ぼくの口元もほころんだ。

だが、有紀は門の手前で動きを止めた。喜びに満ちた子犬の表情が凍りついている。

助手席のドアが開き、大野が乗りこんできた。

「やっぱりね。ここを見張っていれば、君が必ず現れると踏んでいたんだ」

大野は笑みを浮かべてぼくを見つめた。

「さあ、車を出して。あの子を巻きこむつもりかい？」

大野が有紀を指差す。有紀は泣いていた。泣きながら四方に視線を走らせている。多分、正義の味方を探しているのだ。

ぼくはアクセルを踏んだ。軽自動車は有紀を置き去りにした。

「どこに雲隠れしているかは知らないが、あの子のそばを離れられるはずがない。君が撮ったあの子の写真を見た時に直感してね。まあ、わたしの勘は滅多に外れることがないんだ」

「水島邦衛にも接触したそうですね」

ぼくはスピードをあげた。大野をできるだけ早く、有紀から遠ざけたかった。

「情報の確認のためにね。この辺の人間は、みんな彼女のことを知っていたよ。当然だ。

あれだけ別嬪《べっぴん》で、しかも特殊な事情を背負っている。写真を持ちださなかったのは失敗だったね、三浦君」

「義父《ちち》の借金のことなら、いくらぼくを脅したって無駄ですよ。金なんかないんだから」

大野が笑った。

「なにも君に借金を肩代わりさせようというわけじゃない。お義父《とう》さんの居所を教えてくれればいいんだ。それに、磯野と竹内がどうなったのか、それも教えてもらいたい」

「どっちも知りません」

道道に出、大沼沿いを東に向かう。夜の冷えこみで凍っていた雪が解け、シャーベットのようになっていた。

「磯野と竹内を殺したのかい？」

「ぼくが？　まさか」

自分でも返事が早すぎると感じた。大野の笑みが大きくなった。

「あのねえ、三浦君。君はまだ若いからしょうがないのかもしれないが、あのふたりはこれだよ――」

大野は人差し指を頰の上から下まで走らせた。

「そういう人間を殺したらどうなるのか、想像力が働かなかったかね？」

「ぼくは殺してません」

その通りだ。あのふたりは勝手に事故を起こし、死んだのだ。

「意地を張ってばかりいると、あの子が辛《つら》い目に遭うよ。あれだけの美形だ、風俗で働かせればあっという間にナンバーワンになる。おつむが弱いのも、ああいうところでは好都合だ」

ぼくはブレーキペダルを思いきり踏んだ。軽自動車が尻を振り、大野はダッシュボードに両手をついた。

「そんな怖い顔をすることはない。もしも、の話だよ。君が素直になってくれれば彼女にはなにも起こらない」

ぼくはステアリングをきつく握り締めた。

「お義父さんがどこにいるのか、磯野たちになにが起こったのか、それだけ話してくれればいいんだ」

「知らないことは答えようがありません」

大野は苦笑した。

「話に聞く以上の頑固者だな、君は」

「話？」

「君の家の近所の人たちに話を聞いたのさ。集められるだけの情報を集める、それがこの仕事のいろはだからね。若くて礼儀正しいが、とても頑固だ、みんなそう言っているよ」

「そうですか」

「昔は写真じゃなくて絵を描いていたんだって？」

ぼくはうなずきながら静かにアクセルを踏んだ。

「水島邦衛は今はどうなんだ？」

「もう、終わった人です。描けなくなってるんじゃないですか」

大野は視線を宙に彷徨《さまよ》わせた。その横顔はなにを考えているのかを一切うかがわせない。

「さて、どうする？　素直になるか。それとも、あの子を巻きこむか」

「ぼくは素直にお答えしています」

「脅しじゃないんだぞ。それはわかっているんだろう？」

大野は首の骨を鳴らした。ぼくに呆れているようだった。

「もう一度訊くよ。お義父さんはどこにいるんだ？」

「知りません。ぼくも連絡が取れなくて困ってるんです」

「磯野と竹内は？」

「突然現れて、突然姿を見せなくなった。それだけです」

「困ったな」

大野は独り言のように呟いた。ダウンジャケットのポケットの中で携帯が鳴りはじめた。買い換えたばかりの携帯に電話をかけてくる相手はひとりしかいない。ぼくは唇を舐めた。

「電話だよ」

大野が言った。ぼくの心を見透かすような目で見つめてくる。

「運転中ですから」

「なら、わたしが出ようか？」

「結構です」

「わたしが電話をかけた直後、君は携帯を換えた。電話をかけてきているのはあの子かな？」

仕方なく携帯に手を伸ばし、電話に出た。

「敦史、大丈夫？　悪い人はまだいるの？」

有紀は鼻を啜りながらまくしたてた。

「ぼくは大丈夫だよ。正義の味方が悪い人を追い払ってくれたから」

「ほんとに？」

「ほんとだよ」視界の隅に映る大野が訳知り顔でうなずいている。「心配かけてごめんね」

「どこにいるの？　有紀、敦史を助けに行く」

「そんなことしたら、また熱が出るよ。大丈夫って言っただろう？　明日、また写真を撮りに行こう。迎えに行くからさ」

「ほんとに大丈夫なの？」

「うん」

「嘘ついたら針千本だよ」

「わかってる。指切りしたからね」

「じゃあ、明日、待ってる」

電話が切れた。

「健気だな。悪い人としては心が痛むよ」

大野は笑っていた。

「だったら、彼女はそっとしておいてやってください」

「そうしてやりたいところだが、何度も言うように君次第だ」

「本当にぼくはなにも知らないんです」

「君の高校の担任に電話で話を聞いたんだ。ちょっとした嘘をついてね」

大野は煙草に火を点け、深々と煙を吸いこんだ。

「高校の担任ですか？」

ぼくは将棋の駒のような中年男の顔を思い浮かべた。偉そうに説教を垂れるのと、女子生徒の脚を盗み見するのが好きな偽善者だった。

「普段は目立たなくておとなしいが、なにかをすると決めた時の君は凄いらしいじゃないか」

「自分ではそうは思いませんけど」

「高校二年の時、いじめっ子に硫酸をかけたんだって？　それで退学になった」

ぼくは答えなかった。溢れでようとする記憶を抑えこむのに必死で喋るどころの話ではない。ぼくはいろんなものを心の奥の隙間に押しこんで蓋をしてきた。もちろん、蓋の上には大きな大きな石が載せてある。いやなこと、辛いことを封じこめることで自分を保ってきたのだ。

「人をやって、当時の君の同級生にも話を聞きに行かせたよ。激昂《げきこう》してやったというより、用意周到に準備してたらしいじゃないか。決断力と行動力、それに集中力かな……ずば抜けている」

「なにを言いたいんですか？」

「わたしを騙《だま》そうとしたって無駄だってことさ。君以上に君のことを知っているんだ」

大野は煙を吐きだした。

「このままずっとこの車に乗っているつもりですか？」

「じゃあ、質問を換えよう。君自身はどこに隠れているんだ？」

「適当なところまでこの車を走らせて、中で寝ています」

「他の人間には写真を撮るために野宿していると言っている。君は天性の嘘つきだ」

ぼくは肩をすくめた。他にできることがなかったのだ。

「こうしよう」大野は窓を開け、煙草を投げ捨てた。「明日の正午、プリンスホテルのロビィまで来るんだ。その時、お義父さんと磯野たちのことをわたしに話す」

「話すことはなにもありません」

「君が姿を現さなかったら、あの子に辛い思いをしてもらおう」

「彼女になにかあったら、警察に通報しますよ」

大野は窓を閉めた。

「君はそんなことはしない。いや、できないというべきかな」

「どうしてですか？」

「警察に捕まったら、わたしは磯野たちのことを話す。警察が本腰を入れて調べたら、やつらになにが起きたのか、すぐにわかる。それは困るだろう」

「別に困りません」

ぼくは舌打ちを堪《こら》えた。磯野たちの死体を移動させたりしなければ、ただの事故で済んだはずだ。それなのに、ぼくは不安と恐怖に負けて余計なことをしてしまった。

「とにかく、明日の昼がタイムリミットだ。わたしのクライアントは、どちらかと言うと君が意地を張り通してくれた方が喜ぶかもしれないな。あの子なら、相当な稼ぎになる」

ぼくは大野を睨んだ。大野はただ微笑んでいる。

「さあ、彼女の家まで戻るんだ。わたしの車はあの近くに停めてあるんでね」

明確な殺意がぼくの皮膚の内側で燃えあがった。だが、その殺意をどう扱えばいいのかが皆目わからなかった。

わかっているのはただひとつ、大野は磯野たちのように簡単にはいかないということだけだった。

15

大野を降ろし、洋館に車を向けた。庭に有紀の姿はなかった。門が少しだけ開いている。

そのまま洋館の前を素通りした。でたらめに車を走らせ、尾行の有無を確認する。義父の家やぼくの高校に人をやって聞きこみをさせるぐらいだ、大沼に人を連れてきていたとしてもおかしくはない。

尾行されている様子はなかった。大沼公園の駐車場に車を停め、ぼくはシートにもたれかかった。

事はぼくの考えていた以上に急速に、大きく動きだしている。大野の出現、義父の家の電話に出た男。義父が金を借りた連中はその金をなんとしてでも回収しようとしている。

たかが二千万なら、そのうち諦めるのではないかとなんとなく思っていた。ぼくはあまりにも世間知らずだった。

なにか手を打たなければならない。でも、なにをすればいいのかがわからない。怠さがぶり返していた。大野と対峙《たいじ》することの緊張が消え、身体が不調を思い出したのだ。エンジンをかけたままシートを倒し、ぼくは目を閉じた。

寝ている場合ではない——何度も自分に言い聞かせたが、瞼が重く、目を開けていることができなかった。

❄

なにか固いものを叩く音で目が覚めた。駐在の矢沢さんが運転席の窓を叩いていた。すでに日は暮れ、街灯が矢沢さんを照らしていた。欠伸《あくび》を噛み殺し、窓を開けた。喉がからからに渇いていた。エンジンをかけっぱなしにして数時間寝ていたのだ。車内はサウナのようだった。

「すみません、つい寝ちゃって。車、すぐに出しますから」

冷たい空気が流れこんできたが、瞼は重いままだった。

「三浦さん、あんた、有紀ちゃんどこにいるか知らないべか？」

矢沢さんの声は切迫していた。眠気が吹き飛んだ。

「有紀ちゃん、どうしたんですか？」

「それが、どこにも見当たらないんだわ。水島先生は用事で出かけていて、夕方ぐらいに戻ったらしいんだけど、洋館はもぬけの殻でね」

大野の顔が脳裏をよぎった。しかし、彼は明日の昼まで時間をくれたのだ。その約束を違《たが》えて有紀に手を出す理由がない。

「有紀ちゃんの携帯は？」

「それが繋がらないのさ。バッテリが切れてるかもしれん。とりあえず、本署に応援を頼んで、今、この辺りを捜索してるところなんだわ」

有紀はぼくを助けるために洋館を出たのだ——直感がぼくを貫いた。ぼくの電話の言葉を信じず、ぼくを悪い人から助けだすために彼女はあてもなく彷徨《さまよ》っている。

「心当たりはないかい？」

「特にはないですけど……ぼくも捜します」

「助かるわ。あ、これ――」矢沢さんは制服のコートから名刺を取りだした。「前にも渡したけど、念のため。わたしの携帯の番号刷ってあるから、もし有紀ちゃん見つけたら、すぐに電話くれるかい?」

「わかりました」

名刺を受け取り、ぼくはシフトノブをドライブレンジに入れた。駐車場から車を出しながら脳味噌に活を入れる。有紀がぼくを捜しに行くとしたら、それはどこだろう?一緒に写真を撮った場所を片っ端から当たっていくしかない。ちらほらと雪が舞っていた。気温がそれほど低くないのが救いといえば救いだ。

思いつくだけの場所をすべて当たったが、有紀の姿は見当たらなかった。初めて出会った大沼の畔《ほとり》にも、山の中腹の森の中にも彼女はいない。

車を停め、ぼくは記憶を漁《あさ》った。一緒に行った場所にはいないということは、ぼくが話したどこかに行った可能性があるということだ。ぼくはなにを話しただろう?

苛立ちまぎれにステアリングを殴り、痛みに顔をしかめていると天啓のように記憶がよみがえった。

チョコレートの家だ。有紀を見舞いに行き、有紀をなだめるためにチョコレートの家の話をした。あの時の有紀の目の輝きをはっきりと覚えている。

だが、あの家の話はしたが、有紀に場所を教えた覚えはなかった。

「考えろ」

ぼくは自分に言った。考えろ。有紀になって考えろ。彼女なら、どうやってチョコレートの家を探す？

街中は除外していい。民家や商店が建ち並ぶ一画にチョコレートの家があるとは有紀でも考えないだろう。ならば、可能性があるのは別荘地だ。大沼の周辺には大きな別荘地が三つある。ひとつはぼくの住んでいる別荘地。しかし、あそこのことは有紀もよく知っている。もうひとつは隣町の森町《もりまち》にある別荘地だが、有紀には馴染みが薄いはずだ。大沼、小沼から離れることになる。残るのはまさしくチョコレートの家があるあの別荘地だ。

ぼくはアクセルを踏んだ。ちらほらと舞っていただけの雪が、今ではヘッドライトの光芒《こうぼう》の中を我が物顔で踊っている。重く湿ったぼた雪だった。

別荘地の管理棟はすでに明かりが消えていた。敷地内を縦横に貫く道を闇雲に走っても効率はよくない。ぼくは敷地を横切る道を、下から順番に回っていった。下から三本目の道を走っている時、足跡を見つけた。足跡は敷地のほぼ中央を縦に走る道を上へ向かっている。車の鼻先をその道に向け、ぼくはアクセルを吹かした。

タイヤが一瞬空転し、しかし、すぐに雪を噛んで走りはじめる。雪はいよいよ激しくなり視界が狭まっていく。ぼくは必死で足跡を追った。

なだらかな坂になった敷地の中腹を過ぎた先に、道ばたでうずくまっている有紀を見つけた。有紀は膝を抱え、膝小僧の間に顔を埋《うず》めていた。

「有紀!」

ぼくは車を停め、飛び降りた。有紀はぼくの声に反応しなかった。髪の毛や防寒着に薄く雪が積もっている。少なくとも一時間はこうしてうずくまっていたに違いない。

肩に触れると有紀は駄々を捏《こ》ねるように首を振った。

「有紀、ぼくだよ。敦史だ」

ぼくは有紀の頰に触れた。雪解けの後の川の水のように冷たかった。

「悪い人は?」

有紀の声は寝言のように響いた。

「正義の味方がやっつけてくれたって言っただろう」

「有紀も敦史を助けるの」

ぼくは有紀を抱えあげた。有紀はされるがままになっている。助手席に座らせ、ヒーターの設定を最大にした。有紀は目を閉じている。

「寒い?」

「わかんない」

「すぐに温めてあげるからね」

矢沢さんに連絡するより、まず有紀を温めることが先だと思った。有紀は冷え切っている。チョコレートの家の敷地に車を乗り入れ、有紀を残したまま家に入った。家の中の気温は外気と変わらない。石油ストーブに火を点けた。部屋の空気が暖まるまでには二、三十分はかかる。ぼくは有紀を抱き寄せ、肩や背中をさすった。

「大丈夫かい、有紀？」

有紀は弱々しくうなずいた。

「ぼくがいるよ。もう、心配しなくていい」

有紀は目を閉じた。長い睫毛《まつげ》が震えている。

「外を見てごらん。病院で話したチョコレートの家だよ」

有紀は目を開けなかったがかまわず話し続けた。

「夜になると、本当に星が綺麗に見えるんだ。今夜は雪だから見えないけど、晴れたら一緒に見よう」

シフトノブが邪魔だった。おまけに、軽自動車は狭すぎる。有紀の頰は冷たいままだった。ぼくは腹を決めた。車のエンジンを切り、有紀を抱いてチョコレートの家に入る。石油ストーブは燃えていたが、空気はまだ冷えている。有紀をベッドに横たえ、服を脱がせた。

ダウンジャケット、ウールのセーター、アウトドア用のアンダーウェア――有紀の白い肌が血の気を失っている。ズボンを脱がせようとして、ぼくはそれに気づいた。左右の脇腹に痣《あざ》のような痕がいくつもついている。

どす黒い感情が渦巻いた。ぼくは唇を噛み、有紀のブーツとズボンを脱がせた。股間に近い内股《うちもも》にも似たような痕がついている。すべて、キスマークに違いない。

下着姿の有紀を布団の中に押しこみ、ぼくも服を脱いだ。ボクサーショーツ一枚の裸になって布団の中に潜りこむ。有紀を抱きしめ、手の届くありとあらゆる場所をさすった。

有紀の肌はビロードのようだった。ブラに包まれた胸は弾力に富んでいる。ただ、なにもかもが冷え切っている。

「有紀、起きてる？」

「……うん。眠いよ、敦史」

「寝るの、もう少し我慢して。暖かくなってからならいくらでも寝ていいから」

「お話しして」

有紀はうっすらと目を開けた。

「なんの話がいい？」

ぼくは有紀の身体をさすりながら言った。

「ワンちゃんの話」

「犬が好き？」

「うん」

有紀はあるかなしかの笑みを浮かべた。犬への、あるいは聞かせてもらう物語への興味が眠気を押しやろうとしている。

「伯父様にワンちゃん飼いたいってお願いしても、だめだって言われるの」

「ワンちゃんは赤ん坊と一緒だからね。飼うなら、有紀がもっと大人になってからじゃないと」

「お話は？」

「ワンちゃんの話だね？」

犬が出てくる童話は桃太郎ぐらいしか思いだせなかった。だが、有紀が聞きたいのはその手の話ではないだろう。

唇を湿らせ、ぼくはフランダースの犬を語りはじめた。ついこの前読んだばかりだから細かい筋までよく覚えている。

「むかしむかし、あるところに貧乏なおじいさんと男の子が住んでいました。男の子の名前はネロ。ネロのお父さんとお母さんはネロがまだ小さい時に死んでしまい、おじいさんに引き取られたのです」

気のせいかもしれないが、話をはじめると冷え切った有紀の身体が温まってきた。

「それでそれで？」

「おじいさんはとても貧乏で、毎日のご飯を食べるのも大変でした。でも、ネロはとても幸せでした。だって、おじいさんはネロのことをとっても愛してくれたし、ネロには親友がいたんです。それは、パトラッシュという名前の大きな大きな犬でした」

有紀が微笑み、ぼくは画家を夢見た少年と年老いた大型犬の話を語り続けた。

❄

「どうして？」

ルーベンスの絵の前でネロとパトラッシュが死んでいくシーンを語り終えると有紀は眦《まなじり》を吊《つ》り上げた。「どうしてネロとパトラッシュは死んじゃうの。すごくいい子で、すごく優しいワンコなのに」

ぼくは返答に詰まり、有紀の髪の毛を意味もなく撫でた。有紀の身体はとうに温かさを取り戻している。

「どうして？」

「ネロは生きていくのに疲れてしまったんだ。そして、パトラッシュはネロのいない世界で生きていたくなかったんだよ」ぼくは答えた。「ネロとパトラッシュはふたりでひとりだったんだ。どちらかがいなくなったら、片方も生きてはいけない」

ぼくの言葉に、有紀は眉間に皺を寄せてなにかを考えこむような表情を浮かべた。有紀の顎がぼくの肩の筋肉に埋まっている。舌を伸ばせば有紀の鼻を舐めることだってできる。

有紀の磁器のように滑らかな肌とぼくのざらついた肌があちこちで触れあい、その感触の艶《なま》めかしさにぼくのペニスは痛いほどに膨張していた。滲《し》みでた体液のせいで下着も濡れていた。

貧しい少年と犬の悲しい最期を語りながら、ぼくはこれ以上ないほどに欲情していたのだ。自嘲の笑みを零したいところだが、有紀の真剣な表情がそれをゆるしてはくれなかった。

「ふたりでひとり？」

長い沈黙の後、有紀がぽつりと言った。

「うん」

「どっちかがいなくなったら、もうひとりは生きていけないの？」

「うん」

「有紀も」

有紀は叫んだ。

「え？」

「有紀も、敦史がいなくなったら生きていけない。死ぬ」

「馬鹿だな、有紀は死なないよ」

ぼくは微笑んで見せた。

「死ぬもん。敦史がいなくなったら死ぬもん」

有紀はぼくにしがみついてきた。たわわな胸がぼくの胸で押し潰される。ぼくは思わず腰を引いた。自分自身と有紀を誤魔化すために、有紀の背中に回した腕に少しだけ力をこめた。

「ぼくはいなくならないよ。だから、有紀も死なない」

「ほんとに？　敦史、ずっと有紀と一緒にいてくれる？」

ぼくはうなずいた。有紀はほっとしたように微笑み、静かに目を閉じた。

❄

助手席の有紀は緊張していた。しきりに唇を舐めている。

「ちゃんと覚えた？」

有紀はうなずいた。

「お絵描きする場所探してたら道に迷ったの。森の中をぐるぐる歩き回って、車の明かりが見えたからそっちに行ったら道に出て、それで、駐在さんのところに行くの」

有紀は大根役者のようだった。だが、それでも矢沢さんは有紀の言葉を信用するだろう。有紀に対する理解と偏見が矢沢さんをそうさせるのだ。水島邦衛だって、結局は有紀の言葉を信じるだろう。

フランダースの犬の物語を聞いて眠った有紀は、一時間ほどで目を覚ました。彼女が服を着る間、ぼくは適当にでっちあげた作り話を何度も有紀に聞かせた。その話を覚えないと、あとでぼくが大変な目に遭うと言って脅した。有紀は涙を堪《こら》えてぼくの作り話に耳を傾けていた。

駐在所の赤い明かりが遠くに見えたところで車を路肩に寄せた。すでに十時を過ぎ、人通りはおろか車の姿すら見当たらない。

「まっすぐ駐在さんのところに行くんだよ」

ぼくは念を押した。有紀は素直にうなずいた。

「伯父さんにもちゃんと謝るんだ」

「わかってる」

「じゃあ、行っておいで」

有紀の額にキスした。有紀は微笑み、車を降りた。ぼくに手を振ると、そのまま振り返ることもなく歩いていく。車をUターンさせ、ルームミラーの中の有紀の背中が確実に遠ざかっていくのを眺めながらゆっくりアクセルを踏んだ。

16

天窓のシャッターを閉め忘れたおかげで夜明けとともに目が覚めてしまった。顔を洗い、外出の支度をする。とはいっても、カメラバッグに収まっているカメラの機材をチェックするだけだった。

別荘地の管理人がやってくるにはまだかなり時間がある。ゆっくり車を走らせ、今日すべきことを頭の中でおさらいした。

大野がくれたタイムリミットは正午まで。それまでに水島邦衛が有紀を大沼から連れだすよう説得しなければならない。

まず、駐在所に向かった。矢沢さんは椅子に座り、明らかに寝不足の目をしょぼつかせている。

「有紀ちゃん、どうなりました?」

白々しい台詞《せりふ》を、重々しく矢沢さんにぶつける。

「ああ、昨日の夜、留守番電話にメッセージ残しておいたんだけどね」

「一晩中有紀ちゃんを捜していたんですよ」

「それは済まなかったわ」矢沢さんは帽子を脱いだ。「有紀ちゃん、昨日のうちに見つかったんだわ。いや、見つかったって言うか、自分からここに歩いてきてね」

「歩いて？」

「んだわ。なんでも、絵を描く場所を探してるうちに道に迷って、森の中をぐるぐる歩き回ってたらしいんだ。やっとこさ道のあるところに出て、それでこの駐在所まで自分で歩いてきたってことなんだわ」

「そうなんですか……」

「三浦さんには悪いことしたねえ。ほんとに一晩中捜し回ってたのかい？」

「ええ」ぼくは肩をすくめた。「それで、有紀ちゃんは怪我《けが》もなく？」

「うん、霜焼けぐらいはしてたかもしれないけど、外傷はなかったし、風邪も引いてなかったべさ」

「だったらよかった……」

ぼくは矢沢さんに頭をさげ、踵《きびす》を返そうとした。

「ちょっと待って。今、水島先生に電話するから」

「いえ、そんな――」

ぼくが口を開く前に、矢沢さんは携帯を取りだし、電話をかけた。

「ああ、水島先生ですか？　おはようございます……いえいえ、わたしはなんにもしとらんですから。有紀ちゃんの様子は？　ぐっすり寝てる？　いやはや、大人がどれだけ心配したかも知らないで、幸せな子ですなあ……あ、いや、今電話したのは、あの、三浦さん、写真を撮る。連絡の行き違いで、有紀ちゃんが見つかったことを知らずに一晩中捜してくれていたらしいんですわ。ええ、済まないことで。とりあえず、水島先生にはお教えしておこうかと……はいはい、今、隣にいます。代わりますよ」

矢沢さんが携帯をぼくに差しだしてきた。

「水島先生。お礼が言いたいって」

「ぼくは別に――」

「いいから、ほれ」

無理矢理携帯を押しつけられ、ぼくは電話に出た。

「おはようございます。三浦です」

「有紀を一晩中捜し回っていたんだって？」

「ええ。でも、無事見つかったんなら……」

「済まないことをしたね。連絡をすればよかった。家へ来なさい。直接お礼とお詫《わ》びを言わせてもらうから」

「そこまでしていただかなくても……」

「いいから来なさい」

電話は一方的に切れた。

矢沢さんに携帯を返し、ぼくは駐在所を後にした。南の空に雲がかかっている。午後になると空模様が変わるという予兆だった。

寄り道もせず、水島邦衛の洋館に向かった。門扉は開いていて、ぼくは軽自動車をそのまま敷地に入れた。水島邦衛はガウン姿でぼくを迎え入れた。

「温かいコーヒーが入っているよ」

「有紀ちゃんは？」

「よほど疲れたんだろう。まだ夢の中だ」

水島邦衛に先導されてリビングに移動した。促されるままソファに腰掛け、出されたコーヒーを啜る。コーヒーは香り高く、まろやかな酸味が舌に心地よかった。

「大沼の北側の森の中に迷いこんでしまったらしくてね。絵を描く場所を探すのに夢中になりすぎたみたいだ。歩き回っているうちに運良く道に出て、それで駐在所に駆けこんだんだな。君が有紀を捜していると知っていたら、なんとか連絡を取る方法を探したんだが」

水島邦衛は自分のマグカップを傾けた。

「ぼくが初めて彼女に会った時は、彼女は湖畔に倒れていました」

水島邦衛がうなずいた。その顔はかすかに歪んでいる。

「ぼくなんかが言っても先生には失礼になると思うんですけど、有紀ちゃんにはこういう場所は危険なんじゃないでしょうか。今回は運が良かったけど、そのうち取り返しのつかないことが起こるかもしれませんし」

大野の顔を脳裏に浮かべながらぼくは喋った。

「そうは言っても、わたしにはこの家しかないんだ。他所《よそ》へ移ろうにもいろいろとね。わかるだろう？　だからといって、有紀を軟禁するわけにもいかんし……」

「冬の間だけでも。これからどんどん雪は深くなっていくし……」

「考えておく。長万部《おしゃまんべ》に知り合いがいるんだ。もしかすると、冬の間だけ、そこで預かってもらえるかもしれない」水島邦衛はあっさりと言った。「……そうだな。今、電話してみよう。ちょっと失礼するよ」

水島邦衛はリビングを出て行った。

ぼくはゆっくり味わってコーヒーを啜った。それ以外、することがない。目を閉じて耳を澄ませば、二階のどこかから水島邦衛の喋る声がかすかに聞こえてくる。神経の集中を耳から鼻に移動させると、有紀の体臭のほのかな残り香が嗅げるような気がしてきた。

やがて、足音が階下に降りてくる。

「向こうはＯＫだそうだ。もう、七十近い夫婦でふたり揃《そろ》って農業をやりながら趣味で絵を描いているんだ。何度か絵画講座で教えたことがあってね。今日中に連れて行こうと思う」

「それがいいですよ。有紀ちゃん、ひとつのことに夢中になると周りが見えなくなるみたいだから。少なくとも春までは——」

「そのつもりだよ」

水島邦衛の声からは、ぼくを迎えてくれた時の温かみが消えていた。

「それでは失礼します。コーヒー、ご馳走様でした」

ぼくは軽く頭を下げ、水島邦衛に背中を向けた。

17

昼を過ぎてもぼくが現れなければ大野は激怒するだろう。できるだけ、大野から離れていたかった。

洋館を出ると、ぼくは軽自動車を南に向けた。大沼と小沼の間を南下し、大沼公園駅前を通過する。公園駅を過ぎた先の交差点で信号待ちをしているとだれかが助手席側の窓をノックした。

太一君だった。

「なんだよ、写真を教えてくれるって言って、あれっきりじゃねえか」

太一君は断りもなしに助手席に乗りこんできた。

「ごめん、ごめん。今、立てこんでてさ」

太一君はドアを閉めると煙草をくわえた。信号が青に変わり、アクセルを踏む。太一君は私服だった。ジーンズにスノーブーツ、真っ青のダウンジャケットに赤いリュックサック。リュックは膝の上に置いていた。

「カメラ、この中に入ってるんだ。カメラバッグっての欲しいけど、母ちゃんが渋くてさ。カメラはじめたって言ったら喜んでたくせに」

「お古で良かったら、ぼくの使わなくなったやつをあげるよ」

「マジ?」

太一君の目が輝いた。写真にのめりこみはじめたころのぼくを思いだす。きっと、毎朝毎夕、ファインダーを覗き、シャッターを切りまくっているに違いない。ぼくは微笑んだ。

「ありがてえ。このリュックだとさ、カメラ固定できないからめちゃくちゃ用心して歩かなきゃならないんだ。かったるくてさ」

「肩か首から吊《つる》せばいいじゃないか」

「恥ずかしいんだよ。ダチに見られたらなに言われるかわからないし」

「不良少年とカメラは不釣り合いか……」

　太一君は煙を盛大に吐きだした。

「もっとさ、撮る写真がまともになったらやつらにも見せつけてやるんだけどさ……あ、そうそう。夕焼け撮るべ？　したら、森の木とか大沼の湖面とか、真っ黒になっちゃうんだけど、どうしたらいい？」

　ぼくはサイドウィンドウから空を見上げてみた。南の雲が増殖している。後一時間もしないうちに、空はフラットな雲に覆われるだろう。

「時間あるの？」

　太一君は力強くうなずいた。

「今日はかったるくて学校さぼったから」

「じゃ、ちょっと練習しに行こう」

　ぼくはアクセルをさらに踏んだ。道道をひたすら東へ向かう。

「どこに行くんだよ？」

「海」

　ぼくは答えた。

道道が国道二七八号にぶつかると、その先はもう、太平洋だった。鹿部町《しかべちょう》の漁港の隅に軽自動車を停め、ぼくと太一君はそれぞれのカメラを手にして埠頭《ふとう》へ向かった。きつい潮の香りが鼻孔を満たし、海風が髪の毛や肌を嬲《なぶ》っていく。海は重い鉛色に沈み、水平線の上にはくすんだ青の空が広がっていた。

❄

「好きなように撮ってみて。必ず、あの漁船をフレームに入れて」

ぼくは港に戻ってくる船影を指差した。

「いいぜ」

太一君は無造作にカメラを構えた。肩幅に開いた両脚がコンクリートを踏みしめ、脇は締まり、軸がしっかりとしていた。前回とは大違いだった。

ズームリングを何度か回してフレーミングを決めると、太一君は静かにシャッターボタンを押した。

「ほら。海が真っ黒だ」

太一君はすかさずモニタに撮ったばかりの画像を呼び出した。画面の三分の一が海、それ以外が空。海はそのほとんどが黒く潰れていた。

「これ、画面の大半が空だろう」ぼくは言った。「カメラは空を基準にして露出を決めちゃうんだ。空をきちんと描写しようとするから、空よりかなり暗い海の部分が潰れちゃう」

ぼくの説明に太一君は頬を掻いた。

「ちょっと貸して」

ぼくは太一君のカメラを受け取った。ファインダーを覗き、レンズを海に向ける。その状態でシャッターボタンを半押しにしてから太一君が撮った写真と同じ構図になるようにカメラの位置を変えた。シャッターボタンの半押しはキープしたままだ。そして、ゆっくりボタンを全押しした。

モニタにぼくが撮った画像を呼び出し、カメラを太一君に返した。太一君はモニタを食い入るように見つめた。

「海がちゃんと写ってる」

「その代わり、空がだいぶ白いだろう？」

太一君がうなずいた。

「なにをやったんだよ？」

「カメラを騙したんだ」

「騙す？」

「そう。太一君、シャッターボタンの半押しって、ピントを合わせるのだけに使ってるでしょう?」

「そうだけど」

「半押しには露出を決めるっていう機能もあるんだ。まず、海にレンズを向けてシャッターボタンを半押し。すると、ピントが決まるのと同時に、海面を基準にした露出値をカメラが決める。半押しにしたままだと、他にレンズを向けてもその露出値が変わることはないんだ。だから――」

ぼくは自分のカメラを構え、さっきと同じように海にレンズを向けた。

「こうやってシャッターボタンを半押しにしたまま、フレーミングを変える。すると、海は綺麗に描写される」

「でもさ、これだと空がだめじゃん。どうするんだよ」

「露出補正してやるんだ」

カメラの露出補正ダイヤルをマイナス側に回し、ぼくはまた同じようなフレーミングの写真を撮った。モニタを太一君に見せてやる。

「理想より若干空が明るすぎて、海が暗すぎる。でも、今のデジタルカメラじゃこれが限界なんだ。明暗差がありすぎる被写体を完璧に写すことはできない。プロが使う高いカメラはこれよりもう少しましだけどね。しょうがないから、これをパソコンに取りこんで、レタッチソフトってやつで理想に近づける努力をするわけ」

「パソコンかよ……」

太一君は苦虫を嚙み潰したような顔になった。

「あるいは、こういうのを使うっていう手もある」

ぼくは上着のポケットからハーフNDフィルターを取りだした。

「なにそれ？」

「フィルターだよ。ハーフNDって言って、こういう状況下で写真を撮る時に効き目があるんだ」

ぼくはフィルターをレンズに装着した。ハーフNDはレンズを通してカメラに入ってくる光の量を調節するためのフィルターだ。普通のNDフィルターはレンズ全面をカバーするが、ハーフNDはレンズの半分の面積だけをカバーする。フィルターの位置を調節し——この場合、構図の空の光量を調節すれば、海も空も適正露出で写すことができる。

ハーフNDを装着して、また同じ構図の写真を撮った。

「すげぇ」

モニタを見て太一君は嘆息した。

「それだって、完璧にはほど遠いんだけどね」

「それ、貸してくれる？」

「太一君のカメラのレンズとは口径が合わないから無理だよ。でも、ほら」

ぼくはカメラを太一君に渡した。太一君は目を輝かせ、ファインダーを覗き、ハーフNDをくるくる回す。まるで新しい玩具を与えられた子供のようだ。

「これ、なんぼぐらいするんだべ？」

普段はなるべく抑えている北海道方言が太一君の口から迸《ほとばし》る。

「五千円ぐらいかな」

「高《たけ》ぇなあ」

「フィルターが必要になるのはもっと腕をあげてからだよ。どんなにいいフィルターを使っても、撮る写真がお粗末だったら話にならないからね」

「そうだよな……えっと、カメラを騙して、露出補正か」

太一君はぼくにカメラを返し、自分のカメラで海と空を撮りはじめた。撮影に集中している横顔はどこか神々しくさえあった。

❄

空が完全に雲に覆われたところで講習会をお開きにし、ぼくたちは帰途についた。

「写真って、奥が深いよな」

大沼が見えてくるとずっと黙りこんでいた太一君が口を開いた。

「ああできたらいいのにって思うんだ」


「撮れば撮るほどさ、こうできたらいいのに、ああできたらいいのにって思うんだ」

「ぼくだってそうだよ」

「先生でも？」

　ぼくは驚いて太一君を見た。

「先生はやめてよ」

「だけど、おいって呼びかけるのも変だし――」

「ぼくは三浦敦史。好きな風に呼んでいいよ。先生以外ならね」

「じゃあ、あっちゃんでいいかな？」

　しばらく考えてから太一君は言った。ぼくはうなずいた。

「あっちゃんさ、最初に生意気なこと言って突っかかってきたおれにちゃんと写真教えてくれるべさ。なのに、おれ、なんの恩返しもできないんだよな」

「気にしなくていいよ。教えるのも楽しいんだ」

「おれ、取り柄はこれしかないから」太一君は右腕を曲げた。「もしさ、だれかぶん殴りたいとかあったら、おれに言いなよ」

　太一君がそう言った瞬間、大野の顔が脳裏をよぎった。

「じゃあ、頼めるかな……」

考える前に口が開く。

「だれか、ぶん殴りたいやつ、いるの？」

「うん。できれば、病院に入院しなきゃならないぐらい痛めつけてもらいたいんだ」

「病院送りか。あっちゃんも結構えげつないねぇ」

ぼくは苦笑した。

「で、だれ？」

「説明しにくいんだ。もう少し付き合ってくれる？」

「いいよ。今日は徹底的にあっちゃんに付き合うよ」

「じゃあ、付き合ってもらおう」

ぼくは白鳥台セバットの駐車場に軽自動車を停めた。

「ちょっとプリンスホテルまで歩くけど」

「なんで車で行かないのさ？」

「そいつはぼくの車を知ってるんだ。見つかるとまずいことになるんだよ」

「へえ」

太一君は訳知り顔でうなずいた。ぼくはカメラバッグを担いだ。プリンスホテルに隣接するゴルフコースに侵入し、横切っていく。シーズン中ならそんなことはできないが、雪に閉ざされた今は芝生を傷《いた》める心配もない。

「どんなやつ？」

太一君は白い息と質問を同時に放った。

「うん？」

「その、病院送りにしたいってやつだよ」

「すぐにわかるよ」

それっきり無言で、ぼくたちは雪原と化したゴルフ場を横切った。ゴルフ場を抜けた先は、プリンスホテルのエントランスまで続くウォーキングコースになっている。この時期はたまに訪れる観光客がクロスカントリーを楽しんでいる。

ぼくたちはそのコースの途中にある小高い丘に登った。バッグから四百ミリのズームレンズを取りだし、カメラに装着した。プリンスホテルの一階はガラス張りになっている。透過率の低いガラスだが、中にいる人間の顔はなんとか確認することができた。

「どいつ？」

太一君も自分のカメラのファインダーを覗いていた。彼のレンズではなにも見えないだろう。

「まだいない」

ぼくはレンズを通してロビィ内を隅から隅まで覗いた。大野の姿はない。フロントの右奥に設置されているコンビニで買い物をしている人間がいたが、顔までは確認できなかった。

「うう、しばれる」

太一君がカメラを雪の上に置き、ダウンジャケットのジッパーを閉めた。風が強まり、気温が急降下している。青空が去るのと同時に寒気が舞い降りてきたようだった。ほぼ百パーセントの確率で今夜も雪が降る。

「後で温かいコーヒーを奢《おご》ってあげるよ」

「熱燗《あつかん》がいいな」

「まだ高校生だろう」

「関係ねえよ」

ぼくは左手を突き出して太一君を制した。コンビニで買い物をしていた客が出てくるところだった。大野だ。右手にレジ袋をぶらさげ、不機嫌な顔で腕時計を覗きこんでいる。

「あいつだ」

ぼくはカメラを太一君に渡した。

「ロビィの右、コンビニの近くに立ってるスーツの男」

太一君がファインダーを覗きこんだ。

「おっさんじゃん」

「おっさんだよ」

「あっちゃん、なんであんなおやじを病院送りにしなきゃならないんだよ？」

「理由を言わなきゃやってくれない？」

「そういうわけじゃないけどさ……」

太一君はファインダーを覗いたまま頬を膨らませた。

「ぼくの父親があいつに借金してるんだ」ぼくは言った。「親父《おやじ》、借金まみれで蒸発しちゃってね。それで、あいつがぼくのところに取り立てに来た」

「だって、あっちゃんの借金じゃないんだろう？」

「金なんかないって言ったら、あいつ、ぼくと有紀の関係を誤解して、有紀を風俗で働かせろって」

「なんだって？」

太一君の肩が盛りあがった。唐突に湧いた怒りのため、鼻の穴が膨らんでいる。

「ほんとにそんなこと言ったのかよ」

「有紀のことを説明したら、なおさら風俗で稼げるってね」

「やるよ、あっちゃん」太一君はファインダーから目を離した。「あいつ、ぼこぼこにしてやるよ」

太一君は握り拳を作っていた。細かく震えるその拳は岩でも砕けそうだった。

18

駐車場に停まっている大野の車を教えてから、ぼくたちは白鳥台セバットへ戻った。歩きながら太一君は携帯で仲間に電話をかけた。

ぼそぼそと喋る声は風に流されてよく聞こえない。それでも、大野を襲うために招集をかけているのだということはすぐにわかる。

有紀を風俗で働かせるという話を聞いてから、太一君の目はくすんだ光を放ち続けていた。

軽自動車で太一君を家まで送った。

「できるだけ早くやるからさ」

太一君はそう言って家の中に消えて行った。ぼくは軽自動車をUターンさせ、水島邦衛の洋館に向かった。門扉が固く閉じられ、新車のアウディの姿がないことを確認すると素速く洋館を離れた。

洋館に人の気配はなかった。水島邦衛は早速有紀を長万部《おしゃまんべ》に連れて行ったのだ。

ダッシュボードの時計を見る。午後三時をいくらか回っていた。別荘地の管理人が引き上げるまでまだ時間が余っている。蓴菜沼《じゅんさい》まで足を伸ばし、氷上でワカサギ釣りを楽しむ連中のために用意されている駐車場に軽自動車を停めた。

氷の張り具合はまだ十五センチといったところだろうか。カメラバッグと三脚を担ぎ、時計回りに湖畔を歩く。地元のワカサギ漁師が使っている船着き場にバッグと三脚を置き、湖面の氷に足を乗せてみた。湖の奥まで歩いて行くには心許《こころもと》ないが、湖畔近くでは問題はなさそうだった。

西の空の雲が薄い。条件が整えば、幻想的な夕焼けが撮れそうだった。日が翳《かげ》り、青白い色を湛える凍った湖、空を覆う灰色の雲、そして地平線の上にかすかに広がる茜色の光の帯。

大野は蓴菜沼まで捜しに来たりはしない――何度も自分に言い聞かせながら三脚をセットする。有紀がいれば――何度も臍《ほぞ》を噬《か》みながらカメラの露出テストを繰り返す。雪の色温度、雲の色温度、そして雲の薄い西の空の色温度。相反する三つの色を適正に表現するのは至難の業だ。それがわかっていてなお、ぼくはなにかに取り憑かれたように適正露出を探す作業に没頭した。

腕時計の針が四時を回ったころ、西の空がかすかな桃色に転じた。

ぼくは嘆息した。雲にかかる光の滲《にじ》み具合やグラデーションが期待していたものとはほど遠かったのだ。これでは写真に撮る意味がない。有紀がいるわけでもないのに。

しばらく待ってみたが、桃色が茜色に変わることなく夕焼けは終わりを告げた。駐車場までとぼとぼと歩き、機材を軽自動車に積みこむ。

うなじに冷たいものを感じ、空を見上げた。薄暮の空に白く儚《はかな》い雪が舞っていた。

❄

カップ麵に湯を注いでいると携帯が鳴った。有紀からだった。出るのはよそうと思ったが、呼び出し音が十回鳴った後でぼくの気持ちは挫《くじ》けてしまった。

「もしもし？」

吐息のように言葉を吐きだす。

「敦史……」

予想していたように有紀の声は湿っていた。春の雪のように、握れば水滴がぽたぽたと落ちてきそうだった。

「どうしたの？」

「迎えに来て」

「どこに？」

「長万部」

短い会話の応酬だったが、言葉を発するたびに胸が万力で締めつけられるように痛んだ。

「どうして長万部にいるの？」

「伯父様が、大沼は危険だからって。しばらくここにいなさいって。全然危険じゃないもん。敦史も知ってる」

「悪いやつがまだいるんだ」

ぼくは痛みに目を閉じた。

「悪いやつ？」

「悪いやつはぼくを捕まえようとしたんだけど、正義の味方に邪魔されたんだよ。それで、今度はぼくの代わりに有紀を捕まえようとしてるんだ。だから、大沼は危険なんだよ」

「どうして？　どうして悪いやつは有紀を捕まえようとするの？」

「それはね――」フランダースの犬を話して聞かせた時のような大袈裟《おおげさ》な声でぼくは言った。「ぼくが世界で一番大好きなのが有紀だからだよ」

間が空いた。小首を傾げ、ぼくの言葉を必死で嚙み砕こうとしている有紀の顔がありありと脳裏に浮かんだ。

「どうして、敦史が有紀のこと世界で一番好きだと、悪いやつは有紀を捕まえようとするの？」

電話に出た時の湿っぽさとは違い、有紀の声は花畑で踊っているかのようだった。

「ぼくが悲しくなるだろう。だからだよ」

「有紀に会えないと、敦史、寂しい？」

「うん」

「有紀も寂しいよ。ねえ、正義の味方はいつ悪いやつをやっつけてくれるの？」

太一君の拳を思いだした。空手かなにかをやっていたのだろうか、太一君の拳は関節がごつごつしていて岩のようだった。

「すぐだよ。正義の味方はぼくと有紀が苦しんでるのを知ってるから、すぐに悪いやつをやっつけてくれるはずだよ」

「そしたら、有紀、おうちに帰れる？　また、敦史とお写真撮って、敦史のお写真でお絵描きできる？」

「できるよ。ほんのしばらくだから、長万部で我慢してて」

「うん、わかった」

有紀はあっさりと応じた。

「早く悪いやつをやっつけるよう、ぼくも正義の味方にお願いしておくからさ」

「うん……有紀、眠くなってきちゃった」

ぼくは噴きだした。

「なにがおかしいの？」

「なんでもないよ。おやすみ、有紀」

「おやすみ、敦史」

有紀の最後の方の言葉は欠伸《あくび》に呑みこまれて消えた。ぼくは電話を切り、ベッドに倒れこんだ。天窓の向こうで雪が舞っている。

今シーズンは雪が多い。きっと、凍てついた厳しい冬になるのだろう。

❄

いつものように夜明けとともに目覚め、管理人がやって来る前に別荘地を出た。行くあてのないドライブのお供にとラジオを点けた。有紀が去った今、ぼくの写欲も著しく減退していた。太一君に教えるのでなければ、カメラを構える気にすらならない。地元のローカルFMを選び、ぼくは軽自動車を函館方面へ向けた。田舎では暇つぶしにも困るが、都会へ行けば時間はあっという間に過ぎていく。FM放送は最近の流行歌を流していた。

国道に出て十分ほど経ったころ、音楽番組が終わり、ニュースが流れはじめた。

『昨夜十時ごろ、大沼国定公園の駐車場付近で若者が倒れているのが発見され救急車で病院へ運ばれた、というニュースを今朝お伝えしましたが、身元が判明したということです。杉下太一さん十七歳。現在も意識不明の重体です。警察は家族に連絡を取るとともに、事件の詳細を捜査しています――』

キャスターの声は少しずつフェイドアウトしていった。ぼくは路肩に車を停めた。

「太一君が？」

呆然《ぼうぜん》と呟く。ニュースは若者が病院に運ばれたと言った。つまり、大野は無傷だということだ。

ぼくはカメラバッグを膝の上に置き、ポケットというポケットを漁った。なんとか矢沢さんの名刺を見つけ出し、携帯に電話をかけた。

「もしもし、矢沢ですが」

相変わらず矢沢さんの話しぶりはのんびりしている。

「三浦です。今、ラジオのニュースで耳にしたんですけど……あの、公園の駐車場であったっていう事件」

「ああ、それがどうしたの？」

「病院に運ばれたっていう杉下太一っていう人、もしかしたら、水島先生の遠い親戚っていう――」

「そう。あの不良が、とんでもないことになってね」

「どこの病院ですか？」

「ななえ新病院だけど、見舞いにでも行くつもりかい？」

七飯町《ななえちょう》で一番大きな病院だった。

「ええ」

「でも、意識不明の重体だよ。それに、三浦さん、あの不良になにか関わりでもあるのかい？」

「最近、写真を教えてるんです」

「あいつに？」

矢沢さんは心の底から驚いたようだった。

「ええ、写真に興味があるって言うんで——どんな事件だったんですか？」

「どんなもなにも、救急から公園で人が倒れてるって通報があってさ。わたしが現場に駆けつけたときには太一はもう病院に搬送された後で、とりあえず本署に応援頼んで。それだけだ。おおかた、不良同士の揉め事だべさ。頭に血がのぼって殴り合いになって。今の若い連中はわやだからね」

「倒れていたのは太一君だけですか？」

「そうだよ。普段は群れ作って粋がってるくせに、みんな太一を置いて逃げたんだべ」

「わかりました。病院に行ってみます」

「だから、行っても無駄だって——」

矢沢さんの言葉が終わる前に電話を切った。ななえ新病院はここから車で五分ほどのところにある。ぼくはアクセルを踏んだ。

❄

太一君の病室の前には制服警官がふたり、立っていた。双子のようにふたり同時にぼくの顔を覗きこんでくる。

「なにかご用ですか？」

「あの、杉下君の友人なんですけど、見舞いに……」

「面会謝絶です」

警官たちは声を揃えた。

「容態はどうなんでしょうか？」

警官たちは同時に首を傾げた。本当に双子のようだった。

「まだ意識不明の重体です。頭を強く殴られていまして。お名前をお伺いしてもよろしいですか？」

やや背の高い方の警官が訊いてきた。一瞬躊躇《ちゅうちょ》したが、ぼくの身元など、矢沢さん経由ですぐにばれてしまうだろう。

「三浦敦史です」

「この近所にお住まいで？」

今度は背の低い方の質問だった。

「大沼の近くの、義父《ちち》の別荘に滞在しています。詳しいことは大沼の駐在所にいる矢沢さんに訊いてください。たいていのことは知ってますから」

背の高い方の警官が矢沢さんの名前を警察手帳に書き留めた。

「杉下君をこんな目に遭わせた相手に心当たりはありませんか？」

ぼくは首を振った。

「意識が回復したら、また見舞いに来ます。お医者さんはなんと言ってるんですか？」

警官たちはまた、同時に首を振った。

「失礼します」

ぼくは頭をさげ、ふたりに背中を向けた。心臓が早鐘《はやがね》を打っている。太一君が死ぬとしたら、すべての責任を負うのはぼくだ。他人の手を借りるなどという、らしからぬことをしでかしたぼくのせいだ。いつもそうしているように、自分の手ですべてに片を付ければよかったのだ。

荒々しい足取りで病院を出、車のドアを乱暴に閉めた。ステアリングに顔を伏せ、激情が去るのを待つ。視界の隅に見慣れない物が映った。助手席の床に半分潰れかかった煙草のパッケージが落ちていた。

太一君の煙草だった。昨日、落としていったのだろう。ぼくはパッケージを拾い上げ、煙草を口にくわえた。ダッシュボードのシガーライターで火を点ける。

煙を吸い込んだ瞬間、噎《む》せ、咳《せ》きこんだ。目が回り、世界が揺れる。涙で滲む目で煙草の火先《ほさき》を見つめた。目眩《めまい》がおさまると頭が動きだした。

太一君たちの襲撃を、大野はあっさりと返り討ちにした。味方がいたとは思えない。大野は紳士然とした顔の下に獣の牙を隠し持っているのだろう。当然だ。外見に騙されたぼくが愚かだった。

大野はぼくの差し金だと見破るだろうか——イエス。

ぼくが約束を破ったと知った大野はなにをするだろう?——有紀を捕らえようとする。だが、有紀は大沼にはいない。いや、大野はまだそのことを知らないはずだ。

ぼくはエンジンをかけた。とりあえず、水島邦衛の洋館の様子を探ってみよう。今できるのはそれぐらいしかない。

駐車場を出る前に、病院を振り返った。太一君が入院している三階を見つめ、小さく呟いた。

「ごめんね、太一君」

第三章

I

大野が見張っている可能性を考えて軽自動車を途中で降り、林の中を歩いて裏側から洋館に近づいた。敷地に停《と》まっている水島邦衛のアウディが見える。少なくともぼくの見える範囲に大野の車はなかった。

林の中に身を潜め、三十分ほど様子をうかがった。大野の気配は感じられない。ぼくは腹を決め、林を抜けでた。洋館の正面に回り、インタフォンを押す。それほど待たされることもなく、スピーカーから水島邦衛の声が流れてきた。

「はい？」

「三浦ですが、さっき、ラジオのニュースで杉下君のことを聞いて……」

溜息《ためいき》が返ってきた。

「入りたまえ」

「失礼します」

洋館の敷地内はアウディのタイヤの跡がついているだけで除雪もされていなかった。長万部《おしやまんべ》へ有紀を送っていき、戻ってからは太一君の事件に忙殺されたのだろう。

「お邪魔します」

玄関で声を張りあげたが返事はなかった。ぼくは勝手にスリッパに履きかえ、リビングに向かった。

水島邦衛はパジャマ姿のまま、ソファにぐったりと腰を下ろしていた。

「すまんね。あの子のことで深夜まで警察にいたんだ。さっき起きたところだよ。しかし、君が太一の知り合いだったとは驚きだな」

「狭い町ですから。たまたま大沼で写真を撮っている時に声をかけられて、写真に興味があるって言うんです。それから、時々教えてました」

「太一が写真を？」

「ぼくのお古のカメラを貸して」

「いかんな、親戚の話なのに。太一が不良グループとつるんでることも、写真をやっていたことも知らなかった。ここに籠もりきりで、世間のことにはすっかり疎くなっている」

水島邦衛はぼくに椅子を勧めることも忘れ、呆然《ぼうぜん》とした目で宙を睨《にら》んでいた。

「ここに来る前に病院にも寄ってきたんですが、面会謝絶だと……容態はどうなんですか？」

「頭を強く殴られて脳内出血を起こしているらしい。出血がおさまらないようなら、函館の病院へ移送して、手術を受けることになる。あれの母親は半狂乱だよ」

胸が痛んだ。

「なにがあったんですか？」

「警察が太一の友達に話を聞いているところだろう。不良同士の乱闘騒ぎじゃないかと矢沢さんは言っていたがね」

水島邦衛は生欠伸《なまあくび》を嚙《か》み殺した。

「申し訳ないんですけど、太一君のお母さんから太一君の友達の連絡先を訊《き》くってことはできないでしょうか？」

「友達？　なにをしようというんだね」

「なにがあったのか、知りたいと思って。太一君、写真を撮るようになってから変わりはじめていたんです。熱中できるものを見つけて、不良仲間とも距離を置いてたんじゃないかかな。そんな太一君になにがあったのか、知りたいんですよ。ぼく、太一君が結構気に入っていたんです」

嘘《うそ》ではなかった。ぼくは太一君をそれなりに気に入っていた。

「ちょっと待ちたまえ」

水島邦衛は気怠《けだる》げに腰を上げ、電話に手を伸ばした。ぼそぼそと低い声で会話を交わし、やがて送話口を手で押さえた。

「なにかメモする物はあるかい？」

ぼくはうなずき、カメラバッグからボールペンと手帳を取りだした。撮影中に思いついたことを書き留めるため、いつもカメラバッグに放りこんであるものだ。

水島邦衛の口が三つの名前と携帯の番号を告げた。ぼくはそれをしっかり書き留める。

「その三人が太一と一番仲が良かったそうだ」

「ありがとうございます」

「こんな静かな町で、こんな物騒なことが起こるとはな。君の忠告に従って有紀を長万部に連れて行ってよかったよ。有紀はあの容姿だ。愚かな若い連中にいつ目をつけられるかわからない」

「そうですね。本当にそうだと思います」

ぼくは言い、ペンと手帳をカメラバッグに押しこんだ。

❄

山崎俊明《やまざきとしあき》。田中修人《たなかしゅうと》、上島《うえしま》夢生。上島君の名前は「むう」と読むらしい。いつから子供にこんな名前をつける風潮が生まれたのだろう。

いずれにせよ、水島邦衛はアイウエオ順に名前を教えてくれたわけではなかった。多分、仲のいい順番なのだろう。ぼくは山崎俊明君に電話をかけることにした。

呼び出し音が数回鳴ったところで警戒心を剝《む》きだしにした声が電話に出た。

「だ、だれ？」

「三浦といいます」

「三浦？」

「太一君の友達です。彼に写真を教えてたんだけど——」

「ああ、太一のやつ、最近、カメラ持ってたもんな」山崎君の声から警戒心が薄れていく。「で、なんの用？」

「昨日、何があったのか教えて欲しいんだ」

「なんも知らないっしょ」

言葉がいきなり方言に変わった。

「隠さなくてもいいよ。あの男を襲ってくれって太一君に頼んだのはぼくなんだ」

「てめえかよ――」

「頼むよ、山崎君。太一君はこのまま死ぬかもしれない。なにがあったのか、どうしても知りたいんだ。君たちに迷惑はかけないから」

「なんで、あいつがやばい野郎だって教えてくれなかったんだよ？」

山崎君は声を潜めた。

「会った時に話すよ」

ぼくは言った。

「じゃあ、他のやつにも連絡取るから――」

「公園駅前の地下にある喫茶店、わかるでしょう？　そこで待ってるから」

山崎君がなにか言う前に、ぼくは携帯を切った。軽自動車を大沼公園の駐車場に停め、喫茶店へ向かう。カレーライスとコーヒーを頼み、満腹になると座席の背もたれに体重を預け、目を閉じた。

❄

肩を揺すられて目が覚めた。高校生が三人、ぼくの顔を覗《のぞ》きこんでいる。

「こいつ、見覚えあるよ。太一が、有紀にちょっかい出してるって怒ってたやつだべ？」

「ああ、そういえばそうかも……俊明、こいつ、太一の友達って言ってたんだべ？」

「太一君はぼくの友達だよ」

ぼくは伸びをした。三人が驚いてぼくから顔を遠ざける。腰を上げて軽く頭をさげた。

「どうも。三浦です」

「ああ、おれが山崎」三人の中で一番小柄な少年が他のふたりを指差した。

「こいつが田中で、こっちが上島。三人とも太一のマブダチ」

夢生君は名前ほど間抜けな顔はしていなかった。四、五年も経《た》てば、自分より若い連中を引き連れて、函館の繁華街を肩で風を切って歩いているだろう。

「奢《おご》るから、好きなものを頼んでいいよ」

ぼくは言い、腰を下ろした。三人もぼくに倣い、コーヒーやコーラをそれぞれ注文した。

「それで、なんだってあいつを襲えなんて太一に頼んだんだよ、おまえ」

田中君が口火を切った。

「あの男、有紀を狙ってるんだ」

ぼくは嘘をついた。

「有紀を？」

「あの子、ちょっと普通と違うの知ってるだろう？　あいつはそれを利用して、彼女を札幌の風俗で働かせようと画策してるんだ」

「有紀ならめちゃくちゃ稼ぐだろうな」夢生君が言った。「おれ、卒業したら札幌に行って、絶対、有紀の客になるべ」

「馬鹿か、おまえ」

山崎君が夢生君の頭を叩《たた》いた。

「そうか、それで太一のやつ……あいつ、有紀にべた惚《ぼ》れだからなあ」

田中君が言った。ウェイターが飲み物を運んできた。山崎君たちは申し合わせたように煙草《たばこ》を口にくわえ、火を点《つ》けた。

「昨日、なにがあったの？」

ウェイターが立ち去るのを待って訊いた。

「たまたま見かけたんだよ」

夢生君が言った。

「そこの中華屋でラーメン食って、ビール飲んで。勘定済ませて店出たら、太一があいつの車だって言ったんだ」

田中君が言った。山崎君がうなずいた。

「あいつをぼこるぞって太一が言って、おれたちわけわかんなくてな」

山崎君はふたりに同意を求めた。

「そしたら、ある人に頼まれてあいつをぶちのめすんだって言って……車から出てきたやつ見たら、なんか、普通のおやじだからよ、おれたちもやってやるかって気分になって」

「それで？」

「公園の駐車場にはだれもいなくて、おれたちあいつを囲んだんだ」

「他にも仲間がいたんだね？」

「全部で六、七人いたかな。それだけの人数で囲めば、普通、びびるべよ。したっけ、あいつ笑いやがってよ」

「あの坊やに頼まれたのかって言いやがったんだ」

夢生君が山崎君の言葉を引き継いだ。

「わけのわかんねえこと言ってるんじゃねえって太一があいつに殴りかかって」田中君が言った。「したら、あいつ、懐から特殊警棒出しやがって」

「特殊警棒？」

「三段階に伸びるやつだよ。それで、太一の頭殴りやがったんだ」

「太一、倒れて動かなくなってよ。そしたら、このふたり、びびりやがって逃げだしたんだ」

夢生君がふたりを睨んだ。

「びびったわけじゃねえべ。救急車呼ばなきゃと思ったんだよ」

山崎君が反論する。夢生君は鼻を鳴らし、言葉を続けた。

「残った仲間となんとかしようと思ったんだけどよ――」

夢生君は右の袖をまくりあげた。肘《ひじ》から手首にかけてどす黒い痣《あざ》が伸びていた。

「警棒で殴られたんだよ。マジ痛くて、骨が折れたかと思ったべよ。今でもじんじんする」

「それで、君も逃げたんだ？」

「痛くてうずくまったんだ。他の連中もあっという間にやられちまって。そのうちあいつがおれの胸ぐら摑《つか》んで……」

夢生君は唇を舐《な》めた。剝きだしの右腕の肌が粟立《あわだ》っている。

「それで？」

「警察になにか言ったら、親兄弟、みんな太一と同じ目に遭わせてやるって」夢生君は喋《しゃべ》りながら震えだした。「あんなおっかない目、見たことなかったさ。今朝、警察が来たけどなんにも言えなかった……」

「こいつらが全然来ないから、おれたち、びびってたけど、駐車場に戻ったんだ」山崎君が言った。「とりあえず、救急車呼んだんだけど、こいつから脅しの話聞いて、怖くなってまた逃げた。太一、ほんとに死ぬのかよ？」

「わからない」

ぼくは山崎君に首を振った。三人は同時に唇を噛んだ。

2

一一〇番に電話をかける。

「大沼のプリンスホテルに宿泊してる大野という男だよ」

「はい？　事件ですか？」

「昨日、大沼公園の駐車場で起きた傷害事件。犯人はプリンスホテルの客。大野って名前。おれ、見たんだ。警棒みたいので殴るとこを」

ぼくは相手に口を挟む暇を与えず、一気に大野の人相から車のナンバーまでまくしたてた。

「すみません。お名前をお聞かせ願えますか？」

電話の相手の声が真剣みを帯びた。ぼくは電話を切った。笑みが零《こぼ》れそうになる。

太一君たちの襲撃は失敗したし、太一君は生と死の瀬戸際に立っている。だが、大野は墓穴を掘ったのだ。

ぼくはまたゴルフ場を横切り、太一君と一緒にホテルのロビィを見張った丘に登った。腹這《はらば》いになり、四百ミリの望遠レンズを付けたカメラを覗きこむ。

雪が舞い落ちてきた。ぼくは手袋を脱ぎ、掌《てのひら》で雪を受け止めた。粉雪だ。千切った綿菓子をでたらめに散らしたような雲が空を覆っていた。低気圧の本体が近づいているが、気温はあがるどころか急激にさがっている。今までの降雪は冬の序章にすぎなかった。粉雪は本格的な攻勢を仕掛けようとする冬の斥候《せっこう》だ。

掌の上で解けずに残っている結晶を舌先でそっと舐めた。粉雪はグラニュー糖のような味がした。

しばらくすると、ホテルに向かってくる車のエンジン音が聞こえてきた。

パトカーがエントランス前に停車した。ぼくは生唾を呑《の》みこみ、レンズをホテルに向けた。制服警官がふたり、ロビィに駆けこんでいくところだった。

警官たちは脇目も振らず、フロントに直行した。フロントのスタッフが戸惑っている。会話と手振りのやり取り。女性スタッフが首を振る。警官がさらになにかを言い募る。女性スタッフが紙を一枚、フロントの上に置く。警官のひとりがそれを覗きこみ、自分の手帳になにかを書きこんでいく。

それだけだった。

警官たちはフロントスタッフに一礼し、踵《きびす》を返した。パトカーに戻り、ひとりが無線を手にする。

無線の会話が終わらないうちにパトカーは動きだし、走り去った。

「もう、チェックアウトしていたのか……」

ぼくは思わず独りごちる。左手で自分の頭を小突いた。大野が傷害事件を起こしたまま、同じホテルに泊まり続けるわけがないのだ。一一〇番通報したところで、簡単には捕まらない。

それでも、大野はしばらくはぼくにまとわりつくことはできないだろう。ホテルからの情報で彼の名前と住所は警察に知られた。逮捕されることはなくても、警察は彼を捜す。彼のような人種は叩けば必ず埃《ほこり》が出るはずだ。だから、大野には大沼を離れる以外の選択肢はない。

ぼくは口笛を吹いた。レンズをカメラから外し、カメラバッグに収め、ゴルフ場を後にする。

粉雪は静かに降り続けていた。

❄

久しぶりに義父の別荘に足を踏み入れた。床や家具がうっすらと埃をかぶり、おそらく、大野のものだろう足跡があちこちに散見できる。大野の足跡は電話のあるサイドボードの周辺に集まっていた。ここに侵入するたびに、義父からの連絡がないか、留守番電話を確かめていたのだろう。

ぼくは苦笑し、掃除をはじめた。家の中の隅々にまで掃除機をかけ、床を雑巾で拭く。チョコレートの家に潜んでいる間にたまった汚れ物を洗濯し、大型のスーツケースにいろんなものを詰めこんだ。その間、浴槽に湯を溜め、ゆっくり風呂《ふろ》に浸かった。風呂からあがると生き返ったような気分になった。滅多に飲まないビールを冷蔵庫から取りだし、プルリングを開けて中身を一気に飲み干した。眠気が一気に押し寄せ、ぼくはソファに身体《からだ》を投げだした。

電話が鳴った。

眠気が吹き飛んだ。

呼び出し音が五回鳴り、留守番電話機能が作動する。留守を告げる無機質なメッセージの後に、大野の声が続いた。

「三浦君、いるんだろう? いることはわかってるよ。君がどういう人間かは知っているからね。ゲームに勝ったつもりでシャワーでも浴びて、今はビールでも飲んでいるところかな」

眠気だけではなく酔いも急速に覚めていった。

「まんまとしてやられたよ」大野の声は続く。「あの憐《あわ》れな若者たちが返り討ちに遭うことも計算済みだったんだな。とにかく、わたしが警察に追われる状況を作りたかったんだ。君は電話を一本かければいい。事件を目撃した、とね。匿名でいいんだ。簡単だな。わたしはしばらく息を潜めていなければならなくなった」

　ぼくは唇を舐めた。

「だが、あくまで、しばらくだ。田舎《いなか》の警察なんてね、三浦君、間が抜けてるんだよ。名前を変え、車を換え、髪型を変えて戻ってきたら、だれもわたしが自分たちの捜している参考人だとは気づかない。今夜はゆっくり眠って甘い夢でも見るといい。だが、君が手に入れた平穏は幻だ。それだけは忘れないように」

　唐突に電話が切れた。留守番電話機能がメッセージを預かった日時を告げる。

　ぼくはたった今聞いたばかりの大野の声を再生した。聞いているうちに髪の毛が逆立ち、身体中の肌が粟立っていく。

　メッセージを削除した。電話を操作する指先が、ぼくの意思とは無関係に震えている。酔いを完全に覚ますために濃い紅茶を淹《い》れ、時間をかけて飲み干した。ティーポットとティーカップを丁寧に洗う。スーツケースを閉じ、逃げるように家を後にした。

3

　粉雪は厭《あ》くことなく降り続けている。降りはじめから丸二日経ってもやむ気配がない。

別荘地内の道路を除雪車がゆっくり進んでいく。除雪車が雪を掻《か》きだした直後に、また粉雪が降り積もる。除雪車の運転手は徒労感を滲《にじ》ませた表情を浮かべていた。

ぼくはチョコレートの家で息を潜めていた。せっかくの天窓も雪で閉ざされ、薄暗い部屋で明かりも点けず、なにもせず、ただ空から舞い降りる雪を見つめ続けていた。

写真を撮る気になれないのだから外出する必要はない。有紀がいないのだから写真を撮る気にはなれない。閉じられた環《わ》の中で、ぼくはただぼんやりと思考を弄《もてあそ》ぶ。

自分に残された時間がそれほどないことはわかっていた。だからといって焦りはない。高気圧がこの一帯を覆う夜、天窓に有紀を登らせて写真を撮る。それさえ成就できれば、もうやりたいことはほとんどない。できれば、いつまでも有紀の写真を撮り続けたかったが、それができないことは最初からわかっていた。

ここにいるのは春までと決めたのだ。その決意を動かすことはできない。いや、ぼくの決意が揺らいでも、周りがそれをゆるしてはくれないだろう。

大野は間違っていた。ぼくは太一君が大野を追い払ってくれればとかすかな期待を抱いていただけなのだ。警察に匿名の通報を入れたのはただの思いつきだ。

ぼくはただ、運命を受け入れるための猶予が欲しいと祈り続けているだけだ。

春まで。せめて春まで、ぼくに時間をください。有紀と、もう少しだけ一緒の時間を過ごさせてください。

❄

雪を見るのに飽きてうとうとしていると携帯が鳴った。着信を確かめる必要もない。この番号は有紀しか知らないのだ。

「どうしたの？」

電話に出るなり、ぼくは訊いた。

「あのね、明日、迎えに来て」

「明日？　どうして？」

ぼくは携帯を持ち直した。

「ここ、嫌い。つまんない。ここにはオオハクチョウさんもいないし、敦史もいないんだもん」

「しばらく我慢するって約束したじゃないか。嘘ついたら針千本だぞ」

有紀の気配が遠のいていった。

「有紀？」

返事はない。携帯を耳に押し当てたまましばらく待った。諦めかけたころ、湿った声が流れてきた。

「有紀、いい子にするから針千本はやめて」

ぼくは苦笑した。針を飲まされる恐怖に有紀は耐えていたのだ。

「指切りげんまんしただろう？　嘘ついたら針千本飲ますって約束したよ」

「いや」

「いやなら我慢しなきゃ」

「それもいや」

有紀はきっぱりと言った。

「我《わ》が儘《まま》だな、有紀は」

「だって……」

「約束を守れない子は嫌いだよ」

有紀がしゃくりあげる。

「敦史に会いたいの。敦史は有紀に会いたくないの？」

「会いたいよ。でも、悪いやつがいなくなるまでは我慢しなきゃ」

「我慢、嫌い」

「じゃあ、ぼくも有紀を嫌いになるかも」

「だめ。有紀のこと嫌いになったらだめ」

有紀は声を張りあげて泣いた。その泣き声はぼくの心臓に直接響いてきた。

「敦史に会いたいの。寂しいの。寂しくて死んじゃいそうなの」

「わかったよ。針千本はゆるしてあげる」

「本当？」

有紀は泣くのをぴたりと止《や》めた。

「ああ、本当だよ」

「有紀のこと嫌いにならない？」

「うん」

「明日、迎えに来てくれる？」

「迎えには行かないけど、会いに行く。それでどこかに写真を撮りに行って、写真を撮り終わったら、有紀はまた長万部《おしやまんべ》のお家に帰るんだ。それがいやだったら、ぼくは行かない」

「……それでいいよ」

しばらく間を置いてから、有紀はぐずついた声を出した。

「すぐに出られるの？」

「朝ご飯食べたら、おじいちゃんもおばあちゃんも出かけるから、大丈夫」

「お家の住所はわかる？」

「わかんない」

ぼくは溜息を押し殺した。

「おじいちゃんの名前は?」

「五十嵐《いがらし》」

「五十嵐なんていうの?」

「えっとね……タッ君」

「五十嵐タッ君ね……おばあちゃんは?」

「初美《はつみ》ちゃん」

ぼくは名前から住所を割り出すのを諦めた。

「家のそばにはなにがある?」

「海。潮の香りっていうのがするの」

「海の他には?」

「隣のお家に白くておっきいワンちゃんがいる。ハナちゃんって言うの」

「他には?」

「うん……お向かいに酒屋さんがある」

「なんていう酒屋さん?」

「つ、ち、や」

「土屋酒店?」

「そう、それ」

「わかった。明日、行くから」

「約束だよ。指切りげんまん」

ぼくは笑った。

「有紀、針千本飲みたいの？」

「指切りやめる」

有紀の声は大人には出せないぐらい真面目《まじめ》だった。

「そうだね。指切りはやめておこう。おやすみ、有紀」

「おやすみなさい。敦史、大好き」

電話が切れた。頬の筋肉が緩んでいることに気づいた。大野のあのメッセージを聞いて以来、ぼくの顔は強張《こわば》ったままだったのだ。

❄

朝六時にチョコレートの家を出て国道五号を北上する。高速を使うルートも考えられたが、この時間なら国道を通っても時間的にそれほどの差は出ない。二時間もしないうちに軽自動車は長万部の街中を走っていた。

交番を見つけ、土屋酒店の場所を訊く。警官はその名前に心当たりがなさそうだったが、海の近くで、近所に大型犬を飼っている家があるはずだと告げると、あちこちに電話をかけてくれた。

「多分、ここだと思います」

警官は壁に貼ってあった地図の一部を指差した。大浜《おおはま》という地名が書かれている。

「土屋酒店というのは町内に二軒あるんですが、近所に大型犬がいるのはここだけだそうです」

「犬種、わかりますか？」

「さあ。白くて大きな犬だそうで」

「ありがとうございます」

大浜の土屋酒店までの道順を聞き、ぼくは丁重に頭をさげた。教えられた通り、国道から一本、海側に入った狭い道を進んでいくと、漁師町といった風情を湛《たた》えた集落が広がった。

使いこまれて変色した網やガラス玉のブイが庭先に無造作に置かれた家が並んでいる。トタンの物置は赤茶けた錆《さび》に浸食され、強烈な潮の香りが他のすべての匂いを掻き消していく。太平洋の波は荒々しくはなく、かといって穏やかでもなく、濃紺を湛えて目の前にあった。雪はやんでいたが、雨雲は低く重く垂れこめている。海と雲との間の空気が圧迫され、陰鬱な光景となってぼくの目に飛びこんでくる。

「ここで有紀を撮ろう」

ぼくは呟《つぶや》いた。狭い砂浜がどこまでも続いている。人の姿はどこにも見当たらなかった。漁師町を少し離れただけで、そこは邪魔が入らないぼくたちだけのスタジオと化してくれるだろう。

土屋酒店の看板が見えてきた。その斜向《はすむ》かいの家の庭で白というよりは砂にまみれて灰色がかった毛色の大型犬が眠りを貪っていた。

酒屋を通り過ぎてしばらく走ると、車を停めるためのスペースが見つかった。そこに車を停め、携帯で有紀に電話をかけた。

「タッ君たちは？」

「出かけたよ」

「じゃあ、外に出ておいで」

ぼくは車を停めてある場所を教えた。

「うん。すぐに行く」

電話を切り、ルームミラーに目を移した。鏡に映る赤茶けた町並みも、そこに有紀が入りこめば情景が一変する。物語が紡がれはじめるのだ。

案の定、小走りに駆けてくる有紀がルームミラーに映りこんだ瞬間、町は表情を変えた。死んだように眠っている赤茶けた小さな町を絶世の美女が駆けている無数の理由がぼくの頭の中で作りあげられていく。

「敦史、おはよう」

有紀は助手席に乗ってくるなり、ぼくの首に両腕を回してしがみついてきた。ほのかに甘い香りが鼻をくすぐる。

「会いたかったよ、敦史」

「大袈裟《おおげさ》だな、有紀は」ぼくはそれとなく有紀の抱擁から逃れた。「たった二、三日会えなかっただけじゃないか」

「大沼にいるのと長万部にいるのは違うの。大沼にいたら、会えなくても、会おうと思ったらすぐに会いに行けるもん。でも、ここにいたら、どれだけ寂しくても会いに行けないの」

「そうだね。有紀の言う通りだ」

「有紀はいつも正しいことしか言わないんだから」

有紀は拳を握った両手を腰に当て、胸を張った。白いニット帽に、パステルピンクのダウンジャケット、下半身はジーンズにムートンのブーツを履いている。布製の大きなショルダーバッグをたすきに掛けていた。

「寒いけど、大丈夫?」

ぼくは訊いた。

「なにが?」

「写真を撮るの」

「大丈夫。有紀、暑いのより寒いのが好きだから」

「ＯＫ」

朗《ほが》らかな答えに微笑《ほほえ》みながら車を発進させた。五分走ると人家はまばらになり、十分走ると道は行き止まりになっていた。その先は海と国道に挟まれた砂浜が広がっている。

「今日は海で撮るよ」

「うん」

有紀は車を降りると砂浜に駆け降りて行った。ぼくはカメラバッグと三脚を担ぎ、その後をゆっくり追いかける。陰鬱なはずの曇り空と海が有紀を中心にして輝きはじめている。

「早く、早く」

有紀が振り返り、手招きした。その後ろで波が砕けた。有紀は海さえも従わせることができるのだ。

❄

寒さで有紀の鼻の頭が赤らんできた。腕時計を覗くと、もう一時間以上写真を撮り続けていた。

「少し休憩しよう」

有紀に声をかけ、機材をバッグに放りこんだ。有紀は両手で顔を擦《こす》っている。

「しばれる」

有紀は寒いと呟き、足踏みをはじめた。

「車の中で温かいものを飲もう」

「うん」

車で土屋酒店まで戻り、自販機で缶コーヒーとミルクティを買った。有紀はぼくが渡したミルクティの缶を両手で握り締め「熱い」と言った。

「気をつけないと火傷《やけど》するよ」

「大丈夫、手袋履くもん」

有紀は白い毛糸のミトンをバッグから取りだし、両手にはめた。しばらく缶を弄び、途方に暮れたような目でぼくを見る。

「蓋、開けられないよ」

「手袋を脱げばいいじゃないか」

「面倒くさい。敦史、開けて」

甘えた声とともに缶をぼくに突きつけてくる。ぼくは苦笑しながらプルリングを引いてやった。

「大きなバッグだけど、なにが入ってるの？」

「色鉛筆とお絵描き帳」

有紀はミルクティを啜《すす》りながら答えた。

「お絵描き続けてるんだ。見てもいい？」

有紀がうなずくのを待って、ぼくはバッグに手を伸ばした。Ａ４サイズの図画帳を取りだす。最初のページを開いて息を呑んだ。

モノクロの写真かと思った。三脚にカメラをセットしているぼくが写っている。写真ではなかった。黒から白に至るあらゆる濃度のグレイが鉛筆による点描で描写されていた。細密画と呼ばれる絵だ。ぼくの写真の上に有紀がよく描くタイプの絵とは百八十度違う。

「これ、いつ書いたの？」

「一昨日《おととい》の夜」

ぼくはまた唸《うな》った。描かれた状況からして、この絵は、ぼくと有紀が出会ってすぐ、日暮山で撮影した時の情景に違いない。まだ雪が降る前の森の様子や、あの時ぼくが着ていた衣服までもが克明に描かれている。なによりも驚くのは三脚の描写だ。あの時開いた三本の脚の角度、三脚の高さ、あちこちについた傷が正確に描写されている。まるで、あの瞬間をカメラで切り取ったかのようだ。

「こういうの、すぐ頭に浮かんでくるの？」

ぼくは次のページを開いた。湖畔に片膝を突き、縦位置に構えたカメラのファインダーを覗きこんでいるぼくが描かれていた。

「うん。あのね、有紀ね、見たものは忘れないの」

「忘れないだけじゃなくて、写真みたいに描くこともできるんだね？」

有紀はうなずいた。

次のページは描きかけだった。ぼくの顔のアップ。頰が赤らんでいくのを感じた。間違いない。この前、チョコレートの家で凍えていた有紀を温めた時のぼくの顔だ。

「有紀の目はカメラと同じだ」

ぼくは言った。有紀はきょとんとした顔でぼくを見た。

「羨ましいな」

「どうして？」

「有紀が凄《すご》いから」

ぼくは図画帳を閉じ、有紀の頭を撫《な》でた。どれだけ機械としてのカメラが進歩しようと、その露出決定システムが人間の目にかなうことはない。人類は生まれながらに高性能の露出計を備えている。暗くても明るくても、コントラストが異様に高くても、人間の目はそこにある光を正確に分析し、適正露出を決めて脳に信号を送る。カメラは逆立ちしてもかなわない。

有紀はさらに、目にした情景を寸分違《たが》わず記憶する能力と、それを絵に起こす希有《けう》な才能に恵まれている。高度な記憶力を持つ人間、あるいは、細密な絵を描く能力に長《た》けた人間はいるだろうが、その両方を併せ持つ人間がどれほどいるというのだろう。

絵にしても写真にしても、ぼくは長いこと修業に励んできたが、有紀の生まれ持った才能の前ではすべてが霞《かす》んでしまうのだ。

「敦史、どうしたの？　寂しそう」

有紀がぼくの顔を覗きこんでくる。ぼくは無理矢理微笑んだ。

「有紀はほんとに凄いよ」

有紀の顔に照れ笑いが浮かんだ。なにかをごまかそうとするように図画帳を開いた。

「有紀はね、これが一番好きなの」

描きかけのぼくの顔を指差す。

「ぼく、こんな顔してる？」

「うん。敦史はいつも優しい顔。他の男の人とは違うの。だから好き」

「他の男の人はどんな顔をするんだろう？」

「いやらしい顔」

有紀は唇を尖《とが》らせた。

「そうか……でも、有紀は美人だからしょうがないよ」

「美人だとしょうがないの？　じゃあ、有紀、美人じゃなくなる」

「ぼくは有紀が美人のままの方がいいな」

有紀は腕を組み、眉間に皺《しわ》を寄せた。本気で悩んでいる。

「嘘だよ」ぼくは有紀の頬に触れた。「美人でも美人でなくても有紀は有紀だよ」

「本当？」

「本当。そろそろお腹減らない？」

「ぺこぺこ」

「なに食べよう？」

「ハンバーグがいい」

「はいはい、ハンバーグね」

ぼくは車のギアをドライブに入れ、ゆっくりアクセルを踏んだ。

❄

国道沿いのドライブインでハンバーグ定食を食べ、まだ一緒にいたいと愚図る有紀をなんとか説得して五十嵐さんの家に帰した。

大沼には戻らず、道央道に乗って車を北東に向ける。道路は空《す》いていた。三時間ほどのドライブで札幌に到着する。市街を横切り、豊平川《とよひら》沿いに倉庫が並び建つエリアで車を停めた。

　義父の輸入雑貨の会社がここの倉庫を一軒借りている。義父は会社を大きくすることに躍起になっていた。今は雑貨が商いの中心だが、いずれ、外国の加工食品を仕入れ、それを札幌や小樽《おたる》のレストランに卸すようになりたいと語っていた。だから、倉庫には業務用の立派な冷凍庫が据え付けられている。中にはフランス産のフォワグラやスペイン産のイベリコ豚が入る予定だった。

　キィホルダーから倉庫の鍵を選び出し、中に入った。湿った埃っぽい空気がまとわりついてくる。

　壁のスイッチをオンにすると、蛍光灯の明かりが宙に舞う埃を浮かびあがらせた。あちこちに置かれた雑貨や段ボールが埃に埋もれた自分の運命を呪っているかのようだった。足を踏みだすたびに、床から新たな埃が舞いあがった。

　冷凍庫は倉庫の一番奥で静かに稼働していた。ステンレスのボディが鈍く光っている。ぼくはドアを開けた。

　胎児のように身体を丸めた義父が凍りついている。皮膚や衣服には霜が張り付き、腹部から流れでた血がシャーベットのようになっていた。

「ちゃんと死んでるね」

冷凍庫からの冷気に首をすくめながらぼくは死体に語りかけた。

「やばいところに借金してるなら、ちゃんと教えてくれなきゃ困るよ」

義父は答えない。白く凍った空気が立ちのぼるだけだった。

ぼくはドアを閉めた。冷凍庫に背を向け、撮影に使えそうな小物がないか物色する。なにもなかった。空虚で味気ない雑貨が転がっているだけだ。義父は海外の雑貨を愛していたわけではない。考えているのは常にマーケティング。女性はどんなものを可愛《かわい》いとか素敵だと感じるのか、どんなものに喜んで財布を開くのか。そんなことばかりを考えていた。そんな義父が集めたものにろくなものがあるはずもない。

義父は毎年、一年分の家賃を前払いしてこの倉庫を借りていた。賃貸の期限が切れるのは来年の三月。大家は新しい家賃を催促し、義父と連絡が取れないことを悟ると倉庫を開けるだろう。

そして、死体を見つける。

ぼくには春までしか時間が残されていない。雪の季節を思う存分撮り、有紀をモデルにした傑作をものにしたい。有紀と濃密な時を過ごすのだ。

時間はまだあるはずだった。

足跡のついた床を掃除し、手で触れた所をすべて綺麗《きれい》にして倉庫を後にした。

札幌に来ると気分が重くなる。義父の死体があるからじゃない。母のことを思いだすからだ。

母は愛情の薄い人だった。彼女の持つなけなしの愛情のほとんどは自分自身に向けられていた。男と付き合うのも友人知人を選ぶのも、すべて打算で成り立っていた。

そんな母が結婚をしたのは、だから愛情ゆえにではなく、相手が金を持っていたからだ。

ぼくの父がそうだったし、義父もそうだった。

子供など欲しくなかったに違いない。それでもぼくを産んだのは父が望んだからだった。父は一緒に暮らしはじめて数ヶ月で母の本質を見抜いたらしい。愛情は父から母への一方通行だった。母が愛していたのは父の資産だった。

このままでは遅かれ早かれ結婚生活は破綻する。そう考えた父は、子供を作ろうと決意した。子供ができれば母も変わるに違いない。母性愛が事態を好転させてくれるに違いない。父はそう思ったのだ。

もちろん、父は間違えていた。もともと浅はかな人だから、母と結婚するという過ちを犯したのだ。

母は父の望み通りぼくを産んだ。だが、育児は放棄した。産んだ直後は出産前の体型を取り戻すべく汗を流し、体型を取り戻したら、買い物に勤《いそ》しんだ。母はぼくに母乳を与えることすら拒んだらしい。その理由は乳房が垂れるのがいやだからというものだった。

全部、父方の祖父から聞いた。父はしっかりと母を憎み、呪っていた。

ぼくの生まれ育った家では、父の憎しみとそれに対する母の怒りが争っていた。怒鳴り声が絶えることはなく、空気は荒《すさ》み、微笑みも凍りついていた。

普通の家庭とはおおよそ違うのだろうが、それでもぼくには居心地のいい家庭だった。母に対する憎しみの反動で、父がぼくに有り余る愛情を注いでくれたからだ。

母がぼくに無関心でも冷たくても気にはならなかった。生まれた時からそうだったのだから、ぼくにとって母とはそういう存在だった。

母はぼくを無視し、ぼくも母を無視した。

父が死ぬまでは。

4

支笏《しこつ》湖と洞爺《とうや》湖でそれぞれ車中泊をし、山と湖を絡めた写真を数枚撮った。別にそれでなにをしようというわけではない。大沼と駒ヶ岳で凝り固まった脳味噌《のうみそ》をほぐしたかったのだ。

駒ヶ岳を美しく撮るならこの位置からこの時間にといったマニュアルのようなものがぼくの頭の中で組み立てられている。だが本当にそうなのだろうか？　もっと美しい駒ヶ岳が、もっと美しい大沼があるのではないか。それを確認するためにも、別の湖と別の山が必要だった。

洞爺湖で最後の撮影を終え、コンビニで買ったお握りをお茶で胃に流しこむと、ぼくは一般道を通ってゆっくり大沼に向かった。

雪はやんでいたが雨雲はまだ空にへばりついていた。首をすくめたくなるほど空が低いが、西の空では青空が少しだけ顔を覗かせていた。

大沼も小沼も、もちろん蓴菜《じゅんさい》沼も凍りついていた。ワカサギを狙う釣り人たちが分厚い氷に穴を開けて糸を垂れている。

義父の別荘にも、チョコレートの家にも立ち寄らず、駐在所の前に軽自動車を停めた。矢沢さんがお茶を啜っている。

「あれま、三浦君。ここ二、三日姿が見えなかったけど」

「相変わらず写真を撮るために野宿です」

「いい若いもんが山に何日も籠もって写真ばっか撮ってるなんて、いい身分でないかい」

ぼくは取りあえず頭を掻いて見せた。

「矢沢さん、太一君の容態はどうですか?」

「昨日、函館の病院に転院したさ」

「転院? 意識が戻ったんですか?」

矢沢さんは首を振った。

「このまま植物状態になる可能性が大きいみたいでね。杉下さんの奥さん、病院でわんわん泣いて、まあ、あずましくなかったなあ」

「犯人は?」

「それがねえ」矢沢さんは制帽を脱ぎ、乱れた髪を手ぐしで整えた。「匿名の通報があったんだわ。プリンスホテルに泊まってるある男が太一を警棒みたいなので殴るのを見たって。太一の頭の怪我《けが》からして、警棒で殴られたってのはあり得るんだと。それで、プリンスホテルを当たってみたんだが、その男チェックアウトした後でねえ」

「ホテルに泊まる時って、名前と住所書かされるじゃないですか」

「でたらめだったらしいよ。支払いもカードじゃなくて現金だと。通報にあった車のナンバーも盗難車のものらしくてね」

「手がかりはなんにもないんですか?」

「本署の方から刑事が来て、この辺りいろいろ訊いて回ったみたいだけどね、収穫はゼロ」

「そうですか……」

「まあ、そんなにしょげないで。時間はかかっても、必ず犯人は捕まるから。ね」

「ありがとうございます」

　ぼくは頭をさげ、駐在所を後にした。駅前から伸びる道路はアイスバーンと化していた。除雪した雪が積み上げられた歩道はすれ違うのもやっとなぐらいに狭められ、陰鬱な顔をした人々が行き交っている。

　どうして人は冬を嫌うのだろう。ぼくは子供のころから四季の中で冬が一番好きだった。凛《りん》とした冷気が好きだ。馬鹿らしいほどに透き通った青空も好きだ。雪も好きだ。新雪の上に倒れこむのがなによりも好きだ。雪は無垢《むく》の象徴だった。春から秋にかけて薄汚れた大地を雪が浄化してくれる。

　なのに、北の大地に暮らす人たちは雪が降りはじめると顔をしかめる。俯《うつむ》いて歩くようになる。

　冬の美しさを描きたかった。美しい冬を写真で切り取りたかった。絵は挫折したが、ぼくの絵を見た人に「冬は綺麗だよね」と言ってもらいたかった。今ではぼくの写真を見る人に「雪のある景色って本当に美しい」と思ってもらいたいのだ。

凍《い》てつく寒さだけが生みだせる美を自分のものにしたかった。冬に愛《め》でられたかった。ぼくは車を東へ向けた。しばらく走り、大沼を取り巻く樹木が途切れた場所で車を降りた。夏はキャンプ場として賑《にぎ》わう場所だが、今は人っ子一人いない。新雪のところどころにキタキツネの足跡が刻まれているだけだった。

新雪の上に仰《あお》向《む》けに倒れこんだ。衝撃で舞った雪が顔に降りかかってくる。その冷たささえ心地よかった。雪に覆われた大地と、低い雲が垂れこめた空にサンドイッチにされている。静かに目を閉じ、深呼吸を繰り返した。

ここに有紀がいればいいのに——そう思い、目を開け、ぼくは上体を起こした。駒ヶ岳から吹きつけてくる北風が嘲笑うようにうなじを嬲《なぶ》っていった。

❄

天気図の等圧線を凝視する。夜の間に豪雪をもたらした低気圧が太平洋に抜けていくのがわかる。明け方近くまで低気圧の名残の雲は空に残っているはずだった。

ぼくは義父の別荘に戻り、キャンプのための荷造りをはじめた。テントにシュラフ、携帯コンロ、コッヘル。カップ麺を詰めこみ、チェーンを巻いておいた軽自動車に積んだ。

大沼の南にある城岱《しろたい》牧場から、七飯《なな》岳《え》の山頂に向かう登山道に乗り入れた。七飯岳は八百メートルほどの小さな山だ。積雪がひどくなければ山頂のそばまで車で登ることができる。しかし、この時期にそれを期待するのはなにも知らずにやって来た観光客ぐらいのものだろう。

登山道は除雪などまったくされておらず、ぼくの軽自動車は百メートルも進まないうちに停止を余儀なくされた。車を降り、リュックとカメラバッグを担ぎ、坂道を登りはじめた。三十キロ近い重量が肩に食いこんでくる。五十センチは優に積もった雪を脚で掻き分けるたびに息が荒れた。

しかし、焦ることはない。明け方までに頂上に辿《たど》り着けばいいのだ。

登っては休み、休んでは登り、喉が渇けば雪を食べ、脚が動かなくなるとコッヘルに雪を詰め、携帯コンロで湯を沸かして蜂蜜《はちみつ》をたっぷり溶かした紅茶を淹れ、チョコレートを頬張った。

山頂に辿り着いたのは午前二時。約七時間かけて登りきった計算だった。くたびれきっていたが山頂に吹く風は強く、冷たかった。ただそこにいたのではいたずらに体温を奪われるだけだ。

風に抗《あらが》いながらテントを立て、シュラフを広げた。飢餓感はあったが、それが限界だった。二時間後にアラームが鳴るよう携帯をセットし、シュラフに潜りこんで目を閉じた。眠りはすぐにやって来た。

❄

西の空では星が瞬《またた》いていたが、東の半分にはまだ雲が残っていた。駒ヶ岳が雲海から頭だけを覗かせている。風は幾分弱まっていたが、時折突風が吹きつけてきてカメラを載せた三脚を揺らした。

時刻は五時半。ぼくはカップ麺を啜りながら東の空の様子を観察した。雲がジェット機のような速さで流れていた。カップ麺を食べ終えるとカメラとコードで繋《つな》いだレリーズボタンを押した。三十秒ほどの露光時間で駒ヶ岳と流れる雲を撮像素子に焼きつけるのだ。

カメラは昼を夜に変えることも、その逆もできる。だからといって、闇雲に極端な露出補正を施しても、写すことのできるのは稚拙な画像だけだ。細心の注意を払い、かすかな光に神経を研ぎ澄まし、露出を決定する必要がある。

黒く塗り潰されていた東の空が少しずつ白みはじめていた。白から黒へ、なだらかに続くグラデーションが夜空に新しい表情を与えていた。もうすぐ夜明けがやって来る。

東の空の下の方が赤みを帯びてきた。かすかな、ともすれば闇にすぐに同化してしまいそうな淡い赤い光が少しずつ膨らんでいく。

ぼくはレリーズボタンを押した。カメラが露光している間に、光は刻々と変化していく。赤の縁にオレンジが生じ、オレンジの縁に黄色い光が生まれる。闇はじたばたしながら後退し、駒ヶ岳と雲海の輪郭が浮きあがってくる。

無機質な音を立ててシャッター幕が閉じた。ぼくは続けざまにレリーズボタンを押した。

朝日が駒ヶ岳と雲海を染めはじめると、カメラの設定を変え、露光時間を短くした。長時間露光では滑らかな絹のように描写されていた雲が、速いシャッタースピードではくっきりと写しだされる。東と西とで茜《あかね》色と濃い群青に染め分けられた駒ヶ岳と雲海が世界にその存在を誇示している。

魔法の時間はあっという間に終わりを告げた。朝日が昇りきるとあでやかな対比は失われ、駒ヶ岳は平穏を身にまとった。

カメラを三脚から外し、広角レンズを装着する。少しさがった位置からファインダーを覗いてみた。レンズが切り取る駒ヶ岳と雲海を、頭の中でつい数分前までの姿に重ね合わせ、架空の有紀を七飯岳の山頂に立たせてみる。

東側だけを茜に染めた駒ヶ岳と穏やかに微笑む有紀の姿がリアルに浮かびあがる。ここでも有紀の写真を撮ろう――ぼくはそう決めた。美しい光景に出くわすたびに、そこに有紀を立たせたくなる。

ぼくは有紀に中毒している。有紀のいる景色を撮りたくなる。

時間がない、時間がない――機材を片付けている間中、ぼくは壊れたレコードのように同じ言葉を繰り返した。

時間がない、ぼくには時間がない――呟きながらテントに潜りこみ、シュラフで身体をくるんだ。

時間がない、時間がない――三時間後にアラームが鳴るように携帯を設定し直し、目を閉じた。風の音が子守歌になって、ぼくは即座に眠りの底に落ちていった。

5

山をおりるのは登るのよりきつかった。足の筋肉が震え、膝の関節が痛みを訴えた。痛みは無視することができる――ぼくはずいぶん前にそのことを覚えた。だが、筋肉の痙攣《けいれん》はどうにもならなかった。

結局、軽自動車を停めたところに辿り着いた時には精も根も尽きていた。

エンジンをかけた軽自動車の中で休息を取り、筋肉の痙攣がおさまったところで出発した。温かい食事と布団が恋しかった。管理人がすでに出勤しているはずのチョコレートの家がある別荘地には立ち寄らず、義父の別荘に車をつけた。

カメラ機材は車に載せたまま家に入る。長い間暖房が切られたままの家は氷のように冷え切っていた。簡易型の灯油ストーブに火を入れ、ヤカンを上に置く。しばらくストーブの前を動かずに暖を取った。ストーブに向かっている顔や手はすぐに火照《ほて》りはじめたが、身体の芯まで温まるには時間がかかった。

冷凍しておいた白米をレンジで温め、ストーブの上のヤカンでお茶を淹れる。冷蔵庫の中のものはほとんど傷《いた》んでいた。梅干しをほぐして白米に載せ、その上からお茶を回しかけた。舌が焼けそうなお茶漬けを息継ぎも忘れてかきこむ。食べ終えるころには額に汗が滲んでいた。

風呂を沸かし、湯に浸かり、ベッドに横たわる。日が暮れたころに目が覚めると疲れは消えていた。

明かりを点けるのが怖かった。大野が密《ひそ》かに舞い戻り、この家を見張っていたら――そう考えるだけで身がすくむ。手探りで窓辺に近づき、外の様子をうかがった。星明かりを受けた雪が淡く輝いているだけで、暗闇が辺りを覆い隠している。どこかに大野が潜んでいたとしても確認のしようがなかった。

「馬鹿だな、おまえは」

ぼくは自分を罵った。大野がこの家を見張っているならとっくの昔に軽自動車に気がついているはずだ。ぼくがこの家に戻っているのを知ったなら、あの男が黙っているはずがない。

明かりを点けた。瞬《まばた》きを繰り返して明るさに目を慣れさせる。胃が鳴った。空腹だったが、食べるものはなにもない。外に出かけるのも億劫《おっくう》だった。

カメラ機材を車から運ぶために外へ出た。肌を切るような寒さが襲いかかってくる。空には満天の星。すでに放射冷却がはじまって、昼の間に蓄えられていたわずかな熱が凄《すさ》まじい勢いで奪い取られている。明日、早朝の気温はマイナス十度を大きく下回るだろう。この冬一番の寒気がやって来たのだ。

大慌てで機材を家に運び入れ、ドアを閉めると溜息が漏れた。せっかく温まっていた身体がすっかり冷えていた。

パソコンの電源を入れ、カメラと繋いで画像を取りこむ。そのまま、駒ヶ岳と雲海の写真の現像とレタッチに取りかかった。なにかに熱中すれば空腹は忘れることができる。マウスのクリック音とキーボードを叩く音しか聞こえなかった。風もなく、木々のざわめきも起こらない。

しばらくすると、そんな冷え切った静寂の中を近づいてくる車のエンジン音に気づいた。

「末岡さんだよ、きっと」

声に出して言ってみた。だが、車は末岡さんの家を通り過ぎ、さらに近づいてくる。

ぼくは席を立った。明かりを消し、そのまま壁に背中を押しつける。脈がどんどん速くなっていくのを感じる。感覚が研ぎ澄まされ、ストーブの熱を孕んだ空気が頬の皮膚を撫でていくのさえ感じる。

カーテンの隙間から車のヘッドライトが見えた。車がこの家の前で停止するのをはっきりと感じた。生唾を何度も呑みこんだ。車のドアが開く音。だれかが雪を踏みしめる乾いた音。再びドアを閉める音。すべてが実際より大きく、重々しく聞こえた。

インタフォンが鳴った。ぼくは壁に背中を押しつけたまま動けなかった。

「おかしいな」

しばらくするとインタフォンを押した人物の声が聞こえてきた。

「ついさっきまで明かりが点いていたのに」

水島邦衛の声だった。呪縛が解けた。ぼくは明かりのスイッチを入れ、インタフォンに応じた。

「はい?」

「ああ、いたのか、三浦君。水島だが」

「どうしたんですか?」

「有紀がね、君を食事に誘おうと言いだして——」

「有紀ちゃん?　長万部《おしゃまんべ》から戻ってきたんですか?」

「ああ、今日引き取ってきたんだ」

「ちょっと待っててください」

ぼくは玄関に向かい、ドアを開けた。水島邦衛はコートの襟を立て寒さに首をすくめていた。

「有紀が、どうしても君に会いたいと言ってきかなくてね。ありきたりのシチューなんだが食べに来ないかね？」

「どうして有紀ちゃんを？」

「大沼に帰ると駄々を捏《こ》ねて、預かってもらっていた人に迷惑をかけたんだ。それで仕方なく……」

「わかりました。着替えてから行きます。寒いですから、先に――」

「おお、それはよかった。食材を買った帰りに寄ってみたんだ。じゃあ――」水島邦衛は腕時計に視線を走らせた。「晩餐《ばんさん》は八時からということにしよう。慌てず、ゆっくり支度をするといい」

「はい。後ほどお伺いします」

ぼくは頭をさげた。

❄

七時四十五分に水島邸のインタフォンを押した。

「入ってきて」

有紀の歓声に似た声がスピーカーから流れてくる。ぼくは手袋をはめた手で門扉を押し開けた。

セーター姿にブーツを履いただけの有紀が外に飛びでてくる。

「敦史！」

飛びついてくる有紀をぼくはしっかりと抱きとめた。

「約束を破ったね」

笑顔の有紀に厳しい表情を向ける。有紀の笑顔が凍りついた。

「だって……有紀、寂しかったんだもん」

「早くあがりなさい。せっかくの暖気が逃げてしまう」

リビングから水島邦衛の声がした。有紀を叱るきっかけを失ってしまった。邸内の空気はほどよく暖まっている。ぼくは有紀に手を引かれ、廊下を進んだ。

「やあ、いらっしゃい」

エプロン姿の水島邦衛が手を振った。キッチンにではなく薪《まき》ストーブの前に立っている。ストーブの上には琺瑯《ほうろう》の鍋が置かれ、中身がことことと煮えていた。

「お邪魔します」

ぼくは有紀の手を振りほどき、頭をさげた。

「すまないが、有紀を手伝ってやってくれんかね？」

「なにを？」

「サラダ作るの。それから、パンを切るの」

有紀がキッチンに駆けていく。千切ったレタスが入ったステンレスのボウルがあり、まな板の上にはトマトが置かれている。

「有紀が野菜切るから、敦史はドレッシング作って」

有紀は包丁を握った。

「野菜を切るのはだれにでもできるぞ、有紀。ドレッシングを作らなきゃ」

「ちゃんと切ってあげないとトマトが可哀相《かわいそう》なの。だから、有紀は忙しいの」

ぼくは水島邦衛と目を合わせた。水島邦衛は苦笑している。

「有紀の嫌いなドレッシングは？」

「胡麻《ごま》ドレッシング」

「わかった」

「冷蔵庫の中のものも食器も、遠慮せずに必要なものを使いなさい」

水島邦衛の言葉にうなずき、ぼくは有紀に訊いた。

「調味料はどこにあるの？」

「そこ」

有紀は左上の棚を指差した。引き戸を開けると、オリーブオイルやビネガーの瓶が几《き》帳面《ちょうめん》に並んでいた。スモールサイズのボウルにオリーブオイルと白ワインビネガーを合わせ、胡椒《こしょう》をふった。冷蔵庫を開けると紙パック入りのマンゴージュースを見つけた。味見しながらジュースを足し、最後に蜂蜜と塩を少々加えてドレッシングは完成した。

有紀はまだトマトと格闘している。

「サラダはレタスとトマトだけ？」

有紀はうなずいた。

「それじゃ寂しすぎない？」

「いいの。有紀が作るサラダはレタスとトマトだけなの」

水島邦衛が鍋を掻き回しながらうなずいていた。

「今夜は有紀のサラダじゃなくて、有紀とぼくのサラダだから他のものも入れようよ」

「敦史がやるんだったらいいよ」

「わかりました、お姫様」

ぼくは冷蔵庫の野菜室とチルド室をあらためた。ベーコンと黄パプリカを取りだし、有紀のとは別のまな板の上でパプリカを薄くスライスし、短冊状に切ったベーコンをフライパンでカリカリになるまで炒《いた》めた。

「手慣れてるね」

「ほとんど自炊ですから。野菜に火を通すのは時間がかかりますけどサラダなら簡単だからいろんなバリエーションで作ります」

「わたしが君の年ごろには、野菜なんてどうでもよかったな。とにかく、肉、肉、肉だ」

「今日はラム肉のシチューですか？」

「ああ。国産のラムが手に入ったんだ。自分で言うのもなんだが、美味《おい》しいよ」

「楽しみです」

ぼくは微笑み、水島邦衛も穏やかな笑いを浮かべていた。有紀はハミングしながらトマトを切っている。なにも知らない人間が見れば、幸福な光景なのだろう。だが、水島邦衛は有紀がぼくの手を握ってリビングに入ってくると頬をひくつかせた。ぼくがわざと有紀を呼び捨てにすると眉を顰《ひそ》めた。

「地下室にワインを保管してるんだが、悪いがワインを取ってきてくれないかね？」

「ぼくはワインのことなんてわかりませんよ」

「赤ワインか白ワインかぐらいはわかるだろう。適当に白ワインを選んで持ってきてくれればいいよ」

「もの凄く高いのを選んでしまうかもしれませんよ」

水島邦衛は寂しそうに笑った。

「君に任せて後悔するような高級なワインは置いてないんだ」

なんと答えていいかわからなかった。口を開くかわりに軽く頭をさげ、ぼくは地下へ向かった。階段を降りた突き当たりにドアがあり、その先には畳八畳ほどの空間が広がっていた。冬とは思えないほど湿度が高く、空気は適度に冷えている。空間のほとんどを占めているのは画材道具だった。右手の壁に申し訳程度に作られた棚があり、二十本ほどのワインが横たえられている。一番手前にあった白ワインを引き抜き、そっと抱えた。踵《きびす》を返そうとして、デッサンに気づいた。イーゼルに立てかけられ、上から布がかけられていたが、それが半分めくれている。

ぼくは布を取り去った。ディテイルに幾分の違いはあるが、ぼくが最初に撮った有紀の写真をそっくりそのまま描き写したデッサンだ。ぼくは食い入るようにデッサンを見つめた。

水島邦衛の描く線は全盛期の力強さと繊細さを取り戻していた。鬼気迫る表情でこのデッサンを描く水島邦衛の姿をありありと思い浮かべることができる。ぼくの写真を見た時の、彼の驚愕《きようがく》の表情をつい先ほどのことのように思いだすことができる。

彼は盗作も辞さぬ覚悟でこのデッサンを描いたのだ。

「本当にどのワインでもかまわんのだよ」

階上から声が響いた。ぼくは布をデッサンに丁寧にかけ、地下室をあとにした。

6

ラムシチューは絶品だった。ラム肉は口の中で繊維がばらけ、溶けていく。スパイスがほどよく利き、野菜もスープの旨味《うまみ》をほどよく含んで舌に心地よい。ラム肉独特の香りも食欲を増進させるだけだった。

サラダの評判もよかった。水島邦衛はマンゴージュースを使ったドレッシングを絶賛し、ベーコンの焼き加減を褒め称《たた》え、そのたびに白ワインを飲んだ。頬が赤くなればなるほど水島邦衛は饒舌《じょうぜつ》になっていく。

有紀はいち早く空腹を満たすと、図画帳と首っ引きになってなにかを描きはじめた。なにを描いているのか覗こうとすると図画帳を閉じ、ぼくの不作法をたしなめる。

「有紀ちゃん、細密画を描くんですか？」

ぼくは水島邦衛に水を向けた。

「うん？」

「ほら」ぼくはまた絵を描きはじめた有紀を指差した。「これ、普通の絵の描き方じゃない」

「ああ、有紀は点描が好きなんだ。目で見たものはなんでも精密に描くことができる。

絵と言うよりはまるで写真そのものだ」

「へえ。見てみたいな」

「だめ。これはまだ途中だもん」

「今描いてるやつじゃなくていいよ。前に描いたやつ、見せてよ」

有紀は絵を描く手をとめ、溜息を漏らした。

「有紀はお絵描きで忙しいのに、敦史は我が儘ねえ」

「ごめんよ」

「ちょっと待ってて」

有紀は図画帳を閉じ、リビングを出て行った。

「最近、口振りがませてきた」

有紀の背中を目で追いながら水島邦衛が嘆息した。

「ゆっくりとでも、心が成長しているっていう証拠じゃないですか」

水島邦衛は肩をすくめた。

「食事はどうだったかね？」

「美味しかったです。ワイン、本当にこれでよかったんですか？」

「ああ。ベストチョイスだったよ」

ぼくはボトルに手を伸ばし、水島邦衛のグラスにワインを注ぎ足した。

「冷蔵庫に函館で買ってきたチーズケーキが入っている。これを飲み干したら、それを食べよう」

「ぼくが支度します」

ぼくは席を立った。冷蔵庫の中のケーキはすでに切り分けられており、あとは皿に載せるだけだった。薪ストーブの上のケトルは静かに湯気を立てている。コーヒーを淹れる準備をしていると有紀が戻ってきた。

「はい」

有紀はよく使い込まれた図画帳をぼくに差しだした。食卓に戻り、ぼくはそれを開く。最初のページに描かれているのはつがいのオオハクチョウだった。一羽は翼を広げ、もう一羽は水面を見つめている。その二羽の姿が湖面に映りこみ、さざ波とともに揺らめいている。

「五十ミリ、絞り開放、シャッタースピードは百分の一秒」

ぼくは呟いた。

「今、なんと言ったかね？」

水島邦衛が身を乗りだしてきた。

「いえ、なんでもありません」

「いや、絞りがどうのとか言っただろう。詳しく聞かせてくれないか」

ぼくはうなずいた。有紀は絵を描き続けている。

「さっき、先生は写真のようだとおっしゃいましたね」

「ああ」

「本当に写真みたいです。有紀ちゃんの目はカメラと同じだ。これは焦点距離五十ミリの明るいレンズで絞り開放、シャッタースピード百分の一秒で撮った写真と同じです」

「見ただけで、レンズの種類やシャッターの速さがわかるものなのかね？」

「おおよそですけれど……五十ミリレンズは、人間の目に近いと言われてるんです。だから——」

ぼくは図画帳をテーブルに置き、オオハクチョウの背景を指差した。

「徐々に色が薄くなって、やがて白に同化していきますね。この描写が、写真で言うところのボケ味になってるんです。レンズには絞りという機能があって、その数値によってボケ味が変わってくる」

「有紀の描いたそれが絞り開放というやつのボケ味だというのか？」

「ええ、そんな雰囲気です」

「シャッタースピードはこの湖面の揺らぎからかね？」

「そうです」

「じゃあ、次のページは？」

水島邦衛がページをめくった。白鳥台セバットからの小沼の景色が描かれていた。餌を求めてセバットに群がる鳥たち、その向こうに広がる小沼と曇り空。白と黒の陰影だけで描写されたその情景は本当にモノクロ写真と変わらない。

「三十五ミリ、絞りは十一、シャッタースピードは五百分の一秒」

「これを描く有紀も凄いが、君もたいしたものだ。写真をする人間はみんな、君みたいに即座に数値を叩きだせるのかね？」

「さあ。訊いてみたことがないのでわかりません」

水島邦衛は絵に視線を落とした。

「これは五十ミリじゃないのかね？」

「ええ。五十ミリにしては画角が若干広い。三十五ミリ相当です」

「有紀はその時その時に応じて視界の幅を変えられるのかな？」

「想像力で補ってるんじゃないでしょうか」

ぼくは図画帳をぱらぱらとめくった。北東にあるキャンプ場から大沼を眺めた絵で手を止めた。

「これなんかは、超広角と呼ばれるレンズで撮ったような絵です。十六ミリかな……」

「有紀、おまえの目には本当にこんな風に見えるのか？」

有紀は絵を描くのを中断し、ぼくたちが話題にしている絵にちらりと視線を走らせた。

「うん」

「人間カメラか……」

「目だけじゃないですよ。有紀ちゃんはおそろしく記憶力がいい」

ぼくは言った。水島邦衛は瞬きを繰り返した。

「どういうことかね？」

「どの絵も、その場にいて景色を見ながら描いたものじゃないと思うんですけど」

点描でこれだけの絵を描くとなれば、一時間や二時間で済む話ではない。画用紙にこつこつと点を打ち、切り取った瞬間を再現していくのだ。一枚を仕上げるのに二、三日は平気でかかるだろう。

「そうだろうな」

水島邦衛は呆《ほう》けたように呟いた。

「有紀ちゃんは自分の目で見て、絵に描こうと思ったシーンを細部まではっきりと記憶してるんです。そうじゃなかったら、こんな絵は描けない」

「確かに、そうだな。迂闊《うかつ》だったよ。今までそんなわかりきったことにも気づかなかった」

「有紀ちゃんは特別なんです」

「そうだな」

ぼくと水島邦衛は申し合わせたように有紀に視線を向けた。有紀は眉間に皺を寄せ、一心不乱に画用紙に点を振っていた。

❄

チーズケーキは甘みも酸味もほどよく抑えられ、コーヒーによくあった。水島邦衛は葉巻をくゆらし、ブランディを啜った。ブランディはぼくも勧められたが断った。かわりに有紀と一緒に氷を入れたペリエを飲んだ。

ブランディが加わると、水島邦衛の饒舌に拍車がかかった。絵画を語り、芸術を語り、大沼の自然を語り、よろめきながらトイレに立ち、そのまま戻ってこなかった。

「伯父さん、大丈夫かな？」

ぼくは有紀に訊いた。有紀は水島邦衛が話している間、ずっと絵を描いていた。しかし、さすがに眠そうだった。

「大丈夫。自分の部屋で寝てる。朝まで起きないよ」

「そうか。じゃあ、ぼくもそろそろ帰らなきゃ」

腕時計を見ると、すでに午後十一時を回っていた。

「有紀も寝る。敦史、抱っこして部屋に連れてって」

「自分で行けるだろう？」

「敦史に抱っこしてもらうのがいい」

　ぼくは苦笑した。有紀を抱えあげる。有紀はぼくの首に両腕を回し、ぼくの頬に自分の頬を押しつけてきた。水島邦衛がまだ起きていたらすべてを忘れて激怒していただろう。

　足音を殺して階段をあがり、部屋の前で有紀をおろした。

「寝る前に歯を磨いてオシッコしてこなくちゃ」

「うん」

　有紀は廊下の突き当たりのバスルームに入っていく。ぼくは水島邦衛がアトリエに使っている部屋のドアに背中を押しつけ、ノブを握った。

「ちゃんと磨くんだよ」

「うん」

　有紀の返事とともに水の流れる音がしはじめる。ぼくはドアを開けた。明かりを点け、部屋の中央に進む。

　予想通り、イーゼルに描きかけの絵が立てられていた。地下室にあったデッサンを元にした絵だ。全体の構図に多少の手を加え、ディテイルに変更を加えてはいる。だが、間違いなくこの絵はぼくの写真の盗作だった。

　いつの間にか両手で拳を握っていた。全身が小刻みに震えている。噛んだ唇が破れ、舌に血の味が広がっていた。

どれぐらい絵を睨んでいたのだろう。背後に人の気配を感じて振り返った。有紀が怯《おび》えた目でぼくと絵を見ていた。

「それ、敦史のお写真だよ」

ぼくはうなずいた。

「敦史、伯父《おじ》様に絵を描いていいって言ったの?」

ぼくは首を振った。

「伯父様、悪いことしてるの?」

ぼくは黙って有紀を見つめた。有紀が後退《あとずさ》った。

「有紀」

ぼくは手を伸ばした。水島邦衛はぼくの大事な作品を盗もうとしている。なら、彼の大事なものを奪っても文句は言われないはずだ。

有紀の手首を摑み、引き寄せた。

「敦史?」

有紀の唇をぼくの唇で塞ぐ。背中に回した両腕に力をこめる。

「大好きだよ、有紀」

有紀の耳元で囁《ささや》く。

「有紀も好き」

有紀がぼくにしがみついてくる。ぼくはまた彼女の口を吸った。唇を割り、舌を押しこんだ。彼女の舌がぼくの舌に絡みついてくる。彼女の唾液を啜り、彼女の尻に手を回した。

有紀が抗った。ゆるしはしなかった。有紀を抱きしめ、尻に左手を這わせた。

「いや」

小さな声で有紀が言った。

「どうして？　ぼくのことが好きなんだろう？」

有紀が首を振る。

「怖いよ」

その声を聞いた途端、力が抜けていった。ぼくは有紀から離れ、アトリエを出た。階段を降り、まっすぐ玄関に向かう。

「敦史」

有紀が追ってくる。ぼくは振り返らなかった。

「待って、敦史」

ぼくは黙ってスノーブーツを履く。

「敦史」

有紀が背中に抱きついてくる。

「怒ってるの、敦史？」

ぼくは首を振る。ぼくが怒っているのは水島邦衛と自分自身にだった。

「行かないで」

有紀の口調は大人びていた。

「おやすみ、有紀」

ぼくは振り返り、有紀の頰に優しいキスをした。

「敦史、大好き。だから、怒らないで」

「怒ってないよ」

ぼくは有紀の手を握り、離し、背を向けた。

7

大沼をぐるりと囲む道道を軽自動車で周回した。腹の奥に熱い塊が居座って血を沸騰させている。氷点下の気温の中、窓を開けて車を走らせてもぼくの身体は火照り続けていた。

水島邦衛への怒りのためなのか、それとも有紀の尻の感触のせいなのか。熱の塊の原因は両者で、多分、前者の比重が大きかった。

　このままでは凍傷になる——理性が叫びはじめ、ぼくはようやく車を停めた。大岩園《おおいわえん》地《ち》のそばだった。大沼の北にあって、竜の頭を逆さまにしたような陸地が湖に突きでている場所だ。

　車を降り、湖畔に立った。つい一月ほど前は、晴れた夜には月と星を湛えていた湖面もすっかり凍りつき、氷の上に積もった雪が強い風に煽《あお》られて、無数のささくれのようになって湖面に斑《まだら》模様を作っていた。見上げれば雲ひとつない星月夜だ。

　ぼくはチョコレートの家の持ち主を嗤《わら》った。一歩外に出れば、星空を楽しむことができる。それなのに高い金を払い、屋根を総ガラス張りにして暖かい安楽な場所から星空を見上げようという了見は歪《いびつ》だ。寒さに耐えてこその景観ではないのか。文明に背を向け、自然と対峙《たいじ》するからこそ手に入れられる快楽ではないのだろうか。

　ぼくは車に戻った。熱い塊は消えていた。エンジンをかけ、ヒーターを最大にする。身体が温まったところで、再び水島邸に舞い戻った。

　明かりは消えていたが、玄関に鍵はかかっていなかった。気配を殺してあがりこみ、暗闇の中を手探りで進んだ。

　激しい鼾《いびき》が聞こえる。水島邦衛はあのまま眠り続けているようだった。二階にあがり、有紀の部屋をそっとノックした。返事はない。静かにドアを開け、明かりを点けてまたドアを閉める。

有紀は眠っていた。

「有紀」

声をかけても規則正しい寝息のリズムが乱れることはない。ぼくは指先で有紀の頬に触れた。リズムが乱れた。

「有紀。起きて」

有紀の瞼《まぶた》が痙攣《けいれん》した。

「有紀……早く」

有紀の目が開いた。虚《うつ》ろな瞳が次第に意志を孕んでいく。

「……敦史？」

ぼくは人差し指を自分の唇に押し当てた。

「静かに。写真を撮りに行こう」

「今から？」

「夜じゃなきゃ撮れない写真なんだ」

「行く」

「伯父さんが起きるとまずいから、静かにね」

有紀がベッドから抜けだした。淡いピンクのパジャマを着ている。

「どこに行くの？」

「チョコレートの家。着替えは向こうでしよう。パジャマの上からダウンジャケット羽織って」

「うん」

有紀の目が輝いていた。イレギュラーなことが楽しくてしかたがないのだ。

「行こうか」

ダウンを着た有紀の手を取って部屋を出た。足音を殺して移動し、屋敷を出る。車を発進させると、有紀は華やいだ笑い声を発した。

「冒険に行くみたい」

「伯父さんには内緒だよ」

「うん」

シフトノブに置いたぼくの左手に有紀が自分の手を重ねてくる。

「敦史、有紀のこと嫌いになったのかと思った」

「好きだよ。そう言っただろう。大好きだって」

「有紀も敦史が大好き」

「さっきは怖かったんだろう？　ごめん」

「有紀、もう平気」

「眠くないかい？」

「ぜんぜん。有紀、寝なくても平気だもん」

「そう」

ぼくは有紀の手を握り返した。相変わらず空には雲ひとつなく、世界には星々の光が降り注いでいる。天気図によれば明日からはまた低気圧が接近してくる。今夜を逃せば、あの天窓での撮影はいつできるかわからない。

他愛のない会話を交わしながら軽自動車を走らせ、別荘地の敷地に入るとスピードを落とした。道路は完全に凍結しており、アクセルの加減を間違えると、四輪駆動であってもリアがいやな動きを見せる。

チョコレートの家は冷え切っていた。パジャマ姿の有紀を車に残し、床暖とファンヒーターをつけた。部屋がある程度暖まるのを待つ間、カメラと照明のセッティングをする。

三十分ほどすると部屋が暖まってきた。ぼくは有紀を呼ぶために外に出た。有紀は眠っていた。ぼくが声をかけても有紀は怠《だる》そうに首を振るだけだった。

有紀を抱きかかえた。有紀は小さな声をあげ、ぼくにしがみついてきた。

「お仕事の時間だよ、モデルさん」

「有紀、眠い」

「さっきは寝なくても平気だって言ってたよ」

有紀は唇を尖らせた。

バスルームで有紀をおろした。

「これに着替えて」

有紀はぼくが用意した衣装を見て目を丸くした。

「コートと靴しかないよ」

白いエナメルのコートとアンクルブーツ。星空に映えるのはこの組み合わせしかない。

「素肌の上からコートを羽織るんだ。寒くならないよう、撮影はすぐに終わらせるから」

有紀の返事を待たず、ぼくはバスルームを出た。カメラはすでに三脚に固定してあり、大まかな構図を出していた。照明で天窓の反射を殺し、ファインダーを覗く。完璧とは言わないが満足のできるセッティングになっていた。ぼくは露出を変えながら数回シャッターを切ってみた。モニタで画像を確認する。問題はなかった。

「カメラと三脚に絶対触らないでね」

バスルームに声をかけて外に出る。屋根に登って有紀に当てる予定のストロボを調整する。ストロボは無線で光らせることができるタイプのものだった。それを三つ用意してある。

試しにストロボを焚《た》いてみる。背の高い有紀の全身をカバーできるよう、ストロボの位置を調整した。

天窓の下に有紀が現れた。コートの襟の合わせ目から白い肌が覗いている。メイクはしていないが、髪の毛は自分で整えてきたようだった。

ぼくは部屋に戻った。額に汗が浮かんでいる。

「寒い？」

有紀は首を振った。

「有紀はあの上に登るんだ」ぼくは天窓を指差した。「ぼくはここにいて、下から有紀を撮る」

「わあ」有紀は破顔した。「あそこに登るの？」

「そうだよ。準備はいい？」

「うん」

有紀の手を握って外に出る。屋根の上に登れるという興奮が有紀に寒さを忘れさせているようだった。有紀は甲高い声を発しながら梯子《はしご》を登り、屋根の上に立って周囲を見渡した。

「どう？」

「最高！」

「寒くないかい？」

「平気」

「下からじゃ声は届かないから、ここで好きなように動いてて」

「どんなでもいいの？」

「うん。寒くて我慢できなくなったら、すぐに下に降りて部屋に入っておいで」

「わかった」

ぼくは急いで梯子を下り、部屋に戻った。カメラのファインダーを覗くと、有紀がピースサインを向けてきた。ぼくはレリーズのボタンを押した。屋根の上に設置した三台のストロボが有紀を照射する。

モニタを見る。マニュアルモードで露出を決めていたのだが、予想していたのよりストロボの光が強すぎた。エナメルのコートの白が飛んでいる。絞りは変えずにシャッタースピードで露出を調整する。

テストでもう一枚。今度は完璧な露出だった。星空と白い衣装をまとった有紀が完璧なバランスで写っている。

ぼくは天窓を見上げ、有紀に親指を立てて見せた。もうファインダーを覗き続ける必要はない。有紀の動きに合わせてレリーズボタンを押せばいいのだ。

有紀は両手を後ろに組んで天窓の上を歩きはじめた。ぼくがレリーズボタンを押すたびにストロボが有紀を夜空に浮かびあがらせる。

有紀が天窓の隅で回れ右をする。ぼくは口に右手を当てて有紀の注意を引いた。有紀は目を丸くして足を止めた。ぼくは左手を腰に当て、大袈裟にくねらせてみた。有紀が笑った。笑いながらぼくの真似《まね》をして左手を腰に当て、お尻をくねらせながら歩きだす。

レリーズボタンを押しまくり、その合間にモニタで画像をチェックする。身振り手振りで有紀にポーズを指示し、またレリーズボタンを押す。やがて、天窓の上のストロボの反応が鈍くなった。厳寒の中酷使され、あっという間に電池が減ってしまったのだ。電池だけではない。有紀の表情も笑顔が滞りがちになっていた。

ぼくはこれ以上の撮影を諦め、外に出た。「有紀、お疲れ様。撮影は終わりだよ。降りておいで」

「うん」

声に続いて有紀が姿を現し、おっかなびっくりで梯子を下りてきた。

「早く家の中に入って暖まるんだ」

入れ違いに屋根に登り、ストロボを回収した。部屋に戻ると、有紀はクリーンヒーターの送風口に両手をかざしていた。

「ごめん。寒かっただろう」

「でも、楽しかった」

ストロボを置き、ぼくは有紀の両手をさすってやった。

「かゆいよ」

指先と鼻の頭がほんのり赤らんでいる。軽い霜焼けにかかっているのだ。エナメルのコートも氷のように冷たい。ぼくは有紀の両手を自分の両頬にそっと押し当てた。有紀が目を細める。

「敦史のほっぺも冷たいよ」

「急に暖めると痒《かゆ》くなるっしょ」

北海道弁で言ってみた。

「しばれたからねえ」

有紀も応じてきた。

「コートを脱いでおいで。冷たいだろう？」

有紀の手を離す。

「うん」

有紀は名残惜しそうにぼくの指先を見つめていた。寂しげな横顔が有紀の幼児性を消していく。

「有紀、もう少し撮影に付き合ってくれる」

「いいよ」

「あのベッドの上に立って。ブーツも履いて」

「靴履いたままベッドに上がっちゃいけないんだよ」

「大丈夫。あとでぼくが綺麗に掃除しておくから」

黒い壁に黒いベッド、白いコートの有紀——撮らずにはいられない。

有紀がブーツを履いている間、ぼくは急いでカメラと照明をセッティングした。天窓に向けていた照明をベッドに向け直す。有紀に直接当てては意味がないので、壁に反射した光がベッドに向かうように調節する必要があった。黒い壁は反射率が低く、その分穏やかで柔らかい光が有紀を照らすことになる。

ブーツを履いた有紀が戻ってきた。

「ベッドの上で立って」

ファインダーを覗いたまま言い、ベストのポジションを求めて三脚をミリ単位で前後させる。

「よし」

完璧な構図を作り上げ、ぼくは思わず口走った。

「コートのポケットに両手を入れて、少し俯《うつむ》いて」

有紀が即座に反応する。

「次は顎をあげて。身体を少し斜めにして」

有紀は口を開かず黙々とポーズを変える。ぼくの声とシャッターの稼働音だけがこの部屋で聞こえるすべてだった。

「コートのボタン、上から二つ目まで外して、はだけるようにしてくれる？」

「はだける？」

有紀は首を傾《かし》げて動きを止めた。ぼくはカメラを離れ、ベッドにあがった。コートのボタンを外し、襟を広げてはだけさせる。有紀の胸の膨らみがあらわになった。

「そのまま動かないで」

ぼくは屈《かが》みこみ、コートの下のボタンも外した。

「脚を少し前後に開いて」

有紀は右脚を前に出し、左を引いた。コートの裾をはだけて有紀の右の太股《ふともも》に載せてみる。

「うん。そのまま」

ベッドを下り、カメラのファインダーを覗いた。

「敦史、恥ずかしいよ」

「ぼくしかいないよ、有紀」

「敦史に見られるのが恥ずかしいの」

有紀の頬が紅潮していた。

「恥ずかしくないよ。綺麗だ」

「早くして」

　何度かシャッターを切ると、ぼくがOKを出す前に有紀はコートを羽織りなおし、ボタンを留めた。こんな恥じらい方は見たことがなかった。

「もうやめよう」

ぼくは言ってカメラから離れた。有紀がベッドの上で膝をつき、しゃくりあげはじめた。

「ごめんなさい。ごめんなさい。ごめんなさい」

壊れたレコードのように同じ言葉を同じ調子で繰り返す。

ぼくはベッドの端に腰掛け、有紀を抱き寄せた。

「謝らなくても大丈夫だよ、有紀」

「だ、だって……敦史がせっかく……」

「いいんだ」

ぼくは有紀が泣きやむまで背中を撫で続けた。

❄

ＩＨヒーターで温めたホットミルクを有紀に飲ませてやり、ふたりで軽自動車に乗りこんだ。泣きやんでからの有紀はめっきり無口になっていた。

「帰りたくない」

車が動きだすと、有紀の重い口が開いた。

「起きた時に有紀がいないと伯父さんが心配するよ」

「伯父様なんか嫌い。有紀は敦史が好き。敦史といたいの」

ぼくの左腕に有紀が抱きついてくる。

「ぼくと一緒に？」

「うん」

「伯父さんにもパパにもママにも会えなくなるよ」

「みんな嫌い。敦史がいいの」

「今はまだだめだ」

口が勝手に動く。ぼくは自分の言葉に呆然とした。

「いつ？」

「ねえ、有紀――」

おぞましい考えが脳裏をよぎった。

「なぁに？」

「伯父さんが有紀にすることを絵に描ける？」

「伯父様が有紀にすること？」

「うん。伯父さんにされて、有紀がいやなこと。いやでいやでしょうがないのに、伯父さんにさせられること」

有紀の顔が歪《ゆが》んだ。

「いや」

「それを描いてくれると、ぼくと一緒にいられるようになるよ」

「ほんと？」

不安と期待が入り交じり、有紀は泣き笑いの表情を浮かべた。

「描いてくれる？」

有紀はかぶりを振った。

「敦史に見られたくないもん」

「なにを見ても、有紀を嫌いになったりはしないよ」

「ほんとに？　指切りげんまんできる？」

「もちろん」

ぼくは左手の小指を立てた。有紀の小指が絡みついてくる。

「指切りげんまん、嘘ついたら針千本のぉます」

有紀の顔から不安が消えた。

「敦史も有紀と一緒にいたい？」

「うん」

「ずーっと？」

「うん」

「よかった」

有紀は微笑み、またぼくの左腕にしがみついてきた。

ヘッドライトが水島邦衛の洋館を照らした。洋館は静まり返っている。ぼくは車を停めた。

「おやすみ、有紀」

「本当に、お絵描きしたら敦史とずっと一緒にいられるようになる？」

ぼくはうなずいた。

「本当に本当？」

「さっき指切りげんまんしただろう。ぼくは有紀とは違ってちゃんと約束は守るよ」

「有紀だって守るもん」

有紀の頰が膨らんだ。ぼくは苦笑し、その頰にキスする。

「さあ、もうお行き」

「そんなちゅーじゃいや」

有紀が目を閉じた。ぼくは自分の唇をそっと有紀のそれに押し当てる。ぼくの背中に回した有紀の腕に力が入った。有紀の舌がぼくの唇をこじ開け、侵入してくる。ぼくは有紀のしたいようにさせた。

どれぐらいキスを続けていたのだろう。気がつくと、有紀の舌が引っこみ、唇が離れていた。

「おやすみ、敦史。大好き」

「ぼくも大好きだよ」

有紀が車を降りた。何度も振り返りながら洋館に向かって行く。ぼくは洋館の中に消えるまでじっと有紀を見守った。

8

眠りは浅く短かった。有紀を洋館に送り届けたのは午前三時。それからチョコレートの家に戻り、後片付けをすませ、義父の別荘に戻って眠りに就いたのが午前五時前。目覚めたのは七時を少し過ぎた時間だった。

最寄りのコンビニで食料を買いこみ——とは言っても大半がカップ麺とレトルトのカレーだ——カップ麺で朝食を済ませると、ぼくはパソコンに向かった。

昨日撮った画像を一刻も早く現像し、レタッチを施し、プリントしてみたかったのだ。パソコンはともかく、プリンタはかさばる。ぼくの軽自動車に積んで移動するわけにはいかない。いつ大野が舞い戻ってくるかしれない状況では、できる間にできるだけプリントしておきたかった。

カメラから取りこんだ画像を現像ソフトで開く。拡大し、隅から隅まで穴のあくように見つめた。黒潰れしている箇所も白飛びしている箇所もない。星は燦《きら》めき、夜空は夜空として存在し、エナメルのコートと白革のブーツには質感があり、有紀の楽しげで誇らしげな表情がしっかりと捉えられている。苦労してライティングを決めた甲斐《かい》があった。これなら大胆なレタッチを施しても画像が破綻するおそれは低い。

最初の一枚でおおよそのトーンを決め、現像パラメータを保存した。あとは、他の画像にこのパラメータを自動的に当てはめていけばいい。

機械的に現像を行い、やがてマウスを動かす右手が止まった。

胸の谷間と太股をあらわにした有紀が今にも泣きだしそうな表情を浮かべている。首から下のセクシィさと表情のあどけなさがなんともいえないアンバランスを醸しだし、写真に不思議な印象を与えていた。

あの天窓を利用した撮影がメインのはずだったが、ぼくはこの有紀の写真の現像とレタッチに没頭した。他の写真にかける手間暇の三倍、いや五倍を費やし、それでも満足ができず、ああでもないこうでもないと画像をいじり回す。これだと納得がいくものに仕上がったのは、昼を過ぎてしばらくしてからのことだった。

プリンタに用紙をセットし、最初の一枚をテストで印刷してみた。パソコンのモニタで確認している色と、実際にプリントされる写真の色が違う時がある。そのためのテストであり、出力される色が違う時はパソコンでプリンタを調整してやらなければならない。

プリントは完璧ではないが満足のできる仕上がりだった。残りの画像をプリントし、すべてをクリアファイルに入れた。

そんなものを後生大事に持ち歩いてどうしようというのだろう。ぼくの中の醒めた意識がぼく自身を嘲笑っていた。

確かに、その通りだ。ぼくにはなにも必要じゃない。カメラだってすぐに無用の長物と化す。それでも、ぼくにはカメラが必要だった。ぼくの切り取る世界に命を吹きこむために有紀が必要だった。この冬が終わりを告げるまで、ぼくはただひたすらに写真を撮りまくりたかった。

だから大沼へ来たのだ。都会に背を向けたのだ。厳しい真冬の自然の中に身を投じ、生きるということを満喫したかったのだ。

函館からの電車の中で眺めた写真雑誌のコンテストが頭をよぎった。有紀の写真をこのまま埋もれたままにしておくのかと、頭の中でだれかが囁いた。

気がつけば、ぼくはモバイル機器をパソコンに繋いでいた。大手写真雑誌のウェブサイトにアクセスし、コンテストのページを開く。

直近のコンテストは三日後が締め切りだった。応募規定を読み、〈応募します〉と書かれたボタンをクリックした。必要事項を書きこみ、有紀の写真をアップロードする。天窓の上で撮った一枚と、泣きだしそうな表情の一枚。

巨大な画像ファイルは転送するのに時間がかかる。アップロードが終了するのを待つ間、お湯を沸かし、紅茶を淹れた。蜂蜜を溶かした紅茶を啜った。トイレで用を足して戻ってくると、アップロードが終了していた。

なぜか、生唾が湧いてきた。後戻りの利かない道へ足を踏みだしてしまったという思いに戦慄《せんりつ》した。

パソコンの電源を切り、明かりを消してベッドに潜りこんだ。

いつまで経っても眠りは訪れてくれなかった。

❄

ご飯を炊き、レトルトのカレーの用意をしていると携帯が鳴った。

「おはよう、敦史」

着信ボタンを押すと、有紀の飾らない声が耳朶《じだ》をくすぐった。淀《よど》んでいた別荘の空気が一瞬で華やいだような錯覚を覚えた。

「おはよう、有紀。一昨日《おととい》はぐっすり眠れた？」

「寝坊して伯父様に叱られたの。敦史のせいなんだから」

有紀は澄ました声で言った。

「ごめん。有紀があんまり綺麗だったから、つい時間を忘れちゃったよ」

「ほんとに？　有紀、ほんとに綺麗だった？」

「有紀は世界で一番綺麗だ」

ぼくは照れることもなかった。

「白雪姫より？」

「世界で一番って言っただろう」

「有紀、綺麗じゃない方がいい」

有紀の声が曇った。

「どうして？」

「有紀、綺麗より可愛い方がいい」

「有紀は綺麗だし可愛いよ」

「綺麗はいや」

ぼくは携帯を耳から離した。有紀の甲高い声が切っ先の鋭い槍《やり》のように耳に突き刺さってきたのだ。

「どうして綺麗がいやなの？」

「有紀が綺麗だから、男の人は有紀のいやがることしたくなるんだもん」

「だれがそんなことを言ったの？」

「……ママ」

有紀は少し間を置いた後、消え入りそうな声で言った。

「そうか、有紀は綺麗はいやなんだ」

「いやじゃないけど、いや」

「じゃあ、有紀は可愛いよ。これでいい？」

「うん」

有紀の声がやっと弾《はじ》けた。

「あ、伯父様がご飯だって呼んでる。また電話するね、敦史」

「うん、また」

回線が切れた後も、ぼくは携帯を耳に押し当て続けた。そうしていれば、いつまでも有紀の明るい声が耳の奥で谺《こだま》し続けるような気がしたのだ。もちろん、そんなものは錯覚にすぎない。

結局、ぼくは携帯をテーブルの上に放り投げた。腕時計を覗くと、正午を少し回ったところだった。水島邦衛が昼飯だと有紀を呼んだことに思い至り、次の瞬間、激しい空腹を覚えた。炊飯器の白米を皿に盛り、その上からレトルトのカレーをぶちまけて胃に押しこんだ。

❄

固定電話が鳴りはじめた。ぼくは息を止め、留守電機能が動きだすのを待った。呼び出し音が五回鳴り、やがて留守電機能がメッセージを流しはじめた。大野の顔がぼくの脳裏をよぎっていく。

「あの、こちらは三浦さんの別荘の番号でしょうか?」

メッセージが終了すると聞き覚えのない声がスピーカーから流れてきた。

「えー、わたくし、北海道警豊平署の佐久間《さくま》と申しますが、至急、三浦敦史さんと連絡を取りたいのです。このメッセージをお聞きになったら、わたしの携帯に電話をいただけませんか」

佐久間と名乗った警官は十一桁の数字を口にして電話を切った。ぼくは両手を固く握りしめた。そうしなければ全身が震えだしてしまいそうだった。

豊平署というのは義父の倉庫がある一帯を管轄にしている警察署だ。ということは、なんらかの理由によって義父の死体が見つかってしまったということに他ならない。

何度も生唾を呑みこんだ後で、ぼくはパソコンに向かい、ブラウザを立ち上げた。北海道新聞のサイトに飛び、ローカルニュースを拾い上げる。

『倉庫街で死体を発見』

無数の見出しの中からそれが目に飛びこんでくる。ぼくは見出しをクリックした。

「道警豊平署は匿名の通報により、豊平区内の倉庫街を捜索、死体を発見した。豊平署は死体に関する詳しい情報は公にしなかったが、死体が見つかった倉庫を借りている会社を中心に捜査を進める方針」

短い記事だった。この短い記事がしかし、ぼくの大沼での冬を短いものにする。もう一度文面を読み返し、「匿名の通報」という箇所を何度も目で追った。

わけもなく、大野の横顔が脳裏に浮かんだ。義父の会社があの倉庫を借りていることはすぐに調べがつくはずだ。どこかに隠れているはずの義父を動揺させるため、あるいは義父が死んでいるという確信を得るために偽りの通報をする。大野ならそれぐらいしそうな気がした。

パソコンの電源を落とし、大慌てで荷造りをはじめた。必要最低限のものを軽自動車に積みこみ、ぼくは逃げるように別荘を後にした。

ステアリングを握り締めながら脳味噌が勝手に考えを紡ぎだしていくに任せる。

豊平署は人員を大沼に派遣するだろうか?

否。

では、だれがぼくとコンタクトを取りに来るだろう?

駐在の矢沢さんだ。矢沢さんに見つからなければ煩わされることもない。

でも、矢沢さんがずっとぼくを見つけられなかったら、豊平署はどうする?

やはり、人員を送ってくるだろう。いや、いや、いや。犯人だという証拠もない人間を見つけるのに、警察がそこまでするだろうか?

ぼくと義父の死を結びつける物証はすべて廃棄した。刺したナイフはだれにも見つからない場所に埋めたし、義父を殺した部屋は漂白剤を使って徹底的に掃除した。義父の返り血を浴びた衣服はすべて焼却したし、倉庫と冷凍庫についたはずのぼくの指紋、床の埃の上についた足跡は、すべて消し去ってきた。この前倉庫に行った時も同じだ。

おまけに、ぼくと義父は表面上は仲のいい親子だった。かたや妻を失い、かたや母を失った血の繋がりのない他人同士が、仲違《なかたが》いすることもなく暮らしていたと近隣の住民たちは証言するだろう。

つまり、義父を殺した人間がぼくだと断定する理由も物証も、警察が手にすることはないのだ。

それでも不安は拭いきれなかった。

とにかく警察に関わるのはできるだけ避けた方が賢明だ――自分に何度もそう言い聞かせてぼくは軽自動車を走らせた。天気図が示していた通り、南から低気圧がゆっくり接近してきている。空は薄い雲に覆われ、強い風が大沼の湖面を吹きすぎていく。あちこちで雪煙が舞いあがり、氷点下の世界に荒涼とした気配を撒《ま》き散らしていた。

管理棟の明かりが消えているのを確認して別荘地に入っていく。チョコレートの家に飛びこむと、緊張していた神経がやわらいでいくのを感じた。荷物をすべて中に運びこみ、軽自動車は外からは見えにくい位置に停めて枯れ枝と雪でカモフラージュを施した。

明かりは点けず、ランタンに火を灯《とも》し、ベッドの中に潜りこんだ。眠気はなかったが他にすべきこともない。豊平署はすでに矢沢さんに連絡を取っているだろう。今日明日と、矢沢さんはぼくの姿を求めて大沼近辺に目を光らせる。

その間はこの家から出ないつもりだった。携帯の電源も切る。有紀の声を聞けないのは寂しかったが、仕方がない。

天窓の向こうではかすかに星が瞬いていた。だが、それほど経たないうちに雲がその厚みを増し、やがて空一面を覆い隠した。

ランタンを消し、頭ごと布団の中に潜りこんだ。シーツも掛け布団も氷のように冷え切っていた。

9

丸二日を着た切り雀《すずめ》で、三食ともカップラーメンを食べて過ごした。ぼくは我慢強い方だと思うが、その我慢も品切れになりつつある。チョコレートの家に逃げこんだ翌日から雪が降りはじめ、やむこともなく降り続けている。別荘地内を縦横に走る私道を、朝と夕方、除雪車が通っていく。だが、チョコレートの家の周りには雪が降り積もり、窓を開けることもままならなくなっていた。

今夜、雪掻きをしよう。そう決めると弛緩《しかん》していた神経に電流が走り、寒さもひもじさも苦にならなくなった。いつだって夜間撮影を頭に置いていたから、懐中電灯やヘッドランプ、それらに必要なバッテリ類は大量に予備を持っている。食料確保を別にすれば、チョコレートの家に一ヶ月立て籠もっても困ることはない。

午後六時を過ぎるのを待って、ぼくは家の外に出た。横殴りの風が頬に雪を叩きつけてくる。ニット帽を目深にかぶり、ライトをくりつけたヘルメットの顎紐《あごひも》を締める。除雪は必要だが、傍目《はため》にそれとはっきりわかるほど綺麗に除雪してはならない。この家には人はいないことになっているのだ。

除雪の手順を吟味してから、ぼくは作業に取りかかった。初めのうちは寒さに縮こまっていた手足も、除雪作業を続けるうちにほぐれ、やがて火照ってくる。冬の初めの除雪は大変だ。湿って重いぼた雪はひと掻きするだけで体力を奪い取っていく。だが、この時期の粉雪は真綿のようだ。

ヘルメットとニット帽を毟《むし》り取り、やがて、ダウンジャケットも脱いだ。それでも身体の火照りはおさまらず、額に汗が浮かんでくる。喉が渇いたわけでもないのに雪を掬《すく》って口に押しこみ、それでも暑さはしのげず、雪を直《じか》にうなじに押し当てる。

小一時間ほどで家の周辺の除雪が終わった。軽自動車を動かし、家と私道を繋ぐスペースを圧雪する。タイヤ痕をごまかすために、その上にうっすらと雪をかけて除雪は終了した。

とても空腹だった。世界中の食べ物を目の前にかき集めてもまだ足りないぐらい腹が減っていた。だが、家にあるのはカップ麺とパック入りの白米、レトルトのカレーだけだった。どれもこれも食べ飽きた。

ぼくは空を見上げた。雪は飽きることなく降り続いている。昼間、ネットで天気図を見たが、明日の昼までは間違いなく降り続けるだろう。

「足跡、消してくれるかな？」

ぼくはだれにともなく呟き、道路に出た。除雪車が通った後にうっすらと雪が積もり、その上にぼくの足跡が刻まれる。これなら大丈夫だろうと判断して、ぼくは道を東に向かって歩いた。

道沿いに建ち並ぶ別荘を見極めていく。しばらく住人が訪れていなさそうな別荘はパス。そうでなければ、正面玄関、裏口、窓に手をかけてみる。そこが普段住んでいる家であれば、施錠が忘れられることはない。だが、別荘では心に油断が生じる。鍵をかけ忘れて帰る人間が意外と多いことを、ぼくはこの数ヶ月の別荘暮らしで学んでいた。

五軒目の別荘の裏口が開いていた。

「お邪魔します」

無人の室内に断りを入れ、ぼくは土足で侵入した。懐中電灯で足下を照らし、台所を目指す。冷蔵庫を開けると、望んでいたものが並んでいた。飲み物と缶詰だ。ビールを二本に白ワインを一本、オイルサーディンとコーンスープの缶詰、瓶詰めのピクルスを失敬した。チョコレートの家にワインオープナーがないことを思い出し、それも物色する。

コンビニのポリ袋に戦利品を放りこみ、ぼくはその別荘を後にした。

❄

チョコレートの家に戻り、スープを温める合間にビールを二本、空にした。普段はあまり飲む方ではないが、飲みたいと思うと浴びるように飲んでしまう。体質的に酒は強いのだろうが、好きではなかった。自分が自分でなくなっていく感覚が怖い。

だが、今、ぼくはひとりだった。丸二日間、息を潜めるようにして暮らしていた反動からか、気分がいつになく昂揚《こうよう》している。

温まったスープを鍋から直接スプーンで掬い、オイルサーディンとピクルスを指でつまんで口に放りこんだ。盗んできたソムリエナイフでワインのコルクを抜き、ラッパ飲みする。

食べ物はなくなっても、ワインはボトルに半分ほど残った。それをちびちびと舐めながらベッドに腰をかける。

昂揚した気分が萎えはじめていた。人恋しい――いや、有紀が恋しいのだ。有紀を見たい。有紀の声を聞きたい。有紀に触れたい。

アルコールがぼくの欲望を増幅させている。それがわかっていて飲むのをやめられなかった。

携帯の電源を入れ、有紀の番号を呼び出す。電話をかけたかったが、有紀が水島邦衛と一緒にいる時だったらと考えると発信ボタンを押すことができなかった。

ちびちびとワインを啜っているとじりじりと時間が過ぎ、めらめらと欲望の炎が燃えあがる。

ぼくは欲望に逆らえず、発信ボタンを押した。

呼び出し音が三度鳴り、回線が繋がる。

「もしもし、有紀？」

ぼくは押し殺した声で言った。

「敦史？　有紀はね、今電話に出られないの。後で電話するから、メッセージを残しておいてください」

有紀が自分で吹きこんだメッセージが返ってきた。

ぼくは拍子抜けし、ふて腐れ、携帯をベッドの上に放り投げた。

❄

酔いが記憶の封印を解いていく。

父が死に、母は父の財産を手に入れた。半分はぼくのもののはずだったが、母がそんなことに頓着するはずもなかった。

父という枷《かせ》がなくなって、母は無軌道に振る舞った。昼間はショッピングに勤《いそ》しみ、それが終わると夜遊び。午前様が普通で、たまに早く帰ってくると男が一緒だった。そのたびに、ぼくは母のはしたない声を聞きながら眠りについた。

母は自らいやらしい言葉を発し、興奮する。絶頂の時の声は断末魔の悲鳴のようだった。

ある夜、母のその絶頂の叫びが断続的に続いた。さすがに心配になってぼくは母の寝室を覗きに行った。ぼくは十歳になっていた。

ベッドの上の母は全裸だった。両脚を思いきり広げていた。背中一面に刺青《いれずみ》の入った男が母の股間を覗きこむようにしていた。どこかからモーター音が聞こえ、男が右手を小刻みに動かす。そのたびに母は喉を涸《か》らして叫ぶのだ。

気持ちいい、気持ちいい、と。

ぼくは動けなくなった。まるで母の叫びが魔女の呪文だったとでもいうように、身体がぴくりとも動かない。このままではまずい——子供心にそう思った瞬間、刺青の男が振り返った。血走った目がぼくを射貫《いぬ》いた。

「なんだ、こら、このクソガキ」

男はしゃがれた声で言い、ベッドを降りてぼくのところへまっすぐやって来た。

ごめんなさい——謝ろうとしたぼくの口元に男の拳が飛んできた。容赦のない一撃だった。後で知ったのだが、最初の殴打でぼくの前歯はあらかた折れてしまっていた。

ぼくは倒れた。痛みよりショックの方が大きかった。涙も出てこない。

「このクソガキ」

男の声がまたしたと思ったら、腹を蹴られた。蹴られ、踏まれ、引き起こされて殴られる。泣いても喚《わめ》いても男の暴力がやむことはなかった。

もう一度言う。ぼくはまだ十歳だった。

助けを求めようとぼくは母を見た。母は他人の目つきでぼくとぼくに暴力をふるう男を見ていた。表情の消えた顔は楽しみを奪われたことに対する怒りをあらわしていた。

なにしてるのよ、おまえは。黙って寝ていることもできないの？

母は口を開かなかったが、ぼくには母の声がはっきりと聞こえた。

どれぐらい殴られ続けたのかはわからない。途中で気を失ってしまったのだ。

気がついたのは病院のベッドの上。はしゃぎ回って階段を転げ落ちてしまったのだと医者に説明している母の声が聞こえた。

児童虐待が毎日のようにテレビのニュースを賑わせるようになるずっと以前のことだ。

医者は母の説明を受け入れた。

右腕と肋骨《ろっこつ》が五本、折れていた。

命に別状はなかったが、あの夜、ぼくの中でなにかが死んだ。

❄

いつの間にかうたた寝していたらしい。寒さに目ざめ、悪寒に身体を震わせた。腕時計に目を走らせる。午後十時二十分。除雪をはじめたのが六時過ぎ、終わったのが七時。勝手に人の別荘に侵入し、食べ物その他を失敬したのが八時。孤独な酒盛りをはじめたのが八時二十分。有紀に電話をかけたのが九時前後だったか。つまり、一時間ほど船を漕《こ》いでいた計算になる。

　足下に空のワインボトルが転がっていた。四分の三ほどまで飲んだ覚えはあるが、その後のことは記憶になかった。かすかに頭が痛む。

　顔をしかめながらベッドに潜りこもうとして携帯に気づいた。着信があったことを示す青いランプが点滅していた。十五分ほど前に有紀から着信があったらしい。マナーモードにしたまま居眠りをしていたせいで気づかなかった。

　折り返し電話をかけた。

「敦史、おまわりさんに捕まっちゃうの？」

　有紀はすぐ電話に出、涙に湿った声でそう言った。

「警察？　まさか。だれがそんなこと言ったの？」

「伯父様が言ってたもん。駐在さんが敦史を捜してるって」

「理由は訊いた？」

　返事はなかった。電話の向こうで首を振っている有紀の姿が脳裏に浮かんだ。

「逮捕なんかされないよ。きっと、ぼくに用事があるんだ」

「ほんと？　逮捕されないの？　敦史が逮捕されたら、有紀、もう敦史に会えないと思ったよ。そしたら、涙が止まらないの」

「大丈夫。逮捕なんかされないから」

「よかった」

有紀が大きく息を吐きだした。

「もう涙は止まったかい？」

「うん。ねえ、駐在さんは敦史になんの用があるの？」

「さあ。ぼくにもわからないよ。駐在さんに会ってみないとね」

「明日有紀と一緒に会いに行く？」

「どうかな……どうして？」

「明日ね、伯父様、函館に行くの。朝出かけて、夕方戻ってくるって。だから、お写真撮りに行けるよ」

迷いが生じた。別荘地から外に出れば矢沢さんの目に留まる確率が飛躍的にあがる。

「行かないの？」

有紀が心細そうに訊いてきた。寝る前に囚《とら》われていた、アルコールがもたらした有紀への渇望が鎌首をもたげた。

「行こう。お昼になったら迎えに行くよ」

「うん、待ってる」

「おやすみ」

「おやすみなさい」

最後に、キスをするように唇を鳴らし有紀が電話を切った。

ぼくは携帯を右手に握りこんだままベッドにのぼった。布団に潜りこみ、数少ないぼくの知り合いを訊《たず》ね歩く矢沢さんのでっぷりと太った後ろ姿を想像した。

明日の撮影は大沼を遠く離れよう――そう決めて、ぼくは眠気に身を任せた。

10

有紀はいつもの赤いダウンジャケット姿で庭を駆けてきた。ショルダーバッグを肩にかけ、右手に図画帳を握っている。

「こんにちは」

明るい声とともに助手席に飛び乗ってきた。ぼくはすぐにアクセルを踏み、車を発進させた。

「今日はどこに行くの？」

「海を見に行こう」

「また長万部《おしやまんべ》に行くの？」

「立待岬、行ったことある？」

「函館の？　あるよ。お墓があるの」

　ぼくはうなずいた。付近の住宅街から岬へと続く坂道の途中に墓地がある。石川啄木《いしかわたくぼく》の一族の墓があることでも有名だった。

「そこの扉、開けてごらん」

　ぼくはグラブボックスを指差した。有紀の目が好奇心に輝く。

「なにが入ってるの？」

「いいから開けて」

　有紀がグラブボックスを開けた。車検証やマニュアルの上にクリアファイルがそれとなく置いてある。

「そのファイル。こないだ撮った有紀の写真が入ってるよ」

「嘘」有紀は目を丸くしてファイルを手にした。「見てもいいの？」

「もちろん」

　ぼくがうなずくと、有紀は写真を手に取った。天窓で撮影したあの夜、その天窓ではなくベッドの上に有紀を立たせて撮ったものだった。

　写真を見つめる有紀の頬が赤く染まっていく。瞬きが多くなり、瞳も忙《せわ》しなく動いていた。

「綺麗だけど、恥ずかしいよ。有紀じゃないみたい」

「写ってるのは有紀だよ。有紀は綺麗はいやだって言ったけど、ぼくはどうしても有紀を綺麗に撮りたくて、そして、綺麗に撮ったんだ」

「恥ずかしいよ」

有紀は繰り返した。

「どうして？」

「だって……」

有紀は視線を宙に彷徨《さまよ》わせた。必死になって言葉を探している。ぼくは黙って運転を続けた。

五分近い時間をかけて、有紀はやっと望んでいる言葉を見つけた。

「ずっと敦史に見られてるみたい」

「ぼくに見られるのはいや？」

有紀は首を振った。

「いやじゃないよ。でも、恥ずかしいの。どうしてかな……」

ぼくは答えを知っていた。でも、口を開いたりはしなかった。代わりに細かく震えている有紀の横顔を見守った。

「でもね、敦史」有紀が言った。「恥ずかしいけど、有紀、このお写真大好き」

有紀の頬がさらに赤く染まった。

❄

雪はやんでいたが低気圧はまだ頑固に居座り、立待岬から眺める津軽《つがる》海峡はしかめっ面《つら》をしたままぼくたちに微笑んではくれなかった。

小一時間ほど撮影したものの、納得のいくものは一枚も撮れず、ぼくたちは立待岬を後にした。

「お腹すいた」

もうすぐ函館の中心部を抜けるというところで有紀が訴えてきた。

「お昼ご飯は?」

「食べたけど、お腹減ったの」

「じゃあ、どこかで食べよう」

最初に目に留まったファミレスの駐車場に乗り入れ、ぼくと有紀はレストランに入った。有紀はチーズハンバーグのセットを、ぼくはハンバーグと海老《えび》フライのセットを注文した。

食事を待つ間も食べている最中も、有紀は昨日テレビで見たというアニメの話に興じた。ぼくにはちんぷんかんぷんだったが、せっかくはしゃいでいる有紀の機嫌を損ねるのもいやで、ただ微笑んで耳を傾けていた。

　食事も終わり、有紀の話も終わり、そろそろ勘定を済ませようかと腰を上げかけた時、有紀が声を出した。

「あ、忘れてた」

　有紀はショルダーバッグの中に右手を入れた。

「どうしたの？」

「敦史に手紙があるの。渡すの忘れてた。ごめんね」

「手紙？」

　水島邦衛からだろうかと思いながら、ぼくは有紀の差しだす封筒を受け取った。表にはぼくの名前がボールペンで走り書きされている。裏返すと、大野という字が確認できた。

「だれからこの手紙を受け取ったの？」

「大野っていう人？」

「どこで？　いつ？」

　ぼくの剣幕に怯え、有紀は口を閉じた。

「有紀、大事なことなんだ。この手紙、大野っていう人から、いつ、どこで、どうやって受け取ったの？」

　気持ちを落ち着けながらもう一度訊いた。有紀を怯えさせたままではなにも訊きだせなくなってしまう。

「今朝。インタフォンが鳴ったから出たの。そしたら、大野っていう人がいて、その手紙を敦史に渡してって頼まれたの」

「それだけ？　大野になにかされなかった？」

有紀は首を振った。

「その時、伯父さんはなにしてたの？」

「もう出かけた後だったよ」

全身の肌が粟立っていた。呼吸は荒くなっており、突然の発汗にアンダーウェアが肌にへばりついている。

「有紀が手紙を受け取って、その大野っていう人はどうしたの？」

「帰ったよ」

無言の恫喝《どうかつ》だ。有紀をどうにかしようと思えばいつでもできるのだと、大野はぼくにプレッシャーをかけている。震える指先で封を開けた。中には細かい字がびっしり書きこまれた便箋《びんせん》が入っていた。

『三浦敦史君

わたしが大沼を離れている間は、さぞぐっすり眠ったことだろうね。しかし、安眠を貪れるのも今日までだ。わたしが戻ったんだからね。

しかし、参ったよ。お義父《こう》さんが死んでいるなら死んでいると、最初にそう言ってくれれば、君の友達もあんな目に遭わずに済んだんだ。

君がやったんだろう？　わかっている。お義父さんのことはわたし自ら丹念に調べたからね。彼の趣味を知ってるし、女房が死んだあともなぜ、血の繋がっていない君を息子として育ててきたか、その理由もわかってる。

文末にわたしの携帯の番号を書いておくから、心の準備ができたらすぐに電話を寄こすんだ。電話がこなければ、警察に話すよ。わかっていると思うが、これはただの脅しじゃない。

君のことだけじゃない。あの有紀ちゃんという子を不幸な目に遭わせたくなかったら、必ず電話をしてくるんだ。

待っているよ。　大野』

最後に携帯の電話番号が記してあった。

「敦史、どうしたの？」

有紀が怯えた目をぼくに向けていた。ぼくは震えていた。歯ぎしりをしていた。血走った目で瞬きもせず便箋を睨んでいた。

「なんでもないよ……」

ぼくは何度も失敗しながら便箋を折りたたんだ。有紀は相変わらず怯えた目をぼくに向けている。

「敦史……」

「本当に大丈夫だから。さ、お家へ帰ろう」

便箋を封筒に押しこみ、ポケットに入れた。有紀の手を取り、レジへ向かう。ぼくの意識はどこかを彷徨《さまよ》っており、金を支払って車に戻るまでの記憶がぽっかりと欠落していた。

事故を起こさぬよう、慎重に運転した。大野からの手紙は頭から閉めだした。今はとにかく、有紀を無事に送り届けることだ。有紀は無言だった。唇を嚙み締め、じっと前を見つめている。

凍てついた小沼が見えてくると、有紀はおずおずと手を伸ばしてきてぼくの左手を握った。

「怖いよ、敦史」

有紀の目には涙が浮かんでいた。

11

何度も躊躇《ためら》った挙げ句、やっと大野の番号を打ちこんだ。それでも発信ボタンを押すことができず、生唾を呑みこみ、自分を鼓舞しなければならなかった。

「いい加減にしろよ」

口に出した言葉はうつろで儚《はかな》く、ぼくの耳に届く前に掻き消えてしまう。

発信ボタンを押した。最初の呼び出し音が鳴り終わらないうちに回線が繋がった。

「待っていたよ、三浦君。もっと早くかかってくるかと思っていたんだが」

「有紀がぼくに手紙を渡すのを忘れていたんです」

大野が笑った。

「なるほど。あの子ならありそうな話だな」

「警察に通報したのはあなたですね」

ぼくは大野の話を遮った。

「通報？　なんのことだ？」

「匿名の通報が元で、警察があの倉庫を調べたと記事にありました」

「わたしかもしれんし、わたしじゃないかもしれない」

「とぼけないでください」

「さすがの君も追い詰められているってわけか……」

大野はまた笑った。

「しかし、あの通報は苦渋の選択だったんだよ、わたしにしてもね」

「苦渋の……」

「まあ、こっちにもいろいろあってね。電話で話すのはまどろっこしい。どこかで会えないかな」

「お断りします」

「じゃあ、警察に君と三浦雄一《ゆういち》の関係を話すことになるよ」

大野は義父の名前を口にした。

「ぼくも太一君に怪我を負わせたのはあなただと警察に話します」

大野がまた笑った。

「残念だがね、わたしにはアリバイがあるんだ」

「そんなのでたらめだ」

「もちろんでたらめだがね。だが、複数の証人が出るだろうし、揺るぐことのないアリバイなんだ。君とは違ってね。それに、植物状態になっている彼の友人たちも、ちょっと脅しをかければ、わたしなど見たこともないと証言するさ」

ぼくには唇を噛むことしかできなかった。

「まあ、アリバイがあったとしても、人目につく場所は避けたいな。君が駐在の警官に見つかると面倒なことになるし……一時間後に、大沼国際セミナーハウスの駐車場で会おう」

「寒いですよ」

「なに、車の中で話をするんだ。寒さなんて関係ないさ。いいね。今度は逃がさないぞ」

電話が切れた。大野にはぼくが必ず現れるという確信があるのだ。悔しかったが、大野は正しかった。多分、大野はいつだって正しいのだ。

自信に溢《あふ》れた態度、穏やかな物腰、しかし、その目は氷のように凍てついている。あの男には感情がない。ぼくのように感情を押し隠しているのではない。なにもないのだ。なにをどうやっても大野にはかなわない――彼の正体がわかった時からそんな思いに駆られていた。会えば会うほどその思いは強くなるばかりだ。

あの夜――母の男に死ぬほど叩きのめされたあの夜から、ぼくには夢想癖がついた。理想の自分を空想するのだ。

恐怖を感じず、なにも恐れず、あの男のようなやつらが襲いかかってきても躊躇わずに殺すことができる人間。

高校でいじめに遭った時、ぼくは自分がそんな人間になれたかどうか試そうと思った。硫酸を瓶に入れて隠し持ち、ぼくをいじめるクラスメイトの隙を見て頭からかけてやったのだ。

クラスメイトの髪の毛が溶け、顔の皮膚が爛《ただ》れていく匂いを嗅ぎながら、ぼくは人形のように立っていた。平気だったわけではない。その場にへたりこみそうになる自分を、叫びだしてしまいそうな自分を必死で抑えていた。

クラスメイトは病院に運ばれ、ぼくは高校を退学になった。学校や街中が大騒ぎだった。

その喧噪《けんそう》の中、ぼくは打ちのめされていた。感情を抑えることは上手になった。だが、感情を払拭できたわけではなかった。

あの男に殴られた夜のように、ぼくは恐怖に雁字搦《がんじがら》めにされてしまった。ぼくは弱いぼくのままだった。

大野なら、なにも感じずに有紀の顔に硫酸をかけることができるだろう。ぼくは大野のような人間になりたかったのだ。

❄

駐車場にはすでに大野がいた。車はシルバーの四駆だった。札幌のナンバープレートが付いていた。

「乗りたまえ」

四駆の左隣に軽自動車を停めると、窓が少し開いて大野の声が流れてきた。

ぼくはエンジンをかけたまま軽自動車を降り、四駆の助手席に腰を下ろした。車内には煙草の煙が充満していた。

「飲むかね？」

大野は煙草の火先《ほさき》でドリンクホルダーに入れてある缶コーヒーを指した。

「いただきます」

ぼくはプルリングを引っ張り、中身を一気に飲み干した。

「まさか、死んでいるとは思わなかったよ。しかも、義理の息子に殺されているとはね」

ぼくは大野の言葉に反応を示さなかった。

「それほどあの男が憎かったのか？」

視線を窓の外に向ける。雪が静かに舞っていた。

「まあ、殺した理由なんかどうでもいいか。三浦雄一が死んだという事実があればいい。さっきわかったんだが、司法解剖が終わったそうだ。ナイフかなにかで刺し殺されたらしいが、死亡時期は不明だという話だ。凍らされていたんだからしょうがないかな。いつ殺したんだ？」

ぼくは答えなかった。大野が肩をすくめた。

「三浦と連絡が取れなくなったのが九月の半ば。だいたいそれぐらいか……。それで君はこっちの別荘にやって来て、殺した義父のクレジットカードを使って暮らしていた。

そういうことなんだろう？　逃げだしたんだ」

「違います」

「やっと口を開いたな。そうだな、君は逃げだすようなタマじゃない。問題が起こったらその手で処理しようと考えるタイプだ」

　ぼくはまた口を閉じた。

「それはともかく、三浦雄一は生命保険に入っていた。保険金の受取人は君になっている」

　ぼくは驚いて大野を見た。

「知らなかったのか？　五千万だ。もし、君があいつを殺したことがばれなければ、保険金は君の口座に振りこまれる」

「それをあなたに渡せばゆるしてくれると言うんですか？」

　大野は煙草を灰皿に押しつけながら首を振った。

「残念ながら、それじゃ足りないんだ」

「だって、義父《ちち》が借りていたお金は二千万だって……利子を付けても五千万なら文句はないんじゃないですか？」

「あのふたりにも家族がいるんだよ」

　大野の言葉がうまく呑みこめず、ぼくは口を閉じた。

「磯野と竹内だ。君が殺した」

　禿頭とポニーテールのコンビ――思いだした。

「殺してなんかいませんよ」

「わたし相手に嘘をつく必要はない。わかってるんだ。あのふたりの家族のための慰謝料がいる。一家族五千万として、都合一億」

「そんな金、ありませんよ」

「札幌のマンションとここの別荘もどうせ抵当に入っているだろう。やっぱり、あの子に力を貸してもらうか。あの器量とあのおつむなら、すすきののソープで二、三年も働けば一億ぐらい、簡単に作れる」

「あの子は関係ありません」

「敦史君が大好きなんだ、って訊いたら、嬉《うれ》しそうにうなずいてたな」

「やめてください」

　ぼくは大野に向き直った。

「君にとっても大切な存在か……確かに、あれはいい写真だった」

「ぼくはあのふたりを殺してなんかいませんよ」

　大野は顔の前で右手の人差し指を立て、リズミカルに左右に振った。

「顔もまあいい。頭も切れる。だが、往生際が悪い。残念な欠点だよ、三浦君。わかってるんだ。もう一度言うぞ。わたしにはわかってるんだよ」

　ぼくは肩をすくめた。

「ふたりの家族への慰謝料、一億。びた一文まからんよ。どうする？」

「腎臓を売るといくらになるんですか？」

　とりあえず大野から解放されたかった。そのためならどんなでたらめだって口にするつもりだった。

「たいした金にはならんさ。そうだな。腎臓に肝臓、心臓、膵臓《すいぞう》。臓器を全部売ればなんとか一億に届くか」

「それじゃ死んでしまう」

「そうだよ。死ねば一億だ。死んでみるか？」

「春まで待ってもらえますか？」

　大野が瞬きを繰り返した。

「なぜ？」

「冬の間、彼女の写真を撮り溜めたいんです」

　大野は微笑んだ。

「北海道の春と言えば五月だ。半年も待てと言うのかね？」

「三月……いえ、二月まででいいんです」

「考えておこう。だが、あまり期待はするな。わかっていると思うが、あの世界の住人は長い目でものを見るということに慣れていない」

　ぼくはうなずいた。

「そうか」大野は膝を叩いた。「覚悟はできているんだな?」

「なんの覚悟ですか?」

「ここへは逃げてきたわけじゃない」ぼくの問いかけを無視して大野は続けた。「三浦を殺した時から覚悟はできてたんだ。ただ、あの子に出会ってしまったんだな?　それで、死ぬのをずるずると延ばしている」

「意味がわかりません」

「だから、やくざ者を殺すことにも躊躇《ためら》いがなかった。どうせすぐに後を追うんだからな」

　大野はひとりで喋り、ひとりでうなずいた。

「まったく、近ごろのガキは……」

「ひとりで納得しないでください」

「だったら、あんな小僧どもを使わずに自分でやればよかったじゃないか」

「ぼくが捕まったら、彼女の写真を撮れなくなるじゃないですか」

　ぼくは自分の顎を撫でた。無精髭《ぶしょうひげ》が生えている。髭は薄い方だが、一週間以上手入れを怠っているせいだ。

「君らしい理屈だな……よし、向こうと交渉してやろう。二月までだな？」

「二月いっぱい。厳冬期の写真を撮れば、満足できると思うんです」

「逃げるなよ」

ぼくは大野の目を見たままうなずいた。

「三月になったらフィリピンに行ってもらう。そこで君は死ぬ。内臓は売り飛ばされる」

「かまいません」

「それから、早いうちに札幌に戻って豊平署に出頭するんだ。保険金を受け取るにはそうする必要がある」

「もし、ぼくがやったんだとばれたらどうするんです？」

「ばれないさ。君のことだ。証拠は隠滅したんだろう？」

大野は新しい煙草をくわえた。

ぼくは曖昧にうなずいた。

「だったら、後は度胸を決めるだけだ」

「そうですね」

「君が逃げたり、万が一保険金が下りないようなことが起きたら、あの子に金を稼いでもらうことになる」

「どうしてですか？　あの子は無関係じゃないですか」

「それは堅気の理屈だ。あっちの世界には通じないんだ。覚えておきなさい」

大野は煙草に火を点け、ギアをパーキングからドライブに入れ替えた。

「今夜のところは、これで話はお終《しま》いだ。行きなさい」

「いいんですか？」

「君はあの子から離れられない。あの子を見張っていれば必ず君は現れる。そうだろう？」

うなずくしかなかった。ぼくはドアを開け、車を降りた。

12

翌朝、車で駐在所の近くをあてもなく走り回った。やがて、矢沢さんが出てきて大袈裟に手を振った。ぼくは車を路肩に停め、窓を開けた。

「どうしました？」

「どうしたもこうしたもないべさ。四日前からあんたを捜してたんだわ」

外は氷点下の気温だったが、矢沢さんの額には汗が浮かんでいた。

「なにかあったんですか？」

「テレビのニュース見とらんのかね？」

「ずっと山に籠もっていたものですから。なにがあったんです？」

「あんたのお義父《とう》さんが死体で見つかったんだよ」

矢沢さんの頬が紅潮した。ぼくは驚いたふりをして見せる。

「まさか……」

「ほんとだって。お義父さんの会社が借りてる倉庫の、冷凍庫の中から見つかったんだって。札幌の豊平署があんたと連絡取りたいって言ってきたんだけど、どこを捜しても見つからないっしょ。慌ててたんだあ」

矢沢さんの口調はとても慌てていたとは思えないのんびりしたものだった。

「ちょっと、車降りて、駐在の中に入って。豊平署に電話かけるから」

「わかりました」

エンジンを止め、ぼくは車を降りた。矢沢さんの背中を追って駐在所に足を踏み入れる。矢沢さんが汗まみれなわけがすぐにわかった。駐在の中は真夏のような暑さだった。中央に置かれた石油ストーブが熱を撒き散らしている。

「そこに座って。いま、お茶淹れるから」

「そんなことより、すぐ、電話してください。詳しいことを知りたいんです」

「そ、それもそうだね」

矢沢さんは皺の寄ったハンカチで額の汗を拭きながら警察手帳を開いた。

「ええと、豊平署の佐久間さんは……これだ、これ」

受話器を持ち上げ、電話をかける。

「もしもし。こちら、大沼の駐在の矢沢と申しますが、佐久間さんはいらっしゃいますか？」

ぼくはダウンジャケットを脱いだ。アンダーウェアの脇が汗で濡《ぬ》れはじめている。

「ああ、佐久間さんですか？　大沼の矢沢です。あの、遺体の息子さんの三浦敦史さんをやっと捕まえまして……ええ、写真を撮るのに、山奥でキャンプ張ってたらしいんですわ。それで連絡が取れなくて……はい、はい。今、ここにいます」

矢沢さんが受話器をぼくの目の前に差しだした。

「お電話替わりました。三浦と申しますが……」

「三浦敦史さん？」

威圧的な声が鼓膜を震わせた。

「はい」

「わたし、豊平署捜査一係の佐久間と申しますが、お義父さんのことで訊きたいことがありまして――」

「義父《ちち》は本当に死んだんですか？」

「ええ。倉庫の冷凍庫に入れられていたせいで死亡時期はわかりませんが、何者かに刺殺されたのは間違いない」

「何度も留守電にメッセージを入れているのに連絡がないんで、どうかしたのかと思ってはいたんですけど……だれにやられたんですか？」

「それを今、調べてるんです」

佐久間はあからさまに人を見下したような声を出した。

「大変申し訳ないんですが、至急、札幌へ戻ってもらえませんか」

「わかりました。すぐに向かいます」

佐久間は携帯の番号を口にしはじめた。

「ちょっと待ってください。メモが手元にないんです」

舌打ちが聞こえた。

「それじゃあ、駐在の警官がわたしの連絡先を知ってるんで聞いてください。札幌に着いたら、すぐに連絡を」

「わかりました」

「ああ、三浦さん、ひとつだけ。いつからそちらにいらっしゃるんですか？」

「秋口……九月の終わりぐらいからです。義父の別荘をベースにして、風景の写真を撮り続けています」

「おたく、プロのカメラマン？」

「アマチュアです」

また舌打ちが聞こえた。

「それじゃ、待ってますんで。なるべく早くお越しください」

電話が切れた。

「ずいぶん横柄な人ですね」

受話器を返しながらぼくは言った。

「まあ、刑事なんだから……」

「刑事はみんなああなんですか？」

「そんなことはないと思うけどねえ。お茶、ほんとにいらないのかい？」

「ええ。すぐ、札幌に行く支度をしないと」

「遅くなったけど、このたびはご愁傷様——」

矢沢さんは両手を合わせ、ぼくに頭をさげた。

「本当に義父は死んだんですね？」

「とにかく、すぐに札幌行って、お義父さんと会わなきゃ。酷《ひど》い目に遭ったみたいだから」

「じゃあ、失礼します」

ぼくはそう言って駐在所を後にした。

❄

途中、事故で高速道路が通行止めになっており、札幌までは六時間かかってしまった。すでに日が落ち、札幌の街はネオンで着飾っていた。

ドライブスルーのハンバーガーショップでチーズバーガーとフライドポテトを買い、車内で空腹を満たしてから豊平署へ向かった。

受付で来意を告げると、厳《いか》つい顔をした刑事が姿を現した。

「三浦敦史さん？　先ほどは電話でどうも。佐久間です」

差しだされた右手を握り、ぼくは訊いた。

「義父はどこに？」

「こちらです」

佐久間はぼくをエレベーターに誘《いざな》った。地下一階へ下り、狭い廊下を進むと、霊安室と書かれた部屋に入る。義父は小さなベッドに載せられ、顔には白い布が被《かぶ》せられていた。

「ご確認をお願いします。所持品と歯の治療痕から、三浦雄一さんだという確認は取れていますがね」

ぼくは布をめくった。義父は目を閉じていた。ぼくが冷凍庫に押しこんだ時、その目はかっと見開かれていたはずだ。監察医かだれかが目を閉じさせたのだろう。

「義父《とう》さん……」

「ご心中お察しします」

佐久間が言った。台詞《せりふ》を棒読みするような口調だった。

「死因は？」

ぼくは顔をあげた。

「ナイフで心臓をひと突き。強い殺意を持った者の犯行ですね。心当たりはありませんか？」

ぼくは首を振った。

「義父の仕事関係のことはなにひとつ知らないんです。友人もそんなに多い方じゃなかったし……」

「三浦さんは生命保険に入っていましてね。受取人はあなただ。いくら入ってくるか知ってますか？」

ぼくはもう一度首を振った。

「ここでしなきゃならない話なんですか？」

「これは失敬。それじゃ、場所を移してお話を聞かせてもらえますかね？」

ぼくがうなずく前に、佐久間はドアに足を向けた。ぼくは義父に一瞥《いちべつ》をくれ、佐久間の後を追った。

義父の死体はぼくになんの感慨も与えてはくれなかった。

廊下の空気は冷たく湿っていた。ぼくと佐久間の足音が壁や天井に反射してその空気を掻き乱す。

「応接室とかいったものはないんで、こういうところになりますがかまいませんか？」

佐久間が〈取調室〉と書かれたドアの前で足を止めた。

「かまいません」

室内はテレビドラマや映画に出てくる取調室とそっくりだった。狭い空間の中央に机があり、パイプ椅子が二脚。ドアのすぐ横に調書を書き取るためのもうひとつの机がある。ぼくは笑いを噛み殺してパイプ椅子に腰を下ろした。

「さて、さっきの続きですが」佐久間は机を挟んでぼくの顔を覗きこんできた。「生命保険、いくらかご存知ですか？」

ぼくは首を振った。

「五千万です」

佐久間は目を細めた。ぼくの表情の変化を見極めようとしているのだ。

「そうなんですか」

「本当に知らなかったんですか？」

　佐久間は意外だという顔をした。

「ええ。義父が生命保険に入っていることも知りませんでした」

「最初は受取人は君のお母さんになっていた。だが、お母さんが亡くなったので、君に名義変更されたんだ」

　ぼくは声は出さず、ただうなずいた。

「知っていたんだろう？」

「いえ」

　佐久間が溜息を漏らした。

「近所の人間の話をまとめると、三浦さんの姿が見えなくなったのは九月ごろらしい。同じころ、君は札幌から大沼に移動した。事件になにか関係しているからじゃないのか？」

　ぼくは肩をすくめた。

「どうなんですか？　答えてください」

「やっぱり、これ、取り調べなんですね」

「事情聴取です。取り調べじゃない」

「大沼の別荘で冬を過ごすことは、義父の了解を取ってありました。ぼくが大沼に向かった時には、まだ義父は生きていましたよ。その後、何度も電話したけれど留守電ばかりで――」

「不審には思わなかったのか？」

「よく、買い付けのために海外に行くもので、それかなと思っていました」

「三ヶ月も留守にすることがよくあった？」

「さすがにそれはないですね」

「なのに、君は心配じゃなかったわけだ」

「少しは心配でしたよ。でも、まさか殺されていたなんて……」

「三浦さんは殺された後、会社が借りている倉庫の冷凍庫の中に入れられていた。間違いなく顔見知りの犯行だ」

「そうなんですか。ぼくは義父の交友関係には疎くて」

「指紋を取らせてもらえないかな？　マンションについている指紋から君のものを除外したいんだ」

「いいですよ」

「じゃあ、用意してくるから」

佐久間は腰を上げた。

「しばらくは札幌にいるだろう？」

　ぼくは首を振った。

「義父の葬儀を終えたらすぐに大沼に戻ります。遺体はいつ？」

「もう司法解剖は済んでいるから、いつでも。というか、すでにお義父さんの親族が遺体を引き取る手続きを済ませているよ」

「親族？　ああ、なるほど。小樽ですね」

「君はまったく付き合いがなかったそうだが――」

「母と義父が再婚した時に、一度、小樽に行きましたけど、それだけですね」

「葬儀は小樽で執り行うそうだ」

「そうですか」

　ぼくは口を閉じた。

「大沼にいったいなにがあるって言うんだ」

　佐久間が首を傾げた。

「この一冬、大沼の景色を撮り続けるって決めているんです。まだ冬になったばかりなのに――」

「お義父さんの死よりカメラの方が大事か」

「血は繋がってませんから」

ぼくは微笑んで見せた。佐久間はわざとらしく首を振り、取調室を出て行った。

❄

葬儀は義父の弟が喪主を務めたが、すべてを取り仕切っていたのは義父の姉だった。通夜でも告別式でもぼくにはすることがなく、ただ、部屋の隅で正座し、儀式が終わるのを待つだけだった。

義父の遺体は司法解剖が済んだ後、実家のある小樽に送られた。ぼくは義父の親族とはほとんど付き合いがなかったが、客間の一室を与えられ、まるで昔からそこにいたかのように扱われた。それが道産子《どさんこ》の流儀なのだ。

「敦史君」

通夜の宴席も人の姿がまばらになったころ、義父の姉が声をかけてきた。みんなからはただ姉ちゃんと呼ばれており、ぼくは彼女の名前も知らなかった。

「ばたばたしてて、きちんとした自己紹介もまだだったね。わたしは秋子《あきこ》」

「敦史です」

ぼくは丁寧に頭をさげた。

「あのさ、血が繋がってないからとか、そういうあずましくないこと考えたらだめだよ。敦史君は家族の一員だからね」

「ありがとうございます」

「真弓《まゆみ》さんはひとりっ子で、おまけにご両親を事故で亡くしてるんだべさ？　てことは、敦史君も天涯孤独だね。だけど、いつだって三浦の家は敦史君の実家だと思って。ね」

真弓というのは母のことだ。なんと答えたらいいのかわからなかった。ぼくの沈黙を遠慮と受け取ったのか、秋子さんはぼくの肩に手をかけた。

「ほら、そんな顔してないで。男の子だべさ」

「大丈夫ですよ。それより、秋子さん。警察から報告は来てますか？」

「報告？　なんの？」

「義父さんを殺した犯人の」

「ああ」秋子さんの表情が険しくなった。「進展ないみたいよ。だいたい、冷凍庫の中に入れられてたせいで、いつ殺されたのかも正確にはわからないみたいっしょ。ほんとにだれがあんな惨《むご》いことしたかね。二ヶ月ぐらい前からあの子が借りた金を返せって、借金取りが来るようになったんだけど、金のせいで殺されたのかね」

「借金取りのこと、警察には言いましたか？」

「もちろん。でも、あの子が死んでるってことは知らないみたいだったから、どうなのかねえ」

「そうですか……」

「警察も馬鹿じゃないから、そのうち犯人見つけるべさ。それまでの辛抱だからね。しばらく泊まって行くといいよ。札幌に帰ったってひとりだべさ」

ぼくは首を振った。

「告別式が終わったら、行かなきゃならないところがあるんです」

「どこ？」

「大沼」

「大沼って、函館のそばの大沼かい？」

「ええ。ぼくを待ってる人がいるんです」

秋子さんは破顔した。

「彼女かい。遠慮しないで連れてくればよかったのに」

「今度連れてきますよ」

ぼくは微笑み、トイレへ行くと断って腰を上げた。

13

札幌のマンションに二泊して雑事を片付けた。世間はクリスマスで浮かれていた。有紀へのプレゼントに新しい図画帳を買った。もっといいものを買いたかったが、義父の死が公になったことでクレジットカードが使えなくなっていた。ぼくが使えるのはぼく自身のわずかな貯金だけだ。軽自動車ではなく、義父の四駆に荷物を積み替え、大沼に戻った。

札幌と小樽に滞在している間は携帯の電源を切っていた。別荘に腰を落ち着けてから、おそるおそる電源を入れた。数十件のメッセージが留守電サービスに預けられていた。すべて、有紀からのものだった。最初は無邪気に、やがて不安に塗《まみ》れた声でぼくの安否を確認しようとしている。最後の二日間に残されているメッセージはほとんど泣き喚いていた。

「敦史、どこにいるの？　もう、有紀と遊んでくれないの？　有紀のお写真撮ってくれないの？」

メッセージをすべて消去して、有紀に電話をかけた。だが、電話は通じなかった。電源が入っていないか、電波の届かないところにいる——腹立たしいメッセージが流れてくる。

何度かけても結果は同じだった。諦めて携帯をしまおうとすると着信音が鳴りはじめた。有紀からかと思ったが、ディスプレイには非通知という文字が浮かんでいた。

ぼくは唇を舐めた。電話の相手はわかっている。しばらく躊躇《ためら》ってから着信ボタンを押した。

「大沼に戻ってきたら、真っ先に電話が欲しかったな」

ぼくが口を開く前に大野が言った。

「さっき戻ってきたばかりなんです」

「三十分前には君はもう別荘に着いていた。違うかね？」

反射的に家の外に視線を向けた。窓から見える範囲には人影も車も見当たらない。

「ぼくを監視していたんですか？」

「ああ。万一を考えてね」

「まったく気づかなかった……」

ぼくは唾を呑みこんだ。

「当然だよ。プロに依頼したからね。札幌のマンションと小樽の三浦の実家はずっと見張らせておいた」

「そうですか」

「捜査は行き詰まっているみたいだぞ。凶器はおろか犯人を示すような証拠も見つかっていないらしい」

「証拠なんて見つかりませんよ」

大野が笑った。

「そうだろう。君はそういうところは抜け目がなさそうだ」

　ぼくは携帯を持ち換えた。

「保険会社はどうなった？」

　舌打ちが聞こえた。

「容疑者が逮捕されるまでは保留だそうです」

「君が捕まれば保険金はおりない。容疑者が見つからなくても保険金はおりない。痛し痒しだな」

「でも、何ヶ月も逮捕者が出なければ、保険会社も折れるしかないんじゃないですか？」

「待つしかないか……」

　沈黙がおりた。大野の吐息すら聞こえない。

「もしもし？」

「二、三日大沼を離れる。逃げるなよ」

「見張られてるんじゃ逃げようがありませんよ」

「人を雇うにも金がかかるんだ。それもプロとなればなおさらだ」

「逃げませんよ」

「彼女を置いては行けない、か」

　大野は乾いた笑いを発し、電話を切った。ざらついた気分のまま、ぼくは携帯を閉じた。無性に写真が撮りたかった。この数日間、カメラには指一本触れていない。デジタル一眼レフを手にしてからは初めてのことだ。

リュックタイプのカメラバッグに機材を詰めこみ、外に出た。日がゆっくりと傾いている。雪の上に落ちる木々の影が伸び、雲が東から西に向かってたなびいていた。

徒歩で水島邦衛の洋館に向かう。時々、森の中に分け入っては雪と影が作るコントラストを撮影した。日が傾くたびに色温度が変化していく。雪が白いというのは雪を知らない人間が口にするたわごとだ。気温が低いと雪は青みを帯びる。朝日や夕日を浴びるとクリームのような色を滲ませる。固く踏みしめられた雪なら黄金色に輝く時もある。

色温度とはつまり、雪が見せる色のことだ。気温が低ければ世界は青みを帯び、高くなれば黄色みを帯びる。カメラはその色温度もしっかりと捕まえるのだ。

朝日でも夕日でもいい、茜色にそまる雪原で有紀を撮影したかった。余分なものは極力排除して、有紀とその時の色温度だけを撮像素子に焼きつけるのだ。

頭の中にイメージが浮かび、ディテイルが固まっていく。気がつくと、ぼくは口笛でメロディを奏でていた。

❄

水島邦衛のアウディが庭に停まっていた。だが、家中の窓はカーテンで閉ざされ、洋館は静まり返っていた。家に拒絶されているような錯覚に襲われ、インタフォンに伸ばしかけていた指先が凍りついた。

洋館に背を向け、大沼に向かって歩きだす。太陽が雲の向こうに隠れると、はっきりとわかるほどに気温がさがった。もはや、写真を写す気にもなれず、ぼくは俯《うつむ》いたまま黙々と歩いた。

駅前に出ると脇目も振らず、駐在所を目指した。矢沢さんはこの前会った時と同じで、お茶を啜っていた。

「先日はどうも」

しっかりと頭を下げ、駐在所に足を踏み入れる。

「ああ、三浦さん、このたびはどうも――」

矢沢さんは慌てて椅子から腰を上げた。

「矢沢さんが教えてくれなかったら、義父《ちち》が殺されていることも知らずに山に籠もっているところでした」

「いやいや、そんなことはないって。もう、葬式済んだのかい？」

「ええ。義父の実家で済ませました。札幌の刑事さんからは連絡ありませんか？　ぼくのところには全然なくて」

「今、捜査で忙しいんだべ。なんにもないよ。お茶、飲むかい？　外はしばれるっしょ」

「いただきます」

ぼくは勧められるままに椅子に腰を下ろし、湯飲みを受け取った。

「あの、こういう殺人事件って、犯人は捕まらないものなんでしょうか？」

「さてねえ……おれは田舎の駐在だし、ああいう都会のことはよくわからないんだわ。捜査一係なんて、太一の事件以外、関わったこともないしね」

「そういえば、太一君は？」

「まだ意識不明のまんまさ。このまま植物状態じゃないかって、医者は言ってる」

「そうですか」

お茶は出がらしでなんの味もしなかった。

「お義父《とう》さんの事件、テレビのニュースで流れたから、三浦君を知ってる人たちは大騒ぎだったぁ。水島先生なんか、わざわざこの駐在まで来てさ」

「水島さんが？」

「うん。君は大丈夫なのかって。事件のこと、詳しく聞いて帰ったわ」

「そうですか」

「君と連絡が取れないって、有紀ちゃんが騒いでわやだって、水島先生、頭を抱えてた」

「さっき、洋館の前を通ってきたんですけど、カーテンが閉まってて……どこかに出かけたんですかね？」

「さあ。今朝、白鳥台んとこで先生と有紀ちゃん、見かけたけどね」

矢沢さんは思いだし笑いをした。

「どうしたんですか？」

「先生、鼻の頭にべっとり絵の具つけててさ。あんな偉い先生がって思うとおかしくてね。なんでも、久々に絵の大作に取りかかってるってことだったわ」

ぼくの写真のパクリだ——喉まで出かかった言葉を無理矢理呑み下した。

「あんな充実した顔の水島先生、初めて見たよ。いつもはむっつりしてるだけだけど、しょっちゅう笑顔見せてねぇ」

「そうですか……」ぼくはお茶を飲み干した。「ご馳走様《ちそうさま》でした。そろそろ行かないと」

「すぐに札幌に戻るのかい？」

「いいえ。向こうにいてもぼくにできることはなにもないし、まだしばらくはこっちにいて写真を撮ります」

「よっぽど写真が好きなんだわなあ」

矢沢さんは呆《あき》れたように首を振った。

「それじゃ、失礼します」

「ああ、三浦君、携帯はできるだけ電源を入れておいて。札幌の方からなにか言ってきた時にすぐに繋がるようにさ」

「携帯を買い換えたんで——」

ぼくは携帯の番号を伝え、駐在所を後にした。どこに行くあてもなく、大沼に足を向ける。

美しかった。空も大地も湖も、目に映るなにもかもが茜色に染めあげられていた。

美しかった。だが、カメラを構える気分にはなれなかった。自然が紡ぎあげるどんな幻想的な風景でも、そこに有紀がいなければ意味がない。

空を見あげながら頭の中では薄暮の景色とはまったく関係のないことを考えていた。

有紀とどこかへ逃げよう。水島邦衛のいないところへ。それはいい。だが、住むところはどうする？　暮らしはどうやって立てる？　有紀は働けない。ぼくにしたところで、写真以外にろくな才能がない。都会はともかく、田舎ではまともな働き口も得られまい。

「金ならあるじゃないか」

そう、金はある。義父の生命保険がいずれぼくの口座に振りこまれる。大野がいなければ、金はぼくのものだ。五千万もあれば、田舎で家を手に入れることができるだろう。残った金でつつましく暮らせば、五年は持つはずだ。その間に、ぼくの写真が売れるようになれば……。

機材を詰め直したカメラバッグを背負った時には、世界は闇にくるまれていた。大沼は漆黒の底に沈み、街灯の明かりが頼りなげに揺れている。

「大野がいなくなれば……」

ぼくはまた呟き、闇の中を歩きはじめた。

14

夜明け前に家を出、白い息を盛大に吐きながら別荘地内にある円沼へ向かった。北西の畔《ほとり》に立ち、周辺の景色に丹念に視線を走らせた。あれを埋めたのはここに来たばかりの時だった。まだ木々の葉は葉緑素をとどめ、初秋の太陽による透過光で淡い緑色に輝いていた。だが、今は雪がすべてを覆っている。沼の北側を遮る白樺《しらかば》林の大きな木の根元に埋めたのだが、その白樺を見つけるのが困難だった。懐中電灯で林を照らし、必死に記憶を掘り起こした。

「多分、あれだ」

一本の白樺の根元に光を当てた。あの時は掘り起こすことがあるなど考えもしなかった。だから、記憶も曖昧なのだ。

用意したシャベルを白樺の根元に突き刺した。雪はともかく、その下の土は鋼鉄の塊のように固く凍りついていた。とりあえず、周辺の雪を掻いた。雪の下では枯れた雑草が凍りついていたが、一部だけ、土が剝きだしになっていた。

「ここだ。間違いない」

ぼくは背負っていたリュックを雪の上に置いた。中には熱湯を入れた魔法瓶が二本、入っている。一本をすべて、土の上にぶちまけた。すかさず、シャベルで掘っていく。急がなければ熱湯で解けた雪も、またすぐに凍りついてしまう。

熱湯の効果はほとんどなかった。解けるのは表面の土だけで、その下になんの変化もなかった。勢いよく突き立てても、シャベルの先端は簡単に弾き返される。

それでもぼくは意地になって凍土を掘り続けた。シャベルの先端で少しずつ土を削っていく。なにかに集中したら、ぼくはとことんまでやらなければ気が済まない質《たち》だった。聴覚が鈍り、視界が狭まり、目の前にだけ集中、いや、熱中するのだ。

喉の渇きがぼくの集中を解いた。雪を手で掬い、口の中に押しこむ。いつの間にか空が白みはじめていた。土は十センチほど掘れただけだ。記憶では、三十センチほどの穴を掘り、その底にあれを埋めた。

腕時計は六時半を指していた。まもなく日が昇り、八時になれば末岡さんが犬の散歩のために外に出てくる。それまでに掘りだせるかどうか。

余計なことを考えている暇はなかった。時間が許す限り掘り続け、掘りだせなかったらまた明日の朝、ここに来ればいい。

ぼくは額の汗を拭い、凍土との格闘を再開した。

❄

結局掘りだすことはかなわなかった。八時が過ぎ、末岡さんと犬の姿が見えたところでぼくは作業を中断し、林の中に身を隠した。円沼の畔から末岡さんの姿が遠ざかると、林を抜け家に戻った。

空腹だった。義父の四駆で出かけ、コンビニで唐揚げ弁当と焼きそばを買い、白鳥台セバットの駐車場に車を停めた。車内で弁当を頬張り、ペットボトルのお茶をがぶ飲みする。

満腹になると、今度は強烈な眠気が襲いかかってきた。無理矢理目を開け、車のステアリングにしがみついた。

水島邦衛の姿に気づいたのは、駐車場を離れて間もなくのことだった。彼はひとりで湖畔に佇《たたず》んでいた。ニット帽にウールの分厚いコート姿、道路に背を向けていたが、その人物が水島邦衛であることに疑問を差し挟む余地はなかった。

そこは、ぼくと有紀がはじめて出会った場所だったからだ。ぼくが写真で切り取った場所。水島邦衛が模倣しようと決めたぼくの写真。彼は、イメージを増幅させるために現場を訪れている。

見慣れぬ四駆を運転しているぼくに水島邦衛は気づかなかった。有紀の姿も近くにはない。ダッシュボードに視線を走らせた。九時少し前——水島邦衛がここに着いたばかりなのだとしたら、三十分から小一時間ぐらいの余裕はあるだろう。

ぼくはリュックに有紀へプレゼントする図画帳を入れ、洋館へ向かった。相変わらず、有紀の携帯に電話は繫がらなかった。有紀の意思だとは思えない。なんらかの理由から、水島邦衛が有紀の携帯を取りあげたのだ。

左手でステアリングを握りながら、有紀の携帯に電話をかけてみた。やはり、繫がらない。洋館に近づくと、車のスピードを落とした。窓という窓がカーテンで塞がれていた。洋館を通り過ぎ、最初の辻《つじ》を左に曲がったところで車を降りた。インタフォンを押したが返事はなかった。ドアをノックしても同じだ。

洋館の隣の敷地に侵入し、雪玉をいくつか作った。その雪玉を有紀の部屋の窓に投げつける。三つめでカーテンが揺らいだ。四つめで有紀がカーテンの隙間から顔を覗かせた。

「有紀」

声には出さず、口だけを動かした。有紀が手を振っている。ぼくは玄関の方を指差した。有紀が悲しげに首を振った。

今度は窓を指差し、開ける仕種《しぐさ》をして見せた。有紀がうなずき、鍵を外して窓を開けた。

「玄関を開けて」

「開けられないの」

「どうして？」

「部屋から出られないもん」

今度はぼくがうなずいた。

「ちょっと待ってて」

垣根を越えて洋館の敷地に入り、デッキの手すりに足をかけた。有紀の部屋はデッキの真上にある。手袋を脱ぎ、ジャケットのポケットに押しこんだ。洋館というだけあって、壁は煉瓦《れんが》だ。有紀の窓のそばに通気用のダクトが顔を覗かせていた。壁にしがみついて数十センチ登ればそのダクトに指をかけることができる。

「敦史、頑張れ！」

有紀の無邪気な声が耳を素通りした。手足を引っかけることのできる凹凸《おうとつ》が無数にあるとはいえ、壁は垂直に立っている。気を緩めればすぐに落ちてしまいそうだった。

スノーブーツの爪先を煉瓦と煉瓦の合わせ目に押しつけ、腕を伸ばして突きでた煉瓦の角に指をかける。少しずつ、慎重に身体を引きあげ、また、爪先を違う場所に押しつける。

すぐに指先に痛みが走り、腕が痺《しび》れはじめた。だが、ぼくは痛みを無視し、壁をじりじりとよじ登った。あと数センチで指先がダクトに届く。指先ではなく、両手を引っかけることができれば、腕の力で身体を引きあげることができる。そうなれば、有紀の窓まではもう一息だ。

「敦史、頑張れ！　もう少し」

有紀は窓から身を乗りだしている。危ないからさがれと言いたかったが、声を振り絞る余力がなかった。両腕が際限なく震え、ふくらはぎの筋肉が攣《つ》りそうになっている。

唸りながら腕を伸ばし、ダクトの穴を塞いでいる金網に五本の指を引っかけた。肘を曲げ、身体を引きあげる。金網が指に食いこんだがかまってはいられない。左手も金網に引っかけ、両肘を曲げたまま身体を左右に揺らした。

「有紀、ぼくの脚を摑んで」

振り子の要領で身体を揺すり続けた。有紀の手がぼくの足首を摑むのがわかった。

「摑んだよ」

「ぼくの脚を窓の中に入れて」

身体がねじれ、引っ張られる。ぼくは慎重に肘を伸ばした。ふくらはぎが窓枠にぶつかった。

「ごめん。痛い？」

「だいじょうぶ」

一度身体を丸めて持ちあげると、膝から下が窓の向こうに落ちるのがわかった。身体を細かくくねらせた。腰が窓枠に乗った。ダクトから両手を離し、腹筋を使って身体を折りたたむ。一瞬、頭の中が真っ白になり、ぼくは有紀の部屋の床の上に転がった。

「やった。大成功」

有紀がガッツポーズを作って部屋の中を歩き回った。ぼくは床の上に座り、指先と脚のあちこちから放たれる痛みに身体を丸めた。

短い悲鳴のような声を発して有紀がぼくの真向かいでしゃがんだ。

「敦史……」

有紀はぼくの両手を自分の手で握った。ぼくの両手の指先は爪が割れ、皮膚が裂けて血塗《ちまみ》れだった。

「お写真、撮れなくなっちゃうよ」

「これぐらい、だいじょうぶだよ」

ぼくは無理矢理微笑み、両手を握った。無数の針を突き立てられたような痛みが走った。

「待ってて」

有紀は立ちあがり、ドアに向かって駆けた。しかし、ドアノブに手をかけると有紀の肩がはっきりそれとわかるほどに落ちた。

「ドア、開かないの？」

ぼくの声に有紀は小さくうなずいた。

「伯父さんに閉じこめられたんだ？」

有紀はまたうなずく。

「どうして？」

有紀は答えない。

「ぼくに会いたいって我が儘を言ったから？」

有紀が振り返った。目に涙が溜《た》まっている。

「電話繋がらなかった」

「バッテリが切れてたんだ」

ぼくは嘘をついた。

「何度も何度も電話したのに、留守電ばっかりで、有紀、敦史になにかあったのかもって怖くなって、それで……それで伯父様に敦史を捜しに行くって言ったの」

「そうしたら？」

「ドアに鍵かけられた」

有紀は床に膝をつき、両目を手で塞いで泣きはじめた。ぼくは有紀に近づき、しゃがみ、指先の痛みに耐えながら有紀の肩を抱いた。

「もう、泣かなくても大丈夫だよ、有紀。ぼくはここにいる」

「敦史、死んじゃったのかと思ったの」

「ぼくのお義父《とう》さんが死んだんだ。それで、お葬式に行ってたんだよ」

有紀は唐突に泣きやんだ。

「敦史のパパが？」

「うん」

有紀がぼくに抱きついてくる。

「敦史、パパが好きだったの？」

「嫌いだった。でも、お葬式には出てあげなきゃね」

「有紀も有紀のパパとママ、嫌い。大嫌い。死んでも、お葬式なんか出ないの」

「そっか」

ぼくは血が付かないように気をつけながら有紀の頭を撫でた。指先はまだ激しく痛む。

有紀が立ちあがり、洋簞笥《ようだんす》の抽斗《ひきだし》を開けた。丁寧に折りたたまれたハンカチを一旦自分の胸に押しつけ、それからぼくに差しだした。

「はい」

小学生たちの間で人気のあるアニメのキャラクターがプリントされたハンカチだった。

「ありがとう、有紀」

ぼくはハンカチを受け取り、右手に巻きつけた。

「そういえば。これ。遅くなったけど、クリスマスのプレゼント」

ぼくは丁寧に包装され、リボンの付いた図画帳をリュックから出して有紀に渡した。

「わあ」

有紀の顔が輝いた。包装を取り、図画帳を胸に抱いた。

「気に入った？」

「うん。敦史、ありがとう。とっても嬉しい。でも、有紀、敦史にあげるプレゼントないの」

「いいよ。有紀の笑顔が一番のプレゼントだから」

「そんなのプレゼントじゃないもん」

有紀が唇を尖らせた。

「ぼくはそれでいいんだ」

「ダメ！　有紀、いつかちゃんと敦史にクリスマスのプレゼントあげるんだから」

「サンタにお願いするからいいよ」

「サンタ？」有紀は馬鹿にするような目をぼくに向けた。「敦史、子供なのね。サンタはいないのよ」

ぼくは笑った。心の底から笑った。

＊

何度か試してみたが、ドアは開かなかった。おそらく、ダイヤル錠かなにかが使われている。

「朝から晩まで、ずっとこの部屋に閉じこめられたままなの？」

ぼくは有紀に訊いた。有紀は勉強机の上で図画帳を開いている。

「ご飯の時は下におりてもいいの。あと、トイレに行く時とシャワーを浴びる時」

「いつから？」

有紀は首を傾げた。

「一昨日……はい、これ」

有紀は開いた図画帳をぼくに向けた。ぼくは瞬きを繰り返した。全裸の水島邦衛が細密画で描きこまれている。右手には絵筆を持ち、股間の陰茎が傲岸に反り返っていた。描写が精密な分、水島邦衛のペニスは滑稽なほどグロテスクだった。

「どうして伯父さんは裸になってるの？」

ぼくは訊いた。

「裸の有紀を描くの。有紀が裸だから、伯父様も裸にならないとだめなの」

「裸になって有紀の絵を描くだけ？」

有紀の表情が歪んだ。

「伯父さんは有紀になにをするの？」

ぼくは畳みかけた。有紀は視線を落とす。

「有紀」

「最初は絵を描くだけだったの」

有紀は俯《うつむ》いたまま口を開いた。声は細く弱く、語尾がかすれている。

「最初は？　じゃあ、その後は」

「いや。話したくないの」

ぼくは有紀の両肩に手を置いた。血塗れの指が彼女の肩の肉に食いこんでいく。

「痛いよ、敦史」

有紀は図画帳を胸に抱いた。

「伯父さんは有紀になにをするの？　なにをさせるの？」

「おっぱいにちゅーする」

「おっぱいにだけ？」

有紀は大きくかぶりを振った。ぼくは彼女の顎に手をかけ、ぼくの方を向かせた。

「おっぱいにだけ？」

「身体中にちゅーするの」

有紀はぼくを見つめながら泣きはじめた。

「有紀は？　有紀も伯父さんにちゅーするの？」

有紀はうなずいた。ぼくは有紀の手から図画帳を取りあげ、水島邦衛のペニスを指差した。

「ここにちゅーするの？」

「有紀はいやなの。でも、伯父様が……」

全裸の細密画の上に有紀の涙がぽたぽたと落ちた。

「ちゅーしたら、今度はなにをするの？」

「いやっ」

有紀はぼくが持っていた図画帳を払い落とした。

「敦史、嫌い。大嫌い」

逃げようとする有紀を抱き寄せた。きつく、きつく抱いた。

「大丈夫だよ、有紀。伯父さんにはもう、有紀のいやなことさせないから」

「本当？」

「約束するよ、有紀」

ぼくは目を閉じた。有紀をおもちゃにする水島邦衛の姿が脳裏に浮かんだ。やがて、有紀はぼくに、水島邦衛が義父に変化する。

去年のクリスマスだ。義父は睡眠薬を溶かしこんだシャンパンをぼくに飲ませた。眠りこけているぼくの肛門《こうもん》を蹂躙《じゅうりん》し、それをビデオに収めた。目覚め、肛門に違和感を感じたぼくは義父になにをされたのか瞬時に理解した。普段から、義父のぼくを見つめる視線に粘ついたものを感じていたからだ。

だが、義父に問いただすこともできず、ぼくは家を飛びでた。札幌の繁華街をあてもなく彷徨《さまよ》い、寒くなればゲームセンターで暖を取り、深夜を過ぎるとホームレスに混じって段ボールで身体をくるんだ。

そんな日をしばらく過ごし、やがてぼくは過労で倒れ、救急車で病院に運ばれた。もちろん、義父はすぐに病室に姿を現した。神妙な顔をして警察や病院の人間に嘘をまくしたて、ぼくには笑顔を振りまいた。

ぼくは疲れ果てていた。なにもかもがどうでもよかった。母の愛人に半殺しにされた時、ぼくの中で何かが死んだ。義父に犯されて、遂に魂までどこかに消えてしまったのだ。

翌日、ぼくは義父の車で家に戻った。義父は土下座してぼくに詫《わ》びた。どうしても我慢できなかったのだと言い訳をした。ぼくがあまりにも可愛いから、と。床に額を擦《こす》りつける義父を見てもなにも感じなかった。

毎月、二十五日の夜、義父は酒を飲み、真夜中を過ぎるとぼくの部屋に侵入してきた。ぼくは義父のするがままだった。魂が消えてしまったのだ。肉体がどうなろうと意味はないと思っていた。

だが、ぼくの魂は消えたわけではなかった。ただ、隠れていただけなのだ。義父に蹂躙されるたびにぼくの魂は傷つき、そして、唐突に限界が来た。

いつものようにベッドに忍びこんできた義父を、ぼくは刺した。

「敦史？」

有紀の声で我に返った。

「敦史も泣いてるの？」

なにかが決壊したように涙が次から次へと流れてくる。ぼくは有紀を抱きしめたまま泣き続けた。泣きながら悟った。

ぼくと有紀は出会うべくして出会ったのだ。寄る辺ない魂がお互いを引き寄せたのだ。庇護者《ひごしゃ》たるべきものに顧みられず、虐待され、傷だらけになった魂がお互いを引き寄せたのだ。

水島邦衛を殺してあげるよ、有紀。

ぼくは声に出さずに有紀に誓った。有紀もぼくと同じように泣き続けていた。

ぼくが来たことを絶対に知られるなと釘《くぎ》を刺すと、有紀は大人びた顔つきでうなずいた。また会いに来てくれる？　という言葉にうなずいて、ぼくは洋館を後にした。

別荘に戻ってベッドに潜りこみ、ただひたすらに眠りを貪った。目覚めたのは夜の七時。暗闇がひっそりと世界を覆い尽くしていた。

懐中電灯とシャベルを持って、また円沼の北側の林に向かった。末岡さんの家にひっそりと明かりが灯っているだけだった。ぼくの気配に気づいたのか、グレイスが吠《ほ》えていた。

15

懐中電灯を雪の上に置き、ぼくは掘りかけの土にシャベルを突き立てた。土は固い。だが、明け方のそれが氷の固さなら、今のそれはシャーベットだった。

グレイスの吠える声が大きくなった。グレイスを叱る末岡さんの声が聞こえた。ぼくは動きを止め、懐中電灯を消した。末岡さんの家のドアが開き、人影が揺らめいた。

「だれもいないじゃないか、グレイス。いい加減にしなさい」

人影は声とともに家の中に消えた。すぐには動かずに様子をうかがう。相変わらずグレイスは吠え続けていたが、人影が再び姿を現すことはなかった。

懐中電灯は消したまま、ぼくは土掘りを再開した。ほんのかすかな明かりでも、雪はそれを反射してくれる。闇に慣れた目には土の周りは充分に明るかった。

今朝と同じように掘るという行為に没頭していった。次第に冷えていく大気に反比例するようにぼくの体温はあがり、アンダーウェアが汗で湿っていく。いつしかグレイスも吠えるのをやめていた。シャベルの先端が半分凍った土を抉《えぐ》る音だけがリズミカルに耳に飛びこんでくる。掘った穴の深さはとうに十センチを超えていた。

空腹が集中力を乱しはじめたころ、シャベルの先端がなにかにぶつかった。途端に空腹を忘れ、ぼくは慎重に土を掻き分けた。元々は高級チョコレートが入っていた金属製の箱が顔を覗かせた。シャベルを放り投げ、手袋をはめた両手で土を掘った。

掘りだした箱の土を払い蓋を開けた。革製の鞘《さや》に収まったダガーナイフが埋めた時と同じように横たわっている。ナイフの柄を握り、左手で鞘を取り払った。刃にはまだ義父の血がこびりついたままだった。刃渡りは十五センチ、木製の柄には複雑な彫刻が施されている。

鞘に戻したナイフをダウンジャケットのポケットにしまい、ぼくは再びシャベルを手にした。穴の底に空になった箱を横たえ、土を被せる。シャベルの背でならした土の上に、今度は雪を被せた。白樺の木の周りを足で踏みならす。

別荘に向かって歩きはじめると、またグレイスが吠えはじめた。

❄

携帯の着信音で目が覚めた。ディスプレイには札幌の市外局番からはじまる番号が表示されていた。電話には出ず、時間を確かめる。午前九時を少し回ったところだった。

着信音は一旦途切れたが、またすぐに鳴りはじめた。携帯をベッドの上に放り投げ、ぼくはキッチンへ向かった。食パンにマヨネーズとマスタードを塗り、スライスチーズとハムを挟んで貪り食う。食パンはぱさぱさだったが無理矢理呑み下した。

携帯は鳴り続けている。

紅茶を淹れ、ゆっくり啜りながらダガーナイフを手に取った。もちろん、手袋をはめてからだ。ナイフを眺めながら有紀に思いを馳《は》せた。有紀はぼくの分身だ。双子の片割れだ。傷ついた同質の魂がお互いを呼び寄せたのだ。

このナイフがぼくの義父の命を奪ったのなら、水島邦衛の命を奪うのもこのナイフでなければならない。

ぼくはその考えに取り憑《つ》かれていた。だからこそ、このナイフを掘りだしたのだ。有紀の口から直接聞く前から、ぼくは有紀と水島邦衛の間に起こっていることを理解していた。ぼくと義父の関係と同じだからだ。違うのは、有紀がぼくのように穢《けが》れてはいないということだった。義父以上に水島邦衛がゆるせなかった。

携帯が鳴りやみ、また間髪を入れずに鳴りはじめた。

刑事という人種はだれもがしつこいのか、それとも単に佐久間個人の資質なのだろうか。

どちらでもよかった。

携帯は鳴るに任せ、ぼくは家を出た。四駆で函館近郊のホームセンターに向かい、麻製のロープと安い毛布とタオル、それに寝袋や漂白剤を買いこんだ。

義父を殺した時は、アメリカ製のテレビドラマで学んだ知識が役に立った。漂白剤を使って血で汚れた床や家具を掃除すれば、ＤＮＡなどの科学捜査に必要な痕跡を綺麗に除去することができる。

義父の死体を倉庫の冷凍庫に放りこんだあと、ぼくは一晩かけて、漂白剤でマンション中を掃除した。今後、警察があのマンションを調べることになっても証拠はなにも出ないはずだった。

買い物を済ませて別荘に戻ると携帯は沈黙していた。同じ札幌の番号の着信履歴が数十件残っていた。

「ご苦労様」

だれにともなく呟き、ぼくはパソコンに向かった。久しぶりに電源を入れ、ネットに繋ぐ。メールソフトが大量のメールを受信した。ほとんどがスパムメールだ。

メールを機械的に削除していく。とあるメールのところでマウスをクリックしようとしていた指が凍りついた。

有紀の写真で応募したフォトコンテストを主催する雑誌の編集部からのメールだった。

「入選が決まったのか……」

逸《はや》る心を抑えきれないまま、メールを開いた。

〈三浦敦史様
わたしはフォトプレス編集部の谷垣《たにがき》と申します。本日は三浦敦史様に折り入ってお願いがあり、メールさせていただきました。
今回のフォトコンテストの審査員をお願いしているある先生が、三浦様の写真を見て、そこに写っているモデルを非常に気に入り、是非紹介してほしいとおっしゃっているのです。
もし問題がなければ、是非、あのモデルの連絡先を教えていただけないでしょうか……〉
ぼくは失笑した。握った拳を机に叩きつける。なんのことはない。ぼくの写真は落選したのだ。

ぼくはあの写真に自信を持っていた。入選するのは当たり前だと端《はな》から思いこんでいた。だが、そんなものはただの自信過剰にすぎなかったのだ。ただ、有紀が審査員をしていたプロの写真家の目にとまっただけだった。

笑いが止まらなかった。空虚な気分が胸に満ち、それがおかしくてぼくはひたすら笑い続けた。息が苦しくなってもなお笑いは止まらない。

ぼくは椅子から転げ落ち、床の上をのたうち回りながら笑い続けた。

16

笑っているうちにいつしか眠りに落ちたのだろう。ぼくは床の上で寝ていた。身体の節々が錆《さ》びついたように凝り固まっていた。右腕を回しながら起きあがり、携帯を手に取った。

佐久間からの着信履歴がまた数十件あった。肩をすくめ、携帯の電源を落とす。有紀は水島邦衛に携帯を取りあげられた。だったら、ぼくが携帯を気にする理由もない。

バスタブに湯を張り、熱い風呂で身体の凝りをほぐした。風呂からあがると丁寧に髭を剃《そ》り、髪の毛にドライヤーを当てた。整髪料で乾いた髪を整えるとやっと生き返ったような気持ちになれた。簡単な食事を胃に詰めこみ、荷物のパッキングをはじめた。少なくとも数日の間はこの別荘には戻らないつもりだった。必要最低限だと思えるものを詰めただけで、スーツケースがいっぱいになった。

義父の四駆で水島邦衛の洋館に向かう。薄い雲を通過した朝の陽光が世界を淡い茜色に染めあげていた。ちらほらと雪が舞い、茜色の世界にアクセントをつけている。世界の終わりもこんな光景なのだろうかと思った。単色の世界に雪ではなく死の灰が降り積もるのだ。

自分自身のくだらない妄想を嘲笑しながらぼくは洋館から五十メートルほど離れた別荘の前で車を停めた。古びたログハウスで、「森下《もりした》」という表札がかかっている。その傷み方からしばらく使われていないのは一目瞭然だった。プラスティックのチェーンを外し、森下さんの敷地に車を乗り入れる。そこからなら洋館の人の出入りを見張ることができた。

四駆のエンジンを切り、魔法瓶に入れてきた紅茶を啜った。茜色の世界が黄色に変わり、分厚い雲が空を覆うと黄色は鉛色になり、本格的に雪が降りはじめた。この降り方では明日までに数十センチは積もるだろう。

午前九時を少し回ったころ、赤いアウディが洋館から出て行った。乗っているのは水島邦衛だけだ。アウディの後ろ姿が消えてから十分待った。アウディが戻ってくる気配はない。

ぼくは車を降り、ホームセンターで買ったロープを携えて洋館に足を向けた。敷地に侵入し、有紀の部屋の窓に雪玉をぶつける。すぐに窓が開いた。

「敦史」

「伯父さんはいつ帰ってくる？」

窓から笑顔を振りまいてくる有紀に訊いた。

「夕方まで帰らないって。函館に行ってるの」

ぼくはうなずいた。

「ちょっとどいて」

有紀に声をかけ、ロープの束を窓に向かって投げた。

「ロープの先を有紀のベッドの脚にきつく縛りつけるんだ。できる？」

「有紀、蝶々《ちようちよう》結びと玉結びできるんだから」

姿は見えなかったが自慢げな声が返ってきた。

「きつく縛ったら、ロープ、外に投げて」

「わかった」

しばらくすると、窓際に有紀が姿を現してロープを投げてきた。

「有紀、ベッドの上に乗っててくれる？」

「どうして？」

「いいから早く」

「はぁい」

有紀の姿がまた消えた。ぼくはロープを腕に巻きつけ引いてみた。ロープはぴんと張り詰めた。体重をかけてみても、ロープを結わえたベッドが動く気配はない。壁に足をかけ、ロープをたぐり寄せる。ロープはしっかりとぼくの体重を支えてくれ、この前苦労したのが嘘のようにぼくは有紀の部屋の中に転がりこんだ。

「やったー!」

ベッドの上で有紀が飛び跳ねる。ぼくは人差し指を唇に当てた。有紀は口を閉じ、動くのをやめる。

「ちょっと静かにしてて」

部屋の隅に子供用のおまるがあった。水島邦衛が留守の間の簡易トイレだ。そんなものを用意しなければならないほど、有紀は水島邦衛を困らせたのだろう。ぼくはドアノブに手をかけた。ノブは回るがドアはほんの数ミリ動いただけでなにかに動きを阻まれる。ドアから少し離れ、スノーブーツの底でドアを思いきり蹴った。ドアは開かない。

「敦史」

有紀が心配そうに声をかけてくる。

「大丈夫。ぼくを信じて」

またドアを蹴った。一度目よりわずかだが抵抗が弱まったような気がした。もう一度蹴る。ドアが派手な音を立てて開いた。廊下に出る。ドアにネジで取りつけられたかんぬきがぶらさがっていた。かんぬきにはダイヤル錠がついていた。

階下へ降り、玄関の鍵を開けた。

「どこに行くの、敦史」

「すぐに戻ってくるよ」

雪はさらに激しく降っていた。四駆へ駆け戻り、荷物を担いで洋館に戻るまでの短時間でぼくの髪の毛は白髪のようになってしまった。雪を払い落とし、用意した荷物を水島邦衛のアトリエまで運んだ。

イーゼルが立っていた。ぼくは荷物を足下に放り投げ、絵を正面から見た。

ぼくが撮った有紀の写真が無惨に換骨奪胎されて描かれている。有紀に似た若い女性が湖畔で横たわっている。ぼくが写したのは秋の朝日を浴びて金色に光る草木だったが、水島邦衛の絵に描かれているのはそここに花が咲いている春の光景だった。

「なにもわかっていない」

ぼくは呟いた。有紀に似た女性は有紀の無垢さを託されているが、有紀が持つエロティシズムは完全に黙殺されている。水島邦衛が描いたのはただの人形だ。

「敦史……」

振り返ると戸口に有紀が立っていた。

「おいで」

ぼくは有紀に手招きした。有紀がおずおずとした足取りで入ってくる。

「どう思う？」

キャンバスを凝視する有紀に訊いた。

「敦史のお写真の方が好き」

絵を見たまま有紀は答えた。

「伯父さんは才能がなくなっちゃったんだ」ぼくは言った。「絵が描けない伯父さんは生きていてもなんの意味もない」

ぼくはポケットの中のダガーナイフの柄を固く握りしめた。

❄

有紀のお絵描きに付き合って水島邦衛が戻るまでの時間を潰した。有紀は無邪気に笑う。ぼくと一緒にいることが嬉しくてたまらないと、その笑いに乗せてぼくに訴える。その笑みを見ながら、ぼくはカメラを車に置いてきたことを悔やんだ。余計な機材はなにもいらない。ただレンズを向けてシャッターを切る。それだけで有紀のとびきり素敵なポートレイトが撮れたのだ。

窓の外では雪がしんしんと降り続けている。だが、有紀の部屋は暖かかった。暖房のせいではない。ぼくたちの心が温かいなにかにすっぽりとくるまれていたからだ。

「ずっと続けばいいのに」

ぼくの心を見透かしたように有紀がぽつりと呟いた。

「なにが？」

ぼくはわざと聞き返した。

「有紀、敦史とずっと一緒にいられるようになるかな？」

ぼくはうなずいた。

「ほんとに？」

「ほんとだよ。指切りしようか？」

有紀は首を振った。

「有紀、敦史の言うこと信じるもん。指切りなんてしなくていいの」

「そうか」

ぼくは有紀の髪の毛を撫でた。有紀は照れ笑いを浮かべ、お絵描きに熱中するふりをする。

幸せだった。有紀に触れなくてもそばにいるだけで幸せだった。有紀のなにもかもが、有紀にまつわるなにもかもが愛《いと》おしくてたまらなかった。

長くは続かない幸せだとわかっているから、なおさらそんなふうに感じるのだろう。ぼくは有紀のように無邪気ではなかった。かつてはそうだったのかもしれないが、生き続けるうちにぼくは損なわれてしまったのだ。

有紀が羨ましかった。どれだけ長く生きても、有紀は穢れることも穢されることもなく、いつまでも無邪気なままで居続けるのだ。

「ねえ、暗くなってきたよ。明かり点ける?」

有紀が言った。ぼくはうなずいた。

「伯父さんが帰ってきても、部屋の外に出ちゃだめだよ。鍵を壊しちゃったことがばれちゃうからね」

「わかってるよ」

有紀は微笑んだ。

「それから、あの絵もらってもいい?」

有紀の表情が曇った。

「だれにも見せないから。いいだろう? ぼくが有紀に頼んで描いてもらったんだから」

「いいよ」

有紀は小さくうなずき、図画帳の例のページを開いた。醜悪な裸体をさらした水島邦衛の細密画だ。ぼくはその絵を引きちぎり、丁寧に折りたたんでポケットに入れた。

❄

エンジン音が近づいてくる。水島邦衛のアウディに違いなかった。

「有紀はこのまま部屋にいるんだよ」

「敦史は？」

「伯父さんに挨拶してくる」

「じゃあ、有紀、待ってる」

有紀の微笑みに背を向け、ぼくは部屋を出た。足音を殺して階段を降り、バスルームに身を隠す。手袋をはめ、ポケットからダガーナイフを取りだした。

ヘッドライトが玄関のガラスを照らした。エンジン音が消え、鉄のドアが閉まる重々しい音が続く。鍵を鍵穴に差しこむ音——暗闇の中、聴覚が過敏になっていく。

バスルームのドアの隙間から様子をうかがった。

水島邦衛が雪を払いながら入ってきた。一言も声を発せず雪を払い落としたコートと靴を脱ぎ、スリッパに履きかえる。

ぼくは目を閉じた。同時に水島邦衛が照明のスイッチを入れる。敏感なままの聴覚が水島邦衛の足音を拾いあげる。彼はリビングに向かっていた。ぼくが潜んでいることには気づかず、バスルームの前を素通りした。

待った。水島邦衛は遅かれ早かれ有紀の部屋に行くはずだ。ナイフを握った右手に力をこめる。義父を刺した時は握り方が甘すぎて自分の掌も傷つけてしまった。同じ間違いを犯すのは愚か者のすることだ。

そこまで考えて失笑した。ぼくは愚か者だ。そうじゃないか？　賢い人間であればこんなところでナイフを握り締めていたりはしない。

「有紀、今開けてあげるからな」

水島邦衛の野太い声が静寂を破った。ぼくは生唾を呑みこんだ。足音が近づき、水島邦衛の身体がドアの隙間から差しこんでくる光を、一瞬、遮った。

頭の中で五つ数えてから、そっとドアを開けた。水島邦衛の背中が数メートル先にあった。小走りに駆け、左手で水島邦衛の口を押さえ、喉元にナイフの刃を当てた。

「動くな、喋るな。逆らったらあんたを殺してから有紀も殺す」

水島邦衛は硬直した。

「あんたのアトリエに行くんだ」

ナイフを軽く横にすべらせた。水島邦衛が震えた。

「言う通りにしなきゃ、今度は力をこめる」

水島邦衛は震えながらうなずいた。ぼくは口から離した手で彼の左腕を背中の方にねじりあげた。

「い、言う通りにするから、命だけは……」

「喋るなと言っただろう」

「す、すまん」

水島邦衛は震えながらぼくに背中を押されて歩きはじめた。彼の恐怖と不安がダイレクトに伝わってくる。アトリエまでの距離が無限に感じられるのだろう。階段をのぼる彼の足取りは重かった。

「明かりを点けるんだ」

アトリエに入るとぼくは命じた。

「こ、これは……」

キャンバスを目にして水島邦衛は狼狽《ろうばい》した。

「あれはぼくの写真のどうしようもない模倣だ」

ぼくは言った。

「み、三浦君？　三浦君なのか？」

「才能が枯渇したのなら素直に筆を置けばいい。そんなに過去の栄光にしがみついていたいのか？」

「ご、誤解だよ、三浦君。あれは習作なんだ。君の写真があまりに素晴らしいから模写してみたくなっただけなんだ」

「デッサンにとても時間をかけていましたよね？　模写？　冗談でしょう」

水島邦衛の喉仏が動いた。

「デッサンも見ていたのか？」

「なんでも知っていますよ。あなたが有紀にしていることも」

「な、なんの話だ」

ぼくはポケットから有紀の絵を取りだした。折りたたんだそれを開いてから水島邦衛に見せてやる。

「これは――」

水島邦衛は絶句した。身体の震えが痙攣《けいれん》に変わる。

「ぼくの写真をパクろうとしたことはゆるしてもいい。でも、水島さん、これだけは絶対にゆるされないよ」

「有紀の妄想だよ。わたしはこんなことは――」

ナイフを持つ手に力を入れた。水島邦衛は口を閉じた。

「言い訳は意味がない。先生、ぼくは知ってるんだ」

「三浦君――」

「知ってるんだよ。これはぼくが有紀に描かせたんだ。あなたが有紀になにをしているか、知っていたから」

「そんなはずはない」

「知っているんだよ」

ぼくは繰り返した。

「三浦君、話し合おう。な？　一時の感情に流されて一生を棒に振るつもりか？」

「言ったでしょう？　あなたはゆるされない」

「待って――」

ぼくはまた左手で水島邦衛の口を塞いだ。右手のナイフを背中――肝臓のある辺りに思いきり突き刺した。水島邦衛の身体が反り返る。突然のしかかってきた重さに耐えきれず、ぼくはよろめいた。水島邦衛が床に転がった。その口から鈍い悲鳴が迸《ほとばし》る。ぼくは彼に跨《また》がり、もう一度ナイフを突き立てた。悲鳴が弱まった。水島邦衛は金魚のように口をぱくぱくさせ、腕を伸ばして虚空《こくう》を摑んだ。

床が軋《きし》んだ。ぼくは振り返った。アトリエの入口に有紀が立っていた。

「いつからそこにいたの？」

「さっき」

有紀は虚《うつ》ろな声で答えた。その目は床の上でのたうち回る水島邦衛を見つめていた。

「伯父様、死んじゃうの？」

「伯父さんはもう、有紀のいやなことができなくなるんだ」

ぼくは答えた。

「ほんとに？」

「ほんとだよ」

「ありがとう、敦史。大好き」

有紀の目から涙が溢れはじめた。

17

水島邦衛は二十分近く苦しんでから死んだ。ぼくと有紀はアトリエの床に座ってその様子を固唾を呑んで見守っていた。水島邦衛が動かなくなると、有紀はぼくを見あげた。

「死んじゃったの？」

ぼくはうなずいた。

「これからこの部屋の大掃除をしなきゃならないんだ。有紀、手伝ってくれる？」

ぼくの言葉に有紀もうなずいた。

「じゃあ、ちょっと待ってて」

有紀をアトリエに残し、外に出る。雪はさらに激しく降っており、四駆のタイヤが半ば埋もれていた。スタックさせないように慎重にアクセルを操作し、洋館の敷地に四駆を停めた。中から荷物を運びだし、アトリエに向かう。途中で足を止めた。アトリエからいやな音が響いてくる。荷物を足下に放りだし、ぼくは廊下を急いだ。

有紀がナイフを両手で逆さに握り、水島邦衛の死体に何度も突き立てていた。

「有紀」

ぼくの声も有紀の耳には届かない。彼女はなにかに取り憑かれたかのように水島邦衛だったものを刺し続けている。顔も衣服も返り血を浴びて鬼気迫るものがあった。

「有紀」

ぼくは背中から有紀を抱きしめた。彼女の動きが止まり、肉体が硬直する。

「もういい。もういいんだよ。もう全部終わったんだ」

有紀の手からこぼれ落ちたナイフをぼくは手袋をはめたままの手で拾いあげた。有紀が抱きついてくる。有紀は赤ん坊のように声を張りあげて泣きはじめた。

「辛《つら》かったんだよね、有紀」

ぼくは有紀の髪の毛をくしゃくしゃにした。有紀は泣き続けている。産声《うぶごえ》をあげることもゆるされずに暗い場所に押しこめられていた憎悪が一気に爆発したのだ。有紀はその憎悪の強さと重さに押し潰されそうになっていた。

「ぼくがいるよ、有紀」ぼくは辛抱強く語り続けた。「ぼくがずっと有紀のそばにいる。

有紀にいやなことをする連中はぼくが全員やっつけてやる。だから、有紀は大丈夫だよ」

「みんな嫌い。みんな大嫌い」

泣き声の合間に有紀がだみ声を張りあげる。

「大丈夫だよ、有紀。ぼくがいるよ」

ナイフを床に置き、左手で有紀の背中を、右手で頭を撫でてやる。しばらくそうしていると有紀はしゃくりあげるだけになってきた。

「敦史、有紀のそばにいてくれるの？」

「うん。いつも言ってるだろう？」

「有紀のいやなことしない？」

「しないよ」

「ずっと有紀のお写真撮ってくれる？」

「撮るよ。ぼくからお願いしたいぐらいだ」

「有紀のこと好き？」

「有紀が世界一大好きだよ」

やっと有紀が微笑んだ。

「さあ、服を脱いで、シャワーを浴びておいで」

ぼくは有紀を立たせた。有紀はぼくの右手を握って放さない。

「敦史も一緒にシャワー」

「ぼくはやらなきゃならないことがあるんだ」

ぼくは水島邦衛の死体に一瞥をくれた。有紀が首を振った。

「ずっと一緒にいるって言ったのに」

「シャワーを浴びてる間ぐらい平気だよ」

有紀はさらに激しく首を振った。

「敦史と一緒にシャワー浴びる」

頑固な眼差しだった。ぼくが屈服することがわかっている。

「こんな時だけ女になるのはずるいぞ」

ぼくは言った。だが、有紀はきょとんとした表情を浮かべただけだった。

「早く行こう、敦史。顔も髪の毛もべとべとだよ。洗って。有紀を綺麗にして」

そういう有紀の顔つきも声も、すべては幼い少女のものだった。

❄

有紀が着ていた服はすべてビニール袋に詰めこんだ。ハンドタオルを濡らしてナイフの柄を何度も何度も拭った。

水の流れる音の間を縫って有紀が催促の声をかけてくる。ぼくは意を決して服を脱いだ。全裸のままバスルームに入る。待ちかまえていたかのように、有紀がシャワーをぼくに浴びせかけた。

「やめろよ、有紀」

ぼくの抗議の声に、有紀は笑い声で応じた。水島邦衛の死体にナイフを突き立てていた時の憎悪と狂気は影を潜め、童心を剝きだしにした有紀がそこにいた。まだところどころにこびりついている血も有紀の無邪気さを損なうことができないでいる。

有紀は恥ずかしがることもなく裸体をぼくの前にさらしていた。肌は抜けるように白く、弾力のある乳房の頂にある乳輪と乳首は透き通った桃色だった。ウェストはコーラの瓶のようにくびれ、脚はすらりと長い。股間の陰毛は薄くて生殖器の割れ目がくっきりと見えている。

目のやり場に困り、なおもぼくにお湯を浴びせようとする有紀の手から、ぼくはシャワーノズルを無理矢理奪い取った。

「そこに座って。時間がないんだから」

アニメのキャラクターの顔をかたどった洗い椅子に座らせると、ぼくはシャワーの湯を丹念に有紀の身体にかけた。髪の毛と首筋にまだ血が残っている。

「頭からかけるよ。目を閉じて」

　有紀が目を閉じるのを確認してから、頭のてっぺんに湯を浴びせた。黒く滲んだ血が洗い流されていく。透明なお湯しか流れなくなると、ぼくはシャワーを止めた。

「さ、あがろう」

「まだ身体洗ってないよ」

　有紀は瞬きを繰り返しながら言った。

「じゃあ、洗って」

　ぼくが言うと首を振った。

「敦史が洗って。有紀、自分で洗えないもの」

「今まではどうしてたの？」

「パパかママに洗ってもらってた。ここに来てからは伯父様に」

「毎晩、伯父さんと一緒にお風呂に入ってたんだ」

　有紀は無造作にうなずいた。

「どうやって洗ったらいいか、教えてもらえなかったの？」

「うん。伯父様が洗ってあげるから、有紀はじっとしてればいいって」

「そう……」

　湯気が消えるとバスルームは途端に冷えていく。背中が鳥肌立っていくのを感じて、ぼくは再び蛇口を開いた。シャワーが勢いよくお湯を吐きだしていく。スポンジにボディソープを染みこませ、泡立たせた。

「右腕」

有紀はぼくの言葉に素直に従った。右腕、左腕、背中と有紀の身体にスポンジを走らせる。元々滑らかだった有紀の肌は泡をまとうことによって滑らかさを増していく。その感触はぼくには艶《なま》めかしすぎた。股間が硬直していくのを止められない。

「どうしたの、敦史？」

「なんでもないよ」

ぼくは平静を装い、有紀の背中から前方にスポンジを持った手を回した。有紀の乳房やお腹にそっとスポンジを這わせていく。

「くすぐったいよ」

有紀が身をよじった。固く尖った乳首がぼくの腕を掠《かす》めていく。思いきり触れてみたかった。乳房を揉《も》みしだき、乳首を口に含んでみたかった。

だが、有紀の笑顔がぼくの欲情を打ち砕いていく。

有紀の両脚を爪先まで丁寧に洗い、ぼくは有紀の顔を覗きこんだ。

「ここは？」有紀の股間を指差す。「ここも伯父さんが洗ってたの？」

「うん」

有紀は平然と脚を開いた。どうあがいてもぼくに逃げ場はない。脈打つ怒張を持て余しながら、ぼくは有紀の陰部を洗った。ぼくの股間とは違い、有紀のそこはどんな性的兆候も現してはいなかった。

うちひしがれた思いでぼくはシャワーノズルを手に取った。有紀の身体にまとわりついた泡を洗い流す。

「今度は有紀が敦史を洗ってあげる。座って、ほら」

有紀が立ちあがり、ぼくからシャワーを奪った。

「だって、洗い方知らないんだろう?」

「大丈夫だから。座って。早く」

有紀に抗う術《すべ》はない。ぼくは言われるままに腰を下ろした。有紀はぼくの背中に回り、ぼくがそうしてやったようにぼくの身体に湯をかけていく。やがて有紀は正面に回り、ぼくの両脚の間でしゃがみこんだ。シャワーノズルをフックに引っかけると、ぼくのペニスを両手で包みこんだ。

「有紀」

「綺麗にしてあげるね」

有紀は微笑みながら口を開けた。

「待って、有紀」

「なに？」

「お、伯父さんにもしてたの？」

「伯父様にするのはいやだったけど、敦史なら平気」

そう言うと、有紀は止める間もなく怒張したペニスを頬張った。待ち望んでいた快感が電流のように背中を駆けのぼる。それほど経験があるわけではないが、有紀が巧みなのはすぐにわかった。キスの時と同じように舌が巧みに動き回る。

水島邦衛に仕込まれたのだ。ぼくは快感に震えながら、もう一度あの男を殺したいと切望した。

ぴちゃぴちゃと音を立てながら有紀がぼくを舐める。止めなければと思うのに身体が反応することはなかった。すべての感覚がペニスに奪われていく。

「敦史、苦しいの？」

快楽が突然消えた。有紀がペニスから口を離し、ぼくを見あげている。ぼくは首を振った。

「続けて、有紀」

「うん」

再び舌が蛇のように絡みついてくる。ぼくのペニスははしたないほど膨張していた。舐め回すだけではなく、有紀は右手でペニスの根元をしごきはじめた。抑制が利かなくなる。ぼくは腰を引こうとした。だが、有紀の口と手は離れなかった。

凄まじい快感が尾骶骨《びていこつ》から脳天へと走り抜けた。ペニスが有紀の口の中でひくつき、大量の精液を放出する。有紀がストローで吸うように飲み下していく。最後に尿道口をちろりと舐めて、有紀はやっとぼくのペニスを解放してくれた。

「敦史、綺麗になった？　男の人のおちんちんはこうやって女の人にお掃除してもらわないと、毒が溜まっちゃうんだって」

「伯父さんにそう言われたの？」

長引く余韻と気恥ずかしさが疲労のようにぼくにのしかかってくる。それでもなんとか重い口を開いた。

「うん」

「そうか。おいで」

ぼくは有紀を引き寄せ、きつく抱きしめた。

「敦史、どうして泣いてるの？」

有紀に言われるまで、自分が泣いていることにも気づかなかった。

18

ビニールシートでくるみ、ロープで縛り上げた死体を寝袋に押しこんだ。それだけで息があがり、額に汗が浮く。命が失われた肉体がどれほど重いのかは義父を殺した時に実感していたが、水島邦衛の遺体はさらに重く感じられた。

「ちょっと車に載せてくる」

漂白剤に浸した雑巾で床を拭いている有紀に声をかけ、ぼくは寝袋を肩に担いだ。よろめきそうになるのをなんとか踏ん張って堪《こら》えた。

「凄く綺麗になったでしょ？」

有紀は床を見つめながら言った。確かに、あらかたの血は拭き取られている。

「もっと丁寧に拭いて。ぴっかぴかになるぐらい」

「ぴっかぴかー」

歌うように言って、有紀は雑巾を動かした。水島邦衛の死が彼女になんのダメージも与えていないことは明らかだった。

寝袋を四駆の荷台に放りこみ、またアトリエへ戻る。有紀は床を拭き続けていた。

「あとはぼくがやるから、有紀は自分の部屋に行って、スーツケースに着替えを詰めてくるんだ」

「どこかにお出かけするの？」

「あのチョコレートのお家に行こう。下着と靴下、忘れないで」

「わかった」

有紀はぼくに雑巾を手渡すと、小走りでアトリエを出て行った。有紀が拭き残したところに丁寧に雑巾をかけながら、目につく抽斗や収納のドアを片っ端から開けた。万一のことを考えて、有紀に携帯を持たせておきたかったのだ。携帯は食器棚に隠してあった。掃除が終わると、雑巾や他の細々としたものをビニールのゴミ袋に押しこみ、袋ごと四駆の荷台に放りこんだ。

雪は小降りになっていた。朝からの積雪は三十センチになるだろうか。洋館の前の道は轍《わだち》も新雪に埋まっていた。

有紀はなかなか降りてこなかった。業を煮やして階段をあがった。有紀は小振りなスーツケースの蓋を閉めようと悪戦苦闘しているところだった。明らかに荷物を詰めすぎている。

「ちょっと見せて」

スーツケースの中をあらためると、絵を描くのに必要なものが大半を占めていた。

「図画帳や色鉛筆なんかは別のバッグに入れて持っていこう。スーツケースは着るものだけ。もっと、セーターとか入れないと」

「はぁい」

すぐに集中を失う有紀を急《せ》かしながら荷造りを手伝い、ぱんぱんになったスーツケースをなんとか閉じて、ぼくたちは洋館を後にした。車に乗る前も乗った後も有紀ははしゃいでいた。おそらく、遠足に向かう時のような気分なのだろう。

一時は小降りになっていた雪も、また激しく降りだしていた。

「もっと降れ」

ぼくはエンジンをかけながら言った。ぼくたちの足跡も、四駆のタイヤの跡も、すべて埋め尽くすほどに降るがいい。

そっと、愛撫《あいぶ》を施すようにアクセルを踏んだ。

「しゅっぱーつ！」

有紀が車掌よろしく前方を指差す。有紀は一度も洋館を振り返らなかった。

❄

以前の軽自動車であれば慎重なアクセル操作が必要な別荘地内の坂道も四駆は苦もなく駆けあがっていく。いくつかの別荘から明かりが漏れている。年末年始を別荘で過ごそうという連中が来ているのだ。それでも点在する明かりが闇を脅かすにはこの別荘地は広すぎた。

　チョコレートの家に向かう途中で、ぼくは四駆を停めた。前から目をつけていた別荘が左手に建っている。チョコレートの家からは直線距離にして百メートルほど離れているだろうか。傷んだ外壁が、もう何年も持ち主が訪れていないことを物語っている。

　家はガレージ付きだった。ガレージにはシャッターが降りている。

「有紀、ちょっと待ってて」

　グラブボックスから米軍御用達《ごようたし》と謳《うた》っているＬＥＤ式の懐中電灯を取りだし、ぼくは家の裏手へ回った。チョコレートの家に侵入した時と同じように窓を割り、鍵を開ける。ぼくが侵入したのは和室だった。懐中電灯を点け、襖《ふすま》を開ける。板敷きの廊下を右に進むと、そこが玄関だった。階段の裏に扉があり、そこを開けるとガレージに出た。ガレージは空っぽだった。

　壁にあるスイッチを押してみたがシャッターはうんともすんとも言わなかった。もう一度玄関に戻り、壁を照らしていく。配電盤があった。ブレーカーを入れてガレージに戻る。スイッチを押すと、今度はシャッターが開きはじめた。

　ガレージから外へ出る。四駆の助手席で有紀がぼくに手を振っていた。思わず苦笑し、ぼくは駆ける。有紀と自分の荷物を降ろし、助手席のドアを開けた。

「さあ、おりて」

「ここ、チョコレートのお家じゃないよ」

「ここから歩いて行くんだ。ちょっと荷物を見張ってて。だれか来たら大声で叫ぶんだ。いいね?」

有紀は殊勝な顔をしてうなずいた。ぼくは水島邦衛の死体を寝袋ごとガレージの奥に横たえた。ガレージの中は冷凍庫のように冷えている。冬の間遺体は凍りつき、春になってやっと腐臭を放ちはじめるだろう。だが、そのころにはもう、ぼくたちはここにはいない。

四駆をガレージに入れ、シャッターのスイッチを押して外に出る。有紀は両手で頬をさすっていた。

「寒い?」

「平気。敦史が一緒だもん。寒くなったら敦史に抱きつく」

語尾を伸ばして有紀は言った。ぼくはカメラバッグを担ぎ、自分のと有紀のスーツケースを両手にぶらさげた。有紀が持っているのは画材の入ったショルダーバッグだけだ。

「さあ、行こうか」

「ハイキングみたい」

「冬にハイキングする人はいないよ」

「そうなの?」

「寒いからね」

膝下まで降り積もった新雪の中、荷物を抱えて移動するのは想像していたより至難の業だった。写真撮影で雪山に慣れているぼくはともかく、有紀の息はすぐにあがりはじめた。

「少し休もうか？」

「だいじょうぶ」

有紀は喘《あえ》ぐように言い、首を振った。

「ねえ、有紀。あの洋館にはもう戻れないよ。わかってる？」

「わかってるよ。有紀、馬鹿じゃないもん。お家に戻ったら、おまわりさんに逮捕されるんでしょ？」

「そうだよ。それでよかった？」

「有紀は敦史と一緒にいられたらいいの。平気」

「ならいいんだけど」

暗闇の中、ぼくと有紀の声が積もった雪に吸いこまれていく。この世界で生きているのはぼくたちだけだという妄想が現実味を帯びながら膨らんでいった。

「もう少しだよ」

前方にチョコレートの家の輪郭が見えてきた。幸い、チョコレートの家の周辺の別荘には人が訪れている気配がなかった。

「有紀と敦史のお家だね。有紀、あのお家大好き」

有紀はショルダーバッグを抱え直し、歌うような声でそう言った。

❄

蠟燭《ろうそく》に火を点けると有紀が歓声をあげた。

「素敵。有紀ね、お誕生日のケーキの蠟燭しか知らないの」

蠟燭の淡い光に照らされた横顔が闇に浮かびあがっている。床暖房のスイッチは入れたが、暖まるにはまだ時間がかかる。だからといってストーブは煙突から煙がのぼり、別荘族の目にとまる恐れがあった。ぼくたちは防寒具でしっかりと身を包み、蠟燭の前で身体を寄せ合っていた。

ケトルがけたたましい音を立てた。炎に見入っている有紀をその場に残し、ぼくは紅茶を淹れた。蜂蜜をたっぷり垂らし、ついでにミルクも入れる。ぼくも有紀も夕飯を食べていない。空腹は覚えなかったが、身体を温めるためにはエネルギーが要る。

マグカップを携えて有紀のところに戻った。有紀はまだ炎を見つめていた。

「ありがとう」

ぼくが差しだしたマグカップを両手で包むように持ち、有紀は紅茶を啜った。その間も、片時も炎から目を逸《そ》らさなかった。

「面白い？」

ぼくは有紀の隣に腰を下ろした。さっきより床が暖まっている。

「うん。ずっとゆらゆら揺れてるの」

「今度、絵に描いてみなよ。ゆらゆら揺れる炎をさ」

有紀が細密画でこの炎をどう表現するのか興味があった。

「描けるかな？」

「描けるさ。絵を描くのが大好きな人には神様が手助けしてくれるんだよ」

有紀がぼくの目を覗きこんでくる。

「どうしたの、有紀？」

「今、敦史、嘘ついた」

「嘘なんかついてないよ」

有紀がはっきりと首を振る。

「有紀、わかるの。敦史が嘘をついたらわかる」

「でも……」

「神様、本当にいるの？」

ぼくは答えられなかった。神なんか信じるどころかその存在の有無を考えたことすらない。有紀にそのことを見抜かれていた。

「教えて、敦史。神様、いるの？」

有紀の目は潤んでいた。きっと彼女はこう言っていたのだろう――神様が本当にいるなら、どうしてわたしを酷い目に遭わせるの？

ただ脳の発育が遅いだけなら、彼女はいまだに処女だったはずだ。だが、美しくセクシィで、しかし、精神年齢が著しく低い彼女を水島は利用し、陵辱《りようじよく》した。キスやフェラチオのテクニックを教えこみ、官能の玩具《おもちや》として彼女を弄んだ。

ぼくは有紀を抱き寄せ、耳元で囁いた。

「いるよ。絶対にいる」

「ほんと？」

「神様がぼくと有紀を会わせてくれたんだ。ねえ、有紀、世界には七十億も人間がいるんだよ。日本だけでも一億人」

「七十億ってどれぐらい？」

「もの凄くたくさん。そんな中で、ぼくと有紀が出会える確率ってとても小さいんだ。わかる？」

有紀は首を振った。

「神様がいなかったら、ぼくと有紀はこうしていられなかったってこと」

「敦史、ちゅーして」

甘えた声で有紀はぼくの目を見た。顎の先に指をかけ、上を向かせ、唇を吸う。有紀の舌がぼくの口の中に侵入してきて艶《なま》めかしく動きはじめた。ぼくもその動きに応じる。舌を絡め合い、有紀の唾液を吸った。

不意に有紀が唇を離した。なにかを恐れるように左右に視線を走らせている。

「どうしたの？」

有紀は身を守るように両腕を胸の前で交差させた。

「有紀？」

「変なの。お腹が熱くなって、気持ちよくて……オシッコもらしちゃった」

涙で湿った声だった。

「オシッコじゃないよ、有紀」

ぼくは言い、有紀のダウンジャケットを脱がせた。このまま外に出ても、ぼくも有紀も寒さは感じない。そんな確信がある。

スノーパンツも脱がせると、ぼくは後ろから有紀を抱きしめた。有紀のジーンズのボタンを外し、そっと手を潜りこませる。有紀が硬直した。

「だいじょうぶ。ぼくに任せて」

有紀のショーツは湿っていた。その湿った部分を指先でまさぐると有紀は震えはじめた。

「汚いよ、敦史」

「汚くなんかないよ。これはオシッコじゃないんだから」

ショーツの中に指を入れた。薄い陰毛の先でクリトリスが固く尖っていた。有紀が身をよじる。

「じっとしてて」

耳元で囁き、クリトリスをそっと擦った。左手でセーターの上から有紀の乳房をまさぐる。乳首も尖っていた。

「怖い。有紀、変だよ」

「有紀がぼくのことを大好きだから、有紀の身体がちょっとだけ変化してるんだ。怖くないよ。ぼくを信じるだろう?」

ぼくの言葉に有紀がうなずいた。襞《ひだ》の合わせ目を指で割る。粘りけを帯びた体液が指にまとわりついてきた。バスルームでぼくのペニスを頬張っている時はその兆候を見せもしなかったのに、今になって有紀は性的に興奮しているのだ。

逆に、一度有紀の口の中で射精したせいか、ぼくは落ち着いていた。ジーンズの中のペニスはわずかに膨張している程度だ。有紀がぼくを気持ちよくしてくれたように有紀を気持ちよくさせてやりたかった。

「まだ変な感じ？」

「うん」

「伯父さんの時はこんな感じになったことはないの？」

「うん」

有紀の声はか細かった。ぼくの濡れた指先は彼女のクリトリスを刺激し続けている。有紀は愛液を溢れさせていた。

「ほんとにオシッコじゃないの？」

「違うよ。これは有紀がぼくを大好きっていう印なんだ」

ジーンズから手を抜き、有紀のセーターを脱がせた。淡いピンクのブラジャーが有紀の肌の白さを際立たせている。

「寒くない？」

「うん」

ジーンズと靴下も脱がせるとぼくは有紀を抱きあげた。ベッドへ運び、横たえる。布団カバーは氷のように冷たかったが、有紀はなにも感じないようだった。

ぼくは有紀の唇を吸った。有紀はなされるがままだった。いつものように舌先が奔放に動き回ることもない。ブラのストラップを外すと、乳房がこぼれでた。

左の乳首を口に含み、舌で転がす。有紀の背中が反り返った。再び右手をショーツの中に滑り込ませる。

「敦史――」

クリトリスを指の腹で押すと、有紀が震える声を出した。

「熱いよ、変だよ」

「熱いところに意識を集中させてごらん。気持ちがよくなってくるよ」

有紀の返事はなかった。なにかに耐えるようにきつく目を閉じている。ぼくは左の乳首を舌で弄びながら、右の乳首を指でつまんだ。短い悲鳴のような声が有紀の口から漏れでてきた。

焦らず、丹念に愛撫を続けた。有紀の呼吸が次第に荒くなり、口から声が漏れる頻度が増していく。

「敦史、気持ちいいよ」

途切れ途切れの声で有紀が言った。

「もっと気持ちよくなっていいんだよ」

ショーツを脱がし、脚を広げさせる。溢れ出た愛液が有紀の肛門を濡らしていた。それを見た瞬間、ペニスが硬直した。有紀が感じている。ぼくの愛撫が有紀に快感を与えている。

有紀の性器に唇を押し当てた。クリトリスを舐め、舌先を膣《ちつ》の中に押しこむ。有紀がはっきりそれとわかる喘ぎ声を漏らしはじめていた。その声に励まされるように、右手の中指を膣の奥に挿入した。中は火傷しそうなほどに熱い。指を抜き差しすると有紀は何度か痙攣《けいれん》した。

「有紀、もう怖くないだろう？」

返事はない。荒い息遣いが聞こえるだけだった。ぼくは服を脱いだ。押さえつけられていたペニスが自由を謳歌《おうか》するように反り返った。室温の低さに全身の肌が粟立った。有紀に覆い被さる。有紀はしがみついてきた。ぼくはペニスの先端を膣口にあてがい、ゆっくり腰を押しだした。ぬめった感触とともにペニスが飲みこまれていく。

身体中が冷え切っているのに、有紀と繋がっているそこだけが溶けてしまいそうなほどに熱かった。その熱は身体の隅々に広がることはなく、ただそこにとどまっている。まるで、ぼくという存在がペニスに根こそぎ注ぎこまれているような感覚だった。

「有紀――」ぼくは有紀の背中に腕を回し、きつく抱きしめた。「ぼくと有紀はひとつになったよ」

「気持ちいいよ」有紀の視線が定まらない。「気持ちいいよ、敦史」

「ぼくも気持ちがいい」

ゆっくり、静かに、いたわるように腰を振った。有紀の眉間に皺が寄る。それでも有紀は美しかった。

「気持ちいいよ。変になっちゃうよ」

「変になっていいんだよ。ここにはぼくしかいないんだから」

腰を振るたびに有紀の粘膜がペニスに絡みついてくる。陰毛が薄いせいで愛液に塗《まみ》れたペニスが出入りするのが丸見えだった。ぼくは有紀の顔を舐めた。指を口にくわえた。乳房を乱暴に揉んだ。ありとあらゆる求愛行動をしながら腰を振り続けた。

有紀が発する喘ぎ声の間隔が狭まっていく。有紀の爪がぼくの背中に食いこんでくる。

「有紀」

ぼくは囁いた。何度も有紀の名を口にした。有紀を食べてしまいたかった。有紀と溶けあってしまいたかった。

有紀がひときわ大きな声を発し、筋肉を収縮させた。ペニスに強い圧力がかかり、ぼくは抑制を失った。激しく腰を打ちつけ、射精する。

「有紀、有紀、有紀――」

有紀を抱きしめ、有紀の肩に歯を立てた。

第四章

I

ぼくたちはふたりだけで年を越した。チョコレートの家に閉じ籠もったまま、昼間は写真を撮ったり、他愛のない遊びに興じ、夜は飽きることなく愛し合った。

携帯の電源を落としたまま、誰にも邪魔されることのない時間はまるで理想郷で過ごしているかのようだった。このままふたりで永遠にそうしていたかった。だが、そんなことがゆるされるはずがない。やがて警察が有紀を捜しはじめるだろう。大野も血眼《ちまなこ》になってぼくを捜すはずだ。

一月三日の朝、ぼくは理想郷に別れを告げることを決めた。有紀と一日でも長く過ごすため、行動を起こすのだ。すでに別荘族も続々と帰途についていた。

ぼくの決意も知らぬまま、有紀は深い眠りを貪っていた。

有紀が目覚めたのは正午を少し回ったころだった。

「おはよう、敦史」

顎まで掛け布団を引きあげ、はにかんだ笑みを浮かべる。

「おはよう、有紀。お腹は減ってない？」

「ぺこぺこ」

「今作ってくるよ。カップ麵だけどね」

「待って」

有紀はキッチンに向かおうとしたぼくを制止した。

「どうしたの？」

「ちゅーして」

そう言って有紀は目を閉じる。

「かしこまりました、お姫様」

ぼくは有紀の唇に自分の唇を軽く押しつけた。

「それじゃいや。ちゃんとして」

有紀が抗議の声をあげた。

「ちゃんとすると、有紀、また気持ちよくなっちゃうだろう」

「気持ちよくなりたいの」

「ぼくはやらなきゃならないことがあるんだ。夜までお預けだよ。早くベッドから出て、着替えなさい」

そう言い残してぼくはキッチンへ向かった。IHヒーターで湯を沸かし、カップ麺の包装をはぎ取った。

「寒い」

声に振り返ると、有紀が全裸のままベッドから出たところだった。床に散らばっていた衣服を大慌てでかき集め、また布団の中に潜りこんだ。

ぼくはカップ麺にお湯を注いだ。閉じた蓋の上に割り箸を置き、ダイニングテーブルまで運ぶ。有紀は布団を頭までかぶり、なにやらもぞもぞ蠢《うごめ》いていた。

「じゃーん」

いきなり掛け布団が宙に舞った。服を着た有紀がベッドの上で飛び跳ねる。ぼくは咄《とっ》嗟《さ》に左右の指で四角を作った。ファインダーの代わりだ。左目を閉じて即席のファインダーを覗《のぞ》き、有紀の動きを追う。頭の中で露出補正を施し、口でシャッターの音を真似《まね》た。

有紀が半身になり、左手を腰に当てた。顎をあげ、微笑《ほほえ》みながらぼくを見おろす。美しかった。ぼくは架空のカメラの架空のシャッターを何度も切った。そのたびに有紀がポーズを変える。

「敦史、楽しい？」

「うん」

ファインダーを覗いたままうなずく。有紀はベッドから飛び降りた。

「温かくなったよ。ご飯、まだ？」

「あと一分待って」

腕時計に視線を走らせながらぼくは言った。有紀が椅子に腰を下ろす。待ちきれない様子で割り箸を手に取り、ふたつに割った。

「今日はなにするの？」

「ぼくは用事があって出かけてくる。有紀はここでお絵描きして待ってて」

途端に有紀の唇が尖《とが》った。

「有紀も一緒に行く」

「だめだよ」ぼくは首を振った。「伯父《おじ》さんがいなくなって、ぼくと有紀が一緒にいるところをだれかに見られたら、警察がぼくを捕まえに来る」

「ほんと？」

「ほんとだよ。警察に捕まったら、有紀とは長い間会えなくなっちゃう。それでもいい？」

有紀は激しく首を振った。

「だったら、おとなしく待ってて。できるだけ早く帰ってくるから。いいね？　携帯の電源も入れちゃだめだよ」

「うん」

有紀は潤んだ目をカップ麵に落とした。

「食べていいよ」

声をかけてやると、鼻を啜《すす》りながら食べはじめた。

❄

別荘地は新雪に埋もれていた。積雪は優に五十センチを超えている。スタッドレスタイヤを履いた四駆でも、慎重にアクセルを踏まなければスタックしてしまいそうだった。雪はやんでいたが、空にはまだ重く低い雲がかかり、周囲は薄暗かった。少なくなったとはいえ、まだ別荘族が残っている。帰途につく別荘族の車に混じって出て行くことができた。

別荘地とは違い、大沼を周回する道道は除雪され、車両の通行のせいで轍《わだち》ができていた。直進する分には楽だが、右左折するには轍を乗り越えねばならず、苦労する。

大沼公園駅前の駐車場に四駆を停《と》め、ぼくは手袋をはめ、ナイフを手に取った。綺麗《きれい》に洗った。有紀の指紋もぼくの指紋も、水島邦衛の血もDNAも洗い流した。それでも、義父の身体《からだ》に残った傷跡にこのナイフは合致するはずだ。

携帯の電源を入れた。大野の番号に電話をかける。電話はすぐに繋《つな》がった。

「逃げたのかと思ったよ」

「逃げても無駄、ですよね」

「その通りだ」

大野が苦笑した。

「連絡しなくてすみません。年末年始は静かに過ごしたかったんです。今からお会いできませんか？　札幌の警察からうるさく電話がかかってきて、どうしたらいいのかと——」

「どこにいるんだ？」

「大沼公園です」

「三十分ほどで行く。駐車場で待っているといい」

つまり、大野は函館にいるのだ。

「わかりました」

ぼくは電話を切り、四駆を降りた。風が冷たい。ダウンジャケットの隙間から冷たい空気が入りこみ体温を奪っていく。その冷たさが有紀と交わっていた時の熱さを思いださせ、股間が硬くなっていく。

溶けてしまいたかった。あのまま有紀とふたり、どろどろになるまで溶けてしまいたかった。

❄

札幌ナンバーの四駆が駐車場に滑りこんできた。ボディはぴかぴかに磨かれ、鉛色の曇り空が映りこんでいる。四駆はぼくの目の前でぴたりと停まった。ドアを開け、助手席に乗りこんだ。

「まさかこんなに降るとはな。昨日、洗車してもらったばかりなんだが」

大野が煙草《たばこ》をくわえた。

「道路はぐちゃぐちゃですからね」

「とんだ災難だよ」

大野は煙草を口にくわえたままアクセルを踏んだ。四駆がゆっくり動きだす。

「電話には出てないのかな？」

なにを訊《き》かれているのか理解できず、ぼくは瞬《まばた》きを繰り返した。

「警察からの電話だよ」

「ああ。出てません。なんだか怖くて」

「出なきゃ疑われるだけだ。君のように頭のいい人間ならわかっているはずだ」

「でも、怖いんです」

大野が微笑んだ。ぼくの言葉に満足したのか、それとも呆《あき》れているのか。

「電話に出て警察の疑いを晴らすんだ。向こうには証拠はなにひとつない。そうだろう？」

ぼくはうなずいた。

「君が捜査に協力的な態度を示せば、疑いは薄れていく。保険金がおりるのも早くなる。急がないと、君の大切なあの娘が大変な思いをすることになる」

「わかってます」

四駆は大沼を左に見ながら東へ進んでいく。

「別荘には戻っていないようだが、どこで寝起きしているんだ？」

「車です。ひとけのないところに停めて……」

「そんなことを続けていたら、いくら若くても身体を壊すぞ」

「警察がいつ来るかもしれないと思うと、怖くてあそこにはいられないんですよ」

「君はそういう恐怖とは無縁だと思っていたんだがな」

「捕まったら、有紀と会えなくなります」

大野がまた微笑んだ。

「ああいう子は得てして純粋だ。そこに惹《ひ》かれたか?」

「ただ綺麗だからかもしれないですよ」

「そんなに単純じゃないだろう。君は若いくせに老成している。どんなに綺麗でスタイルがよくても、頭が空っぽな女には見向きもしないはずだ」

「買いかぶりです。ぼくだってアダルトビデオぐらい見ますよ」

「自慰と恋を一緒にしちゃいけない」

大野は窓を開け、短くなった煙草を指先で弾《はじ》き飛ばした。氷点下まで冷えた風が車内の熱を根こそぎ奪っていく。ぼくは風から顔を背け、大沼を見つめた。雪に覆われた大沼は雪原と化していた。風が吹くたびに地吹雪《じふぶき》が起こり、濃い霧に覆われているようでもある。

大野がスイッチを押して窓を閉めた。ぼくは背を屈《かが》め、靴紐《くつひも》を結び直すふりをした。心臓がでたらめな鼓動を刻む。

「初恋か?」

大野はぼくの仕種《しぐさ》を気にする素振りも見せなかった。

「初恋は中学生の時です。隣のクラスに絵の上手な子がいて」

ぼくはスノーブーツに隠していたナイフをそっと引っ張りだした。心臓を吐きだしてしまいそうだった。強烈な吐き気に襲われた。

「絵か……あの子の伯父も絵描きだ。本当は写真じゃなくて絵をやりたかったんじゃないのか？」

「絵は諦めました」答えながら、ナイフを助手席の下に押しこんだ。「才能がないことがわかっちゃったんです」

「それで写真か……素人の意見にしかすぎないが、君が撮った写真はいいと思う。素直にね」

「ありがとうございます」紐を結び、顔を上げた。口の中に溜《た》まっていた唾液を一気に呑《の》み下した。「今は写真だけが生き甲斐《がい》なんです」

「出版社を紹介してやろうか？　札幌の小さな出版社だが、道内の風景写真集みたいなものも出版しているぞ」

　ぼくは首を振った。

「世に出るなら、自分の力だけで出たいんです」

「なんとかなりそうなのか？」

　大野がちらりとぼくを見た。

「この前、ちょっとしたフォトコンテストに応募したんですが、見事に落選しました」

ぼくは自嘲した。「落選はしたんですが、有紀の連絡先を教えてくれないかというメールが来ました。有紀はプロの目に留まったけど、ぼくの写真は……」

「いつか報われるさ」大野は咳払《せきばら》いをした。「わたしは君の写真が好きだ」

「ありがとうございます」

ぼくは頭をさげた。

「とにかく、警察の電話には出た方がいい」

大野が言った。もう、有紀や写真の話題には飽きたようだった。

「函館にいるんですか？」

ぼくは訊いた。

「いつまでもホテル住まいを続けられるほど裕福じゃないんでね。他の仕事もある」

「いつもひとりで仕事をしてるんですか？」

「ひとりの時もあれば、人手を借りる時もある。わたしの仕事に興味があるのかね？」

「いつまでもこうしてるわけにはいかないし、保険金がおりて今度の件が片付いたら、雇ってもらえないかななんて……」

大野が笑った。

「内臓を売るかわりに、わたしのところでただ働きをするというのかね？　いいだろう、君が本気なら考えてみよう。使い勝手はよさそうだしな」

ぼくは小さく微笑み、大沼に視線を向けた。またかすかに雪が舞っていた。

❄

大野の四駆が視界から消えるのを待って、ぼくは携帯を手に取った。電源を入れて着信履歴を呼び出し、佐久間の携帯の番号を選んで発信ボタンを押す。

電話はすぐに繋がった。

「どうして電話に出ないんだ？」

佐久間の半ば怒鳴っているような声が耳に飛びこんできた。

「初日の出の写真を撮るのに駒ヶ岳に登ってたんですが、携帯を別荘に置き忘れてしまって。今、戻ってきたところです」

「こんな時に写真？」

皮肉たっぷりの声を聞き流し、ぼくは声を潜める。

「思いだしたことがあるんです」

「なんですか？」

佐久間の口調が急に改まった。

「義父《ちち》がある人と口論しているのを見たことがあるんです」

「口論？」

「ええ。借金に関するやり取りみたいでした」

「どこで？」

「ホテルです。どこのホテルだったかは忘れましたけど、義父とぼくがホテルのロビィにいるとその人が現れ、いきなり義父に食ってかかりはじめたんです」

「それはいつの話ですか？」

少し考えるふりをしてからぼくは口を開いた。

「半年ほど前だったかな」

「相手の名前はわかりますか？」

「確か、大野さん。大野薫だと思います。顔に似合わず女の子みたいな名前だなと思って、それで覚えてるんです」

「大野薫に間違いありませんね？」

「ええ」

「わかりました。調べてみます。しかし、いいですか、三浦さん。携帯は常に肌身離さず持っていてください」

「気をつけます」

ぼくは電話を切った。

「捜査に協力的な態度を示せば、疑いも薄れていく、か——本当にそうなってくれるといいんだけどね、大野さん」

独りごち、携帯をダウンジャケットのポケットに押しこんだ。

2

別荘地の敷地内に除雪車が入っているのが遠目からでも確認できた。目の届く範囲に他の車の姿はなかった。これではチョコレートの家には近づけない。

有紀はおとなしくしているだろうか？　不安が背中に張り付き、悪寒《おかん》を覚えた。電話をかけたかったが、携帯の電源を入れるなと言ったのは他ならぬぼく自身だ。

不安を無理矢理呑みこみ、ぼくはアクセルを踏んだ。四駆は解けはじめた雪を巻きあげながら加速していく。森町にあるスーパーまで行って、今後のための食材を調達するつもりだった。

スーパーの駐車場で再び佐久間に電話をかけた。

「さっきの大野っていう人のことですけど」

「またなにか思いだしたのかな？」

「ええ。函館の人です」

「どうしてそうわかる？」

「義父との口論が終わったあと、その人がホテルの前に停まっていた車に乗りこむのを見ていたんです。函館ナンバーでした」

ぼくは大野の車のナンバーを口にした。佐久間が興奮していくのが伝わってきた。

「その番号で間違いないかな？」

「確かだと思います。数字には強いんです」

「ありがとう。早速調べてみる」

電話が切れた。相変わらずがさつでせっかちな刑事だ。ぼくは回線の切れた携帯をしばらく見つめた。

わたしは君の写真が好きだ——大野の言葉が頭の奥で何度も谺《こだま》している。写真には素人かもしれないが、大野にはちゃんとした鑑賞眼があるように思えた。あの男の目は物事の本質をいち早く見抜く。

興奮した脳神経が大野を過大評価しているのだろうか。いずれにせよ、ぼくは間違いなく大野の言葉を喜んでいる。尻尾《しっぽ》があれば盛大に振っただろう。

写真を撮りたかった。だが、目の前に広がっているのは田舎《いなか》のスーパーの殺風景な駐車場だ。雪はあらかた除雪され、残った雪も泥に塗《まみ》れて解けている。有紀がいればそれでも絵になったかもしれない。ドキュメンタリーやスナップ写真が得意なカメラマンならこんな風景でもそれなりに見られる絵に仕立てあげるのかもしれない。だが、ぼくには無理だ。有紀がいなければまともな写真一枚、撮ることもできない。

大野に写真を褒められたことへの喜びはいつの間にか霧散していた。ぼくは自嘲しながら買い物を済ませ、車を大沼へ向けた。

❄

割り箸と紙皿を買うのを忘れたことに気づいたのは、もう、小沼と蓴菜沼《じゅんさい》が視界に入ってきたころだった。チョコレートの家にも食器はあるが、できることなら使いたくはなかった。無断侵入して勝手に家を使っているくせに、なんとなく気が咎《とが》めてしまう。コンビニに立ち寄り、割り箸と紙皿、紙コップを買った。スーパーで買うより割高になるが、また雪道を往復する気にはなれなかった。

買い物を済ませて外に出ると、コンビニの駐車場の前を駐在の矢沢さんが歩いていた。咄嗟に背を向けようとしたが遅かった。

「ああ、三浦君。困るよ、札幌の刑事さんの電話に出てくれないと。四六時中、うちの駐在に電話がかかってきてわやだ」

「すみません。でも、佐久間さんとはさっき電話で話しましたよ」

ぼくは仕方なく応じた。

「本当かい？　もう、あいつはどこにいるんだ、居場所を把握してないのはどういうわけだって、電話に出るたびに怒鳴られて、もう――」

「電話に出られなかった理由も佐久間さんには説明しましたから、もう、矢沢さんに迷惑をかけることはないと思います。すみませんでした」

ぼくは一礼し、矢沢さんの脇を通り過ぎようとした。今乗っているのが義父の四駆だということを知られたくなかったのだ。

「ああ、ちょっと。まだ話はあるんだから、慌てない」

「なんですか?」

「水島先生と有紀ちゃん、どこに行ったか知らないべか?」

ぼくは首を振った。背中を冷や汗が流れ落ちた。

「水島先生、年末に札幌の画廊の人と会う約束してたらしいんだけど、連絡が取れないらしくてね。洋館に行ってみたんだけど、インタフォン押しても返事なくて、有紀ちゃんもいないみたいなんだわ。したけど、車は置いてあるのさ」

「それは不思議ですね。歩いてどこかに出かけるってこともないでしょうし……」

「だれかが出入りしたような形跡はあるんだ。雪に埋もれてだれのものかはわからないけど、足跡がいくつか残っててね」

「有紀ちゃんかもしれませんよ。雪遊びが好きだから……」

矢沢さんは腕を組み、首をひねった。

「雪の積もり具合と窓のしばれ具合からして、しばらく前からストーブ焚《た》いてないみたいなのさ。つまり、年末からどっかに行っちゃったんだな。どこに行ったんだべか。例年、正月はどこにも行かないで過ごすのに」

「ぼくにはわかりませんよ」

「んだな」

矢沢さんはまた首をひねった。

「それじゃ、ぼくはこれで――」

「ああ、もし、水島先生や有紀ちゃんを見かけたら、駐在に顔を出すように言っておいてけれや」

「わかりました」

矢沢さんが向かっていたのとは反対の方角に足を向け、歩きだそうとしてぼくは太一君のことを思いだした。

「矢沢さん、太一君、あれからどうなったか知ってます?」

「太一か……」矢沢さんは苦しそうに顔をしかめた。「あのまんま眠ったきりだ。多分、もう目覚めることはないって、医者が言ってたべさ」

「そうですか……」

ただでさえ重い気分がますます重くなっていく。目礼し、矢沢さんに背を向けた。しばらく歩き続け、頃合いを見計らって振り返る。矢沢さんの姿はなかった。小走りでコンビニまで戻り、すぐに四駆を発進させた。

コンビニから――いや、駐在所から少しでも早く遠ざかりたかった。

水島邦衛のアウディを置いたままにしておいたのは痛恨のミスだった。

気がつけば、四駆は大沼を遠く離れていた。ぼくは無意識のうちに別荘地に近づくのを忌避している。だれかがぼくと有紀の密《ひそ》やかな営みに気づくのを恐怖している。遠い霧の彼方《かなた》で待っているはずだった破滅への扉が、すぐ目の前で大きく開け放たれているのを知って怯《おび》えている。

ステアリングを強く握り締めた。アクセルを踏んだ。日が傾きはじめていた。一度解けた雪も間もなく凍りはじめる。床が抜けるまでアクセルを踏みこみたいという理不尽な欲求がぼくの身体を貫いた。

唇を噛《か》んでその欲望に耐える。

有紀が待っている。ぼくがいなくなれば有紀はひとりぼっちになる。有紀はひとりでは生きていけない。有紀にはぼくが必要なんだ。

呪文のように繰り返した。恐怖を踏み砕く力をくれと、有紀のために祈りを捧《ささ》げた。

❄

雲の合間から楕円の月が顔を覗かせていた。四駆のヘッドライトを点《つ》けずに、そっと

別荘地に分け入っていく。管理棟の明かりは消えている。それでも油断するわけにはい
かなかった。

　別荘地内の道路はまんべんなく除雪されていた。四駆のタイヤの跡は除雪車の跡に紛れて見分けがつかない。別荘族もほとんど帰ってしまったようだった。無人の別荘のガレージに四駆を入れ、チョコレートの家に向かった。

「有紀」

　声をかけたが返事はない。家の中の空気は外と変わらないほどに冷え切っている。

「有紀」

　懐中電灯を点けた。有紀は見当たらない。床に図画帳とクレヨンが散乱していた。

「有紀！」

　声のトーンが高くなっていく。恐怖が瞬《また》く間に増殖し、粘ついた触手でぼくを絡め取っていく。身体が震え、懐中電灯の明かりも揺れた。

　その揺れる明かりがなにかを捉えた。ベッドの上――布団がこんもりと盛りあがっている。

「有紀」

　ぼくは布団を剝いだ。有紀が胎児のように身体を丸めていた。

「有紀――」

枕が飛んできてぼくの顔を直撃した。

「敦史なんか嫌い。大嫌い」

有紀が起き上がり、きつく握った拳でぼくの胸を叩《たた》いた。

「ごめん、有紀。ごめん」

「寂しかったんだから。怖かったんだから」

有紀の殴打は止まらなかった。全身のエネルギーを燃焼させてぼくに抗議している。

ぼくは有紀を抱きとめた――抱きしめた。有紀の身体は大理石のように冷たかった。

「ごめんよ、有紀。ぼくも寂しかったんだ。怖かったんだ」

耳元で囁《ささや》いた途端、有紀の身体から力が抜けていった。

「敦史も？」鼻声が返ってくる。「どうして？」

「ひとりだったから、そばに有紀がいなかったから、寂しくて怖くてたまらなかったんだ」

「有紀もだよ。だんだん暗くなって、寒くなって、お腹も減って。なのに敦史、帰ってこなくて。寂しくて怖くて死にそうだったよ」

有紀の頬がぼくの頬に触れた。有紀の頬は涙で濡《ぬ》れていた。ぼくは両手で有紀の顎を挟んだ。懐中電灯は床に落ち、有紀の顔は闇に塗り潰されている。それでも、有紀は目の前にいる。ぼくに身体を預けている。

そっと舌を伸ばし、有紀の顔を濡らす涙を舐《な》め取った。

「くすぐったいよ、敦史」

そう言いながら、有紀は逃げる素振りも見せなかった。塩っ気のある涙をぼくは丁寧に丁寧に舐め取っていく。

「もういいよ、敦史。有紀、もう寂しくないよ。怖くないよ」

ぼくは有紀の顔を舐め続けた。

「敦史……」

ぼくに抱きつく有紀の身体が少しずつ火照《ほて》っていく。有紀の手がぼくの股間に触れた。

「有紀もお掃除してあげる」

有紀が言った。ジッパーがおろされ、硬直したペニスがトランクスから解放される。

有紀の手が灼熱《しやくねつ》に触れる。

ぼくの口から吐息が漏れた。

3

朝日とともにぼくは目覚め、ぼくの目覚めとともに有紀も目覚めた。

「敦史、暖かい」

そう言って、頰をぼくの胸に押しつけてくる。ぼくは有紀の脇腹を指先でそっとなぞった。

「くすぐったいよ」

有紀は身体をよじり、笑い声をあげる。

有紀と戯れていると、ぼくの心に染みついてしまった不安や恐怖が薄れていく。だが、消えるわけではない。水島邦衛が姿を消したことはもう駐在の矢沢さんの耳に入ってしまったし、佐久間が大野をどうするのかさえわからない。

この家に長くはいられないことはわかっている。それなのに、いつ、どこへ行けばいいのか、ぼくにはなにひとつわからなかった。義父のクレジットカードはもう使うことはできない。

有紀との暮らしを少しでも長引かせるためには金が要る。この不景気で田舎にはろくな職場がない。札幌のような都会へ出てもたいした仕事にはありつけないだろう。いや、職を見つける前に、ぼくにはアパートを借りる金さえないのだ。

有紀の髪の毛を撫《な》でながら、ぼくはカメラバッグに目をやった。カメラと機材をすべて売れば、五十万近い金にはなるはずだ。カメラはデジタル家電のようなものでそれほどの金額はつかないが、レンズがものを言う。義父に媚《こ》びを売り、性能のよい高いレンズばかりを集めたからだ。いいレンズの中古相場は常に高値を推移している。

五十万があれば当座の資金にはなる。札幌でも、あるいはいっそ東京に向かうにしても狭いアパートを借りることはできるだろう。

だが――カメラ機材を手放すにはぼくはあまりに写真に執着しすぎている。たとえフォトコンに入選できなくても、プロになれなくても、写真を撮り続けたい。有紀を撮り続けたい。最高の機材で最高に綺麗な有紀を撮り続けたい。

無茶な願いだとわかっていても願わずにいられない。

「敦史、どうしたの？」

我に返ると有紀がぼくの顔を覗きこんでいた。

「なんでもないよ」

「今日はどうするの？　有紀、もうお留守番いや。寂しくて怖いの、いや」

「久しぶりに写真を撮りに行こうか？」

「行く」

「じゃあ、シャワーを浴びておいで。すぐに出かけるよ」

「わかった」

有紀は全裸のままベッドから飛びだし、バスルームに突進していった。この数日の間に、有紀がひとりでできることがずいぶん増えた。布団の中の、直前まで有紀がいた空間に冷気が侵入してくる。ぼくはシーツに顔を埋《うず》め、有紀の残り香をたっぷりと吸いこんだ。

❄

大雪を降らせた低気圧は太平洋沖に抜け、昨日までとは打って変わった晴天が広がっていた。雲が消えた分冷えこみも厳しく、敷地内の道路も道道も国道もアイスバーンと化し、少しでもアクセルを乱暴に開けると後輪がグリップを失っていく。

有紀ははしゃいでいた。ラジオから流れてくる曲にあわせて歌い、手を叩いてリズムを取っている。

道央道に乗ると、路面の不安定さはある程度改善された。多少の加減速では四駆のタイヤがグリップを失うことはない。

「どこでお写真撮るの？」

ラジオから流れる曲が途絶えると有紀はぼくに顔を向けた。

「洞爺湖。それから、羊蹄山かな」

「ようていざん？」

「山だよ。とっても綺麗な山なんだ」

「駒ヶ岳より綺麗？」

「それはどうかな。見る人によって違うから」

「有紀は駒ヶ岳が好き」

「まだ羊蹄山を見てないじゃないか」

ぼくは苦笑した。

「見てなくても駒ヶ岳が好き」

「そうか。有紀は大沼が大好きなんだね」

「うん」

有紀が破顔した。

「洞爺湖は大沼や小沼よりずっと大きくて、綺麗な湖だよ」

「だって、洞爺湖には敦史がいないもん。大沼にはいるでしょ？　だから、有紀、大沼の方が好き」

熱い塊が胸に生じた。息が苦しい。熱は内臓を焼きながら全身に広がっていく。同世代の大半の人間と比べれば、ぼくは過酷な人生を送ってきたことになるのだろう。だが、それだって有紀の過酷さには遠く及ばない。なのに、有紀は太陽のような温かい笑みをぼくに向けてくれる。凍《い》てついてしまったぼくの心を溶かしてしまう。

有紀を守ってやりたい。有紀を傷つける者、有紀を阻害する世界から有紀を守ってやりたい。だが、ぼくはあまりにも無力だった。

ステアリングを握る指の関節が強張《こわば》っていた。あまりにも強い力で握っているせいだ。

またラジオからポップミュージックが流れてきた。有紀が歌う。天使のような声で、金《かね》儲《もう》けのために作られたくだらない楽曲を歌っている。有紀が歌うと、そうしたろくでもない曲でさえ、ぼくの耳を引きつけてやまなくなる。

有紀を抱きしめたかった。ふたりで幸せになろうと伝えたかった。

しかし、ぼくの両手は塞がっており、ぼくは有紀に嘘《うそ》をつくことができなかった。

❄

羊蹄山を背景にした写真を撮っているうちに日が暮れはじめた。本来の予定ならとうに帰路についているはずだったのだが、久々の本格的な撮影にぼくが熱中しすぎてしまったのだ。

「お腹すいた」

機材を片付けていると、有紀が足踏みしながら言った。頬が林檎《りんご》のように赤らんでいる。午前十一時頃に、洞爺湖のレストランでたいしてうまくもない味噌《みそ》ラーメンを食べただけだった。有紀は撮影中は文句ひとつ口にはしなかった。緊張が切れたとたん、耐えがたい空腹に襲われたのだろう。

「うん、晩ご飯にしよう」

ぼくはカメラバッグを荷室に放りこみ、助手席のドアを開けて恭《うやうや》しく頭をさげた。

「お乗りください、お姫様」

「有紀、お姫様なの？」

「そうです、お姫様」

有紀は満面の笑みを浮かべ、助手席に腰を落ち着けた。

「なにが食べたいですか、お姫様？」

「お刺身」

有紀は叫ぶように言った。

「お刺身？」

「うん。鮪《まぐろ》のお刺身」

「お姫様、ここは山です。お刺身は海に行かないと――」

「お刺身が食べたい」

ニセコまで行けば刺身を食べられる店のひとつやふたつはあるだろう。義父の四駆には最新式のカーナビがついている。ぼくはカーナビで検索を試みた。いくつかの候補が表示されたがどれもピンと来ない。一緒にモニタを覗きこんでいる有紀に提案してみた。

「お姫様、今夜は温泉に泊まりませんか？」

「温泉？」

「温泉なら、お刺身も食べられると思います」

「温泉、泊まる」

有紀の声が跳ねあがった。

「わかりました」

近隣の温泉宿を検索するようカーナビに指示を出し、候補リストを呼び出す。一番上に表示された温泉旅館を目的地に設定した。金の心配をするより、有紀の喜ぶ顔を見ていたかった。

「じゃあ、温泉に行きましょうか、お姫様」

「うん。出発!」

有紀は人差し指を前に突きだした。馬に鞭《むち》をくれるお転婆なお姫様そのものだった。

温泉旅館には二十分ほどで到着した。有紀を車の中で待たせ、フロントで今からでも晩ご飯を出してもらえるか、おかずに鮪の刺身はあるか、個室風呂《ぶろ》のついている部屋はあるかなどを確認した。

個室風呂などなければないでかまわなかった。重要なのは鮪の刺身が食べられるということだ。有紀が幸せならそれでいい。

「それでは、すぐにお部屋にご案内いたします」

フロントの声に、ぼくの背後で陣取っていた中年の男が作り笑いを浮かべた。

「ちょっと待ってください。連れを呼んできます」

ぼくは駐車場に戻った。

「お姫様、鮪の刺身が食べられるそうです」

「やったー!」

有紀は両手を宙に突き上げながら四駆から飛び降りた。カメラバッグを背負い、有紀と手を繋いで旅館に戻る。案内係もフロント係も口をあんぐりとあけて有紀を見つめた。

「部屋、お願いします」

ぼくが声をかけると、案内係はやっと我に返った。

「あの、失礼ですけど、芸能関係の方ですか?」

廊下を歩きながら案内係は頻繁に有紀を盗み見する。

「いえ。全然関係ありませんよ」

有紀は一言も口を利かず、済ました顔で歩いている。

「そうなんですか。あまりにお綺麗なんでてっきり……」

「ここだけの話――」ぼくは声を潜めた。「本当に綺麗な女性っていうのは、芸能界になんか入りませんよ。馬鹿馬鹿しいらしくて」

「そうでしょうなぁ」

案内係は感心したようにうなずいた。ぼくは笑いを堪《こら》えるのに必死だった。

「先にお風呂に入られますか? それとも――」

部屋につき、館内施設の説明を終えると案内係はそう訊いてきた。

「食事を先にお願いします」

「お飲み物はどうなさいますか？」

「ぼくにはビールと日本酒を。彼女にはコーラをお願いします」

「かしこまりました。それでは、ごゆっくりおくつろぎください」

襖《ふすま》が閉まると澄ました顔をしていた有紀がベロを出した。部屋の調度品に目を輝かせ、ベランダに設置されている個室露天風呂に歓声をあげる。

「さっきはどうしてあんな顔してたの？」

ぼくは訊いた。

「知らない人がいるところじゃ、話をしちゃだめなの」

「伯父さんにそう言われてたんだ」

有紀は曖昧に首を振った。

「伯父様だけじゃないよ。パパにもママにも言われてた。話はしないで、綺麗な顔してなさいって」

有紀は寂しげに微笑んだ。

「そうか」

溜息《ためいき》が漏れる。だが、ぼくの身勝手な感傷など有紀にはどうでもいいことだ。

「お腹ぺこぺこ。お刺身、美味《おい》しいかな？」

「きっと美味しいよ。他の料理も」

「有紀、たくさん食べる。お腹ぱんぱんになるまで食べるの」

「お姫様、たくさんたくさんお召しあがりください」

ぼくは有紀を抱き寄せ、額に唇を押しつけた。

❄

想像以上に食事は美味しかった。運転の心配がないせいで、ぼくは久々に酒を飲み、酔った。コーラを飲み干した有紀がビールをせがみ、酔ったぼくは簡単に有紀に屈した。苦いと言いながら有紀はビールを飲み続け、頬から首筋にかけての肌が桜色に染まっていった。温泉に入るとその桜色はさらに色彩を帯びた。昼間、あれだけ写真を撮ったというのに、またぞろ写欲が鎌首をもたげはじめた。

浴衣《ゆかた》姿の有紀を布団の上で寝そべらせ、レフ板やストロボを駆使して写真を撮る。浴衣をはだけさせ、裾を割って長い脚を露出させる。つい数日前までは、有紀はそうした撮影を恥ずかしがっていた。だが、今は大胆だ。

「恥ずかしくないの、有紀？」

撮影の合間にぼくは訊いた。有紀は首を振った。

「恥ずかしいよ。でも、敦史が嬉《うれ》しそうだからいいの」

桜色の頬がさらに朱に染まっていく。ぼくは立て続けにシャッターを切った。

「もっと胸元を広げて」

「おっぱいが出ちゃうよ」

有紀の表情が崩れかけた。

「出てもいいよ。ぼくがたくさん舐めたから、有紀のおっぱいはぼくのおっぱいだ」

「舐めてないもん」

有紀は両腕で浴衣の上から胸を隠した。

「舐めたよ。有紀が、気持ちがいいからたくさん舐めてって言うから、ぼくはたくさん舐めてあげたんだ。そうだろう？」

有紀は小さくうなずいた。

「出して」

ぼくは囁く。有紀の腕から力が抜けていく。緩んでしまった浴衣の布地は乳房の重みに耐えきれず、美しい双丘が零《こぼ》れでた。

「まっすぐカメラを見て」

素速くシャッターを切る。天井にバウンスさせていたストロボの光が有紀を優しくくるんだ。

「綺麗だよ、有紀」

胸を露出させたままポーズを取らせ、シャッターを切る。有紀の目が潤んでいく。ファインダーが有紀の切なそうな眼差《まなざ》しをとらえ続ける。ぼくはカメラを置く。有紀を抱き寄せる。乳房を掌《てのひら》に収める。固く尖った乳首の感触が心地よい。

「有紀ね、幸せだよ、敦史」

熱い吐息と共に有紀が言葉を吐きだした。

「よかった」

ぼくは答え、有紀の口を塞ぐ。

4

翌日は日本海の海岸線をゆっくり下った。いい景色に出くわすと、そのたびに四駆を停めて有紀の写真を撮る。八ギガバイトもある記録メディアはすぐに満杯になり、予備の四ギガバイトの方もそろそろ限界が近づきつつあった。

チョコレートの家に戻ったら、撮り溜《た》めた画像をパソコンのハードディスクに転送し、ある程度、現像の目安をつけておかなければならない。先は見えない。やれることはやれるうちに済ませておいた方がいい。

江差《えさし》町の海岸での撮影で、予備の記録メディアも一杯になった。空は相変わらず晴れ渡っていて夕焼けまで粘って撮影を続けたかったのだが、もう諦めるしかなかった。機材を車に積みこみ、近くのコンビニで有紀にモデルを立派に務めたご褒美としてアイスクリームを買ってあげた。有紀が食べている間に携帯の電源を入れた。

しばらくすると、着信音が鳴りはじめた。

「携帯の電源は入れておいてくれないと困る」

回線が繋がると、佐久間の声が耳に飛びこんできた。

「すみません。山の奥で写真を撮影しているんで、電波が届かないことが多いんです」

「お義父《とう》さんの事件が解決するまで、じっとしていて欲しいんですがね」

「フォトコンが近づいてるんです。作品を撮り溜めておかないと」

フォトコンの意味が佐久間には通じなかったようだ。しばらく間が空いた。

「それはともかく、昨日、君の証言から大野薫という男に行き当たったんだが、その男の車から、お義父さんを刺したと思われるダガーナイフが見つかったんだ」

「本当ですか」

「ああ。ナイフの刃渡りはお義父さんの遺体についていた傷跡と一致する。実際に犯行に使われたものか、今、詳しく調べてもらっているところなんだが……」

「なんでしょう？」

「その大野薫が、お父さんと口論していた人間かどうか、函館に行って実際に顔を見て確認してもらいたいんだ」

「函館まで行かなきゃならないんですか?」

「札幌よりはずっと近い」

佐久間の声に皮肉な響きが混じった。

「わかりました。明日、行きます」

「よろしく頼むよ。大野が拘置されているのは――」佐久間は函館の警察署の名前を告げた。「そこの中村という警官に話を通しておくから、署に着いたら中村を呼ぶんだ」

「大野っていう人は、なにか供述をしてるんですか?」

「今のところ完全黙秘だ。弁護士にしか口を開かない。まあ、ああいうやつらは慣れてるからね」

「ああいうやつら?」

「暴力団関係者だよ。今、お義父さんの借金の流れを探っているんだが、暴力団絡みのマチ金から多額の金を借りていた形跡がある」

「やっぱり、借金絡みのトラブルなんですか……」

「まだ断定はできないがね。君のところに借金取りが来たことはないか?」

「そういえば一ヶ月ぐらい前に、変な男たちが来ましたけど、警察を呼ぶと言ったら、大人しく帰りました。それ以降は見ていません」

「ならいい……明日、必ず函館へ行ってくれよ」

「わかりました」

ぼくは電話を切った。プラスティックのスプーンに載ったアイスクリームが目の前に突然現れた。

「あーんして」

有紀に言われるがままぼくは口をあけた。冷たいアイスクリームが舌を痺《しび》れさせる。

「美味しい？」

「うん、美味しい」

「敦史、お腹が減ってるでしょ。だから、怖い顔してるでしょ」

「ぼくが？」ぼくは自分の顔を指差した。「そんなに怖い顔してた？」

「怪獣みたいな怖い顔だった」

有紀は真剣な顔つきでうなずく。

「そうか。でも、お腹は減ってないんだけどな」

「有紀も。アイスクリーム食べたから」

「ジュースはいらない？」

有紀が首を振った。

「じゃあ、出発しよう」

ギアを入れ、アクセルを踏んだ。有紀は図画帳を広げ絵を描きだした。今朝からずっと描き続けている絵だ。ぼくがカメラのファインダーを覗き、その頭上でカモメが数羽、舞っている。カメラとカモメのディテイルが驚くほどきめ細かに描きこまれている。有紀のカメラのような目はなにひとつ見逃さずに対象を捉えるのだ。

「カモメ、好きなの？」

ぼくの問いかけに、有紀は描き続けながらうなずいた。

「カモメさんも鴨《かも》さんも白鳥さんも、みんな好き。有紀もお空飛んでみたいの」

「飛びに行こうか？」

「ほんと？」

有紀が手を止めてぼくをまじまじと見つめた。

「春になると、大沼の近くのどこかでパラグライダーっていうのができるようになるんだ。それに乗ると、空も飛べるよ」

「行く。有紀、絶対に行く。パラ……パラライダー？」

「パラグライダー」

「有紀、絶対パラグライダーに乗る。絶対！」

「うん、絶対に乗りに行こう」

有紀はサイドウィンドウに顔を押しつけた。上目遣いに空を見あげている。心は絵から離れ、大空を自由気ままに飛び回っているようだった。

❄

大沼公園駅の周辺はいつもよりざわついているようだった。人出が多いわけではない。ただ、なんとなく空気の密度が濃いような気がする。有紀も口数が少なくなっていた。

「有紀、頭を低くして、外から見られないようにしていて」

「はい」

有紀は素直に応じ、頭を下げた。ぼくはラジオのスイッチを入れた。ローカルFM局に電波をあわせる。

若い女のパーソナリティの能天気な声が駅前のざわつきの理由を教えてくれる。

『大沼在住の画家、水島邦衛さんとその姪御《めいご》さんの有紀さんの姿が先日から見えなくなっているということなんですよね。水島さんのお家の前には車が停まったままで、歩いて出かけて行ったにしては状況がなんだかおかしいということで、警察と消防、それから地元の青年団などが近々山狩りをしようかという話もあるそうなんです。水島さんは著名な風景画家で、よくスケッチをするために山に行っていたらしいんですよ。それで、もしかすると、どこかで滑落するかなにかしてるんじゃないかということで。怖いですよね、冬の山は。姪御さんも一緒に姿が見えなくなっているということなので、なにかご存知の方がいらっしゃったら、駐在所の矢沢巡査長まで是非、ご一報ください――』

番組が途切れ、コマーシャルが流れた。

「ラジオ、伯父さんのこと話してたよ」

有紀が目を丸くしていた。

「有紀のことも話してたよ」

有紀の手が伸びてきて、ぼくのセーターを掴《つか》んだ。

「有紀、おまわりさんに連れて行かれるの？　敦史と一緒にいられなくなるの？」

「だいじょうぶ。有紀はどこにも行かない。ずっとぼくと一緒にいる」

そう言ってなだめてみても、有紀はきつく握ったぼくのセーターを離さなかった。

「敦史と一緒にいられなかったら、有紀、死んじゃうよ」

「死なないよ」

「死んじゃうの。絶対、死んじゃう。だって、こんなに好きなのに。一緒にいられなかったら絶対に死んじゃうんだから」

有紀が抱きついてきた。ぼくは四駆を運転しながら有紀の髪の毛を撫でた。

「死なないよ。だって、ぼくと有紀はずっと一緒にいるんだから。離ればなれになったら死ぬんだろう？　でも、ぼくたちは離れたりはしない」

ぼくは有紀の頭を撫でながら言った。

「約束してくれる？」

「約束だよ。ぼくたちは死ぬまでずっと一緒だ」

「よかった」

有紀は涙の滲《にじ》んだ目でぼくを見つめていた。飼い主に縋《すが》る子犬の目——いや、素直に受け止めた方がいい。恋する少女の目だ。有紀は全身全霊で、その視線さえフルに活用してぼくへの愛情を訴えている。ぼくは撫でるのをやめ、左手で有紀の右手を握りしめた。

「もう泣かなくても大丈夫だよ。有紀は笑顔が似合うんだ。涙は似合わない」

「泣いてないもん」

「じゃあ目に浮かんでるのはなに？　涙だろう？」

「違うよ。有紀、泣いてないもん」

「じゃあ、笑って」

有紀が強張った笑みを浮かべた。まだ睫毛《まつげ》や頬の筋肉が震えている。

「やっぱり、笑ってる有紀が一番可愛《かわい》い」

「敦史も笑ってる時が一番格好いいよ」

「ぼくが格好いい？　そんなこと言ってくれるの、有紀だけだよ」

「ごめんなさい。有紀、嘘ついちゃった」有紀はぼくの左手を強く握ってきた。「お写真撮ってる時の敦史が一番格好いい」

「ありがとう」

ぼくはアクセルを踏んだ。駅舎がルームミラーにミニチュア模型のように映りこんでいる。

「チョコレートのおうちに戻るの？」

ぼくは首を振った。

「あそこに帰るのは暗くなってからだよ。もう少しドライブを続けよう」

ダッシュボードのデジタル時計が四時ちょうどを指している。空の東側は分厚い雲に覆われていたが、西の三分の一はまだ晴れていた。傾きはじめた太陽の光がその分厚い雲に圧迫されている。空気中の水分がプリズムの役目を果たし、陽光は淡い黄色となって大沼を照らしていた。雪が白ではなくクリーム色に反射している。

「雪がバニラアイスみたいになってる」

ぼくの視線に気づいた有紀が窓の外に顔を向けた。

「全部バニラアイスだったらいいのにね」

「そしたら有紀、朝ご飯もお昼ご飯も晩ご飯もアイスにする」

有紀の声のトーンが変わった。いつもの無邪気で天真爛漫《てんしんらんまん》な有紀の声だ。心の中で黄色い光に感謝し、ぼくはステアリングを握り直した。

5

柔らかな黄色い世界は短時間で終わりを告げた。太陽が地平線に向かって落ちていくと陽光は赤みを帯び始め、穏やかさとはかけ離れた色に空と雲と雪を染めた。バニラアイスクリームが合成着色料を使ったストロベリーシャーベットに変わってしまったのだ。有紀はシャーベットも好きだと言ったが、あまりにどぎつい夕焼けには風情がなかった。ルームミラーの中の日没を横目で見ながら運転を続けていると携帯が鳴った。駐在の矢沢さんからだった。一瞬躊躇《ちゅうちょ》したが、ぼくは有紀に顔を向け唇に人差し指を当ててから着信ボタンを押した。

「もしもし、三浦さん？」

「はい、三浦ですけど」

「今、どこに？」

「函館です」咄嗟に嘘をついた。「どうしたんですか」

「水島先生と有紀ちゃん、まだ見つからないんだわ。どこに行ったか、心当たりないべかね？」

「先日も言ったと思いますけど、ぼくにはとくに――」

「どんな些細《ささい》なことでもいいんだよ。姿が見えなくなってからかなりの時間が経《た》ってるから……これが夏ならいいんだけどね。なにか思いださないかね？」

「そう言われても。最近、水島先生はスランプだったみたいだし――」

「スランプ？」

「もう何年も画壇で評価されるような作品は描かれていないし、一度訊いたんですよ、最近はどんな絵を描いていらっしゃるんですか？　って。そうしたら、もう長いことスランプでろくな絵が描けないとおっしゃってました」

有紀がぼくを笑わそうと頬を膨らませ、指先で鼻の頭を潰した。ぼくは有紀に拳骨を食らわせる真似をした。有紀が口を押さえて笑う。

「なるほどねぇ。わたしら、絵のことはこれっぽっちもわからんから。そうだ、三浦さん。明日、親族の了解を得て水島先生のお宅を捜索することになったんだけど、ちょっと顔を出してもらえないべか？」

「どうしてぼくが？」

「遺留品やらなんやら、ちょっと目を通してもらって。そしたらなにか思いだすかもしれないべさ。水島先生たちと一番親交があったのは三浦さんだから」

有紀が笑い続けている。ぼくは車を路肩に止めて降りた。

「親交はたしかにありましたけど、それほど親しいというわけでも……別荘地の管理人さんの方がよっぽど親しいんじゃないですか」

「もちろん、管理人も呼んでいるよ。まだ事件性があると判明したわけじゃないから、家の中の捜索も刑事さんたちじゃなくてわたしらがやるのさ。だから――」

「今、撮影で忙しいんです」

ぼくは言った。大沼からの冷たい風が襟元を嬲《なぶ》っていく。

「有紀ちゃんたちのことが心配じゃないのかい？」

「でも、まさか誘拐とか殺人とか、そんなことじゃないでしょう？」

「こないだ太一が死にそうになったばっかりだべさ。近頃は物騒だから、こんな田舎でもなにがあるかわかんないからね」

「わかりました。なるべく顔を出すようにします」

ぼくは曖昧な言葉を選んで答えた。

「九時から昼過ぎまでは水島先生の家にいるから」

「九時過ぎですね。わかりました。じゃあ、失礼します」

電話を切り、運転席に戻った。有紀が寝息を立てていた。赤い夕焼けが彼女の寝顔を染めている。ぼくは彼女の頰にそっとキスした。彼女は目覚めず、幸せそうに眠りこけていた。

❄

有紀はレトルトのカレーを食べると、自分からベッドに潜りこみ、また眠りについた。よほど疲れていたのだろう。ぼくは物音を立てないように気をつけながらパソコンとカメラを接続した。撮った画像をハードディスクに送りこむ。

膨大なデータが転送されるのを待つ間にメールソフトを立ち上げた。ぼくには友人はいない。ぼくにメールを送ってくるのはカメラや機材を扱う専門店のオンラインショップぐらいのものだ。送られてくるメールの九十九パーセントはスパムメールだった。迷惑メール除去フィルターをかいくぐって届いたメールを全件削除しようとして、ぼくはマウスをクリックするのを直前でやめた。

例のフォトコンテストを主催している雑誌社からメールが届いている。また、有紀を紹介してくれという内容のメールかと思ったが、表題が『フォトコンについて』となっていた。

メールを開いた。中身を読んでいくうちに生唾が口の中に溢《あふ》れた。

〈前略

フォトプレス編集部の真田《さなだ》と申します。

このたび、本誌三月号掲載のフォトコンテストにおいて、あなたの作品『星空の少女』が見事金賞に選ばれました。おめでとうございます。

つきましては、雑誌に掲載するための受賞の言葉をいただきたく、また賞金の振込先を教えていただきたく――〉

マウスを握る手が震えていた。呑みこんでも呑みこんでも生唾が次から次へと湧いてくる。何度も文章を読み返した。間違いや悪戯《いたずら》ではないかと差出人のメールアドレスに目を凝らした。メールサーバーが雑誌社の名前になっている。間違いではない。悪戯でもない。ぼくが撮った有紀の写真が格式の高い写真雑誌のコンテストで金賞を射止めたのだ。手が届かないと諦め、背を向けていた夢がぼくの肩を叩いたのだ。

喜びが背筋を駆け抜け、次の瞬間、疲労感に似た落胆が背中を駆けおりた。もっと前に知らされていれば――唇を嚙む。ぼくは水島邦衛を殺さなかったかもしれない。大野の車にナイフを隠そうなどとは考えなかったかもしれない。ぼくの目の前に開けているのが夢見ていた将来なのだと知っていたら、義父のことだって殺さなかったかもしれない。

「いいや」

ぼくは声に出し、首を振った。

「知っていても知らなくても、おまえはやった。おまえはやる。おまえはそういう人間だ」

自分に言い聞かせるように呟《つぶや》いた。たとえ、フォトグラファーとして成功する未来があると知っていても、ぼくは義父がしたことをゆるさなかっただろう。水島邦衛が有紀にしていたことをゆるさなかっただろう。金賞を取ろうが取るまいが、ぼくの人生はなにも変わらない。違う人生があったかもしれないと悔やむのは馬鹿げている。

ぼくはメールを削除した。ぼんやりと画像の転送が終わるのを待ち、パソコンの電源を落とした。モニタの明かりが消えるとチョコレートの家は闇に包まれた。天窓に積もったままの雪が月明かりも星明かりも遮っている。

手探りでベッドに近づき、服を着たまま布団の中に潜りこんだ。右手で有紀の頰に触れてみた。

「冷たいよ、敦史」

有紀の声がした。

「ごめん。起こしちゃった？」

「うん。敦史の手、氷みたい」

ぼくの手を有紀が握る。有紀の手は温かかった。

「どうして悲しいの？」

「悲しくなんかないよ。有紀と一緒にいるんだから」

　ぼくの手を握る有紀の手に力が籠もっている。

「冷たい。敦史、とっても冷たい」

「ずっと寒い中にいたから……」

「違うよ。悲しいから寒いの。有紀、知ってるもん。ほんとにほんとに悲しいと、凍え死にしそうなぐらい寒くなるの」

　ぼくは有紀の手を握り返した。確かに、ぼくの手は氷のように冷たい。

「有紀は凍え死にしそうになったことあるのかい？」

「何度もあるよ。敦史みたいに暖めてくれる人がいなかったから、ほんとに怖かった。有紀、絶対このまま死ぬんだって何度も思った」

　ぼくは有紀を抱きしめた。有紀に与えられた悲しみ、苦しみに比べれば、ぼくの苦難などたかがしれている。ぼくたちは自分をごまかすことができる。だが、有紀にはできないのだ。自分に襲いかかってくる辛苦とただ向き合うだけだ。ぼくたちが目を背けることに対しても、有紀は正対し続ける。有紀にはそれしかできないからだ。

「息ができないよ、敦史」

　有紀の訴えに、ぼくは力を抜いた。

「あのね、敦史。敦史が悲しくて凍えそうなぐらい寒い時は、有紀が暖めてあげる」

有紀の手がぼくのセーターの内側に潜りこんできた。焼けた石炭を押し当てられたみたいだった。

「その代わり、有紀が寒い時は敦史が暖めてね」

「うん」

ぼくは子供のようにうなずき、有紀の胸に顔を埋めた。有紀の身体に縋りついた。

「大丈夫だからね、敦史。敦史と有紀が一緒にいたら、怖いことなんかなんにもないんだから」

「ありがとう、有紀」

ぼくはそう言って目を閉じた。

6

翌日は快晴だった。その分、冷えこみが激しい。有紀は布団の中でぐずぐずしていたが、ぼくは腹を決めて七時ちょうどにベッドから出た。息を吸うと肺が悲鳴をあげる。吐きだす息は濃霧のように白かった。

石油ストーブに点火し、お湯を沸かした。

「有紀、早く起きて、歯を磨いておいで」

キッチンから声をかける。

「はぁい」

有紀は気が乗らなそうな返事をよこしたが、ベッドから出るとまっすぐバスルームに向かった。

湯が沸くとカップ麺に注ぎ、蓋をした。ちょうど三分が経過するころ、有紀がバスルームから出てきた。

「ご飯だよ」

「お腹ぺこぺこ」

ふたりとも瞬く間に麺を食べ尽くした。スープを飲み干そうとする有紀を手で制し、昨日の残りの白米をカップに入れてやる。

「よくかき混ぜて食べてごらん。美味しいから」

「おじやみたい」

スープを吸った白米を一口食べると、有紀は目を輝かせた。

「今日は出かけなきゃならないから……夜までひとりでいられる?」

有紀の唇が尖った。しかし、有紀は小さくうなずいた。

「有紀、我慢する。ちゃんとお留守番するよ」

「ありがとう」

ぼくは有紀の頰に指先を走らせた。

「ちゃんとちゅーしてくれなきゃいや」

有紀がまた唇を尖らせた。その先っぽにぼくは自分の唇でそっと触れた。

有紀が食べている間に空になったカップ麵の容器を捨て、出かける支度をした。今日は函館に行き、食料を大量に買いこむつもりだった。ぼくはともかく、有紀にいつまでもカップ麵やレトルトのカレーばかりを食べさせるわけにはいかない。

「なにか買ってきて欲しいものはある？」

「アイスクリーム」

間髪を入れずに答えが返ってきた。

「バニラとストロベリーのを買ってくるよ」

「それから、クレヨンと色鉛筆。赤と青のが減ってきたから新しいのが欲しいの」

「それも買ってくるよ。他には？」

「敦史が早く帰ってきたらなんにもいらない」

カップの中身を頰張りながら有紀が言った。なぜだかぼくは頰が熱くなるのを感じた。

「三時になったら、携帯の電源を入れて。電話をかけるから」ぼくは言った。「でも、ぼくからの電話にしか出ちゃだめだよ」

「うん」

有紀は力強くうなずいた。ぼくを心から信じ、何ひとつ疑ってはいない。こんなにあけすけな信頼に、ぼくはどうやって応えればいいのだろう。

ぼくは有紀に微笑み返し、チョコレートの家を出た。

❄

淡い青空が広がっていた。まるで春のような空だ。だが、空の下は雪に覆われて凍てついている。低気圧が近づいてくる前触れだろうか、風もほとんどなく、大沼から駒ヶ岳にいたるまでの景色は不気味な静けさを湛《たた》えていた。

白鳥台セバットの駐車場に四駆を停め、徒歩で水島邦衛の洋館に向かった。洋館に着いたのは九時少し前。それでも、数台のパトカーがすでに洋館の周囲に停まっていた。

「ああ、三浦さん。わざわざ済まんねえ」

ぼくを見つけた矢沢さんが巨体を揺らしながら駆け寄ってきた。

「おはようございます」

「もう少ししたら捜索がはじまるから……あ、紹介するわ。すみません」

玄関の横で手持ちぶさたに立っていた中年男に矢沢さんは手を振った。メリハリのある顔立ちの男で、白髪混じりの頭髪をオールバックにまとめていた。その横顔には有紀の面影がある。男は俯《うつむ》き加減のままこちらに歩いてきた。

「水島さん、昨日お話しした三浦さん。ほら、有紀ちゃんと仲がいい」

「ああ」

男はうなずきながらぼくに右手を差しだしてきた。

「三浦さん、こちらは有紀ちゃんのお父さんの水島さん。水島先生の弟さんだべさ」

「水島です」

「三浦です」

ぼくは抑揚のない声で言って、水島の右手を握った。

「矢沢さんからお話はうかがっています。有紀の相手をしてくれていたとか……」

「有紀ちゃんがぼくの相手をしてくれるんです」

侮蔑を隠すことができなかった。有紀が水島邦衛の慰み者になったのはこの男のせいだ。この男が父親としての責任を放棄したせいなのだ。

「水島さんも有紀ちゃんのことをとても心配してたてね」

矢沢さんが取りなすように口を挟んできた。

「心配なら、最初から一緒に暮らしてればいいと思いますが」

「三浦さん」

矢沢さんが眉を顰《ひそ》めた。

「いいんです。彼の言う通りですから」

「家庭には家庭の事情がありますからね」

矢沢さんは曖昧に首を振り、ぼくに顔を向けた。その表情は聞き分けのない子供に向ける父親のそれだった。

「悪いけど、しばらくここで待っててくれんかね。三浦さんに見てもらいたいものが出てきたら声をかけるから」

「いいですよ」

ぼくは素直にうなずいた。制服を着た警官が五人ほど、洋館の中に入っていく。矢沢さんはその後を追っていった。

「兄とも顔見知りだとか」

矢沢さんの背中を目で追いながら水島が言った。

「ぼくも昔は画家になりたかったんです」ぼくは言った。「水島先生の絵が好きでした。偶然知り合って」

「兄はもう、絵描きとしてはお終《しま》いです。なにも描けなくなった。それで、ここに逃げこんだんです」

「知ってます。他にもいろんなことを知ってます」

かまをかけてみたが、水島の顔色は変わらなかった。

「言い訳に聞こえるでしょうが、わたしは有紀を手元に置いておきたかった」

「そうでしょうね」

「しかし、妻がね」ぼくの皮肉を聞き流して水島は続けた。「世間体を気にしてどうしようもなかった。せめて、有紀がもう少し……」

水島が言い淀《よど》んだ。

「もう少し、容姿が悪ければ？」

ぼくの容赦ない言葉に水島は苦笑した。

「美しすぎるのも罪だ。有紀は容姿だけじゃなく、心も美しすぎる」

「勝手な言い分だと思います。実の両親に見放されたせいで、有紀ちゃんは穢《けが》されましたよ」

「なんのことだ？」

「あなたのお兄さんに」

水島の表情が曇った。

「そんな馬鹿な……」

「美しすぎるのは罪だって、自分で言ったばかりじゃないですか」

「君はだれからそれを？」

「有紀ちゃんが描いた絵です」

ぼくはダウンジャケットのポケットから折りたたんだ画用紙を取りだした。有紀が描いた細密画だ。水島は画用紙を受け取り、目を剝《む》いた。

「こ、これは……」

「早くしまってください。それは差し上げます。燃やすなりなんなり、好きにしてください」

「有紀がこれを描いたのか……」

「有紀ちゃんは天性の画家です。ご存知でしたか？」

水島は画用紙を元のように折りたたみ、コートのポケットに押しこんだ。ぼくはそばを離れたが、彼はそれにも気づかず、死人のような目で洋館を見つめていた。

❄

結局、警官たちはなにも見つけられなかった。ぼくが蹴破ったドアの鍵は外されていて問題視はされなかった。ぼくは何枚かのスケッチを見せられ、その場所を特定する手伝いをさせられただけだ。どれもこれも大沼近郊のありふれた場所の景色で、ぼくがわざわざ見る必要さえなかった。

水島と話しこんでいる矢沢さんに遠くから声をかけ、ぼくは洋館を後にした。

冬期休業中のゴルフ場を横切って白鳥台セバットに向かうつもりだった。有紀の父親と交わした会話の残滓《ざんし》が耳にこびりついている。静寂に身を浸して、穢れてしまったという感覚から逃れたかった。だが、ぼくのささやかな望みはこちらに向かってくる無粋なエンジン音にかき消された。静かな音ではあったが静寂をぶち壊しにするには充分なやかましさだった。

振り返る。近づいてくるのは国産の四駆だった。昼間だというのにヘッドライトを点けている。眩《まぶ》しくて運転手の顔を識別することができなかった。かろうじてナンバーを読み取ることはできた。函館ナンバーだった。

悪寒が背中を駆け上がった。四駆に背を向け、道ばたの森の中に飛びこんだ。四駆のエンジン音が甲高くなる。大野の横顔が脳裏をよぎっていった。

エンジン音が止まった。左右のドアが開き、男たちが降りてくる。若いとも中年とも言えない男たちだ。彼らはぼくを追って森の中に分け入ってきた。雪を掻《か》き分けて森の奥へ進んだ。雪は深く、重い。すぐに息があがった。だが、ぼくはこの手の行軍には慣れている。毎日、二十キロ近い機材を担ぎながら雪の中を這《は》いずり回っていたのだ。ぼくと彼らの距離は少しずつ、だが確実に広がっていく。森の向こうはゴルフ場だ。シーズンオフとはいえ、視界が開ける場所で無茶をしてくるとは思えない。連中との距離を広げながらゴルフ場を突っ切ればなんとか逃げ切れるだろう。

森を抜けると同時に視界が広がった。パー五の十七番ホール。コースの真ん中が小高い丘になっており、それを下って行けば隣のホールに出る。そのホールを横切ればその先は小沼だ。近くの白鳥台セバットにぼくの四駆が停まっている。

ぼくを追っているのはふたり組だった。禿《はげ》とポニーテールのコンビを思いだしたが、ふたりはどちらも短髪だった。ジーンズにスノーブーツ、ダウンジャケット、顔にはサングラス。双子のように同じ格好をしている。違うのはダウンジャケットの色だ。ひとりは赤、ひとりは濃紺のジャケットを羽織っている。

丘を登る間にさらに彼らとの距離を稼ぎ、斜面を駆け下った。並木のような林を突き抜けると、そこはもう隣のホールだった。ホールの向こうに小沼が横たわっている。身体中が汗で濡れていた。呼吸は荒く、雪を掻き分けるたびに膝が笑う。それでもぼくは進み続けた。

有紀がぼくを待っている。ぼくが戻らなければ、有紀はいつまでもぼくを待ち続ける。だから、ぼくはなんとしてでも有紀の元へ戻らなくてはならない。血反吐《ちへど》を吐くことになったとしても、脚が折れたとしても、ぼくは有紀の元へ向かうのだ。

もうすぐホールを突っ切るというところで振り返った。ふたり組はまだ十七番ホールだ。距離にして二百メートルはあるだろう。これだけ差が開いていればもう安全圏だった。額の汗を拭い、ゴルフ場と一般道路を分ける鉄柵を乗り越えた。ここから白鳥台セバットまでは三百メートルほどだろうか。やつらが何者にせよ、ぼくは逃げ切ったのだ。両膝に手をつき、荒い呼吸を繰り返した。こちらに近づいてくる車の音が聞こえる。

もし追いつかれたとしても、ここでは連中もなにもできない。

車が来る方へ顔を向けてぼくは凍りついた。白の四駆、函館ナンバー。四駆はぼくの真横で停止した。

「せっかくの追いかけっこだったのに、残念だな」窓が開き、運転席の男が口を開いた。

「乗れ。おれたちは大野さんの使いだ」

「お断りします」

ぼくは軽く頭をさげ、四駆から離れようとした。

「面倒かけるなよ。な?」

男がかざした右手には拳銃が握られていた。ぼくは唇を舐めた。

「逃げるにしても、どこに逃げる? もう、ゴルフ場は無理だぜ」

「小沼は——」ぼくは道路の向こうを指差した。「厚い氷が張ってて、上を歩くこともできます」

「やってみるか?」

ぼくは首を振った。

「じゃあ、乗れ」

他に選択肢はなかった。ぼくは後ろのドアを開け、四駆に乗りこんだ。四駆の中はむっとするほど暖房が利いている。

「ずいぶん差をつけたな。あのふたり、高校はサッカー部だったんだぞ。体力には自信がある、いや、体力にしか自信のねえやつらなんだがな」

なんと答えていいかわからず、ぼくは首を振った。

「ひ弱そうな面《つら》してるのによ」

男はルームミラーに向かって笑った。今時珍しいアフロヘアにサングラスをかけている。年齢は三十前後だろうか。言葉にはまったく訛《なまり》がなかった。

「お？　やっと来たか」

男の声に顔を窓の外に向けた。赤と濃紺のコンビが鉄柵を乗り越えようとしていた。ふたりともぼく以上に息が荒い。柵を越えると、濃紺の方がサングラスを外し、ぼくを睨《にら》んだ。目尻に涙を模した刺青《いれずみ》が入っていた。

赤い方が助手席に乗りこんでくる。

「参った。こんなにわやだとは思わなかったべよ」

「道産子《どさんこ》なんだろう？　雪ぐらいへいっちゃらじゃないのか？」

アフロが皮肉めいた口調で応じた。

「道産子は道産子でも、都会派だからさ。田舎の野山駆け回ってたんじゃないわけさ」

赤い方の顎から汗がしたたり落ちた。濃紺がぼくの隣に乗りこんでくる。

「このクソガキ、調子にのりやがって」濃紺は拳でぼくの頭を小突いた。「ゲロ吐きそうだべや」

四駆が動きだした。濃紺がドリンクホルダーに立ててあったスポーツドリンクに口をつけた。

「大野さんからの伝言だ。約束を破ったのはおめえだから、もう容赦はしねえって」

赤が言った。

「おまえ、なんで大野さんを怒らせた?」濃紺がぼくの顔を覗きこむ。「あの人、滅多に怒らないいけど、一度怒ったらわやだっての、有名だべや」

「ぼくは函館の人間じゃないんで」

また拳で小突かれた。

「生意気抜かしてるんじゃねえぞ、こら」

ぼくは口を閉じた。

「有紀って女はどこにいる?」

アフロが訊いてきた。ぼくは口を閉じたままでいた。

「その女をさらって、札幌まで連れて行けって言われてるんだ」

赤が言った。語尾が跳ねあがる独特の訛だった。

「その前に、おれたちが好きにしていいってよ」濃紺が舌なめずりする。「えらいいい女なんだってな?」

ぼくは俯いた。

「どこにいるんだ？」

濃紺がぼくの髪の毛を鷲掴《わしづか》みにした。ぼくは口だけではなく、目もきつく閉じた。

「だんまりを決めこむつもりか」

アフロが鼻で笑っている。

「おれたちを舐めてるのか、こら？」

今度は脇腹を小突かれた。硬い関節に肋骨《ろっこつ》が軋《きし》んだ。ぼくは背中を丸め、咳《せ》きこんだ。

「大野さんから聞いてるよ。若い割に我慢強いんだってな？　あとでゆっくり、どこまで我慢できるのか試してやるよ」

アフロはまだ笑っていた。

「大野から聞いたって……どうやって？」

「弁護士って知ってるか？」

ぼくは唇を噛んだ。

「どれだけ勾留《こうりゅう》されるかわからねえが、一日につき、一千万請求するって大野さんは言ってたぜ。勾留期間が長くなればなるほど、おまえの女が風俗で働かなきゃならない日数が長くなる」

ぼくは目を閉じたまま、脇腹から発せられる苦痛に耐えていた。

「なんとか言えよ、おい」

濃紺がぼくの太股《ふともも》に膝をぶつけてきた。脅しをかけているつもりなのだろうが、痛みを除けばぼくにはなんの効き目もなかった。ただ、中学時代に受けた集団いじめの記憶がよみがえっただけだった。

昼休みや放課後には必ず五、六人の同級生に囲まれて小突き回された。最初は軽い殴打なのだが、そのうちだれかが興奮しはじめる。そうなると収拾がつかなくなり、ぼくがぼろ雑巾のようになるまで暴行が続くのだ。いじめがはじまった理由は些細なものだったはずだ。給食のカレーをこぼしたとかどうだとか。だが、理由などどうでもいいのだ。いじめる相手が見つかった、だから、いじめ尽くす。それがいじめっ子たちの論理だった。

毎日のように殴られながら、ぼくはやがて苦痛をやり過ごす術《すべ》を学んだ。意識をできるだけ痛みから遠ざけるのだ。抵抗すれば彼らは激昂《げきこう》し、痛みにのたうち回れば興奮する。なにもかもがエスカレートしていく。だが、殴られても蹴られても反応を示さなければ、やがて彼らは飽きるのだ。

ぼくは意識を苦痛から切り離した。遠く、遠くへ思いを馳《は》せる。楽しかった日々、自分が幸せだと実感できた瞬間、ぼくの顔に笑顔が張り付いていた季節。ここへ――大沼へ来る前は、それはすべて幼い日々の思い出だった。だが、今この瞬間、ぼくの意識は有紀の元へと飛んでいこうとする。有紀と出会った朝。有紀を撮った森。有紀の笑顔。はにかむ有紀。有紀の涙。有紀といる時のぼくの胸の高鳴り。有紀だけがぼくに微笑んでくれる。打算のない愛情を向けてくれる。ぼくは有紀を失うことができない。

「おい、なにぼーっとしてるんだよ？」

濃紺の恫喝《どうかつ》の声はぼくの耳を素通りしていく。

「女はどこだ？　早く喋《しゃべ》った方が身のためだぞ」

アフロの声はぼくに届かない。

「殴られても平気だって言いたいんだべや？　したら、これならどうだ？」

濃紺が右手をかざした。ナイフの刃がきらめいていた。

「殴られるのは平気でも、切られるのは痛いべよ」

ナイフが頰に押しつけられた。平気だよ、敦史——有紀がぼくに囁きかけている。ぼくは微笑んだ。

「このクソガキ——」

頰にあてがわれていたナイフの刃を濃紺が下に引いた。ルームミラーに映るぼくの顔が血で染まっていく。

「次は手だ。足だ。手足の腱《けん》を切ってやる。それでも笑ってるつもりか？」

濃紺が吠《ほ》えた。ぼくは有紀に向かって微笑み続けた。

7

出血はだらだらと続いていた。血を吸って濡れた衣服の冷たさが不快だった。四駆は東を目指して走っていた。濃紺が前列シートの隙間から身を乗りだし、アフロや赤いダウンジャケットと話しこんでいる。

ぼくをどうするか——いや、どうやって有紀を見つけるか。彼らが相談しているのはその一点だった。

彼らの注意を引かないように、ぼくはジーンズのポケットに右手を入れた。指先に車のキィが触れる。

「おい。おまえの車はどこだ？」

アフロが訊いてきた。それで、彼らがぼくを見つけたのは水島邦衛の洋館だったと確信した。別荘地のこともチョコレートの家のことも、彼らはなにひとつ摑んでいないのだ。

「車だよ、車」

「このまま道なりに進んでください」

「やっと口を開いたべ。なまら強情なやつだな」

濃紺がシートに腰を下ろした。

「血を止めてやれ。あの面じゃ、車の外に連れだせねえ」

「おれ、なにも持ってねえぞ」

アフロの言葉に濃紺が鼻を鳴らした。

「これを使えや」赤がしわだらけのハンカチを濃紺に手渡した。「それで血を拭いてよ、したら、荷台のどこかにガムテープあるから、それを傷口に貼っておけばいいべ」

「ガムテープ？　どこだ？」

濃紺がトランクスペースに身を乗りだした。ぼくは掌に車の鍵を握りこんだ。

「あった、あった」

濃紺がガムテープを右手に掲げた。

「まだ先か？」

アフロが訊いてくる。

「はい。しばらく走り続けてください」

「そんな遠くに車停めたっていうのか？」

ルームミラーの中のアフロの眉が吊《つ》り上がった。

「もうとっくに通り過ぎたんです。この道、大沼をぐるりと取り囲んでるから、引き返すよりまっすぐ進んだ方が結局は早い」

「なるほどな……」

濃紺がハンカチを頬に押しつけてきた。忘れていた痛みがよみがえる。ぼくは顔をしかめた。

「大袈裟《おおげさ》に痛がるんじゃねえって。ちらっと切っただけだべ、ちらっとよ」

ハンカチは見る間に赤く染まっていく。軽く切られただけとは思えなかった。最後にガムテープを傷口に張り付けると、濃紺は血で赤く染まったハンカチを小さく丸め、コンビニのポリ袋に押しこんだ。

「これで充分だべ？」

「まあいいだろう。なあ、三浦君、まだ女の居所を喋る気にはならねえのか？」

ぼくは口を噤《つぐ》んだ。アフロが舌打ちした。濃紺はペットボトルに口をつけ、赤は鼻歌を口ずさんでいる。

「なあ、兄ちゃん」濃紺がげっぷを漏らしながら口を開いた。「女なんて腐るほどいるべ？　その女の居所教えてくれたら、おまえが大野さんにしたこと、全部チャラになるんだぞ。普通、そんなことありえねえって。あの人怒らせたらわやなんだからよ。ここは素直に吐いちまえって」

「彼女は普通じゃないんです。風俗なんかで働かされたら壊れてしまう……」

「なまら頭悪いな、おまえ。女はな、おれたちが考えるよりよっぽど強くできてるんだぞ。でなかったら、子供なんか産めねえべや」

「それもそうですね」

「だべ？　だったら、どこにいるか教えろや」

ぼくは首を振った。今度は濃紺が舌打ちした。

「なにも好きこのんで痛い目に遭わなくてもいいのによ」

道は大沼の東端に沿って弧を描きはじめた。東大沼キャンプ場の手前の路肩に軽自動車が停まっていた。ドライバーの姿は見えなかった。

「あれです」

ぼくは軽自動車を指差した。四駆のスピードが落ちる。

「車の鍵は？」

濃紺がぼくの耳元で叫んだ。

「挿《さ》したままです」

「馬鹿言え」

「函館とは違って、ここは田舎なんです。ちょっと車を離れるぐらいで、いちいち車に鍵をかける人間なんていませんよ」

ぼくの口は自分でも驚くほどなめらかだった。

「そういえば、そんな話聞いたことあるな」

ている。

気色《けしき》ばんでいた濃紺が溜息を漏らす。四駆が停まった。軽自動車とは数メートル離れた。

「おい」

ギアをパーキングに入れながら、アフロが赤にうなずいた。アフロと赤が四駆を降りた。

「下手《へた》な真似はするなよ」

濃紺が囁く。濃紺はふたりの背中を見つめていた。赤が先頭に立ち、アフロが大股でその後に続いていく。車の中では気づかなかったがアフロは巨漢だった。百九十センチはあるだろうか。

ぼくは濃紺の目を盗み、掌の中の鍵を握り直した。鍵の先端の金属部を親指と人差し指の間から突きだす。そのまま機会が訪れるのを待った。

赤がアフロを振り返り、軽自動車のドアに腕を伸ばした。

「あの……」

ぼくは口を開いた。濃紺がぼくに視線を移す。

「なんだ？」

ぼくは狙いを澄まし、濃紺の左目に鍵の先端を突き立てた。濃紺がくぐもった悲鳴をあげ、顔を押さえた。その身体を思い切り蹴りつけてシートを乗り越えた。四駆には鍵がついたままだ。

ギアをドライブに入れ、アクセルを踏んだ。赤がなにかを叫んでいる。アフロがサングラスを外した。憤怒《ふんぬ》の形相が浮かんでいた。滑ろうとする後輪を四輪駆動システムがなんとか押さえこんでいる。雪がなければタイヤは間違いなく悲鳴をあげていただろう。ぼくはステアリングにしがみついた。

後を追ってくるアフロと赤の姿がルームミラーに映っていた。だが、彼らを嘲笑うようにぼくたちの距離は開いていく。濃紺は顔を押さえたまま意味をなさない言葉をまき散らしていた。

前方で道が二股に分かれていた。ぼくはステアリングを右に切った。少しでも彼らを有紀から遠ざけたい——頭にあるのはそれだけだった。道が再び二股に分かれている。もう一度右折すると車首が北東を向いた。道は函館本線と併走し、やがて東へ分かれていく。もう、アフロたちは影も形もなかった。

獣の遠吠えのような声が車内を満たした。首に濃紺の腕が巻き付いてきた。ルームミラー一杯に、血塗《ちまみ》れの濃紺の顔が映りこんでいた。すさまじい力で引きつけられ足がアクセルから離れた。

「ぶっ殺してやる」

耳元で叫ぶ濃紺の声が遠くから聞こえる。視界が前後左右に激しく揺れた。腕を伸ばし、濃紺の髪の毛を毟《むし》り取った。首にかかる力が増していくだけだった。

「このクソガキ、おれの目を――」

指を鍵状に曲げ濃紺の顔に突き立てた。中指の先端にぬめりを帯びたものが当たった。そのまま力を込める。

濃紺が甲高い悲鳴をあげ、圧迫されていた首が自由になった。肺一杯に空気を吸いこんだ。息をするたびに喉が鳴る。四駆が激しくバウンドした。道が弧を描いている。四駆は轍を乗り越え、ガードレールに突っこもうとしていた。ステアリングを握り、ブレーキを踏んだ。遅すぎることはわかっていた。ガードレールが目前に迫り、次いで衝撃が来た。身体ごとでたらめに揺さぶられ、背中にあった背もたれの感触が消えた。

フロントグラスに頭を、ステアリングに腹部をしたたかに打ち付けた。なおも身体は揺さぶられ、上下左右の感覚が失われた。四駆が横転している――頭では理解しても身体が言うことをきかなかった。すべてがあやふやな中、はっきりと認識できるのは痛みだけだった。濃紺がなにかを叫んでいる。四駆のシャシーが軋んでいる。天地がひっくり返っている。目を閉じると有紀が微笑んでいた。ぼくは有紀に向かって腕を伸ばした。

❄

水蒸気が激しく噴きだす音で我に返った。四駆は完全にひっくり返り、ぼくは天井に横たわっていた。首を回すと、濃紺の姿が目に入った。ぴくりとも動かない。気絶しているだけなのか死んでいるのかもわからなかった。ぼくの目の前に誰かの携帯が転がっていた。

身体を動かすと頭と脇腹に激痛が走った。額に触れた指先が血でべっとりと濡れた。頬の傷からも血が溢れているようだった。

呻《うめ》きながら四つん這いになり、ドアに手をかけた。押しても引いても開かない。試しにパワーウィンドウのスイッチを押してみた。いびつな音を立てながら窓が動きだした。ガラスを踏み砕くような音がして、窓は三分の二ほど開いたところで動かなくなった。ぼくの口から呻きが漏れた。冬装備で着ぶくれた身体では窓から脱出することは難しい。

ぼくのではない呻きが聞こえた。濃紺の指先が痙攣《けいれん》している。彼は気絶と覚醒の狭間《はざま》をさまよっている。躊躇している余裕はなかった。苦労してダウンジャケットを脱いだ。ジャケットのポケットの中身と持ち主のわからない携帯をジーンズのポケットに押しこみ、ぼくは開いた窓に頭を突っこんだ。

左の脇腹に焼けた鉄を押し当てられたような痛みが走る。おそらく、ステアリングにぶつけた時に肋骨にひびが入るか折れるかしたのだろう。血と一緒に脂汗が滲んできた。歯を食いしばりながら窓枠に手をかけ、窓の外に這い出ていく。ひしゃげたボンネットから水蒸気が噴きでているのが見えた。頭の痛みに耐えきれず、路面に額を押し当てた。

剃刀《かみそり》のような冷気が一瞬だけ痛みを忘れさせてくれる。車から完全に抜けでた時には、疲労困憊《こんぱい》して息をするのも億劫《おっくう》なほどだった。

雪を口に押しこみ、ぼくは立ちあがった。休んでいる暇はない。遅かれ早かれ事故に気づいた人間が通報するだろう。それに、アフロたちはまだぼくを追っているに違いなかった。

ダウンジャケットを回収しようか迷ったが、結局はやめた。身体を屈めた時に襲ってくるだろう痛みを想像しただけで気が滅入《めい》った。痛みを無視することはできても、身体は確実に消耗する。ダウンジャケットがなくても火照った身体は寒さを感じていなかった。額の痛みは鮮烈だが、脇腹は無理な動きさえしなければ鈍痛を湛えているだけだった。ここからチョコレートの家までは直線距離にして三、四キロだ。道路を避けて森の中に分け入っても明るいうちに辿《たど》り着けるだろう。

四駆が激突したガードレールの先は浅い谷になっていた。谷底を函館本線のレールが走り、その向こうは白樺《しらかば》や樅《もみ》の群生する森だ。森を抜け、小高い山をひとつかふたつ越えれば、その先がチョコレートの家のある別荘地になる。

ぼくは意を決してガードレールを跨《また》いだ。激痛に屈みこみそうになる。ぼくは意識を痛みから切り離した。有紀に思いを馳せる。有紀の元に向かうための一歩に神経を集中させる。できるだけ早く、森の中に逃げこまなければならなかった。脇腹から発せられている痛みという名の警戒警報は無視するしかない。

斜面に積もった雪は些細な力がかかるだけで簡単に崩れる。ぼくは雪の上に尻をつけ、踵《かかと》をあげた。それだけでぼくの身体は加速しながら滑り落ちていく。有紀と一緒だったら楽しいだろうな——場違いな考えが頭をよぎっていった。いや、実際ぼくの頭の中では自然の滑り台を楽しむ有紀の笑い声が響いていた。

複線の線路を跨ぎ、森に足を踏み入れる前に振り返ってみた。四駆から噴きでる水蒸気は消えかかり、濃紺の姿はなかった。近くの温泉旅館の従業員だろうか、半被《はっぴ》姿の老人がカーブの向こうから四駆に向かって駆けている。

いずれ警察が来れば、だれかが事故車から抜けだし、谷を下って森の中に入って行ったことにも気づくだろう。

時間がない。余裕がない。森の中に足を踏み入れ、ぼくは一度も振り返らず、黙々と歩いた。

8

風に枝が揺れた。人の気配に驚いた野鳥がやかましい音を立てて飛び去っていく。太陽は西に傾きはじめ、長い影がまっさらな雪の上に伸びていた。

ぼくは白樺の幹にもたれかかり、口に雪を含んだ。ぼくが目指す方角にはなだらかな登り斜面がどこまでも続いている。

最初に考えていたよりは距離が稼げていなかった。深い根雪と怪我《けが》が体力を奪っていくせいだ。ぼくは干あがりかけていた。

ジーンズのポケットから携帯を引っ張り出した。電源を入れるとモニタの時計は三時五分を指した。有紀に電話をかける。

「もしもし、敦史？」

最初の呼び出し音が鳴り終わる前に回線が繋がり、有紀のはち切れそうな声が耳に飛びこんできた。

「いい子にしてるかい、有紀？」

「うん。有紀、いい子だよ。ずっとお絵描きしてるの。さっき、お腹がすいたからカップ麺食べた。自分で作ったんだよ。凄《すご》いでしょ？　美味しかった？」

「有紀はやればできる子だから驚かないよ」

「うん。今度、敦史にも作ってあげるね」

有紀の声を聞いていると、涸《か》れかけていた活力が息を吹き返した。温かい食事を取るより、傷の手当てを受けるより、有紀の声を聞いている方がよっぽど意味がある。ぼくは有紀の言葉に耳を傾けながら、再び斜面を登りはじめた。

足を前に進めるたびに痛めた肋骨が軋んだ。

「敦史、はあはあ言ってる」

「今、坂道を登ってるんだ。ちょっときついかな」

「敦史、おじいちゃんみたい」

「ほんとだね」

ぼくはまた足を止め、雪の上に座りこんだ。肋骨が放つ痛みが肺を押さえつける。呼吸が苦しかった。

「有紀、また五時頃連絡する。それまでは携帯、切っておいて」

「早く帰ってきて」

甘い声が耳朶《じだ》をくすぐった。できることならこのままずっと話し続けていたかった。

「じゃあ、後でね」

ぼくは電話を切り、痛みに意識を集中させた。左の脇腹、何本も並んだ肋骨のちょうど真ん中辺りに熱と痛みがある。痛みは鈍いが決して消えることがなく、ふとした弾みに簡単に激痛に転じた。ひびが入っているだけだと思っていたが、折れているのかもしれない。

チョコレートの家まで辿り着けるだろうか？　弱気が頭をよぎっていく。

頭を振り、雪の上に文字を書いた。有紀、と。痛みなど知ったことではない。有紀がぼくを待っているのだ。

左手で脇腹を押さえながらぼくは立ちあがった。痛みに呻きが漏れる。有紀が言ったように、くたびれきった老人みたいな足取りで、ぼくは歩きだした。

❄

日が傾き、気温がさがると同時に北風が吹きはじめた。分厚い雲が西の空に姿を現し、潮が満ちるように押し寄せてくる。それほど時間が経たないうちに雪が降るだろう。

喉が渇くと雪を口に押しこみ、喘《あえ》ぎながら雪深い森の中を歩き続けた。やがて頂に到達し、下を振り返る。木々の合間に動く影が見えた。目をすがめ、右手を額の上に当てた。間違いなく、夕日に伸びた影が動いている。アフロたちがぼくを追ってきているのだ。

雪を含んだばかりだというのに、口の中が干あがった。向こうは山道に慣れてはいない。だが、怪我の分、ぼくの歩みはいつもよりずっと遅い。このままではチョコレートの家に辿り着く前に追いつかれてしまう。いや、なんとか追いつかれずに済んだとしても、足跡を辿られてしまうのは確実だ。

ぼくは空を仰いだ。雲が太陽を呑みこもうとしている。早く雪になれ、それも大雪に——ぼくは雲に祈った。

目を下におろす。赤いダウンジャケットが転んでいた。彼らもかなり体力を消耗しているはずだ。函館でだらしない生活を送っていた彼らと怪我を負っているぼく。ハンディとしては妥当なところかもしれない。

アフロの姿を探したが確認することはできなかった。

フリースのジッパーをおろし、シャツとアンダーウェアをまくり上げた。左の脇腹がどす黒く変色していた。そこに雪の塊を押しつける。あまりの冷たさに身体がすくみ、その拍子に激痛が全身を駆け抜けた。

うずくまり、痛みが去るのを待つ。しばらくしてからもう一度、今度はそっと雪の塊を押しつけた。冷たさがわずかの間だけだが痛みを忘れさせてくれた。呼吸が落ち着くと、衣服を整え、山を下りはじめた。

別荘地まではおおよそ二キロ。明るいうちには辿り着けないだろう。だが、暗闇はアフロたちよりぼくに味方してくれるはずだ。

登りより下りの方が傷に響いた。唇を噛み、気を紛らわすために車内で拾った携帯を取りだし、ネットに繋ぐ。

函館近辺のローカルニュースを流すサイトに接続した。モニタに並んだ見出しを漫然と眺める。画面をスクロールさせようとした指が途中で凍りついた。

〈行方不明者捜索のため山狩りへ　七飯町〉

足が止まりそうになる。無理矢理前進を続けながら、ぼくはその記事を開いた。

『大沼近郊の別荘地に住む著名な画家、水島邦衛さんとその姪の水島有紀さんが年末から行方不明になっている。警察はなんらかの事件に巻きこまれた可能性もあるとしてふたりの行方を捜していたが、近隣の警察署から警察官を動員して大沼から駒ヶ岳の一帯にかけて大規模な捜索をすると、今日の午後、発表した――』

残りの文章は頭に入らなかった。山狩りをいつはじめるのかが書かれていない。わかったのはそれだけだ。

携帯を乱暴に閉じた。山狩りがはじまる前に、有紀を移動させなければならない。ここではないどこかへ。どこがいい？　函館か、札幌か。

首を振る。身を隠すには都会がいいが、金がなければ都会では身動きが取れない。やはり、人の来ない別荘地が隠れ家には適している。大沼以外の別荘地はどこにあるのだろう。太平洋岸沿いの鹿部町には規模の小さい別荘地があるはずだ。だが、大沼からは近すぎる。ニセコや富良野《ふらの》まで足を伸ばせばなんとかなるのかもしれない。

増殖する雲が太陽を呑みこみ、森の中は急に薄暗くなった。同時に気温が急降下していく。不用意に呼吸をすると肺が驚き、咳が出る。咳は肋骨の痛みを増幅させた。

頭を振り、余計な考えを追いだした。痛みを遮断し、チョコレートの家に辿り着くことだけを考えるのだ。有紀のあけっぴろげな微笑みに迎えてもらうことだけを考えるのだ。そうすれば足は動く。歩き続けることができる。

足跡を覆い尽くしてくれる空からの雪を切望し、しかし、すでに積もっている雪を呪いながら掻き分けていく。普段ならなんということもない雪がまるで鉛の粒のようだ。一メートル進むごとに十年分の寿命が消えていくような錯覚を覚えた。

振り返った。空はすでに深海の底のように暗く、雪の上にかすかに残っていた木々の影もすでにない。アフロたちの姿はなかった。登りに手間取っている。

少しは気分がよくなった。荒い息を繰り返しながら前進を再開する。ここからしばらくは下りが続き、その先はアップダウンを繰り返しながら少しずつ登っていくルートになる。登りきった先がチョコレートの家がある別荘地の南東だ。そこに辿り着くまでにできるだけ距離を稼いでおかなければならない。

呼吸を荒れたままに任せることはせず、無理矢理にでも緩やかなリズムを刻むことを自分に言い聞かせた。歩調も同じだ。一、二、一、二——同じリズムを保ち、無意識に休むことを拒否する。意識もそのリズムに同化すれば、無我の境地のまま歩き続けることができるはずだ。

頬が濡れていた。それに気づいた瞬間、リズムが崩れた。涙が流れているのかと思い、次の瞬間、顔のあちこちで冷たい感触が生まれては消えていくのを感じた。

雪が降っていた。ぼた雪とも粉雪ともつかぬ雪が、風のない森の中をふわふわと舞っている。淡い雪だった。ぼくの身体に触れるか触れないかのうちにふわっと解けて消えてしまう。

もっと降れ。もっと強く降れ。この世界からぼくと有紀の痕跡を残らず消してしまうほど強く降れ。

ぼくは頭の中で何度も念じながら先を急いだ。

9

汗か解けた雪なのかわからない水滴が顎を伝って落ちていく。淡い雪はほんの数分舞っていただけで、すぐに風が吹きはじめ、乾いた粉雪が横殴りに襲いかかってきた。視界は数メートルしか利かず、俯《うつむ》いて歩くと立木にぶつかって苦痛に呻く。そんなことを繰り返しているうちに、方向感覚を失ってしまった。

一本の白樺の木に背中を預け、自分の位置を確認しようと努めた。闇に覆われた森を粉雪が縦横無尽に切り裂き、自分の足跡さえ確認することができない。なんということもない雪原で、ぼくは遭難しかかっている——認めないわけにはいかなかった。

重い身体を動かす。立ち止まっていると風と雪が容赦なく体温を奪い、身体が震えだす。震えは肋骨を刺激し、絶え間ない痛みが襲いかかってくる。こんな場合、無闇に動いてはいけないことはわかっていた。その場を動かず、雲が切れるのを待ち、星で自分の位置を確認すべきなのだ。だが、動かずにはいられなかった。

フリースのポケットで携帯が震動した。震える手で携帯を取りだす。有紀からだった。すでに、電話をすると約束した時間からだいぶ経っていた。

「敦史？」

電話に出ると頼りない声が聞こえてきた。

「ごめん、ごめん。約束の時間、過ぎちゃったね」

ぼくは明るい声を絞りだした。

「敦史、どうしたの？」

有紀の声は湿っていた。泣きだしそうになるのを必死で堪《こら》えている。

「ちょっといろいろ忙しくて。もうすぐ帰るから、大丈夫だよ」

「携帯の電源入れて、敦史から電話かかってくるの待ってたの。そしたら、電話が鳴ったよ」

「だれから？」

「知らない番号だったから、出なかったの。有紀、間違ってない？」

「間違ってなんかいないさ。ぼくから以外の電話に出ちゃだめだ」

「よかった……」

有紀の声から緊張が消えていく。

「心配かけてごめん。ぼくが悪かった」

「いいの。敦史の声聞いたら、怖いのなくなっちゃった」

携帯から放たれる電波で、それを持つ人間の位置を特定できるという話を聞いたことがある。警察は山狩りをするつもりなのだ。有紀か水島邦衛の携帯にも目を光らせているだろう。すぐに電話を切らなくてはならない。だが、有紀の声はぼくの耳にあまりにも心地よかった。

「ちゃんとお留守番できてる？」

「うん。さっき、蠟燭《ろうそく》に火を点けたの。綺麗だよ」

蠟燭の淡い光を受ける有紀の横顔が脳裏に浮かんだ。写真に撮りたい——馬鹿げた欲望がぼくの身体を貫く。

「ちょっと待って」

ぼくは自身の欲望を振り払った。

「待つ？」

「有紀、今から家の明かりを点けて、五つ数えたらまた消すんだ。できる？」

「明かり点けてもいいの？」

「五つ数える間だけ」

「いいよ、できるよ。ちょっと待ってて」有紀が動く気配が伝わってきた。「スイッチ入れるよ。いい？」

「うん」

「ひとーつ、ふたーつ……」

有紀が数をかぞえはじめた。ぼくは頭を巡らせる。生唾を呑みこんだ。右斜め前方で、ほんのかすかに空が明るくなっている。あそこがチョコレートの家のある場所だ。

「スイッチを切って」

ぼくは叫んだ。

「まだ五つかぞえ終わってないよ」

「いいから切って」

空がまた暗くなった。間違いない。あそこを目指せばいいのだ。

「ありがとう、有紀」

「敦史、変なの。有紀、なんにもしてないよ」

「待ってて。すぐに戻るから。お腹減ってない？」

「ぺこぺこ」

「戻ったら、美味しいご飯作ってあげるよ」

「早く帰ってきて。有紀、お腹ぺこぺこだけど、それより寂しいよ」

「ぼくも寂しいよ。携帯の電源、切るの忘れないで。いいね？」

「うん」

「じゃあ、後で」

ぼくは電話を切った。一瞬だけ明るくなった空を見つめ、足を踏みだす。窪《くぼ》みに足を取られ、体勢を崩した。激痛とともに肺から空気が抜けていく。

くそ、くそ、くそ、くそ――声にならない声でありとあらゆるものを呪った。痛みが治まるのを待つのに数分かかった。なんとか身体を起こし、雪に半ば埋もれていた枯れ枝を引きずりだした。野球のバットよりやや長く、杖《つえ》の代わりにするのに具合が良さそうだった。

枝の太い方を握り、細い方を雪に突き立てる。体重をかけると脇腹が痛むが、バランスを取るためだけに使うのなら今までより楽に歩けそうだった。

また歩きはじめる。森の木々は風に揺れ、横殴りの雪とともにぼくの方向感覚を狂わせようとする。だが、ぼくは惑わされたりはしなかった。有紀が点けた明かり、そのかすかな光が照らした空の一点を見つめ、進み続ける。ひときわ高い登りの頂に生えている白樺の木を目印にただただ歩き続ける。

聞こえるのは風の唸《うな》りと自分の呼吸だけだった。雪を踏みしめる足音も梢《こずえ》が触れあう音も、すべてを風が呑みこんでいく。

突然、なにかが足にしがみついてきた。枯れ枝をついて、倒れるのを堪えた。激痛が脇腹から上下に向かって走り抜けていく。痛みを無視して足下を見た。赤いダウンジャケットの男が立ちあがろうとしていた。

「やっと追いついたぞ、この野郎」

男が笑った。ぼくは枯れ枝を両手で握った。

「ノボルの仇《かたき》、取らせてもらうぞ。仲間も函館から呼んでるからよ。覚悟し——」

ぼくは枝で男の顔を打った。血が飛び散る。男は両手で顔を押さえ、雪の上を転がった。男を追いかける。痛みなどかまってはいられなかった。枝を振りあげ、振り下ろす。枝が途中で折れた。男の耳が中途半端な挽肉《ひきにく》のようになっていた。男が悲鳴をあげた。男に馬乗りになる。悲鳴をあげ続ける男の開いた口に折れた枝の先端を思い切りねじこんだ。悲鳴が聞こえなくなるまで枝を何度も男の口に叩きつけた。

悲鳴がやみ、男が動かなくなった。男の前歯は砕けて飛び散り、唇は潰れていた。口から血が溢れでている。まるで口の中で火薬が炸裂《さくれつ》したかのようだった。

男が動かないのを確認すると、ぼくはうずくまった。耐え難い痛みが理性と思考を奪っていく。大声をあげてのたうち回りたいのを堪えることしかできなかった。頭の中は白い光で満たされている。痛みに呑みこまれ、ぼくという存在が溶けていく。

どれぐらいうずくまっていたのだろう。痛みが鎮まると、今度は耐え難い悪寒に襲われた。風が瞬く間に体温を奪っていくのだ。涙に濡れた顔が凍っている。男の身体に縋《すが》りつき、ダウンジャケットのポケットを探った。ナイフと携帯、財布、それにチューインガムが出てきた。ナイフを自分のポケットに押しこみ、ガムを口に放りこんだ。微々たる糖分だが、なにもないよりはましだった。

ガムから出てくる甘みを噛みしめながらぼくは男の身体を揺さぶった。

「おい、もうひとりはどこにいる？」

男は動かなかった。いや、男の身体には意思というものが欠落していた。人形のように、されるがままになっている。

「おい」

ぼくは男の頬を叩いた。血が飛び散るだけで反応はなかった。男は息をしていない。男の口の中には、枝のかけらが至る所に突き刺さっていた。

「くそ」

重い腰を上げ、周囲の様子をうかがった。アフロの男の気配はない。途中で体力が尽き、追跡を諦めたのか。あるいは……頭がうまく働かなかった。痛みは治まっていたが消えたわけではなかった。悪寒は相変わらず続いている。

ぼくは死体からダウンジャケットを剝ぎ取り、羽織った。多少小さいが、文句は言っていられない。

男の死体に背を向けた。目印にしていた白樺をはっきり視認する。余計なことは考えるな。ただ、あの木を目指して歩けばいいのだ。

有紀の笑顔が浮かんでは消えていく。ぼくは首を振った。

❄

吐き気がこみあげてきた。ぼくは白樺の幹に手をつき、屈んだ。根元の白い雪が黄色く染まった。どれだけ胃液を吐いても吐き気は消えない。もちろん、悪寒もだ。ぼくの身体はすっかり変調を来《きた》していた。

白樺が生えている場所からはチョコレートの家がある別荘地を見おろすことができた。別荘地は暗闇の底に沈んでいるが、ぼくにはチョコレートの家の位置をはっきりと把握できた。その場所からだけ、有紀のぬくもりが伝わってくる。世界中の人間にわからなくても、ぼくにだけはわかる。

緩やかな傾斜だったが、今のぼくには酷《ひど》く辛《つら》い下りだった。踏ん張ろうとしても簡単に膝が折れ、雪の上に腰を落としてしまう。ガムで補給した糖分はとっくの昔に消費し尽くしていた。

それでも遮二無二前進した。有紀のもとに辿り着ければ、有紀に抱きしめてさえもらえれば、痛みも悪寒も吐き気もすべて消えてなくなるのだ。半ば本気でそう信じこんでいた。

森を抜け、別荘地に出る。除雪されていた道に降り積もった雪は二十センチ。森の中では膝まで雪に埋まっていたが、今はスノーブーツの形を確認しながら歩くことができる。まるで月面を歩いているかのように身体が軽く感じられた。

直進はせず、別荘地内の道をジグザグに歩いてチョコレートの家を目指した。まだ雪は衰えを知らず吹き荒れている。十分もすればぼくの足跡を覆うだろう。それでも、突然現れた赤いダウンジャケットの男に与えられた恐怖がぼくを慎重にさせていた。

途中、何度も足を止めアフロの男の気配がないかどうかを探った。無駄な努力だった。痛みと悪寒と吐き気に毒されて、ぼくのアンテナはすっかり錆《さ》びついている。おまけに風と雪だ。たとえぼくが野生の狼《おおかみ》だったとしても、数メートル先にいる獲物にだって気づかないに違いない。

吹雪の中に立っているだけで気力が萎えていく。ぼくは森に背を向けた。冬の山歩きに慣れた人間ならともかく、アフロがぼくに迫ってきているとは思えない。赤いダウンジャケットはサッカーをやっていたと言っていたではないか。だから、彼はぼくに追いつくことができたのだ。怪我を負っているぼくに。だが、アフロは違う。

チョコレートの家が近づいてくる。そのたびに、身体の奥が温かくなっていくような気がした。有紀はぼくの太陽なのだ。どんなに気温が低い朝でも太陽が昇っていれば明るい気分でいることができる。有紀のそばに行けば、痛みも悪寒も吐き気も消えるはずだ。

　顔のガムテープを剝がしてみた。出血は止まっている。ガムテープをポケットに押しこみ、玄関のドアをノックした。廊下をこちらに向かってくる足音が聞こえた。

「敦史？」

　有紀が叫んでいる。ぼくの名前を叫んでいる。

「ぼくだよ、有紀。ただいま」

　ドアが開く。有紀が胸に飛びこんでくる。ぼくは受け止めた。次の瞬間、身体を真っ二つに引き裂くような痛みが走り、ぼくの意識は消失した。

10

　額に温かいものを感じて目が覚めた。身体を動かそうとして痛みに呻いた。

「敦史？」

　有紀がぼくの名を呼んでいる。それに応えなければと思うのだが、身体が動かない。あまりの痛みに目を開けることすらできなかった。

「敦史？　どうしちゃったの？」

有紀の声はもろいガラス細工のようだった。ちょっとした衝撃で粉々に砕けてしまう。

「大丈夫だよ」

ぼくは応えた。ゆっくり、少しずつ目を開けていく。ぼくは廊下で横になっていた。薄暗かったがなんとか視界が利いた。玄関からぼくの足先にかけて、ところどころに雪が残っている。玄関先で気絶したぼくを有紀がなんとかここまで引きずってきたのだろう。靴だけ脱がされていた。

脇腹が絶えずだれかに殴られているかのように痛む。

「敦史」

有紀の涙がぼくの頬に落ちてきた。

「泣かなくても大丈夫だよ、有紀」ぼくは腕を伸ばし、有紀の目尻の涙を拭った。「ぼくはどれぐらい眠ってたのかな?」

「敦史、寝てたの?」

「うん。疲れてお腹が減って眠くて、有紀の顔見たら寝ちゃった」

「顔が血だらけだし、有紀、敦史が死んじゃうのかなって思ったの」

「死なないよ。転んで顔をちょっと切っただけだから。どれぐらい寝てたのかな?」

有紀が首を傾《かし》げた。

「長く? それとも短かった?」

「短いよ。敦史が寝ちゃって、声をかけても身体を揺すっても起きないから、有紀、一生懸命敦史を引っ張ったの。ベッドに連れて行きたかったんだけど、敦史、重くて。それで、どうしようって思ってたら敦史が起きたの」

つまり、気を失っていたのは五分から十分ぐらいの間だと考えていいのだろう。

「手を貸して」

ぼくは有紀に語りかけた。

「どうして？」

「お腹が減って、疲れちゃって、自分じゃ起き上がれないんだ」

「いいよ」

有紀がぼくの右手を両手で摑んだ。ただそれだけのことで脇腹が激しく痛む。だが、ぼくは顔に浮かべた微笑みを絶やさなかった。

「そっと引っ張って」

「うん」

痛みを無視して有紀が引っ張る右腕だけに意識を集中させた。有紀の手から伝わる体温がぼくにエネルギーを与えてくれる。

上半身をそっと起こし、そこから一気に立ちあがった。身体がふらつく。有紀がぼくの腰に腕を回して支えてくれた。

「ありがとう。有紀もお腹減ってるだろう？　なにか作るよ」

なにかを胃に入れなければ——半ば本能に突き動かされてぼくは言っていた。

「有紀が作る。敦史は座ってて」

有紀はぼくをダイニングテーブルに座らせた。

「作れるの？　昼も夜もカップ麺じゃ寂しいだろう？」

「カレー作る。お湯で温めればいいの。有紀、ちゃんと知ってるんだから」

憮然《ぶぜん》とした面持ちで言い、有紀はキッチンに立った。湯を張った鍋を火にかけ、床に直置きしてある段ボールからカレーと白米のレトルトパックを取りだす。

ぼくはダイニングチェアに腰を下ろし、テーブルに両肘《りょうひじ》をついた。痛みだけではなく、悪寒も続いている。身体は凍えそうな寒さを訴えているのに、顔が火照っていた。間違いなく発熱している。それも、高熱を。

俯《うつむ》き、両手で頭を支えた。視界の隅で、有紀が白米のレトルトパックを手にして途方に暮れていた。

「少しだけ封を開けて、レンジでチンするんだ」

「何分？」

有紀が振り返った。ぼくは俯いたまま微笑む。顔を上げることすら億劫だった。

「ふたつだから、五分」

「わかった」

眠かった。いつだって簡単に気絶できる。それほどぼくは疲弊していた。だが、有紀の料理を口に運ぶまでは寝るわけにはいかない。有紀を落胆させるわけにはいかない。

有紀は沸いた鍋にカレーのパックを入れた。しばらくするとレンジがチンと音を立てる。

「敦史、もうすぐだよ」

嬉々《きき》とした声をあげ、有紀は温まった白米を紙皿に移した。手つきは危なっかしいがやり方に問題はない。

火傷《やけど》に気をつけて——そう言ったつもりだったがぼくの口はほとんど動かなかった。目を開けているのも辛くなっている。

短い間、また意識を失っていたのかもしれない。カレーの香りがよぎってぼくは目を開けた。紙皿の上で湯気を立てているカレーが目の前に置かれていた。

「召しあがれ」

そう言う有紀の顔には期待と不安が張りついていた。香辛料の香りを嗅ぐとまた吐き気がぶり返してきた。だが、ぼくはプラスティックのスプーンを手にし、カレーと白米を口に運んだ。吐き気をこらえ、無理矢理咀嚼《そしやく》する。有紀のためだけではない。体力を蓄えるためにも食べなければならないのだ。

「どう?」

「美味しいよ。とっても美味しい。有紀も早く食べて」

「うん」

有紀はぼくの向かいに座り、カレーを頬張りはじめた。

「美味しい」

「有紀がぼくのために作ってくれたカレーなんだから、美味しくて当然だよ」

ぼくの言葉に有紀の顔が輝いていく。

「有紀、本当のカレー作りたい。敦史に食べさせてあげるの」

「じゃあ、今度一緒に作ろう。教えてあげるから」

「うん、やるやる」

有紀の唇の端にカレーがついていた。ぼくは手を伸ばし、それを指で拭き取ってやる。

「敦史の手、熱い」

「カレーを食べてるからね」

「ほんとうに、大丈夫?」

「うん、なんともないよ」

有紀の長い睫毛がかすかに揺れている。泣き出すのかと思ったが、有紀はすぐに顔をあげて微笑んだ。

「有紀、お料理上手になるの。敦史に毎日美味しいもの食べさせてあげる」

「嬉しいな」

ぼくは呟き、スプーンを口の中に押しこんだ。

❄

胃が反乱を起こそうとしていた。食べたばかりのカレーを押し戻そうと、うねっている。水をがぶ飲みし、胃をなだめようと躍起になった。吐いてしまっては苦労して食べた意味がなくなってしまう。

「有紀」キッチンで後片付けをしている有紀に声をかけた。「バスルームの洗面台の前に鏡があるだろう?」

「うん」

「あの鏡、ドアになってて開くんだ。中の棚に薬箱があるから持ってきてくれないかな」

「薬箱ね。いいよ」

有紀が軽い足取りで廊下に出て行く。ぼくは顔をしかめた。痛みには身体と神経が慣れつつある。しかし、悪寒と吐き気はどうにもならなかった。

有紀が薬箱を持って戻ってきた。ぼくは顔色を悟られないよう俯いた。

「はい」

有紀は薬箱をぼくの目の前に置き、そのままぼくの真横に座った。顔に有紀の視線を感じる。俯いたまま箱を開けた。風邪薬、胃腸薬、下痢《げり》止め、鎮痛剤、消毒液にバンドエイドが入っている。

「敦史、凄い汗だよ」

有紀の声に、反射的に手で顔に触れた。水浴びでもしたかのように濡れている。

「どうしてお薬飲むの？　敦史、病気なの？」

有紀の声がまた震えはじめた。

「風邪を引いたみたいなんだ」ぼくは言い、風邪薬と鎮痛剤のパッケージを手に取った。

「こっちが風邪薬、こっちが熱冷まし。この薬飲んだら元気になるから」

「ほんと？」

「うん」

「じゃあ、お水持ってくる」

有紀は空になっていたコップに水を汲《く》んで戻ってきた。ぼくは風邪薬と鎮痛剤を口に放りこみ、その水で胃に流しこむ。

「お薬飲んだら、寝なきゃだめですよ」

有紀が大人びた口調で言った。

「そうだね」

「小さいころ、ママによく言われてたの。有紀、すぐお熱が出て」

「少しベッドで横になるよ」

ぼくはふらつきながら立ちあがった。有紀の手を借りなければ歩くこともままならない。

「お洋服、有紀が脱がしてあげる」

ぼくは防寒具で身を固めたままだった。ベッドの端に腰を下ろし、有紀にされるがままになる。ダウンジャケット、フリース、ジーンズ。アンダーウェアになったところでぼくは有紀を止めた。

「もういいよ。裸は寒いから、これで寝る」

有紀の手がぼくの額に触れた。

「熱い……敦史、お熱あるよ」

「だから言っただろう。風邪なんだ」

瞼《まぶた》が重くてしかたがなかった。横になろうと腰を上げると有紀が布団をめくってくれた。シーツの上に倒れこんだ。

「ここに頭載せて」

有紀が枕をどかし、そこに正座した。

「有紀が疲れちゃうよ」

「いいの」有紀は首を振った。「有紀がお熱出した時、ママがこうしてくれたの。ずっとずっとずっと膝を枕の代わりにしてくれたの」

「それは有紀が小さいころ?」

そう、有紀の問題が発覚する以前のことに違いない。有紀はうなずいた。

「今夜は有紀が敦史のママになってあげる。風邪引いた敦史、子供みたいに弱いから」

「ありがとう」

ぼくは言葉に甘え、有紀の太股に頭を載せた。すぐに有紀がぼくの髪の毛を撫ではじめた。

「おやすみなさい、敦史」

「おやすみ」

そう答えるのと同時にぼくは眠りに落ちた。

11

「敦史、敦史……」

肩を揺すられ、ぼくは唸った。無と化してしまったかのような深い睡眠が破られると、また痛みと悪寒がよみがえった。痛みも悪寒も寝る前より激しくなっている。

「敦史――」

有紀が唸り続けるぼくの口を手でふさいだ。

「どうしたの？」

ただならぬ雰囲気にぼくは理性を取り戻した。

「外にだれかいるの」

有紀が囁く。家の中は真っ暗だった。蠟燭の火も消えている。ぼくは耳を澄ませた。

「どこにいるんだよ、え？」

風に乗って男のがさつな声が聞こえてきた。

「どこかの別荘に隠れてるのは間違いないんだって」

聞き覚えがある。ぼくは唇を嚙んだ。アフロの声だった。

「あのクソガキ、ノボルを病院送りにしただけじゃねえ、ケンタを殺しやがったんだ。ただじゃ済まさねえ」

声が遠ざかっていく。アフロが仲間を連れてぼくと有紀を捜しにやって来たのだ。赤いダウンジャケットの男が死んだことを知っているということは、あの山を越えてきたのだろう。雪の助けがなければぼくたちはとうに捕まっていたかもしれない。

「ぼくはどれぐらい寝てた？」

「一時間ぐらい」

多分、ぼくが車を奪って逃げだした直後にアフロたちは仲間を呼んだのだ。函館から車を飛ばせば一時間もかからない。赤いダウンジャケットだけがぼくを追い、アフロは仲間と落ち合うために引き返した。そう考えれば、赤いダウンジャケットとアフロが一緒にいなかったことの説明がつく。

「服を着るのを手伝ってくれる？ それが終わったら、有紀も出かける支度をするんだ」

「うん」

苦痛を堪《こら》えながら寝る前に脱いだものを再び着こみ、有紀にも支度をさせた。明かりはなかったが、ぼくの両目は野生の動物のように闇を苦としていなかった。光のない世界に慣れている。

薬箱の中の鎮痛剤を十粒ほど掌に乗せ、口に放りこむ。水を飲むのも煩わしく、粉々に噛み砕いて飲み干した。窓から外の様子をうかがった。懐中電灯の明かりが揺らめいている。視認できた明かりはふたつ。アフロは何人の仲間を呼んだのだろう。

「用意できたよ」

有紀が言った。赤いダウンジャケットとスキーパンツの上下に身を包んでいる。

「お揃《そろ》いだね」

有紀が笑う。赤は目立つが、しかたなかった。

「敦史、お熱は?」

斜めがけにしたショルダーバッグの位置を気にしながら有紀が聞いてきた。バッグの中には図画帳とクレヨンや色鉛筆が入っているに違いない。

「もう下がったから大丈夫。薬と有紀の膝枕のおかげだよ」

見え透いた嘘をついた。悪寒のためにぼくの身体は震え続けていたし、飲んだばかりの鎮痛剤を嘲笑うように脇腹が痛んでいる。

「よかった」

「外に人がいるのに気づいたのはいつごろ?」

「敦史を起こすちょっと前だよ。声が聞こえたの」

「わかった。ちょっと待ってて」

もう一度外の様子をうかがう。懐中電灯の明かりはどこかに消えていた。相変わらず雪は降り続けている。別荘地の敷地は広大で、そこに建つ別荘の数もまた多い。ひとつひとつを虱潰《しらみつぶ》しにしていくのは時間がかかるが、しかし、いずれアフロたちはこのチョコレートの家にぼくたちが潜んでいることに気づくだろう。名残惜しいが、この家にさよならを言わなければならない。

問題はこの家を出た後、どこへどう逃げるのか、だ。暗闇を味方につけ、白鳥台セバットに停めたままの四駆に辿り着くことができればなんとかなる。ぼくはカメラバッグに入れておいた予備のキィを取りだした。

「裏の窓から外に出るよ」

囁いた。また、風に乗ってだれかの声が聞こえてきたからだ。言葉は聞き取れなかったが人間の声であることに間違いはなかった。ぼくは唇に人差し指を当て、人間の気配が遠ざかっていくのを待った。

「行くよ」

どれぐらいの時間が経ったのだろう。ぼくは有紀の肩を叩いた。初めてこの家に不法侵入した時に割った窓ガラス。そこにガムテープで頑丈に貼り付けておいた新聞紙を剝がす。途端に風と雪が家の中に吹きこんできた。床暖房で暖まっていた家の熱が急速に奪われていく。

「ぼくが合図するまでここにいるんだ。いいね？」

有紀に言い含め、ぼくは外に出た。裏庭の樅の木の幹に身体を隠し周囲の様子をうかがった。百メートルほど西側で懐中電灯の明かりが動いている。他の明かりは見あたらない。

ぼくは有紀を手招きした。有紀が窓から外に出て駆け寄ってくる。

「かくれんぼみたい」

有紀の顔に笑みが浮かんでいる。ぼくはうなずいた。恐怖で金縛りに遭うより、遊びとして楽しんでくれた方がいい。

「絶対、鬼に見つかっちゃだめだよ」

「わかってるよ」

「よし。隣の敷地に移動するよ。ぼくの後についてきて」

庭伝いに東側の隣家の敷地に移動した。裏庭にプレハブの物置があり、身を隠すのに好都合だった。こうやって少しずつ別荘地の斜面を下って行き、管理棟のそばまで辿り着くことができれば、おそらく、ぼくたちは逃げ切れる。

「おい、これ、足跡じゃねえか？」

ぼくと有紀は凍りついた。声がしたのは南東の方角からだ。山を横切ったぼくが別荘地の敷地に辿り着いたのもその辺りだった。

懐中電灯の明かりが三つ現れた。ひとつは西、ひとつは北、もうひとつは南。三つの明かりは示し合わせたように南東の方角に向かっていく。

「足跡だ。雪に埋もれかかってるが間違いねえ。これを辿っていけばすぐに見つけられるぞ」

叫び声に、三つの明かりが移動するスピードがあがった。

「あっちに行くよ」

ぼくは南西を指差した。有紀がうなずく。

「しつこく言うけど、鬼に見つからないようにね」

「うん」

身を屈めたまま歩きだす。有紀の両手がぼくのダウンジャケットの裾を握りしめていた。薬が効いてきたのか、あるいは体内に分泌されたアドレナリンのせいか、傷の痛みはかなり軽くなっていた。悪寒はまだ続いているが身体の動きを妨げるほどではない。

チョコレートの家の南の別荘はログハウスだった。離れのような感じでサウナ用の小屋が建っている。ぼくらは小屋の陰まで小走りに駆けた。

「間違いねえ、足跡だ」

「危なかったな。もう少し雪が降ってりゃアウトだったぜ」

南東を仰ぎ見る。懐中電灯の明かりが一塊になっていた。

「あっちに向かってるぞ」

声と同時に懐中電灯の明かりが揺らいだ。

「鬼がこっちに来るよ」

後ろを振り返りながら有紀が囁いた。

「うん。だから、早く逃げなきゃ」

ぼくは左手で有紀の手を握った。ログハウスの敷地を抜け、道を横切る。降り積もった雪の上にぼくたちの足跡がくっきりと残っていた。連中がまだ新しいぼくたちの足跡を見つける前に距離を稼いでおかなければならない。

　こぢんまりとした平屋の別荘の敷地を抜け、さらに隣の敷地へ足を踏み入れる。腰を屈めながらの移動は想像以上に身体に負担がかかった。薬で薄れはじめていた痛みが再び力を盛り返している。

「消えたぞ。足跡が見えなくなりやがった」

「こっちだ。こっちに続いてる」

　男たちの声はさっきより遠いところで響いていた。

　雪の中に埋もれていたなにかに足を取られ、ぼくは無様に転がった。激痛に背中が反り返った。

「敦史、大丈夫？」

　有紀が屈みこんでくる。ぼくは苦痛を堪え、人差し指を唇にあてがった。

「声が大きいよ、有紀」

「あ、ごめん」

　有紀は舌を出し、照れ笑いを浮かべた。だが、すぐにその笑みが凍りついた。

「敦史、凄い汗だよ」

「平気だよ」

たったそれだけの言葉を口にするのも苦行に等しかった。ぼくの肉体は限界を超えつつある。

「有紀が手を貸してあげる。立てる?」

それには答えず、ぼくは呼吸に意識を集中させた。肉体の限界など知ったことか。肉体はぼくの容《い》れ物でしかない。ならば意思に従うべきではないか。骨が折れようと内臓が傷《いた》もうと、意思が動けと命じるのなら肉体は動き続けるべきだ。

「立てるよ」

しばらく間を置いてからぼくは言った。痛みが消えたわけではない。だが、限界が遠のいた。意思の力で遠ざけたのだ。有紀を守らなければならない。有紀のためならなんでもする。ぼくの誓いが痛みに打ち克った。

有紀に縋《すが》るようにして立ちあがり、ぼくは連中の声のする方に顔を向けた。懐中電灯の明かりは進んだり停滞したりしながら、しかし、確実にチョコレートの家に近づいていた。

「行こう」

ぼくは有紀を促した。しかし、足が重い。足を踏みだすたびにふくらはぎの辺りまですっぽりと雪に埋もれ、ただ歩くだけでも普段の数倍の筋力が必要だった。すぐに呼吸が荒れ、足を踏みだすたびに内臓をささくれだらけの棒でかき回されるような痛みが走った。

「敦史……」

有紀の声が不安を滲ませて震えていた。

「大丈夫だよ。ちょっと足がよろけただけだから」

ぼくは別荘の壁に手をついて身体を支えた。悪寒が再びぼくを捕らえようとしていた。歯の根が合わず、身体中が震えている。突然、吐き気が襲いかかってきた。身体を屈め、食道を逆流してきたものを吐きだす。夜目にも黄色い胃液に血が混じっているのがわかった。鮮やかな血の色が雪の白さを嘲笑うように飛び散っている。有紀に見られないよう、足を動かして吐いたものの上に雪をかけた。

「敦史……」

有紀の目が潤みはじめた。

「大丈夫だよ。さあ、行こう」

ぼくは有紀の手を取り足を踏みだした。悪寒も痛みも消えたわけではない。ただ、有紀のために無理矢理身体を動かしている。

ぼくらがもたついている間に連中との距離がだいぶ詰まっていた。懐中電灯の明かりの群れがチョコレートの家の前を走る道にさしかかっている。

「しばらく喋っちゃだめだよ。どんなことがあっても口を閉じてるんだ。いいね？」

有紀がうなずいた。辺りは真っ暗だというのに、雪に濡れた彼女の睫毛が震えているのがわかった。痛みと悪寒に苛《さいな》まれながら、しかし、ぼくの神経は過敏になっている。生き延びるために脳味噌がぼくのありとあらゆる能力を活性化させているのかもしれない。

微笑んでみた。だが、有紀の睫毛の震えは止まらなかった。横顔の強張りも消えない。

「お腹減ってない？」

歩きながらぼくは訊いた。有紀が首を振った。口を閉じていろというぼくの言葉に忠実に従っているのだ。

「ぼくはお腹が減った」何度も生唾を呑みこみながらぼくは話し続けた。「お寿司が食べたいな」

有紀がうなずいた。睫毛の震えも顔の強張りも消えていく。

「お寿司を食べ終えたら、デザートはアイスがいいな。チョコチップ入りのバニラアイス」

有紀がまた勢いよくうなずく。別荘の敷地を抜け、別の道に出た。しばらく道沿いに歩き、南欧風の別荘の敷地に侵入した。有紀がぼくの左手を引っ張った。

「どうしたの？」

有紀は自分の唇を指差す。

「少しなら喋ってもいいよ」

「有紀はストロベリーアイスがいい」

「いいね。チョコチップ入りのバニラとストロベリーアイス、半分こにして食べよう」

「うん」

有紀の顔に笑みが戻った。その笑みがぼくに力を与えてくれる。彼女の笑顔には無限のパワーが宿っている。生きていくうちに薄汚れてしまう普通の人間にはどれだけ願っても得られない力だ。有紀は穢されない。なにをされても穢れることがない。

「ありがとう」

ぼくは呟いた。有紀が怪訝《けげん》な顔をしたが、それには気づかないふりをして先を急いだ。

「この家だ。間違いねえ」

興奮にうわずった声が聞こえた。振り返る。チョコレートの家にいくつもの懐中電灯の明かりが蛍のように群がっていた。

12

無理をしすぎた。連中がチョコレートの家に気を取られている間に逃げ切ろうと遮二無二歩き続けたが、突然、限界が来た。鉛を流しこまれたとでもいうように足が重くなり、轍を跨ぐことができずにぼくはその場に倒れた。

「敦史」

有紀がぼくの顔を覗きこんでくる。またぞろ、その横顔が強張っていた。嘘をついて安心させてやりたかったが、言葉を発することもできない。身体中が痙攣《けいれん》し、指を動かすことすらできなかった。電池が切れたおもちゃと一緒だ。ぼくの身体からはあらゆる活力が失われていた。痛みに呻くこともできない。

「敦史、どうしたの？」

手袋をはめたままの有紀の指先がぼくの頬に触れた。有紀は小さな声をあげて手袋を脱ぎ、もう一度素手でぼくの顔に触れてきた。

「熱い。敦史、お熱があるよ」

ぼくは有紀の顔を見た。眼球を動かすのがやっとだったのだ。

「敦史、死んじゃうの？」

有紀の顔に不安が広がっていく。ぼくはそれを見ていることしかできなかった。

「なにか言って、敦史」

有紀の指がぼくの顔の上を這い回る。有紀は雪の上に座りこんでいた。勢いを増した雪がぼくたちの上に降りかかる。北風が音を立てており、気温もぐんぐんさがっていた。寒波が押し寄せて来ているのだ。

「敦史……」

有紀が涙ぐんだ。目尻から頬に伝った涙の筋がすぐに凍りつく。

「有紀、どうしたらいいの？　教えて、敦史。教えてくれたら、有紀、ちゃんとするから……」

泣きながら有紀が懇願する。ぼくは必死で自分を奮い立たせた。

「ゆ、ゆきを……」

「なに？　ゆき？」

「ゆきを……食べたい」

有紀が自分の口をぼくの唇に押し当ててきた。舌が唇を割り、口の中に侵入してくる。雪を食べさせてくれと懇願したつもりだったのだ。だが、有紀の唾液は雪よりずっと甘美だった。ぼくは有紀の唾液を貪るように啜った。活力が舞い戻ってくる。それと同時に悪寒と痛みも復活したが、身体が動かないのよりはましだった。

「ありがとう、有紀」

有紀の身体を押し戻してぼくは言った。身体を起こすことはまだできなかったが、腕は動く。右手で雪を握り、口の中に押しこんだ。雪の冷たさと水分が、失われていた力を呼び戻す。

ぼくは呻きながら身体を起こした。百歳を過ぎた老人になったような気分だった。あちこちの関節が痛み、手足は鉛のように重い。脇腹から身体の内側に向かって走る痛みは何十年も付き合ってきた旧友のようだ。

有紀が雪を掘っていた。

「なにしてるの？」

「ここになにかあるの」

そう言いながら一心不乱に雪を掻いている。やがて有紀の手の動きが止まった。雪の中から棒のようなものを引きずりだす。

「スコップだよ」

シャベルだった。放置されて長い年月が経っているのだろう、すっかり錆びついているがまだ使うことはできそうだった。有紀はシャベルを頭上に掲げ、誇らしげに微笑んだ。

「スコップがあったら雪掻きもできるよ」

「そうだね……ちょっと貸してくれる？」

有紀から受け取ったシャベルの柄を脇の下に押し当てて体重をかけてみた。松葉杖の代わりにならないかと思ったのだが、持ち手が滑って体重を支えるのは困難だった。

「くそ」

有紀に聞こえないように毒づき、シャベルを返した。

「有紀が持っていてよ。後で役に立つかもしれない。よく気がついたね」

「足の下になにかあるのがわかったの。スコップだとは思わなかったな。あ、そうだ……敦史、これ、食べる？」

有紀がダウンジャケットのポケットからなにかを取りだした。目がかすんでよく見えない。手渡されてやっと、それがキャラメルだと認識した。

「お熱が出た時は甘いものを食べるといいんですって」

少し得意げに言って、有紀は自分が持っていたキャラメルの包装をといた。そのまま一気に口に放りこむ。

「敦史も食べて」

「うん」

ぼくは手袋の上のキャラメルを眺めた。手袋を脱ぐことも億劫だ。

「有紀が剝いてあげる」

有紀がキャラメルを手に取り、丁寧に包装を剝がした。指先に摘み、ぼくの口の中に押しこむ。ぼくは顔をしかめた。キャラメルは氷のように固く、冷たかった。

「ここから出て行った跡があるぞ」

風に乗ってがさつな声が流れてくる。有紀は驚いたように振り返った。

「鬼が来るよ」

「もう少しここにいても大丈夫だよ」

舌の上でそっとキャラメルを転がす。それだけでも糖分がしみでてくる。ぼくは母親の乳房にむしゃぶりつく乳飲み子のように、その糖分を吸った。

チョコレートの家のある方角で、懐中電灯の明かりが揺らめいた。

「足跡だ。向こうに続いてるぞ」

明かりの塊が移動しはじめた。口の中のキャラメルもだいぶ柔らかくなっている。ちびちびと嚙む。少しずつ甘みが口の中に広がっていった。相変わらず百歳を超した老人のような身体と気分だったが、ぼくは有紀の手を取った。

「このままじゃ鬼に見つかっちゃう。行こう」

「敦史、もう大丈夫？」

ぼくはうなずいて見せた。

「有紀のちゅーとキャラメルのおかげでだいぶ良くなったよ」

「キャラメル、まだあるから、欲しくなったら言ってね」

有紀は照れたように目を伏せる。

「うん」

多分、有紀のキャラメルを食べ尽くすことになるだろう——そう思いながらぼくは歩きはじめた。シャベルを抱えた有紀がぼくの後についてくる。

❄

懐中電灯の明かりがさっきより近づいている。ぼくの足取りが重いせいだった。少し前を行く有紀が何度も振り返ってはぼくの様子を確かめる。

「キャラメル、いる？」

ぼくは首を振った。すでに三つも食べている。有紀のポケットに残っているのはあと二つだけだ。無闇に食べるわけにはいかなかった。

「有紀、あそこの建物、見える？」

ぼくは前方を指差した。まっすぐ伸びた坂道が下りきった先に別荘地の管理棟が建っている。

「あそこまで行って、建物の周りや駐車場に人がいないかどうか見てきてほしいんだ」

「敦史は？」

「ここで待ってるから」

「わかった」

「もし、だれかいたら、見つからないようにするんだよ」

「うん。敦史、これ持っててね」

シャベルをぼくに押しつけ、有紀が坂道を駆けおりていく。その動きは若々しく、疲れなど知らないかのようだった。

道路脇にそびえ立つ大きな白樺の木にもたれかかった。途端に吐き気が襲いかかってきた。雪の上にこみあげてきたものをぶちまける。喉が灼《や》け、雪が赤く染まった。さっき吐いた時は胃液に血が混じっている程度だったが、今度は胃液と血が半々だった。

首を振りながら、シャベルで雪をかき回した。吐いた痕跡はすぐにわからなくなった。有紀に血を見せるわけにはいかない。手で雪を掬《すく》い取り、それで口の周りを拭った。

有紀の姿はもう見えなかった。振り返り、追っ手との距離を確認する。連中はばらばらにはならず、一塊になってぼくたちの足跡を追っている。いつまで経っても降りやまない雪に、単独行動をすることへの恐怖を感じているのだろう。森の中も怖いが、人の住まない家がそこここに建つ別荘地の夜も怖いものなのだ。

連中との距離は三百メートルといったところだろうか。だれかが勇気を振り絞って走りだせばすぐにぼくたちに追いつくことができる。だが、坂道を駆けおりてくる者はいなかった。

有紀の赤いダウンジャケットが見えた。勢いよく坂道を駆けのぼってくる。有紀のエネルギーを分けてもらいたい──切実にそう思った。

「駐車場にだれかいるよ」

息を切らしながら有紀が言った。目の前が暗くなる。

「本当？」

「うん。車が停まってて、中に人がいるの。ふたり。携帯でだれかと話してた」

ぼくは唇を噛んだ。携帯電話というものの存在をこれほど呪わしく思ったことはなかった。追ってくる連中を見あげ、左右に視線を走らせる。出入り口は他にはない。このままでは別荘地を取り囲む森の中に逃げ込むしか手がないのだが、ぼくに残された体力ではそれほど進まないうちに力尽きてしまうだろう。除雪車が入った後の別荘地内の道路を歩いていても息があがるのだ。雪が積もりっぱなしの森の中を移動すると考えただけで背中の肌が粟立《あわだ》った。

「どうするの、敦史？」

「本当に駐車場にいたのはふたりだけだった？」

有紀がまっすぐぼくを見て力強くうなずいた。

「ふたりが乗ってたのはどんな車？」

「四駆。黒っぽかったよ」

ぼくは有紀の肩を抱いた。

「有紀、ぼくはあまり動けない。だから、その四駆をなんとか手に入れたいんだ」

「敦史の車は？」

「別のところに停めてあるんだ。だから、あの車を手に入れないと……」

「どうすればいいの?」

有紀の頬が紅潮してきた。なにかを決意したような目でぼくの言葉を待っている。

「ぼくが車の中のふたりをおびきだすから、有紀はそのシャベルでふたりを後ろから殴るんだ。できる?」

「おびきだす?」

「ぼくを見たら、ふたりは必ず車から出てくる。だから――」

「わかった」

有紀は力強くうなずいた。

「本当に大丈夫?」

「敦史は有紀のために伯父様をやっつけてくれたから、今度は有紀が敦史のために悪者をやっつけるの」

有紀は本気だった。彼女が決意したのはぼくを守るということなのだ。ぼくは有紀の保護者のつもりでいた。とんだお笑い種《ぐさ》だ。有紀はぼくが考えているより遥《はる》かに強く、逞《たくま》しい。

有紀が差しだしてきた手に、ぼくはシャベルを握らせた。有紀は後退し、勢いよくシャベルを振り回した。

「ね? 有紀、大丈夫だよ。ちゃんとできるから」

シャベルを振り回しながら有紀は微笑んだ。ピンクのニット帽に赤いダウンジャケット、赤いスキーパンツ、両手には錆びついたシャベル。間の抜けたアニメキャラクターのような出《い》で立《た》ちだが、それでも有紀は美しかった。

13

日産の四駆が駐車場の出入り口のすぐそばに停まっていた。ホストのような顔と髪型をした男が助手席に、パンクロッカーのように髪を逆立てた男が運転席に座っている。どちらも着ているのは薄手の上着で、だからこそここで待機することを命じられたのだ。あの格好で外をうろつけば数分で凍傷にかかってしまうだろう。

有紀が雪の上を這っていた。真後ろから匍匐《ほふく》前進の要領で四駆に近づいている。もちろん、ぼくが指示を出し、有紀はその指示を忠実に実行しているのだ。ぼくは雪が吹き溜まって小さな丘のように盛りあがった場所にうずくまり、痛みと闘っていた。

すでに悪寒はない。ぼくの身体は高熱を発し、寒さすらほとんど感じなくなっていた。しきりに喉が渇き、そのたびに雪を口に含んだ。摂取した水分はかなりの量になるはずだが、そのほとんどが汗となって体外に排出されてしまう。

そう。もう悪寒は感じないのだ。感じるのは痛みだけだ。意地の悪いいじめっ子のように絶えずぼくを監視し、隙を見つければ襲いかかってくる。一旦激痛の嵐が吹き荒れればぼくの身体は硬直し、呼吸をすることさえままならなくなった。

いずれ病院に行かなければならないだろう。だが、ぼくにはもう金もない。たとえ入院できてもその間、有紀はどこでなにをしていればいいのだろう。

有紀が四駆の真後ろに姿を消した。すぐに車体の陰から顔を出し、ぼくに手を振って見せる。ぼくも手を振り返した。四駆の中の男たちはどちらも携帯を睨んでいる。

「出番だぞ、敦史」

有紀からもらったキャラメルを口に放りこみ、自分に声をかけた。そうしなければ身体が動かない。キャラメルの糖分もさほどの効き目はなかった。呻きながら身体を持ちあげる。それだけで息があがり、汗が噴きでた。両膝に手をついて身体を支えた。関節という関節がみしみしと音を立てている。

「有紀が待っている」

明瞭な言葉を吐きだす。輪郭がはっきりすればするほど、その言葉は現実的な力を持つのだ——そう自分に言い聞かせた。意思を言葉にして出せば肉体はそれに従う。いや、従わせてみせる。

よろめきながら足を前に進めた。右足、左足、また右足——亀のように遅い歩みだが確実に進んでいる。進み続けることが大事なのだ。管理棟の前まで進んだ時、パンクロッカーがぼくに気づいた。ホストの肩を小突き、注意を促している。ふたりは顔を見合わせてから車を降りた。

「おい、おまえ。三浦とかいうやつか？」

ホスト風の方が叫んだ。ふたりとも寒さに肩をすぼめている。ぼくは黙って歩き続けた。一度でも足を止めれば二度と歩けなくなる。奇妙な確信があった。

「三浦かって訊いてるんだよ」

パンクロッカーが声変わり前の少年のような声を出した。ふたりは四駆の前で肩を並べて立ち止まった。隠れていた有紀が姿を現す。シャベルを振りあげながらそっとふたりの背後に近づいていく。

ぼくは祈りながら歩き続けた。祈りを捧げる相手はだれでも良かった。ただ、祈り続けるのだ。

助けてください。有紀に力を与えてください。ぼくにもう少しだけ動き続ける力を与えてください。ぼくに有紀を守らせてください。有紀にぼくを守らせてください。ぼくたちはただ静かに暮らしたいだけなんです。ふたりだけで生きていきたいだけなんです。ささやかな望みを叶《かな》えさせてください。それができないというならば、なぜぼくたちを巡り会わせたんですか。

ぼくの祈りを嘲笑うかのように風が唸りをあげた。ふたりが風を遮ろうと両手を顔の前にかざした。

その瞬間、有紀がシャベルの先端をパンクロッカーの頭に叩きつけた。容赦のない一撃で衝撃音がぼくの耳にも届いた。パンクロッカーはその場に崩れ落ちた。ホストが驚いて身体を捻《ひね》ったが、遅かった。有紀がパンクロッカーに叩きつけたシャベルを横に薙《な》いだのだ。柄が足を払い、ホストは背中から雪の上に倒れ落ちた。

「やったよ、敦史！」

有紀が叫び、自慢げにぼくに手を振る。

「有紀、油断するな」

叫んだつもりだったが、干涸《ひから》びてかすれた声が漏れただけだった。ホストは足を傷めただけだ。気を抜けば反撃される。

「有紀！」

もう一度叫んだ。今度は声が出た。だが、音量と襲いかかってくる痛みは比例していた。ぼくはその場に膝をつき、背中を丸めた。焼けただれた鉄の塊が体内で暴れ回っている。身体を丸め、息を殺し、ただ痛みが去っていくのを待つことしかできなかった。

「このクソ女が――」

ホストが叫んでいた。ぼくは歯を食いしばり、顔をあげた。有紀とホストが雪の上で組み合っている。シャベルはすでに有紀の手にはなく、ホストの右手にはナイフが握られていた。

「有紀──」

ぼくは立ちあがった。痛みが消えていた。ぼくは走った。身体が異様に重かった。

「有紀──」

ホストが有紀に馬乗りになった。右手を振りかざした。有紀が両手を伸ばし、ホストの肘を摑んだ。振りおろされたナイフの勢いが殺《そ》がれた。有紀が身体を反転させ、ホストがバランスを崩して転がった。有紀は猫のような身ごなしで立ちあがり、雪の中に半ば埋もれていたシャベルに手を伸ばした。

「有紀──」

ぼくは走り続けた。たった十数メートルしかないのに、ぼくと有紀の間に横たわる距離は無限のように思える。走れ。ぼくはぼくに命じた。有紀がいなくなったら、ぼくが生きていく意味もない。ここで有紀を失うぐらいなら、今すぐ死んでしまった方がいい。だから、走れ。有紀を守れ。

有紀がシャベルを構えるより早く、ホストが身体を起こし接近した。ホストの右手が鞭のようにしなりながら動き、有紀がシャベルを落とした。

「有紀！」

有紀は左手で右腕を押さえた。赤いダウンジャケットから液体がしたたり落ちている。

雪と一緒になって羽毛が舞っていた。有紀の顔が苦痛に歪《ゆが》んでいる。

「遊びは終わりだ。ぶっ殺してやるからな」

ホストが有紀に向かって吠えた。有紀が屈み、左手で掬った雪をホストの顔に投げつけた。ホストが怯《ひる》む。有紀が身体を反転させ逃げはじめた。

「待て、こら」

ホストが有紀を追いかける。だが、右足を引き摺《ず》っていた。シャベルの柄で殴られ傷めているのだ。おまけにホストは革靴を履いていた。バランスを崩しては転び、起きあがってはまた転ぶ。その間に、有紀はホストとの距離を稼いでいた。

逆に、ぼくとホストの距離は縮まった。ホストは有紀に恫喝の言葉を浴びせるだけで、まだぼくには気づいていなかった。

「待てっつってんだろう、おい」

ホストの声に有紀が振り返る。ぼくに気づいて動くのをやめた。

「そうだ。そこで待ってろ、このクソブス——」

ぼくは雪を蹴った。ホストの背中に組みつき、引き倒す。喉に右腕を絡め、左手で手首を握って引き締めた。ホストが暴れた。でたらめに振り回された肘がぼくの脇腹に当たる。

痛みが瞬時によみがえった。激烈な痛みに意識が薄れかける。

「だめだ」ぼくは叫んだ。「だめだ、だめだ、だめだ」

意識が戻ってきた。渾身《こんしん》の力を振り絞り、ホストの喉を絞め続けた。ホストがなにかを叫んだが、その声は押し潰されて意味をなさなかった。時間の経過が曖昧になっていく。気がつけば、ホストの抵抗がやんでいた。力を抜いたが関節が強張って腕が伸びない。

「有紀……」

力のない声で呼んだ。視界の隅が赤く染まっていた。

「敦史？」

声はするが有紀の姿は見えなかった。

「こいつをどかして」

「うん。ちょっと待ってて」

有紀の手がぼくの腕を伸ばしていく。身体が重い。地球の重力が十倍になったかのようだ。ホストが隣に転がったのに、ぼくは自分の指を動かすこともできなかった。

「敦史、雪食べる？」

ぼくはなんとかうなずいた。真綿のようなパウダースノーが口に押し当てられた。雪を貪っていると、有紀の輪郭がはっきりしてきた。心配そうな表情を浮かべ、ぼくを見おろしている。一時的に視界が利かなかったのだと悟り、暗然とした気分になった。少しずついろんな機能が奪われていく。いずれ、ぼくは動けなくなるのだ。

そうなる前に連中から逃げ切らなくてはならない。

有紀の力を借りて身体を起こした。有紀が小さな悲鳴をあげた。

「どうした――」

言葉を途中で飲みこんだ。有紀の右手から大量の血が滴っている。

「有紀……痛い？」

「大丈夫」

有紀は首を振ったが、表情は引き攣《つ》っていた。これだけの出血だ、深手を負わされたに決まっている。

ぼくは彼女のダウンジャケットの袖をまくり上げた。布地が血を吸って重くなっている。肘から手首近くにかけて、長い傷が走っていた。ただでさえ白い彼女の肌が血の気を失って無機的な白さを呈していた。その肌が血に塗《まみ》れている。静脈か動脈に傷がついているのかもしれない。血はとめどもなく流れていた。

ホストの衣服をまさぐった。ハンカチとベルトを奪い取る。ハンカチを有紀の腕に巻き付け、二の腕をベルトできつく縛った。ハンカチが瞬く間に湿っていく。

「有紀、車に乗って。病院に行くよ」

「敦史もお医者さんに診てもらう？」

「うん」

ぼくはうなずいた。もう、先のことを考えている場合ではない。このままではぼくだけではなく有紀も死んでしまう。怪我をした腕だけではなく、有紀の顔も死人のように青白く変化していた。

四駆はエンジンがかかったままだった。傷の痛みを押して運転席に座る。フルマラソンを走りきったかのように呼吸が荒れている。脇腹が燃えるように熱かった。

「あの人たち、死んじゃったの？」

「大丈夫」

嘘とは呼べない嘘をつき、ぼくはステアリングを握った。ギアをリバースに入れ、後方を確認しようと身体をねじった。途端に激痛が襲いかかってきた。あまりの痛みに呼吸がとまり、身体中の筋肉が強張った。

「敦史」

有紀の声が辛うじてぼくの意識を現実に繋ぎ止める。時間がない。ぼくの痛みなど、有紀の出血に比べればなんということもない。有紀を救うのだ。汚濁に塗れた人生からぼくを救ってくれた有紀を救うのだ。

ルームミラーだけを見て四駆を旋回させた。ギアをドライブに入れた時、駐車場に光の束が流れこんできた。懐中電灯の明かりがぼくの目を射貫《いぬ》く。

ぼくはアクセルを踏んだ。光の中心に向かって四駆を走らせる。光が左右に割れた。怒りに塗り潰されたいくつもの顔がぼくの視界をよぎっていく。その中にアフロの顔もあった。

駐車場を出て坂道を下る。タイヤが路面の凹凸《おうとつ》を拾って跳ねるたびにぼくは呻いた。痛みが癌《がん》細胞のように増殖している。今やぼくは痛みの塊だった。皮膚の上に蚊が止まっただけでも苦痛の悲鳴をあげただろう。

別荘地を抜け、道道に出た。雪が風に巻きあげられ、視界を奪う。ワイパーを最大にしてみたが焼け石に水だった。四駆を西へ向ける。最寄りの救急病院までは車で十五分ほどの距離がある。

「有紀？」

有紀は窓に頭を押しつけていた。目はきつく閉じられている。有紀の足下には血溜まりができていた。

「もう少しの辛抱だ。頑張れ。頑張るんだ、有紀」

有紀が目を開き、微笑んだ。

「大丈夫。敦史がいるから、有紀、平気だもん」

「ぼくもだよ。有紀がいてくれるから、ぼくも平気だ」

有紀に向かって言ったが、実際は自分自身に向けた言葉だった。痛みなどどうということはない。有紀を助けるためなら、ぼくはなんだってできる。

ルームミラーが光を捉えた。別荘地から出てきた車のヘッドライトだ。吹雪をものともせず猛スピードで追ってくる。

「くそ」

アクセルを踏んだ。背中がシートに押しつけられる。ぼくは苦痛を紛らわすために叫んだ。意味不明の絶叫をあげながらステアリングにしがみつく。

「敦史？」

「捕まってるんだ。いいね？」

ぼくも有紀もシートベルトをしている余裕がなかった。車体が揺れるたびにぼくらも揺れ、ぼくは苦痛に苛まれ、有紀の身体からは血が失われていく。

後ろのヘッドライトとの距離が少しずつ詰まっていく。向こうはセダンだろうか？

こっちの四駆は大きすぎ、重すぎる。カーブでは思い切り減速しなければならず、立ちあがりの加速はじれったい。

「有紀、起きてる？　寝ちゃだめだよ」

「起きてるよ」

寝ぼけているような声だった。

「有紀、頼むから寝ないで。起き続けてるんだ」

「有紀ね、敦史と裸で一緒に寝るのが好き」

有紀が歌うように言った。

「ぼくも好きだよ」

「肌と肌をぴたーってくっつけて寝ると、とっても幸せになるの」

「ぼくもだよ」

有紀が血塗れの手でぼくの左手を握ってきた。

「また裸で一緒に寝よう」

「うん。約束だよ」

有紀が微笑む。

「その前に病院に行って治してもらわないとね」

「昨日ね、有紀、神様にありがとうって言ったの」

ぼくの声が聞こえなかったのか、有紀は自分の言葉を続けた。

「神様？」

「敦史に会わせてくれてありがとうって。敦史が有紀のこと好きだって言ってくれるまで、有紀、自分のことが嫌いだったの。凄く辛くて悲しくて、どうして有紀はみんなと違うんだろう、どうしてこんななんだろうっていつも考えてて、なのに答えがわからなくて。時々悲しくてひとりで泣くの」

ぼくは有紀の血塗れの手を強く握った。

「でも、敦史が有紀のこと好きになってくれたから、有紀も有紀のことが好きになったの。だからね、心の中で神様と敦史にありがとうって言ったの」

胸が張り裂けそうだった。礼を言いたいのはぼくの方だ。ぼくは自棄《やけ》になっていた。義父に陵辱《りようじよく》され、義父を殺し、自分などもうどうなってもいいのだと諦観したつもりになっていた。死ぬつもりで大沼に来たのだ。それなのに冬の大沼を撮りきってから死のうなどと決めたのは、本当は死ぬのが怖かったからだ。なんとか自分で決めた死から遠ざかろうと無意識のうちに足掻《あが》いていたからだ。

だが、有紀が現れ、ぼくと世界を変えた。ぼくも有紀と出会う前のぼくが嫌いだった。いや、嫌うどころか呪いさえしていた。有紀がぼくを愛してくれたから、ぼくも自分を愛せるようになったのだ。

「有紀――」

衝撃が襲ってきて言葉を続けられなかった。いつの間にか連中の車が真後ろに迫り、四駆に鼻面を当ててきたのだ。タイヤが轍に乗り上げ、ステアリングが取られた。車体がバウンドし、着地した瞬間、尾骶骨《びていこつ》から脳天にかけて稲妻に打たれたような痛みが走った。

ぼくは絶叫した。視界が赤黒く染まり、手足から力が抜けていく。握ったままの有紀の手の感触がぼくを辛うじて失神から救ってくれた。ここで気を失うわけにはいかない。有紀の命はぼくにかかっている。

叫びながらステアリングを握り直した。暴れる四駆を立て直そうとステアリングをこねくり回した。食道から逆流してきたものが口から噴出した。大量の血液だった。

「敦史！」

有紀が叫ぶ。ぼくもまだ叫び続けていた。ふたりの叫びと飛び散る血で車内は戦場のようだった。

なんとか四駆の体勢を立て直した。痛みは引くどころか時間が経つごとに激しくなっていく。ルームミラーに映るヘッドライトの光源がまた近づいてくる。アクセルを踏んだ。また激突するつもりで加速していた後ろの車が目標を見失って蛇行した。轍を乗り越え反対車線に大きくはみだしていく。やがて均衡を失いスピンしはじめた。

ほっとした。次の瞬間、全身から力が抜け落ちた。限界が来たのだ。コーナーが迫っていた。四駆は減速しはじめていたが、ステアリングを回すことができない。ぼくの両手はステアリングを握っているのではなく、ステアリングに支えられているだけだった。なにかが顎を伝ってだらだらと垂れている。血だった。体内から絶え間なく血が溢れてくるのだ。

四駆がコーナー入口の轍を乗り越えた。そのまま反対車線側のガードレールに向かっていく。

「有紀」

蚊の鳴くような声で有紀を呼んだ。返事はなかった。有紀は目を閉じて頭《こうべ》を垂れていた。まるで眠っているかのようだ。

ガードレールに激突する連中の車がサイドミラーに映っていた。もうすぐ、四駆も同じ運命を辿る。なんとかしたかった。ここで車を失えば、有紀を病院に運ぶことができなくなる。吹雪の夜、他の車の姿はどこにもない。

ガードレールが目前に迫ってきた。もしぼくに力が残っていたとしても回避する余裕はない。ガードレールの向こうは浅い谷になっていた。

ぼくは目を閉じた。

14

だれかがぼくの腕を引っ張っている。苦痛がよみがえり、ぼくは弱々しく抗《あらが》った。だが、ぼくを引く力は消えなかった。

襟元から雪が侵入してきた。その冷たさがぼくを目覚めさせた。だれかがぼくの両腕を摑み、雪の上を引き摺っている。ぼくは視線を上げた。ぼくの腕を摑んでいるか細い指先が血に塗れていた。

「有紀！」

有紀の顔は凄絶なまでに白かった。唇を噛み、目を吊りあげてぼくを引っ張っている。

「有紀、もういい。もう大丈夫」

ぼくの声は干涸びていた。

「もうちょっと」

有紀はそう言って微笑んだ。唇が青っぽく変色していた。有紀の血液が尽きかけている。動くのをやめさせたかったが、ぼくの活力は完全に枯渇していた。

大きな樅の木の根元で有紀は座りこんだ。呼吸が荒く、目尻が痙攣《けいれん》している。

「あの車、爆発する？」

有紀の視線の先に四駆があった。白樺の木に激突して車体がひしゃげ、ボンネットから水蒸気が噴きでていた。四駆からぼくたちがいるところまで、バケツの中身をぶちまけたかのように、あちこちに血の跡がついている。

「しないよ」

「なんだ。爆発したらどうしようと思って、有紀、すごく頑張ったのに」

「頑張らなくて良かったんだよ」

頑張ったせいで、有紀のわずかな血液がすっかり流れ落ちてしまった。

「なんだか眠くなってきたよ、敦史」

「おいで」

ぼくは雪の上に仰向《あおむ》けになったまま両手を広げた。いつの間にか吹雪がやんでいた。雪がぼくたちの上で静かに舞っている。

「敦史、大丈夫？」

「大丈夫だよ。おいで。有紀を抱きしめたいんだ」

有紀はぼくに負担をかけないように気を遣いながら身体を傾け、ぼくの胸に顔を乗せた。その頬に触れる。有紀から失われているのは血液だけではなかった。有紀はその名の通り、雪のように冷たかった。

「敦史の指、熱い。有紀、火傷しちゃいそう……」

「有紀が冷たくて霜焼けになっちゃいそうだよ」

「もう、鬼には捕まらない？」

「ここまで逃げれば大丈夫だよ」ぼくも有紀もかすれた声で囁き合っていた。「腕、痛くない？」

「なにも感じないよ」

有紀は気怠《けだる》そうに首を振った。ぼくの痛みも薄れている。消えかけているのではない。

ぼくが感じなくなっているのだ。顔に雪が降りかかる。その冷たささえはっきりと感じることができなかった。

有紀がなにかを呟いたが聞き取れなかった。

「なんて言ったの？」

「内緒」

有紀はそう言って忍び笑いを漏らした。

「意地悪なこと言わないで教えてよ」

「ありがとうって言ったの。敦史、ありがとうって」有紀の手がぼくの手を握った。

「有紀のこと好きになってくれてありがとう。敦史と一緒にいたら、いやなこと全部忘れられたよ」

ぼくは忘れることができなかった。自分に降りかかったおぞましい出来事。有紀を襲った忌まわしい現実。忘れることができず、世界を呪いながら、それでもぼくは幸せだった。少なくとも有紀の写真を撮っている間だけは、極度の集中がぼくを憎しみから解放してくれた。

有紀の手を握り返した。

「有紀、ぼくも言うよ。ありがとう」

「なににありがとう？」

「ぼくを好きになってくれてありがとう」

　ぼくの手の中で有紀の手から力が抜けていく。引き留めたかったが、ぼくにはもうその力が残っていなかった。

「有紀ね、敦史の赤ちゃん産みたい」

「子供？」

「うん。大切に育てて、幸せにしてあげるの。有紀みたいな子にはしないの。敦史と一緒に幸せいっぱいの子に育てるの」

「有紀がお母さんだったら、その子はずっと幸せだよ」

「敦史がお父さんだよ」

「ぼくがお父さんだと、幸せにならないかもしれないな」

「そんなことないよ。有紀、敦史がいると幸せだもの。有紀の子も敦史のことが大好きになるの。だから、敦史がお父さんだと幸せ」

「そうかな？」

「そうだよ」

　そう言ったきり有紀は沈黙した。

「有紀？」

「雪って綺麗だね」有紀が言った。「有紀、冬が一番好き。雪だらけの世界が大好き」

「ぼくも冬が一番好きだよ。雪が大好きだ」

「雪が好きなの？　有紀が好きなの？」

「雪も好きだけど、有紀の方がもっと好きだ」

有紀の呼吸が少しずつ浅くなっていく。ぼくは最後の力を振り絞り、有紀の身体に両腕を回した。

「お腹が減ったよ」

「後でアイスを食べよう」

「チョコチップ入りのバニラとストロベリーのアイス」

有紀は歌うように言った。

「うん。お腹いっぱい食べていいよ」

「ずっと敦史とこうしていられたらいいな」

「いられるさ。有紀はぼくが好きで、ぼくは有紀が好きなんだ。だから、ずっと一緒にいられるよ」

胸から有紀の重みが消えた。気がつけば有紀の顔が目の前にあった。涙がぽたぽたとぼくの頬の上に落ちてくる。

「怖いよ、敦史」

「大丈夫。ぼくも一緒だよ。有紀とずっと一緒にいる」

手を伸ばし、有紀の目に溜まった涙を掬い取った。

「ぼくと一緒にいたらいやなこと忘れられたんだろう？　だったら、怖いことも忘れられるよ」

「敦史は怖くないの？」

ぼくはうなずいた。

「有紀と一緒だから大丈夫」

「ほんと？」

「ぼくが嘘をついたことある？」

有紀は小さく首を振り、ぼくの唇に自分の唇を押し当てた。

「敦史は優しいから好き」

唇を放すと有紀は子供のように笑い、ぼくの肩に額を押しつけた。

「ほんとだ。怖くないよ。真っ暗だけど、敦史がいるから、有紀、全然怖くない。だって、有紀、敦史が大好きだから——」

声がフェイドアウトしていき、有紀はそれっきり動かなくなった。

「有紀？　有紀？」

返事はなかった。ぼくの腕を枕にして長い眠りに就いたのだ。ぼくのために血を流し、ぼくのために死んだ。

身体を起こし、有紀の死に顔を見つめたかった。だが、身体はまったく言うことを聞かない。ほんのわずかな活力さえ、ぼくには残されていなかった。

哀《かな》しくはなかった。辛くもない。有紀を腕に抱いたまま思いきり目を開けた。雪が静かに舞っている。樅の木陰から見える空を雲が凄まじいスピードで流れていく。やがて雲が割れ、上弦の月が姿を現した。

雪が月光を浴びて舞っている。

写真を撮りたいと痛切に思った。月光を浴びる雪景色を背景に有紀のポートレイトを撮るのだ。雪が舞う背景に露出を合わせ、有紀にはストロボの光を浴びせる。有紀に静かに動くように伝えれば、遅いシャッタースピードに手足がぶれて幻想的な写真になる。ぼくは苦笑した。もうカメラはぼくの手元にはない。心血を注いで切り取った有紀の一瞬一瞬もパソコンのハードディスクの中だ。だれかがデータを読みこまない限り、永遠に日の目を見ることもない。

それなのになぜ、欲望を捨てることができないのだろう。有紀のように静かに逝くことができないのだろう。それがぼくと有紀の違いだった。境遇が似ていながらぼくにないものを持っているから、ぼくは有紀に惹かれた。有紀にないものをぼくが持っているから、有紀はぼくに惹かれたのだ。

出会わなければ、有紀が死ぬことはなかった。そう考えるのは簡単だ。だが、ぼくたちは巡り会ってしまった。出会ったその瞬間からお互いを激しく求めあった。有紀もぼくも幸せだったのだ。ぼくたちは世界で一番幸福だった。

火照った身体が少しずつ冷えていく。月光を浴びた雪がぼくたちの上に降り積もる。世界はあまりにも美しく厳《おごそ》かで、そこにいるのはぼくたちだけだった。

悪寒も痛みも消えていた。ぼくはただ、月光を浴びて舞う淡い雪を見つめ続けた。

「もう、疲れたよ、有紀。ぼくも行くよ」

やがて有紀に語りかけ、ぼくは目を閉じた。

解　説

吉　野　仁

なんという書き出しだろう。

「森を抜けたところで妖精が倒れているのを見つけた」

『不夜城《ふやじょう》』（角川文庫）以来、作者の作品を数多く読んできた読者ならば、いまいちど表紙の「馳星周」という名を確かめたくなるような一節だ。その妖精とは、黒髪に白い肌の美少女、名前は有紀《ゆき》。彼女もまた、自分を助けた男、敦史《あつし》のことを天使だという。森に囲まれた湖畔で妖精と天使が出会う。まるでお伽話《とぎばなし》だ。だが、もちろん馳星周の作品である以上、単なるファンタジーでは終わらない。

舞台は、北海道函館《はこだて》の北に位置する大沼《おおぬま》。このあたりは、活火山である駒ケ岳《こまがたけ》や山麓《さんろく》に点在する大沼、小沼《こぬま》、蓴菜沼《じゅんさいぬま》の大沼三湖を擁する国定公園となっている。自然豊かなリゾート地だ。主人公の三浦《みうら》敦史は、写真の勉強のため、義父の別荘で暮らしている青年。一方の有紀は伯父《おじ》である水島邦衛《みずしまくにえ》とともに、大きな洋館で暮らしていた。水島はかつて有名な画家だったが、いまは表舞台から消えた過去の人にすぎなかった。敦史は有紀の純粋な美しさに魅せられ、彼女をモデルにして写真を撮りたいと水島に申し入れた。思いのまま有紀をカメラで撮ってみたいという敦史の欲望は強まるばかりだった。だが、つかのまの幸福と平穏はやぶられた。ふたりの怪しげな男が訪ねてきたばかりか、敦史を執拗《しつよう》につけまわすようになった……。

冒頭から、知的障害のある少女とその美しさに魅せられた青年カメラマンとのやりとりを読んできた読者は、柄の悪い中年男たちが登場したことにより、ファンタジーから悪夢の世界へと否応《いやおう》なしに引きずりだされる。しかもその背後には、幾重もの秘密が隠されていたのだ。

北海道のリゾート地におけるドラマを描いた本作。だが、すでに作者は二〇〇七年に五つの作品を収録した短編集『約束《やくそく》の地《ち》で』（集英社文庫）を発表している。いずれも北海道を舞台にした物語で、夢破れて故郷に戻った男、痴呆《ちほう》症の母を介護する女など、救いのない現実を生きる者たちが描かれていた。ある収録作には、ちらりと大沼や駒ヶ岳といった名前が出てくる。また、軽井沢《かるいざわ》の別荘地を舞台にした犯罪小説に『沈黙《ちんもく》の森《もり》』（徳間文庫）がある。こちらは二〇〇九年発表の長編作だ。主人公は、かつて新宿で「五人殺しの健《けん》」との異名をとった男。いまは別荘管理人として静かに暮らしていた。ところが、五億円を持ち逃げした男を探しに暴力団の連中がやってきたことで、事態は急変し、やがてあたりは暴力の渦に巻き込まれていく。

北海道という土地、同じような別荘地（いずれも近くにプリンスホテルがある）という設定ながら、本作がこれらの作品と決定的に異なるのは、やはり有紀という美少女の存在だろう。リアリズムで描かれてはいても、冒頭からファンタジー色が強く打ち出されており、カメラおよび撮影という要素に徹底してこだわっているあたり、従来の馳星周作品とは、大きく異なった印象がある。

もっとも、作者の熱心な読者ならば、現在は軽井沢で愛犬とともに暮らし、カメラを趣味としていることをご存知だろう。ホームページでは、自然に囲まれた風景のなかで戯れる愛犬の写真が連日掲載されている。すなわち、本作の敦史は、作者の分身であり、その実体験が小説に色濃く生かされているのだ。敦史は、いかにすれば有紀の美しさをカメラに収めることができるか、そのためには何が必要か、と熱心に取り組む。ヒロイン有紀は、愛犬と等しい存在なのだ。

しかしながら、それは単に「擬人化の裏返し」にとどまってはいない。たとえば『沈黙の森』に登場していたのはみなヤクザな男たちである。どこまでも真っ黒な連中が血で血を洗う争いを重ねる。だが、このパターンを繰り返すと、より黒く、より残酷な場面を描くことが求められてしまうだろう。黒を黒で塗りつぶしてしまえばもはや何も見えない。そういうジレンマが発生する。ところが、黒の横に白を置くことで、互いの存在感が際立ってくるのだ。

絵画や写真にかぎらず、演劇や小説などを含め、あらゆる芸術作品において「間」や「構成」が重要であることは言うまでもない。単に有と無、白と黒、静と動、緩と急、虚と実、省略と詳細など対比する要素だけではなく、美の構図を生みだすには、おさまりのいい重心をもち、力や熱量をそなえた「華」のある何かをここぞという点にくっきりと配置することが必要なのだ。本作では、無垢《むく》で純白かつ知的障害のある美少女、有紀が登場したことで、より悲惨な闇や大人たちの黒さが引き立っているが、それらが積み重なることで読む者の情感を高め、胸を熱くさせるラストを作り出している。

そして、読み終えた方には説明するまでもないだろうが、序盤で敦史が一冊の文庫本を読む場面が示唆しているとおり、本作は、馳星周版『フランダースの犬《いぬ》』なのである。日本ではアニメ化されたことで、よく知られるようになった童話。子供の頃に見たという人も少なくないはずだ。いまだ「なつかしのアニメ」といったテレビ番組の企画では、感動的なラストシーンが紹介されている。涙をさそう結末のみならず、冒頭から悲惨でやりきれない場面が連続する物語だ。パトラッシュは、ネロ少年に出会う前は、ある男に奴隷のように働かされていた。朝から晩まで重い荷車を引き、悪罵《あくば》をかけられ、棍棒《こんぼう》で殴られるという地獄のような毎日をすごしていたのだ。ジェハン・ダース老人とネロのふたりに助けられてから、はじめて幸福な生活を味わうことができた。だが、その幸せはいつまでも続かなかった。興味のある方は、ぜひ原作（ウィーダ『フランダースの犬』村岡花子訳・新潮文庫）を手に取っていただきたい。児童読み物として書かれながら、これぞ救いなき世界といえる底なしのノワールであり、それでいていつまでも心の奥底に残る名作。馳星周の原点がここにあるのかもしれない。

なにより『フランダースの犬』の主人公ネロは、ルーベンスの絵にあこがれ、自らも筆をとる素人の絵かきとして登場している。いうまでもなく本作の敦史はネロであり、有紀はパトラッシュなのだ。いくつかのエピソードは、そのまま換骨奪胎《かんこつだったい》され、この『淡雪記』に生かされている。こうしてみると、冒頭のファンタジックな出会いは、あえて作者が試みたことだと分かる。有紀とは、深く傷つき、道に迷った子犬にほかならない。

そして作者は、二〇一三年に『ソウルメイト』（集英社）を上梓《じょうし》した。これはバーニーズ・マウンテン・ドッグ、柴犬《しばいぬ》、チワワ、ボルゾイなど、それぞれの犬が登場する七つの短編を集めたもの。いかに人は犬に助けられ、救われ、癒《いや》されるものか。この家族小説集を読むと、そう痛感する。本作を気に入った読者は、ぜひこちらもお読みあれ。

また、本年（二〇一四年）刊行の最新作『ラフ・アンド・タフ』（講談社）は、乱暴に言えばアホな無法者たちと妖艶で悪賢い美女が繰り広げる逃避行もの犯罪小説だ。後半、東京を離れ、北へと向かう展開のなかに、いまの日本の寒々とした風景がとらえられていた。それでもなお理想とする「家族の幸せ」を求めずにおれない者たちの痛切な姿は、本作や『ソウルメイト』とつながる一面かもしれない。

あいかわらず、空虚なこの世の裏に隠された闇を容赦なく暴き、人間の業《ごう》を見せつける暗黒物語を書き続けている作者ながら、さまざまな面で、もはや新宿歌舞伎町《しんじゆくかぶきちよう》を舞台にした『不夜城』の世界から大きく離れ、新たな境地をめざしているようだ。

はたしてこれからどんな小説を読ませてくれるのか、楽しみでならない。


（よしの・じん　文芸評論家）

初出　小説すばる二〇〇八年十一月号～一〇年三月号
単行本　二〇一一年二月　集英社刊

馳　星周

約束の地で

父が持つ大金の噂に踊らされた男。呆けた母と猫の世話に煮詰まる女。愛犬と骨をばらまく少年。先輩女と安物の車で旅立つプー太郎。夫のＤＶの果て犬の骨を抱いて岬に立つ女。新境地拓く傑作短篇集。

集英社文庫

馳　星周

美《ちゅ》ら海、血の海

集英社文庫

一九四五年、沖縄。本島に上陸した米軍の攻撃に防戦一方、撤退を余儀なくされた日本軍。14歳の真栄原幸甚《まえはらこうじん》は、鉄血勤皇隊員として従軍を強要され、あまりに凄惨な地獄を見る！　落涙の異色長篇。

集英社文庫

淡雪記《たんせつき》

2014年３月25日　第１刷
2022年３月13日　第２刷

定価はカバーに表示してあります。

著　者　馳《はせ》　星周《せいしゅう》

発行者　徳永　真

発行所　株式会社 集英社
東京都千代田区一ツ橋2-5-10　〒101-8050
電話　【編集部】03-3230-6095
【読者係】03-3230-6080
【販売部】03-3230-6393(書店専用)

印　刷　凸版印刷株式会社

製　本　凸版印刷株式会社

フォーマットデザイン　アリヤマデザインストア　　マークデザイン　居山浩二

ISBN978-4-08-745169-6 C0193